国家社科基金项目"贵州彝族余氏土司作家群研究"成果(批准编号为12BZW136)

贵州彝族余氏土司作家群研究

周凌玉 著

中国社会科学出版社

图书在版编目（CIP）数据

贵州彝族余氏土司作家群研究/周凌玉著.—北京：中国社会科学出版社，2020.6
　　ISBN 978-7-5203-6013-5

　　Ⅰ.①贵…　Ⅱ.①周…　Ⅲ.①彝族—少数民族—作家群—研究—贵州　Ⅳ.①I209.973

中国版本图书馆 CIP 数据核字（2020）第 031600 号

出版人	赵剑英
责任编辑	郭晓鸿
特约编辑	张金涛
责任校对	李　莉
责任印制	戴　宽

出　版	中国社会科学出版社
社　址	北京鼓楼西大街甲 158 号
邮　编	100720
网　址	http://www.csspw.cn
发行部	010-84083685
门市部	010-84029450
经　销	新华书店及其他书店
印　刷	北京明恒达印务有限公司
装　订	廊坊市广阳区广增装订厂
版　次	2020 年 6 月第 1 版
印　次	2020 年 6 月第 1 次印刷
开　本	710×1000　1/16
印　张	19.75
插　页	2
字　数	303 千字
定　价	99.00 元

凡购买中国社会科学出版社图书，如有质量问题请与本社营销中心联系调换
电话：010-84083683
版权所有　侵权必究

目 录
CONTENTS

绪论 ……………………………………………………………………… 1

第一章　彝族余氏土司家族源流 ……………………………………… 11
　　第一节　家族渊源、世系 …………………………………………… 12
　　第二节　家族发展、变迁 …………………………………………… 28

第二章　余氏作家群形成的历史条件与文化背景 …………………… 49
　　第一节　土司制度下的文化交融 …………………………………… 50
　　第二节　余氏家风家学 ……………………………………………… 68

第三章　余氏作家群创作总论 ………………………………………… 106
　　第一节　余氏作家群创作概述 ……………………………………… 107
　　第二节　文学特征 …………………………………………………… 111
　　第三节　在彝族文学史上的独特价值 ……………………………… 157
　　第四节　在贵州文学史上的地位和影响 …………………………… 184

第四章　余家驹、余珍父子 …………………………………………… 193
　　第一节　百年家学开创者：余家驹 ………………………………… 193

第二节　子承父学：余珍与《四馀诗草》·················228

第五章　余昭、安履贞夫妇··································241
　　第一节　余氏家学"传衣钵者"：余昭·······················241
　　第二节　"乌撒奇女"安履贞································253
　　第三节　伉俪情深间的互动和影响··························267

第六章　高才硕学余达父······································279
　　第一节　生平与思想··279
　　第二节　艺术与成就··294

结语··305

主要参考文献··306

绪　　论

一　研究对象及价值

从 19 世纪初到 20 世纪初，百余年间，贵州毕节大屯彝族余氏土司家族各代一共出了七八位文人、诗人，分别是余家驹、余珍、余昭、安履贞、余象仪、余达父、余若煌，诗文著述近百卷。其中以余家驹、余昭和余达父成就最高。余昭著有《大山诗草》三卷，还编著了《叙永厅志稿》和《土司源流考》；其妻安履贞系盐仓土府后裔，时人称为乌撒奇女，诗文亦不在余昭之下，诗集《园灵阁遗草》曾为史家所关注。余达父早年留学日本，曾加入孙中山领导的同盟会，又做过民国初年贵州的地方官员，通晓彝、汉、日三种文字，著有《罂石精舍文集》四卷、《蠖盦拾尘录》两卷、《且兰考》四卷、《邃雅堂诗集》十四卷等，是近代著名诗人，又是彝族第一个法学家。

在地域上，余氏文人全都出自毕节大屯彝族土司庄园。毕节大屯土司庄园位于川、滇、黔三省交界的乌蒙腹地，这是明代中期历史上彝族土司统治的核心区域。大屯土司庄园始建于清康熙年间，占地约 5000 平方米，距今贵州省毕节市七星关区约 100 千米，已有 300 多年的历史，经乾隆、道光年间余珍、余象仪的扩建，再到清末民初余达父、余若煌的不断修葺，成为一座气势雄伟、造型别致、颇具民族风格的建筑群，1988 年，被国务院批准为全国重点文物保护单位。

从时间界限来看，毕节彝族余氏自明末"奢安之乱"被"平叛"后，奢崇明次子奢辰改名为余保寿，隐居于毕节大屯。明清易代，奢氏后裔余氏一门再获封赐，子孙后代在毕节大屯繁衍生息，历经数代，诗文传家。本课题所论余氏土司作家群的身份，其发轫于余家驹，而以余珍、余昭、安履贞的崛起为标志，至清末民初余达父出现，余氏诗人已成为贵州文学史乃至彝族文学史上一个有影响力的土司作家群。所以，从时间界限来说，本课题以余家驹为起点，以余达父为下限，从19世纪初到20世纪30年代，余氏作家群绵延100多年。

彝族余氏土司作家群形成发展的这一时期，是土司制度不断变革、中央王朝治理边疆的步伐不断加快的时期。就贵州来说，改土归流、土流并治等改革方略共同影响着黔地经济社会的发展，可以说这是汉文化与贵州多民族文化深入融合的时期，也是贵州思想文化空前繁荣活跃的时期之一。在本课题中，清末至民初并不只是一个时间意义上的限定，更多的是一种文化意义上的界定，在对彝族余氏土司作家群的形成及创作进行分析、评价的同时，也展现了朝代更迭与世纪之交西南少数民族地区尤其是土司地区全景式的思想文化背景。

综观彝族余氏土司作家群创作，历经百年而内容丰赡，余氏家族文化与传承作为维系和推动家族绵延不绝的内在力量，有着独特意蕴内涵。其一，彝族文人作家的身份，聚焦民族性表达，赋予作品以鲜明的民族性特质；其二，土司或土司后裔的身份，在彝汉文化融合下对现实人生的深切关注，浓烈的家国情怀与现代意识的产生，延展丰富了彝族文学的内涵。它们共同形成了特色鲜明、内涵丰富、意旨深远的文学价值世界。

但目前，在一些有关彝族余氏作家群文学的研究中，对余氏作家群的典型性与土司家族文化的特殊性都缺乏深入系统的研究，而且余氏几代人的诗歌创作无不有社会思潮变迁和彝汉文学融合的深刻烙印，所以有必要进一步系统深入地考察彝族余氏独特的家族文化，挖掘余氏作家群文学作品的意义和价值，以拓展彝族文学、贵州文学研究领域。

该课题的研究价值与意义具体体现在以下三个方面。

第一，通过对余氏土司作家群形成的历史背景以及其诗文创作的价值取向、成就和特色等方面的系统研究，有助于窥见近现代中国文化思潮与文学嬗变对边远少数民族地区的深刻影响，有助于探析少数民族家族作家群在民族地区现代性诉求过程中所产生的作用、所具有的特点。

第二，本课题可为地域文学史、中华民族文学史建构提供新的视角和方法，可为贵州文化发展建设提供有代表性的个案分析。

第三，围绕余氏土司作家群的诗文创作，本课题由彝族文学史向土司文学方面的展开，可拓宽少数民族文学研究的视野，具有理论和实践的创新意义。

二　研究现状

贵州毕节大屯彝族余氏土司作家群，最早见于民国时期贵州地方志的简括记载。国内外对这个文人集团的相关研究，实际肇始于20世纪20—30年代，由于民国初期余氏家族中的余达父早年留学日本，又曾加入同盟会，做过民国初年贵州的地方官员，通晓彝、汉、日三种文字，能赋诗作文，在近代贵州文人中有一定知名度，因此最早对余氏文人的关注是由余达父而引起的，但当时所谓研究，其实是三多三少：介绍多，研究少；关注个别成员多（主要是余达父），关注整体家族少；从余达父个人经历（主要从政治与法律方面）及其家庭历史着眼多，从文化与文学研究角度着眼少。中华人民共和国成立后至"文化大革命"结束，由于余氏家族的土司背景，相关研究基本处于停滞状态，连介绍性的文字都几乎没有。对余氏文人的真正的研究，重新发端于20世纪80年代，但此时的研究，又一度集中在历史方面，文化与文学方面的研究至为薄弱。90年代以后，情况才稍有改变，但在国外直接的研究仍为空白，间接研究如民族主义、庄园和领主制度的研究等，对本课题富于启发。

由于没有自己的文字，西南少数民族素以口传文学发达著称，而作家文学的发展一直比较缓慢。彝族虽然有自己的文字，并有大量的古籍文献留存，包括丰富的史论、诗论、文论及天文、地理、医学、谱牒、政治经济、宗教民俗、工艺技术、哲学伦理、医学病理、巫术卜咒等论著，但就文学而言，也主要还是毕摩经籍文学，而对受汉文化影响较深、以土司家族为中心而形成的作家集团及其创作，则向来研究不够。近10余年来，受多元文化理论的诸多影响，对少数民族文学的历史文化关注日渐增多，但也仅可算作开端，对少数民族土司家族的作家集团乃至所谓土司文学的研究，更是鲜有进展，其中又以彝族作家文学为甚。李力、左余堂分别主编的两种《彝族文学史》①专著对大屯余氏作家介绍非常简略，沙马拉毅主编的《彝族文学概论》② 对余氏诗文有所解读，但较为粗疏。马学良、梁庭望、张公瑾主编的《中国少数民族文学史》，郎樱等主编的两卷本《中国各民族文学关系研究》基本不涉及这一块。刘亚虎、罗汉田、邓敏文撰著的三卷本《中国西南民族文学关系史》，在元明清卷（罗汉田著）终于有了关于西南少数民族土司文学的交代，认为在明清两代，在诗文创作上较有成就的是少数民族土司，但著者所开列的名单，仅见云南丽江纳西族木氏土司、云南姚州彝族高氏土司、云南宁州彝族禄氏土司、湖北容美土家族田氏土司、四川酉阳土家族冉氏土司，完全没有留意贵州毕节大屯的彝族余氏土司作家集团。张炯、邓绍基、樊骏主编的 10 卷本《中华文学通史》与前几种著作大体一样，也将各个历史时期西南少数民族文人的创作列为单章或单节论述，难得的是，这部著作提到了贵州毕节大屯彝族余氏土司作家群，在第五卷里，用数百字对余氏土司作家群几位成员的创作有所介绍。但这部书显然也忽略了所谓西南少数民族作家创作，其实就是以南方人中大姓、大家族或者直接就是以世袭的土司家族为基础而形成的，这样的忽略，必然导致对西南少数民族作家创作的一些特点和规律有所不见。

  以上几种是近 10 余年国内比较权威的文学史著述，除此而外，近 20 年来学术界还有一些对余氏作家群研究的专著或论文，但这些研究对毕节大屯彝族余氏一门同样所涉甚少。贵州学者的研究，有黄万机《贵州汉文学发展史》、王晓卫《贵州文学六百年》、史继忠《毕节大屯土司庄园》、戴明贤《彝族杰士余达父》、吴正光《大屯彝族土司庄园》、邹芝桦《走进大屯土司

---

  ① 李力主编的《彝族文学史》出版于 1988 年，这是最早的一部关于彝族文学史的专著，该书第十二章标题为"余氏五诗人及其他"，对余氏五诗人，即余家驹、余昭、安履贞、余珍、余若瑔进行了十分简略的介绍，主要围绕生平简况、诗文内容进行归纳。左余堂主编的《彝族文学史》出版于 2006 年，在李力版基础上有一定深入，对余氏五诗人的诗作进行了一定的评述。

  ② 沙马拉毅主编的《彝族文学概论》是国家级重点教材建设项目，出版于 2000 年，该书对明清时期彝族文人文学给予了关注，将余氏五诗人单列于"古代彝族文人（下）"一节中，但未将其作为一个家族文人群体来考察，更未留意其与土司制度的关联。

庄园》等，这些著述或文章虽涉及本课题研究的内容，但相当简括，并且只关注余家驹、余昭、余达父等个人诗文创作的评述。

最早对余氏作家群进行整体性介绍的，是余氏后裔、著名彝学家余宏模。

余宏模先生在 1995 年的《文史天地》第 2 期发表了《彝族余氏一门五诗人》一文，该文立足于余氏在彝族文学史上的地位和影响，将余家驹、余珍、余昭、安履贞、余达父的生平、家世、创作情况及家族传承作了简单勾勒，文章虽仅止于介绍列举，但为研究余氏作家群提供了珍贵的资料线索。

进入 21 世纪后，母进炎教授编著了《百年家学，数世风骚——大屯余氏彝族诗人家族研究》（贵州人民出版社，2012 年）一书。该书较为系统地对余氏一门的历史和创作进行了梳理和研究，从家族文学的角度出发，注意到了余氏家族在黔西北彝族历史文化影响下的形成，认为余氏家族文化与文学对黔西北民族文化、地域文化产生了积极影响；同时该著对余氏作家群主要成员的诗歌创作和艺术特色进行了一定分析。该著最大的优点是对相关文献资料有较好的收集整理，对个别成员如余达父的人生经历与交游状况等有较详细的梳理，研究团队对余氏所居住的大屯庄园也有实地考察与调研。然而遗憾的是，该著所论并不深入，而且八个部分分别由不同的研究者完成，体系不够严密，泛泛之谈较多，尤其缺少对家族文学整体性特征的把握，对其土司或土司后裔的文化身份及其写作视角尚未触及，对余氏作家群在彝族文学史、贵州文学史上应有的价值、地位和意义未作出阐释和评价。何云涛论文《贵州彝族余氏作家群的文化特征及其成因分析》（《贵州民族研究》2014年第 7 期），亦将余氏作家群进行整体考察。文章结合余氏作家群生活的地域环境、特定的政治文化体制以及独特的民族文化等因素，认为"余氏作家群的创作大致呈现出家族性、以诗歌创作为主要体裁以及将汉文作为书面表达工具的基本文化特征"，并指出"与西南其他少数民族作家群相比，这些文化特征虽有表面的相似性，但实质上其背后的文化语境仍有较大差异。贵州彝族余氏作家群的独特成因在于余氏家族少数民族贵族身份、彝族独特的文字和文学传统以及彝汉民族文化融合的必然趋势"。① 该文意识到了余氏作家群

---

① 何云涛：《贵州彝族余氏作家群的文化特征及其成因分析》，《贵州民族研究》2014 年第 7 期。

土司裔身份及彝汉文化交融下的文学创作与特征，但对于余氏家族历史和变迁则一笔带过，言之甚少，而明清以来的土司制度与改土归流对于余氏土司作家群的形成和影响相当深刻，可惜该文并未涉猎。2014年南京大学蒋丽的硕士论文《明清彝族文人家族汉文学研究》，将贵州毕节余氏与云南姚安高氏、蒙化左氏、宁州禄氏并置，"从家族文学的角度切入，整体探寻明清彝族文人家族汉文学创作的文化内涵和文学面貌"，"论述彝族文人家族汉文学创作的文学特征和文化内涵，并分析其作品呈现出的民族和地域特征"①。这篇硕士论文的最大优点是关注到了"明清西南地区土司制度与彝族文人家族汉文学创作的深度关联性"，而缺点也在于对土司制度与土司文化了解不足。对毕节余氏创作的讨论主要集中于余家驹一人，其他诗人要么偶尔提及，要么干脆不提，如余氏作家群中成就最大的余达父，文章只字未提。不过作为硕士学位论文，首次将毕节余氏等彝族文人家族作为研究对象，且能结合明清时期南方少数民族地区土司制度、地域文化以及彝汉融合的社会背景，对明清两代彝族文人家族的汉文学创作进行整体性研究，体现出了一个研究生良好的学术素养，某种意义上，也说明了明清彝族文学家族在当下开始引起了研究者的重视。

果然，2016年西北民族大学多洛肯教授在《民族文学研究》上发表了《明清彝族文学家族谫论》一文（《民族文学研究》2016年第1期），贵州毕节余氏是该文重点探讨的一个家族。该文对明清时期9个彝族文学家族，48位文人的生平简况、诗文著述进行了系统而翔实的梳理，指出：明清彝族文学家族"形成原因错综复杂，尤与当时政治制度的推动、彝汉文化交流加强、科举教育的推广、文学世家强强联姻四个因素最为密切"②，认为彝族文学家族创作特色鲜明，体裁广泛，既有地域特色与民族风情的交相辉映，也有以儒学为核心的传统士风的呈现。文章视野开阔，学理性极强，但是，毕节余氏仅是其中的一个家族，作者并没有也不可能对其展开全面、深入的研究。

就余氏作家群的成就、地位和影响来看，上述成果还远远不够，对余氏

---

① 蒋丽：《明清彝族文人家族汉文学研究》，硕士学位论文．南京大学，2014年，第11页。
② 多洛肯：《明清彝族文学家族谫论》，《民族文学研究》2016年第1期。

作家群的系统研究还有待进一步深入，在某些方面甚至亟待开拓。

此外，就余氏作家群个案而言，研究亦不是很多，现有成果主要集中在余家驹、余昭、安履贞的研究上。余珍的创作未见研究，而余达夫则仅有些相关的生平介绍与创作简述、简评。

安尚育教授的《余家驹诗论》（《民族文学研究》1999年第1期）、陈世鹏教授的《彝族诗人余家驹和他的美学观》（《贵州民族研究》1998年第2期）是最早关于余家驹诗作的论述。前者侧重于余家驹诗歌内容和风格的探讨，后者着重于余家驹文艺美学观的分析，并将其美学观归纳为"自存面目""无格通灵""画中有诗诗有画""胸有奇特节""一字不着文更奇"① 等五个方面，对余家驹诗作与诗学研究皆有裨益。罗曲教授与曲比阿果的《彝山彝水总是情——〈时园诗草〉读后》（《贵州文史丛刊》1998年第1期）对余家驹的诗作有较为感性的分析鉴赏，评价也较为中肯。王菊的《"我生自有面目存"：余家驹与王维山水田园诗的比较》（《贵州民族研究》2006年第3期）一文，将余家驹的山水田园诗与唐代大诗人王维的诗作进行比较，得出在情境、意境和思维等方面二者具有某些相似之处的结论，该文为余家驹的研究提供了另外一种视角。黄瑜华的《云山雾雨黔中气，亦道亦佛亦文章——余家驹诗歌初探》（《毕节学院学报》2014年第6期），则停留在对其思想内容、艺术特色的浅层次分析上，未有深入研究。

对余昭、安履贞、余达父的个案研究主要有陶学良教授的《清代彝族诗人余昭及其诗作》（《云南彝学研究》第三辑）、《高材硕学彝族诗人余达父》（《彝族文化》2002年第2期），有曾美海的《论彝族女诗人安履贞及其圆灵阁遗草》（《毕节学院学报》2014年第6期）以及2016年暨南大学罗鼎元的硕士论文《余昭、安履贞诗歌研究》。

从评析性的论文到硕士学位论文，余氏的个案研究虽不充分、全面，但现有成果都为本课题的研究提供了一定参考。以上分析可以看出，现有的余氏作家群的研究主要集中在余家驹、余昭、安履贞的研究上，并不全面也不深入，特别是余达父，他的诗歌风格和价值意义长期乏人关注，应该说是一

---

① 陈世鹏：《彝族诗人余家驹和他的美学观》，《贵州民族研究》1998年第2期。

个遗憾。

其他有关余氏家族及其成员的资料性著述，散见于一些地方志文献和家族后裔的著述中。《叙永厅县合志》记载："水潦虽居深山崇箐间，余氏一门，恒殚心典籍，博雅好古，一洗山川之陋。"① "明末天启天间（1621—1628），西南地区爆发'奢安之乱'——四川永宁宣抚使奢崇明和贵州宣慰同知安邦彦联合反明，率兵围困成都、攻占重庆、自称'大梁王'的奢崇明，就是余达父的十三世祖。后奢氏败亡，改土归流，奢崇明一子奢震改名余化龙，遁迹隐世，其后裔长住叙永水潦；另一子奢辰改名余保寿，其后人承管毕节大屯，彝语称'扯勒业阔'，是扯勒部彝族统治家族宗社所在地。"②《叙永厅县合志》《毕节县志》《大定县志·艺文志》《赫章县志》等对余家驹、余昭、余达父、安履贞的诗作都有选录，并列举和评价了他们对地方文化的贡献。其他，如《赤水河畔扯勒彝》《贵州民族资料汇编》《余宏模彝学研究文集》《且兰考·贵州民族概略》等，均收录了余氏家族的部分资料，为余氏作家群及其文学研究提供了研究线索和查找资料的途径。

三 基本思路与方法

本课题研究的基本思路与方法如下。

1. 余氏土司作家群形成的历史与文化分析

余氏土司作家群的形成，涉及明清两代羁縻政治、改土归流等背景，其中最直接的影响是大屯土司的兴衰。这段历史，长期疏于梳理，可供稽据的文献有限，因而是一个难点，同时也是重点。这一部分，本课题将采用跨学科研究方法，借助历史学、民族学、社会学的理论和方法，对余氏作家群的形成及历史文化内涵进行梳理和分析。笔者的基本观点是：余氏作家群的形成历经几代，不仅关联着大屯土司的兴衰，而且曲折地反映着明清中央政权与贵州少数民族政权的关系。余氏几代文人的命运，不仅有与中原文化亲近、龃龉的原因，也有历经劫难、无心做官而沉迷诗文的避祸动机。对大屯余氏

---

① 转引自母进炎《百年家学数世风骚》，贵州人民出版社2012年版，第7页。
② 余宏模：《彝族扯勒部大屯土司庄园历史调查》，贵州民族调查，1990年。

土司作家群形成历史的追溯，不仅可以勾勒贵州乃至四川、云南少数民族文人的心灵史、命运史、精神史、性格史，而且可以探寻中原文化与西南少数民族文化交流碰撞的某些特征和规律。尤其重要的是，从改土归流后西南土司文化衰落的角度，去描述彝族土司世家文人集团和作家群的命运沉浮，还是一项开创性的工作，其中蕴含着少数民族历史与文化嬗变的丰富信息，因而这样的研究是一种创新。

对毕节彝族余氏土司作家群形成的历史条件的探讨，其实质就是对其文学生态环境的构拟与还原，这不仅是为了阐述当时社会之政治经济、思想教育、文化传承、家族命运等综合背景，更是为了开掘与诠释余氏土司作家群形成背后的改土归流之变、文化融合之新，以及多元共生的文化生态环境。其间余氏土司作家群形成的政治背景、文化土壤以及科举教育制度，典型地诠释了南方土司文学兴盛的历史文化条件。因此，本课题力求从时空两个纬度交织成的文化生态背景上，以明清社会历史变迁，尤其是改土归流政策对南方少数民族土司的深刻影响，结合余氏家族的兴衰史，对余氏作家群形成之历史文化条件作深度分析。

2. 余氏作家群诗文创作评价

从19世纪初余家驹到20世纪初余若瑔，余氏一门有各类著述近百卷传世，其中各体诗词数千首，散文数十卷，对余氏集团及其作品，不仅从未有过系统的研究评价，而且缺乏细致的归纳整理。本课题拟采用文学研究方法（比较文学、文学人类学），在对余氏一门的诗文创作进行全面归纳整理的基础上，从三方面展开对余氏文人创作的评价和研究。其一，对余氏作家群创作共性和个性的研究。余氏土司有自己的兴衰历史，余氏文人大都经历过人生的大起大落，因而解读其作品是走进其心灵的必要前提，这种解读的重点和难点是：既要注重个体差异，也要立足于家族盛衰的情感共性。其二，清末贵州出过几位有影响的诗人，其中最著名的是郑珍和莫友芝。著名学者汪辟疆等甚至将郑、莫视为"同光体"的代表人物，有过清季诗歌"王气在夜郎"的较高评价，笔者认为，对余氏作家群诗文的解读，不仅要联系近现代主流文学发展的历史，而且还需要联系贵州地域文学的背景，即在贵州这样一个地处边远的省份，少数民族作家文学究竟是如何发生的？少数民族作家群之形成，与其诗文创作的审美追求又是一种怎样的关系？这是本课题的基本思路，也是创新点，笔者的观点是：通过对彝族余氏作家群作品的解读，可把握贵州地域文学的某些内涵和特质。其三，余氏作家群诗文创作在彝族文学史上有什么价值和意义也是本课题关注的一个重点。在西南诸民族中，彝族不仅有自己的文字，而且经籍和诗学极为发达。大屯余氏作家群的诗文虽属非母语创作，但其中的民族文化浸润也是有迹可循的，虽然这方面的研究由于缺乏积累而具有相当难度，但联系彝族古代典籍所论述的三段诗、五言诗形式，以及彝族的毕摩文化来进行解读，也是值得尝试的，是一种创新。当下，随着学术界"多民族文学史观"理论研究的深入，重构中华多民族文学版图的呼声越来越高，我们有必要重新审视彝族文学史的研究与建构，有必要深入阐释彝族文学的异质性内涵，在此语境下，余氏作家群文学的特征与价值研究可为我们带来启发和思考。

3. 余氏作家群与西南土司文学的关联性

土司文学是西南少数民族文学发展历史上的一种独特现象，其特点表现在文人身份的世家性（或家族性）、诗文题材的特殊性，以及汉化程度较高等方面。目前，西南土司文化研究已有不少成果，"土司学"在学界已呈呼之欲出之势，土司文学也日益引起关注。笔者的基本观点和创新之处是：土司文学的基础是土司文人的集团化、民族化与区域化，应联系有代表性的土司作家群，采用跨学科方法研究，尤其需要在不同土司文化间展开比较，才能将土司文学的研究引向深入，其中的重点和难点是典型个案的解读。所谓余氏作家群与西南土司文学的关联性是：第一，拓宽视野，联系中国历史上的羁縻制度与土司文化的兴衰，考察地域文化与民族文学的相互影响；第二，发掘和扩大史料来源，将余氏土司作家群的诗文创作，置于西南土司文化的大背景上，在彝族与其他少数民族土司文化与文学创作之间展开比较，以探讨土司文化与文学发展的规律、特点和影响。

第一章　彝族余氏土司家族源流

彝族，世世代代生活在祖国的大西南，拥有自己古老的文字和悠久灿烂的历史文化，在多民族的中华大地上，留下了丰富厚重的文化遗产，而文学创作就是其文化遗产中的一颗璀璨明珠。从彝族文学发展史来看，明、清两代是彝族文学发展兴盛的重要时期，其中一个重要的标志就是以土司家族为主要力量的世家文人的涌现，如云南姚州彝族高氏土司、云南宁州彝族禄氏土司以及贵州毕节大屯的彝族余氏土司，他们在诗文创作上颇有成就，影响深远。贵州毕节大屯的彝族余氏土司作家群，出现在清初，绵延至20世纪30年代，其家族命运跌宕起伏，因而，诗文创作显示出不同于其他土司家族的风格特征。

钱穆先生曾指出："'家族'是中国文化一个最主要的柱石……中国文化，全部都从家族观念上筑起，先有家族观念乃有人道观念，先有人道观念乃有其他的一切。"① 由是观之，"家族"在古老民族文明的进程中有着举足轻重的作用。我们知道"家族"不仅仅指向物质生产、生活层面的意义，也意味着是凝聚同族的人文情感、文化倾向和文学经验的文化共同体。因而，要展开对彝族余氏土司作家群及其创作的研究，并在丰富复杂的政治制度、社会历史变迁和家族命运的兴衰更替中，解读其诗文内容与艺术风格，进而揭示其文化内涵与独特的文学史价值，首要问题就是对余氏家族创作主体进行追源溯本的探究，并以谱牒学方法进行家族的世谱梳理、支脉追寻，借以夯实后续研究的基础。

---

① 钱穆：《中国文化史导论》，商务印书馆1994年版，第51页。

基于此，本章采用文献学、历史学、民族学的研究方法，通过大量文献史料的考据，从余氏先祖、近源及其姻亲家族的梳理中，考察余氏作家群的家族源流。

第一节 家族渊源、世系

一 余氏先祖：彝族扯勒部

彝族，是古氐羌人在南下的长期发展过程中与西南土著的彝族先民部落不断融合形成的。彝文文献《彝族源流》记载，自哎哺世代（原始时代）开始，彝族历史经历了尼能、什勺、米靡、举偶、武米、六祖等时代，在漫长的历史岁月中，彝族从原始部落一步步走入文明社会，彝族人民创立天文历法、发明使用文字，彝族内部出现了有名称的氏族、部族。在彝文典籍的记载中，自希幕遮之世始，彝族社会进入了父系氏族社会，实行父子联名制。其后裔三十一世笃幕俄娶三妻，生六子，分别为武、乍、糯、恒、布、默，兄弟六人长大成人后，各居一邑，在不断的迁徙发展中壮大，成为川、滇、黔一带的大姓世家。自此彝族先民部落从滇中洛尼山开始迁徙，向西南各地进发，拓土开疆，并在不断的征伐过程中，与其他民族相融合，建立和发展了奴隶制度，这就是彝族史书所记载的"六祖时代"。随着"六祖"的强盛，其各支系（除南诏外），均形成了完整的"祖、摩、布"① 三位一体的政治统治。在各支系部落的交互融合中，作为民族共同体称谓的"夷"便出现了，并被大量汉文史籍所记载，据此推论，大约公元前5世纪，彝族作为中华民族大家庭之一员已经形成。

六祖中的第四子名叫穆阿卧，原居于协，后迁于窦（今云南省昭通市）。穆阿卧又称作君亨，其后裔子孙即以祖名"君亨氏"称呼，彝语又译为"耿

---

① 余宏模：《余宏模彝学研究文集》，贵州大学出版社2010年版，第17页。

恒""耿恒氏",简称为"恒部"。

自"恒部"十八世卧海德赫之后,就进入了彝史所称的"德赫九子"时代。卧海德赫的九个儿子成长之后,必然要扩大居住地域,发展部族经济,于是卧海德赫举行了隆重的祭祖分宗仪式,祭祖分宗仪式后,九个儿子便各自去开疆拓土,创立基业,以求发展。九子中的幼子德赫辉(亦译为德赫奋),即为"鳠部"的始祖,亦是"创业之主",彝语称为"通雍"氏(彝语"通雍"之意为青松木,是指祭祖分支时以青松为神树祭祀)。余家驹所著《通雍余氏宗谱》中的"通雍"之意即源于此。据余宏模先生考据:"彝文历史巨著《西南彝志·扯勒珍藏》对鳠部的拓展、迁徙有较清晰的记载,德赫辉先从住地葛楚法纪(今云南省境内),迁往构密作姆(山名,在今贵州省威宁县境内),'撒金片银片(系彝族祭祀时用的黄白色木片,称为金银片),祭祖又祭山'。后又迁到可乐弄姆(城名,今贵州省赫章县可乐乡境内),在此举行了隆重的祭祖大典,按祖辈秩序,做斋作追荐。同时,他召集族众议事,商讨去向。最后决定向北迁徙,渡过扯雅益(今赤水河名),经葛底沙垮(今贵州省毕节市七星关区龙场镇境内),沿赤水河一带发展。在德赫辉的带领下,鳠部历经艰辛,最后到达今四川古蔺县和叙永县一带定居。"[①] 经过一段时间的努力,鳠部在此站稳了脚跟,结束了游牧经济的生活方式,开启了农牧社会新的经济生活方式,部族得到壮大发展,实力大为增强,文治武功盛极一时。"从以上追叙可知,德赫辉之世由云南乌蒙山一带,沿白水江、赤水河迁徙发展,最后进入今川南古蔺一带定居下来,结束了游牧经济的生活方式,转入农牧社会的经济生活。鳠部由征战开拓的武士生涯,转而偃武修文去管理政权。君、臣、师三位一体的政权制度,宗庙与宫室的建筑,"则溪(仓库)"的遍地罗列,都说明了彝族鳠部通雍氏族统治者在今赤水河两岸川、黔相邻之地统治秩序建立伊始的面貌。"[②] 鳠部后裔至墨者扯勒时,被晋王朝授以"令长"之职,其后裔即以祖名为部名,称扯勒部或作彝姓,称扯勒家

[①] 余宏模:《彝族鳠部扯勒家族考》,《滇川黔桂四省(区)毗邻县第二届彝学研讨会论文集》,云南人民出版社2011年版,第151页。

[②] 同上。

支，沿袭至今。这就是余氏先祖彝族扯勒部的历史源流。

"六祖"后裔的恒部，在长期迁徙征战中，征服了"濮人"，于两汉时期分为三支：一支定居滇东北的"窦的甸"（今云南省昭通市），发展为"乌蒙部"；一支从云南昭通北上过金沙江沿美姑河到达今四川凉山，称为"古侯部"；另一支经贵州威宁、毕节，一路征战，在今四川古蔺、叙永及赤水河两岸定居，即所谓"扯勒部"。"扯勒部"就是后来的贵州毕节彝族余氏土司家族之先祖，他们被称为"扯勒家族"。在《西南彝志》和有关汉文史志的记载中，扯勒部是西南彝族地区一个势力强大的部落，与滇王国、东川部、芒布部、阿哲部（后为水西部）、乌撒部等共同发展。在南方古丝绸之路打开了对外商业的通道后，彝族人民的生活相对稳定，彝文化高度发展，如滇王国的龙虎文化与青铜艺术和播勒部的建筑艺术等。扯勒部则是"兴家立国，设置了宗庙，超度了祖先。征服'濮人'后，偃武修文，强盛一时"，可见余氏先祖乃具文武兼备之修为，在西南各彝族部落中，地位显赫。在中国历史上，历代封建中央王朝对边疆少数民族实行的是羁縻政策，即委任当地土著首领为土官去治理其地，管理其民，"扯勒"家族的先世凭借出色的文治武功，就曾被中央王朝册封为令长、永宁长官司、永宁宣抚使、水潦长官司、大屯土千总等土官之职。

具体到扯勒家族的历史源流，汉文文献资料虽佚阙不可考，但在彝文典籍《西南彝志》卷十二《扯勒珍藏》中却有谱系可溯①，扯勒家族后裔、余氏作家群中两个重要人物余家驹、余达父所著的《通雍余氏宗谱》《且兰考》，都是依据彝文典籍史料，结合对汉文史籍的梳理而完成的，两部著述对余氏先祖——明代四川永宁宣抚使世家历史的脉络，有较为清晰的整理和考证。经余氏几代人的收集、完善、保藏，《通雍余氏宗谱》得以保存于今贵州省图书馆，成为研究彝族社会历史的宝贵遗产。在对余氏家族源流的追溯中，我们将《通雍余氏宗谱》与彝文典籍互为印证，扯勒家族、余氏先祖谱系便有了清晰的面貌。为了更清楚直观地呈现余氏家族的家支宗谱，特作家族谱系表（见表1-1）。

---

① 《西南彝志选》，贵州人民出版社1992年版，第106—120页。

表 1-1　　　　　　　　扯勒家族、余氏先祖谱系表①

《西南彝志·扯勒珍藏》			《通雍余氏宗谱》		
世系	姓名	住地	世系	姓名	住地
一世	慕雅卧	易蒙作姆	一世	穆阿卧	
			二世	卧阿晔	
			三世	晔能伦	
			四世	能伦哺	
			五世	哺兴哈	
			六世	兴哈云	
七世	密雅恒		七世	去阿赫	
八世	和雅妥	今云南省沾益县境内	八世	赫阿通	
			九世	通贰蒲	
			十世	贰蒲丰	
			十一世	丰那琚	
			十二世	那琚赛	
			十三世	赛弥纶	
			十四世	弥纶勒	
			十五世	勒卧猛	
			十六世	卧猛卧叶	
			十七世	卧叶哦海	

① 表 1-1 沿用余宏模《彝族扯勒家族在黔境内历史文化调查》一文中的表格，个别地方有微调。该文见《余宏模彝学研究文集》，贵州大学出版社 2010 年版，第 354 页。

续　表

《西南彝志·扯勒珍藏》			《通雍余氏宗谱》		
世系	姓名	住地	世系	姓名	住地
十八世	哦海德赫	（以下为扯勒鳀部通雍氏始祖）			
十九世	德额奋		十九世	德赫辉	
二十世	奋雅各	今贵州省赫章县境内	二十世	辉阿哒	
二十一世	各雅武	今四川省古蔺县境内	二十一世	哒诺武	
二十二世	诺武白		二十二世	诺武伯	
二十三世	白俄堵		二十三世	伯阿都	
二十四世	堵乍举		二十四世	都喳渠	
二十五世	乍举堵		二十五世	喳渠底	
二十六世	堵阿诗		二十六世	底阿喜	
二十七世	缺佚		二十七世	喜阿碟	
二十八世	阿诗孟		二十八世	碟阿穆	
二十九世	孟默遮		二十九世	穆墨者	
三十世	默遮扯勒		三十世	墨者扯勒	
三十一世	扯勒莫武		三十一世	扯勒莫武	
三十二世	莫武阿昂		三十二世	莫武隆阿	
三十三世	阿昂阿姆		三十三世	隆阿阿穆	
三十四世	阿姆阿宗	今四川省叙永县境内	三十四世	阿穆阿琮	
三十五世	阿宗惹德		三十五世	阿琮思点	

续　表

《西南彝志·扯勒珍藏》			《通雍余氏宗谱》		
世系	姓名	住地	世系	姓名	住地
三十六世	惹德必其		三十六世	思点哔启	
三十七世	必其必朵		三十七世	哔启脱	
三十八世	必朵祃启		三十八世	脱麻洗	
三十九世	祃启阿龚		三十九世	洗阿琚	
四十世	阿龚阿娄		四十世	琚阿弄	
四十一世	阿娄阿甫		四十一世	弄阿逢	
四十二世	阿甫哪知		四十二世	阿逢那知	
四十三世	哪知之左		四十三世	那知枝伊	
四十四世	之左伯欲		四十四世	枝伊补杰	
四十五世	伯欲不已		四十五世	补杰补德	
四十六世	不已布德		四十六世	补德补裕	
四十七世	布德阿史		四十七世	补裕阿喜	
四十八世	阿史更宗		四十八世	阿喜更宗	
四十九世	更宗脱尼		四十九世	更宗脱宜	
五十世	脱尼赫迭		五十世	脱宜赫特	
五十一世	赫迭阿额		五十一世	赫特阿额	
五十二世	阿额玳巧		五十二世	阿额普屈	
五十三世	玳巧已楚		五十三世	普屈兹楚	
五十四世	已楚阿谷		五十四世	兹楚阿枯	

续 表

《西南彝志·扯勒珍藏》			《通雍余氏宗谱》		
世系	姓名	住地	世系	姓名	住地
五十五世	阿谷已更		五十五世	阿枯兹起	
五十六世	已更那可		五十六世	兹起那枯	
五十七世	那可布衣		五十七世	那枯蒲衣	
五十八世	布衣仆谷		五十八世	蒲衣普古	
五十九世	仆谷陇已		五十九世	普谷龙迁	
六十世	陇已陇根		六十世	龙迁龙更	
六十一世	缺佚		六十一世	龙更龙之	
六十二世	陇根阿基		六十二世	龙之阿举	
六十三世	阿基卜杓		六十三世	阿举蒲守	
六十四世	卜杓肥洛		六十四世	蒲守宣乐	
六十五世	肥洛已道		六十五世	宣乐兹豆	
六十六世	已道笃度		六十六世	兹豆禄克	
六十七世	笃度那垮		六十七世	禄克那可	
六十八世	那垮本脱		六十八世	那可哺托	
六十九世	本脱鲁宗		六十九世	哺托龙智	
七十世	鲁宗陇格	今贵州省七星关区境内	七十世	龙智龙格	
七十一世	克启姆宗		七十一世	龙格诺宗	
	益卧阿谷	今四川省叙永县境内	七十二世	诺宗阿玉（奢崇明）	

续　表

《西南彝志·扯勒珍藏》			《通雍余氏宗谱》		
世系	姓名	住地	世系	姓名	住地
	德垮阿谷	今贵州省七星关区境内	七十三世	阿玉阿姑（奢辰）	今贵州省七星关区境内
	实堵卧总			阿位玉基（奢震）	今四川省叙永县境内

从表1-1两个谱系互为印证，可以看出：首先，自扯勒统治家族始祖德额裔（德额奋）至鲁宗陇格为止，《西南彝志·扯勒珍藏》与《通雍余氏宗谱》基本吻合，除中间佚缺两世外，世系传续明白清楚，鲁宗陇格之后的克启姆宗、实堵卧总，是否与《通雍余氏宗谱》中的七十一世陇格诺宗是同一人的不同译名，抑或有别的其他关系，尚无定论。但，《扯勒珍藏》中最后提到的益卧阿谷、阿谷德垮，已被证实为明末奢氏后裔。益卧和德垮，均为地名之称谓，益卧，即今四川省叙永县彝族水潦乡，因位于川、滇、黔三省交界处的赤水河南岸，故有"鸡鸣三省"之称。德垮，在今贵州省毕节市七星关区龙场营镇的安顶村和元岩村，安顶彝语为"阿尼"，意思是雀鸟之地，白岩村则是危石高耸，云雾缭绕，沿着曲折蜿蜒的山路进入山寨，依稀可见当年奢氏营盘的断垣遗址。奢氏后裔余家驹曾有《安鼎》一诗，描述了这里地势的险要："大谷箕张纳众溪，青天釜覆可攀跻。水当落涧怒横起，山到临崖倔不低。"①

其次，扯勒家族历史悠久，在漫长的历史发展过程中，其家族宗支在不断演变、不断迁徙分化。所谓"家支"乃是彝族社会结构的主要特征之一，亦即彝族社会的基本组织。"家"由同一个男性祖先繁衍的子孙组成，每个儿子又自成一房，随着"房"的扩大就形成了"支"，每个家支都有共同的名称，大多是以男性祖先的名字或居住之地来命名，并以父子联名的谱系表明"家""支"的血缘关系，扯勒家族、余氏先祖谱系图即是典型反映。

---

① 余家驹、余珍著，余宏模编注：《时园诗草·四餘诗草》，贵州民族出版社1993年版，第62页。

二　余氏近源：永宁宣抚使

所谓宣抚使自唐代就已经出现，最初是指代表朝廷到地方解决某些突发问题，或者是完成特定任务的临时官员，到元代时演化成为一种管理机构，且在江南、西南、西北均设置有宣慰司和宣抚司，其中西北、西南实行"土流参用"的政策。明代在元朝的基础上，取消在内地设置宣慰使、宣抚使，专门针对少数民族地区正式设立宣慰司和宣抚司，成为专门用于治理少数民族的地方一级行政区划，是隶属于兵部的武职机构，负责管理其辖区内军民之事，并任用少数民族部落首领或者酋长为最高长官，其主要理念就是恩威并济，具体实施过程中则是"以夷制夷"。因此，明代，宣抚成为土官、土职机构，并且围绕着设官、袭替、官秩、朝贡等重要事项，朝廷制定了较为明确的管理制度。

永宁宣抚司设置的历史简况为：元时为永宁宣抚司，明洪武四年（1371年）归附明朝，置永宁军民安抚司，九年（1376年）升军民安抚司为永宁宣抚司，领长官司一。

《明实录·神宗万历实录》曾记载："蔺州夷奢崇明承袭祖职，管宣抚职事。时，川河总督王象乾奏：'永宁官职，先经多官保勘审据，统、续二妇及目把等众口一辞，议立奢氏亲枝崇明承继，业奉明旨先冠带，追与印信。'"这里，所谓蔺州夷奢崇明（彝名：诺宗阿玉）乃是扯勒部第七十二世主，蔺州即今四川省叙永县、古蔺县境内，是唐代在平定了川南诸夷后而设置的羁縻州，该区域在"历史上长期被视为化外之地，古代汉文史籍亦少涉及。旧居濮、羿两族部落，到了东汉末年，这里逐渐成为彝族扯勒部的统治地区"①。北宋初期乾德三年（965年）蔺州被废，一直到宋神宗熙宁六年（1073年）才在这一地区设置归来州。元朝时期，这一地区曾属西南番安抚司管辖，元世祖至元二十九年（1292年）在此设永宁路。明初洪武四年（1371年）设为永宁长官司，后升为宣抚司，任奢禄照为宣抚使，管辖范围扩展到九姓长官

---

① 王子尧：《阿哲主摩奢香夫人与水西彝族文化调查探证》，《贵州民族学院学报》2009年第5期。

司、筠连、珙县、庆符一带。奢崇明于明神宗万历三十四年（1606年）二月经族人议立，多官保勘，朝廷认可，承袭祖职。可见自元至明，中央王朝加强了边疆地区的统治，在川黔边境设官置署，卫所屯田，实行所谓"以夷制夷"的治理策略。

"以夷制夷"其实有三层含义：一是在明王朝统治者眼里，少数民族"蛮性未驯"，而流官又"不谙其俗"，所以任用土酋为官，能确保对土民的治理，维护边境的稳定；而前文所述的彝族"扯勒部"亦即后来的贵州毕节彝族余氏土司家族之先祖，经过发展壮大，成为一方霸主，完全符合中央王朝的要求，因而被任命为永宁宣抚使当为必然。二是中央王朝利用和周旋于少数民族各部落之间的复杂关系和矛盾斗争，不断削弱土司的实力，西南各土司之间常常因为土地、山林等纷争不断，土司家族内部则为承袭之事明争暗斗，中央王朝周旋其间，正如杨虎得指出，这是"以期'鹬蚌相争，渔翁得利'，确保王朝在少数民族地区的统治地位，这种'以夷制夷'的治理策略，尊重了少数民族风俗习惯，土人土治，实际上是一种因俗而治。这种因俗而治的制度设计，不同于以往的羁縻制度，其目的除了保证朝廷所希望的'相安无事'之外，还要将少数民族地区纳入到高度中央集权体系的监管之下，建立一种能够由朝廷控制的因俗而治制度"①。三是在承袭唐宋设羁縻州旧制的基础上，以土司制度来统治民族地区，委任部族首领任土司官职，且有安抚边地少数民族、使其受命于中央之意，所谓"宣慰司"之"慰"、"宣抚司"之"抚"从字面意义上就不难理解其用意。"扯勒部的首领即被任命为永宁宣抚使土官，世领其地，世长其民，直至明末奢崇明反明失败，改土归流，永宁奢氏土司才结束了自东汉末年至明朝末期长达一千四百多年的统治地位。"②

奢崇明担任永宁宣抚使时，在其辖区内设立了十七则溪，作为其政治经济统治的基层组织，十七则溪分别是：重庆则溪、合江则溪、泸州则溪、江门则溪、纳溪则溪、江安则溪、隆文则溪、海坝则溪、构朋则溪、达佐则溪、

---

① 杨虎得、柏桦：《明代宣慰与宣抚司》，《西南大学学报》2016年第3期。
② 王子尧：《阿哲主摩奢香夫人与水西彝族文化调查探证》，《贵州民族学院学报》2009年第10期。

赤水则溪、大摆则溪、益朋则溪、阿糯洛则溪、几洛则溪、果布则溪、毛坝则溪。十七则溪均分派奢氏亲族部属任职慕、慕魁，掌管属地，按时向朝廷纳贡。

扯勒家族的成员，从明朝开始，除沿用父子连名的传统彝名外，开始使用汉姓"奢"姓，明代的奢禄肇、奢尾、奢苏、奢贵、奢禄、奢效忠、奢崇周等永宁宣抚使，以及出嫁到水西著名的女土官奢节、奢香、奢社辉等，都是扯勒家族的成员，其势力之强大可见一斑。七十二世诺宗阿玉（奢崇明）为宣抚使时，扯勒部族已发展成为西南彝族中一个势力强大的部族，其管辖之地横跨今赤水河两岸的黔川两省，且与贵州宣慰司（水西安氏）、乌撒军民府等彝族土司家族世代姻亲，血亲关系密切，某种意义上他们是一个休戚与共的利益共同体。

三　世代姻亲的家族：水西宣慰司与乌撒盐仓土府

恩格斯在谈到欧洲封建王公的婚姻行为时，有一个著名的论断，他说："结婚是一种政治的行为，是一种借新的联姻来扩大自己势力的机会，起决定作用的是家世的利益，而绝不是个人的意愿。"① 民族学家潘光旦也说："同一地方的世家大族，因智能程度的相近，社会身份、经济地位、文化旨趣等的相同，总会彼此通婚，成为一种门第主义的婚姻。"② 从民族学的角度来看，少数民族土司的联姻关系中，政治地位、社会身份是一个重要因素。彝族土司的婚姻是维护宗族利益、扩充家支势力的工具，一句话，就是以宗族为其本位。宋元以来，余氏作家群的先祖永宁宣抚使与水西宣慰使、乌撒盐仓府就结成了牢固的姻亲网，形成区域性的联姻集团，相互间在政治上、经济上形成依靠和庇护。例如：明嘉靖、隆庆年间永宁宣抚使奢效忠娶贵州宣慰使安万铨女儿为妻，万历年间贵州宣抚使安尧臣娶奢效忠的女儿奢社辉为妻，奢社辉之兄就是曾经自称"大梁王"的奢崇明，此后奢社辉成为贵州宣慰使安位的母亲，如此紧密的姻亲关系，使奢安两大土司

---

① 《马克思恩格斯选集》第4卷，人民出版社1972年版，第74页。
② 潘光旦：《近代苏州的人才》，《潘光旦文集》卷9，北京大学出版社2000年版，第163页。

势力日益强盛。

在奢、安两大彝族土司家族的联姻中最有影响力的，当属明洪武年间四川蔺州宣抚使、彝族恒部扯勒君长奢氏之女奢香，与贵州彝族默部水西君长、贵州宣慰使霭翠的联姻，这桩婚姻不但使两大家族关系更加紧密，还成就了一个女政治家的辉煌，这就是后来一直被历代主流社会所称赞、被黔西北各民族人民所颂扬、对贵州历史影响巨大的奢香夫人。

奢香自幼天资聪颖，悟性极高，14岁嫁予霭翠为妻后，经常辅佐丈夫处理宣慰司的政事，"相其夫输忠率土归附"，夫妇二人同心协力和明王朝中央一直保持着密切的臣属关系，奢香曾亲自赴京"贡方物与马"。在明王朝三十万大军远征云南时，霭翠、奢香夫妇以马羊、弓弩等积极资助明军，对明王朝平定云南起到了重要作用。事实上，年轻聪慧的奢家女儿在与宣慰司丈夫共同生活的过程中，在辅佐丈夫的理政实践中，逐步培养起了治邦理政的才能，以其聪敏贤能闻名于水西，深受彝族人民拥戴，被尊称为"苴慕"（君长之意），因而在丈夫霭翠病故、23岁的奢香承袭了贵州宣慰使之职后，就迅速表现出了一个政治家的才能、胸怀和胆识，她始终保持与明王朝的臣属关系，在云谲波诡的历史事件中，始终顾全国家大局、民族大局，演绎了一曲彝族女杰的人生传奇。

最典型的事件发生在洪武十六年（1383年），时任贵州都督的马烨借口"抗税"对奢香进行鞭笞，据史书记载，马烨"欲尽灭诸罗，以代流官，故以事挞香，激为兵端"，水西四十八部首领不堪其辱，"咸集香军门"，表示"愿尽死力助香反"，千钧一发之际奢香体现出一个成熟政治家的气度与风范，她洞悉奸谋，明确表示"反非吾愿"，与水东女土官刘淑贞一起"走诉京师"，最终朱元璋召回马烨，并以"开边衅，擅辱命妇"之罪，将其下狱，奢香兵不血刃，洗雪挞辱，化解了一场严重的政治危机。奢香夫人的另一重大贡献是她对汉文化学习的重视及其开放的战略思想，她开通驿道，送子进京，开办贵州宣慰司学，推动了黔西北地区彝汉民族传统文化的共融发展，对后世产生了深远的影响。多年后，奢氏后裔余昭在其诗作中表达了对先祖的崇敬之情："忠贞两道不殊途，公事何须妇职无。坐靖兵戎鏊号佛，先开文教女为儒。山河凿险奢香老，世业拼消禄氏孤。同是西南坤

柱在，谁云巾帼少雄图。"①（《无题》）

明末爆发"奢安之乱"的历史硝烟散尽后，有人在分析"奢安之乱"发生的原因时曾指出：奢、安两部世代结为姻亲，同谋已久，奢寅寇蜀，邦彦即寇黔，始酿祸事。可见，两大土司集团之间的联姻在他者眼中，也不止于儿女亲家、婚姻家庭这么简单。通过婚姻建立联盟从而壮大实力应该也是土司大族的目的之所在。这方面还有一个典型事例，足以佐证土司之间联盟、联姻的政治意义，那就是水西土司与播州土司的联盟。元明清三朝，中央政府对西南地区的渗透力度与经营力度一朝更甚一朝。"西南各大土司在此形势下，出于自保之目的，势必会考虑到在政治、军事和经济诸方面与中央政府的合作与博弈，为实现基业的稳固，西南地区的一些彝族土司在承袭原有婚姻关系的基础上，跨越了民族内婚的界限，选择和自己等级相当、实力雄厚、地界毗邻的其他民族进行联姻。"②

在贵州土司史上，因明王朝在洪武六年"诏贵州宣慰使霭翠位居各宣慰之上"，使得水西安氏土司以建制最早、承袭最长、辖地最广、影响最大而闻名，而播州杨氏土司以经济最为发达、汉化程度最深、与中央政府的关系最为密切而自傲，因此有所谓"思播田杨，两广岑黄"之说。水西安氏土司与播州杨氏土司毗邻而居，互为唇齿，既有因各自利益的自我保护而形成互相防范之态势，又有因与中央王朝的共同矛盾而建立友好关系的意愿，而建立友好关系比较常见的方式就是进行家族联姻，所以播州土司杨应龙在起兵反抗明廷之时，与水西安氏土司结为儿女亲家，又将儿子拜寄给水西土司，意在通过与水西结成生死同盟，共同对抗朝廷。由此可见，西南各民族土司之间的婚姻不仅是不同宗族、家支之间相互结盟、扩大各自社会集团力量的工具，从某种角度来说更是一种利益结盟的政治联姻。

不论是彝族土司家族之间的联姻，还是跨越民族内婚的界限，选择和自己等级相当、实力雄厚、地界毗邻的其他民族进行联姻，豪门大族之间的婚姻关系都体现出以下几个方面的特质：其一，土司家族之间的联姻，从主观

---

① 余昭、安履贞著，余宏模编注：《大山诗草》，四川民族出版社 1994 年版，第 71 页。
② 卢玲：《浅析水西彝族土司的睦邻措施》，《毕节学院学报》2013 年第 3 期。

上说大多与自己的政治利益相联,与统治地位的巩固相关,是为一定政治利益服务的,带有鲜明的政治色彩,因而有很强的现实政治意义;其二,不同民族土司家族间的联姻,有利于彼此关系的加强与合作,更易促进不同民族之间在经济、文化及情感上的交流,婚姻成为一种有效的调节手段,加强不同民族间的交融,促进民族关系的融洽,因而具有一定的社会历史意义;其三,各土司集团、世家大族的联姻,还有利于家族文化的家风与家学的培育,使良好家风与家学不断累积,在这个意义上,土司世家的联姻还具有重要的文化意义。当然,土司姻亲卷入纷争,造成袭替混乱,土司姻亲集团联合抵制、牵制明清王朝在西南地区的改流,带来地区社会的不稳定,也是客观存在的事实。

土司世家大族的姻娅关系,等级森严,讲求门当户对,如此刻意的讲求,除了政治因素外,当是受到文化因素的影响。笔者在考察一些土司文学家族的形成过程中发现,土司家族内部成员不仅在家族内部通过诗书传家的方式进行文学传承,还通过与其他土司家族的沟通与交流提高文学创作水平,世家联姻便是其经常采取的手段之一。例如,在云南,彝族文学家族与白族、纳西族等土司文学家族频繁联姻,且盘根错节,守望相助,为文学家族的传承提供了保护屏障。比如,姚安彝族高氏土司家族世代与丽江纳西族木氏土司结为秦晋之好,诗礼之家的姚安彝族高氏在西南地区威名赫赫,家学深厚。据《姚郡世守高氏源流宗派图》记载,从汉至清共计五十四世,高氏文学创作活跃,代有才人,家声远播。丽江纳西族木氏家族是纳西族成就最大的文学家族,也是云南明清之际各民族中一大望族。木氏世守边境,屡建军功,同时,木氏家族雅好文学,以诗礼传家,曾受到杨慎、董其昌、陈继儒、钱谦益、徐霞客等名公巨儒的推重。至木泰以后纳西族木氏家族出现了一批著名诗人,特别是木增,因文采出众而声名远播,将木氏文学家族的成就推向顶峰。彝族著名学者、诗人高𥳑映就是在这两个土司文学家族土壤上成长起来的文学家和大学者,他既从父系氏族——高氏家族中接受优质的家庭教育,又受到母系氏族——木氏家族良好家风的熏陶,来自两个家族的优质教育与良好家风成就了一代文人大家。可见,土司家族之间的姻亲关系,除了带来家族势力在政治上的日益扩张,还带来了家学的养成,促成了家族文化、文学的繁盛，对家族影响力的提升作用巨大。

与永宁宣抚使奢氏世代联姻的水西安氏，不仅拥有强大的军事实力，族中子弟凭借优越的贵族身份，还能接受并获得良好的教育与文化熏陶，因此，家族子弟中文人学者辈出，其中有代表性和影响力的是安国享、安国泰、安光祖、安吉士、安家元、安健等文人学者，他们均著有史书、诗文传世。安国享于嘉靖二十一年（1542年）承袭贵州宣慰使，与胞弟安国泰合著《大定县志》，并有诗作传世，安国泰身为土司家族成员，亦为学者，著有《大定府志》，并翻译《夷书九则》，此作具有很高的文献价值，对后世彝族的古籍文献翻译、整理影响深远。安吉士、安家元父子，一为秀才，一为举人，通经学，明理学，博闻强识，因品行出众，在地方上颇受人敬重；安健，辛亥革命先驱，1905年赴日留学，参加过同盟会，回国后多次参加反清起义，认可社会主流政治文化意识形态，著有《贵州民族概略》《贵州土司现状》《讨清檄文》等论著。奢震的第六世孙余人瑞所娶之妻安氏白皆，就出生于这个既有显赫家世、又有相当文化底蕴和开放意识的水西土司家族。余人瑞与安氏生有二子：长子名曰家驹，次子名曰家骐。余人瑞去世较早，两幼子均由其妻安氏抚养成人，在母亲的辛勤教育下，"幼而颖"的余家驹能诗善画，成为余氏作家群中最先闪耀的一颗星。从余家驹开始，余氏家学渐成传统，开启了百年家学的文坛佳话，而余家驹的诗画才能、高雅情趣与母亲的教化、熏染不无关系。

与余氏家族世代联姻、关系密切的还有乌撒土司。"乌撒"之名，最早见之于汉史志书籍《元罗地理志》："乌撒者，蛮名也，旧名'巴凡兀姑'，今曰'巴的甸'，所辖乌撒乌蒙等六部，后乌蛮之裔尽得其地，因取远祖乌撒为部名，至元十年始附，十三年立乌撒路。"《元史》《明史》《明实录》《清史稿》《云南志》《贵州通志》《大定府志》等史志文献都对乌撒的相关历史有记载。鼎盛时期的乌撒，地域广阔，包括了今毕节市的威宁县、赫章县全境和七星关区、纳雍县部分地区，六盘水市大部分地区以及云南省宣威市毗邻威宁县的部分区域。有元一代，中央王朝在乌撒地区实行土司制度，将其纳入王朝的一统天下，乌撒在元世祖至元十年（1273年）始附，十三年（1276年）立乌撒招府使之后，乌撒世代沿袭。至元十五年（1278年），置乌撒军民总管府，至元二十一年（1284年），改为乌撒宣抚使，至元二十四年（1287年），改为乌撒乌蒙宣抚使，管辖范围扩至现云南昭通，治所在威宁。后又改为乌撒路，专辖乌撒。明洪武十五年（1382年），改元乌撒路为乌撒军民府知府。总之，乌撒是彝族"六祖"分支的一个部族，宋末元初后成为今以贵州省毕节市威宁县为中心的黔西北部分区域的称谓，被朝廷正式册封为土司，乌撒与永宁奢氏、水西安氏世代姻亲，是所谓利益共同体。

和水西一样，乌撒历史上也有一位巾帼不让须眉的女土司——实卜。实卜和水西民族英雄奢香一样生长在元末明初，同样任职于明洪武年间，同样遭遇夫死子幼、以柔弱之驱担负起本部族历史重任的相似经历，同样在担负起部族的重任后就面临着生死存亡的考验，在经历重重危机之后，都凭借着政治家的胸襟和智慧化解了危机，达到了维护统一、促进部族发展的目的。实卜与奢香一样曾亲自赴京面觐朝贡，在两次赴京面觐朝贡中，所率人员最多一次高达771人，这是乌撒对明王朝臣服的表示，也是彝汉文化的一次重要交流。

嫁入大屯土司庄园、成为余昭妻子的女诗人安履贞，其先世就是乌撒盐仓土府后裔。安履贞祖父安天爵为清雍正元年（1723年）癸卯科武举，俄索以机部勺钟（奢渣）烘（土目），乌撒二十四土目之一，此人文武兼备，曾于雍正五年至八年随清军征讨乌蒙，因功受禄，家产殷富，良田千顷；安天爵非常重视研读汉文化，专门聘请教师开设家庭私塾，教授族中子弟和村童习读汉文诗书。在他的培育下，三个儿子安中豫、安中咸、安中立皆有较高文才，他们喜读诗书，曾与村中十诗迷结为诗友，号称"十穷村"，闲暇相邀，品茶赋诗，情趣高雅。其孙安履泰、安履贞亦有深厚的汉文功底，才华出众，诗文颇有造诣，均有诗文留存。安天爵一家祖孙三代，重视研习汉语文且成果斐然，成为乌蒙山区彝族中的书香门第，安天爵开地方办学之先河，为贵州彝村汉学的倡导者之一。安履贞虽为女儿身，然天资聪颖，自幼在家塾接受汉学教育，经常与胞兄安履泰切磋诗作，吟诗作赋，其《园灵阁集》序言即为其家"掌书记"饶雁鸣所作，饶雁鸣称之为"乌撒奇女"。安履贞与余昭喜结连理，夫妻二人琴瑟和鸣，夫咏妇和，演绎了彝族文学史上的一段伉俪佳话。不仅如此，作为母亲、作为祖母，安履贞的文泽慧及子孙，余氏作家群中影响最大、成就最高的余若瑔（余达父）便是直接受其家教与影响。

据《通雍余氏宗谱》相关记载，从毕节大屯一世庄园主余保寿开始，一直到第十世庄园主余象仪，余氏所取之妻皆为各家彝族土司后裔，可见余氏家学渊源与世代联姻的家族之间有着极为密切的关联，土司家族女儿带着良好的家教与获得的文化熏陶，走进大屯庄园，丰富和补充了余氏家族的家学家风。徐雁平在《清代世家与文学传承》一书中指出："文学家族的女性出嫁，会带出父母家的家教，此种家教与夫家的家教汇合，或互补或强化，形成家学传承的新动力。"① 此论断同样适合于少数民族土司家族。所以在余氏家族中，水西安氏、乌撒后裔的知识女性所带来的家学、家教，对子女早期文学兴趣的培养，无疑是对余氏家学的新补益，并内化为余氏家学传承的新动力。

第二节　家族发展、变迁

一　从奢氏到余氏——震动西南的"奢安之乱"

所谓"奢安之乱"，指的是明朝天启年间，四川永宁宣抚司奢崇明与贵州水西安慰司同知安邦彦的大规模联合反明事件。对这起事件的性质、作用及影响的界定，史学界一般沿用明清史家的观点，认为是一场"叛乱""谋逆"。20世纪末以来，随着学术思想的开放活跃，加之对彝文史料的进一步挖掘整理，一些新锐学者对"奢安之乱"发生的始末及其丰富复杂的社会历史原因进行了深入探究，对传统史学观提出了质疑，指出："奢安之乱"是在明王朝高压统治下，阶级矛盾、民族矛盾不断激化的结果，是促使明王朝灭亡的重要因素之一，是西南地区各民族人民的反明武装斗争。

---

① 徐雁平：《清代世家与文学传承》，生活·读书·新知三联书店2012年版，第61页。

一般而言，对历史事件持不同观点，进而发生争论，在学术界是极为正常的现象，尤其是因为各类文献对历史事件不同的记载与叙述，更会带来后世学者迥然相异的认知与判断。关于"奢安之乱"的历史记载与叙述，见于《明史·四川土司传》《明史·贵州土司传》《明史纪事本末·平奢安》《大定县志·水西安氏本末》及彝文古籍《西南彝志》《彝族源流》等文献中，自明末至清代，奢安事件被正统的封建史家视为反叛，现代历史学界也基本接受了这种传统观点。中华人民共和国成立后，在一般的通史、明史、民族史的专著与教材中，都称其为"奢安之乱"或"叛乱"。但是我们在彝族文献典籍和一些地方志、传记等史料的记载中却听到另一种声音，发现了另一种"叙述"：这场"叛乱"不仅与复杂的社会矛盾、民族矛盾相联系，而且事出有因，因而从明至清以及一般的通史教材认定的"奢安"是逆贼、是"叛乱"之说似可商榷。东人达先生曾指出："就奢安反明的起因、目的与组成成分来看，具有反抗阶级与民族压迫的多民族起义性质。而就其武装斗争的时间、规模与作用来看，是促使明王朝最终覆灭的重要因素之一。"① 彝族学者余宏模、安尚育等先生也认为："奢安反明军的主体是西南彝、汉、苗、仲蔡等多民族的联合反抗，奢安反明既在整体上顺应了中国历史发展的大方向，又在局部上代表了反抗剥削和压迫的川、黔、滇各族人民，奢安事件应是一场反明的民族起义。以规模和时间而言，奢安应与李自成、张献忠并列为明末三大起义之一。"② 当下许多专家学者在不同场合提及"奢安之乱"时，也认为其原因是明王朝的民族政策失当。

历史的硝烟终会散去，但学者们探索的脚步却从未停下，对"奢安之乱"的讨论也许还会继续下去。不过，当我们从宏观的角度以历史学家、民族学家的眼光去评判这场"叛乱"的发生、过程、影响，界定它的性质、作用，反思其对后世的警示意义时，同样不能忽略了处在这场历史事件旋涡中心的奢氏一族。十年征战奢崇明最终战死，他的妻子、儿子以及追随他的族人、士兵们也纷纷倒下，而那些幸存者——奢氏的后人，会有怎样的命运等待他

---

① 东人达：《明末奢安事件的起因与作用》，《贵州民族研究》2005年第6期。
② 东人达：《近年关于明末奢安事件的研究》，《毕节师专学报》1995年第4期。

们？这个曾经势力强大、声震西南的土司家族如何在明廷的剿杀中幸存下来？他们怎样从永宁宣抚使的后裔演变成为诗书传家的余氏作家群？大屯庄园又如何见证了这一切？这些问题与余氏作家群的形成及其文学特质，有本质的联系。

所以，让我们再次回到历史场域中。

对于扯勒家族而言，历代中央王朝都对其加以封官进爵，其势力在西南地区日渐强盛。明神宗万历三十四年（1606年）二月，扯勒家族的第七十二世主奢崇明被册封为永宁宣抚使，彼时，其管辖范围最大，势力最盛，但恰恰是在这种盛极一时的表象下，暗藏着危机，围绕永宁宣抚司的权力与利益，潜藏着许多复杂的政治矛盾、阶级矛盾、民族矛盾，这些矛盾既来自扯勒家族内部的权力之争（比如承袭问题一直是土司家族内部最大的矛盾焦点），又来自彝族土司各政治集团之间的明争暗斗，更来自彝族土司集团与中央王朝之间的政治博弈，以及日渐加剧的土官与流官之间的利益冲突和摩擦。可以想见，当这些矛盾叠加在一起，无法回避、无法调和而终至爆发时，一定会带来灾难性的后果。今天看来，那场震动大西南、动摇了明王朝统治秩序的"奢安之乱"，便是这些矛盾的总爆发。

我们先来看看这样几个关涉奢氏家族命运、与"奢安之乱"紧密关联的事件。

其一，"妻妾夺印之争"。

在明代，西南地区实行土司制度，土司经由朝廷颁发印信方可行使统治权。印信，一方面意味着土司的权威得到皇权与中央王朝的认可，另一方面意味着皇权与中央王朝的意志通过土司的统治，深入少数民族的日常生活中。印信是君授权威的象征，因而，对印信的争夺也就是对统治权力的争夺，这不仅是西南各少数民族土司家族内部矛盾的一个主要焦点，也是西南各少数民族上层人物在反流官的斗争中的争夺目标。例如，嘉靖四年（1525年）四川芒部土舍陇寿、陇政兄弟之争，嘉靖七年（1528年）云南武定府改土归流中，土司家族内部之争与土流之争，嘉靖十五年（1536年）贵州平浪少数民族"争印煽乱"等事件，均是以争夺印信为目标而引发的战乱。在印信的争夺中，土司们不遗余力，兵戎相见，可见印信在少数民族土司家族成员心中占据了何等重要的位置，在深层次上，也可以说这是明代西南土司国家意识的一种具体体现。这种争夺，奢氏一族自然不能幸免。

万历十四年（1586年）永宁宣抚使奢效忠病故，围绕承袭争印，奢氏家族内部兵戎相见。奢崇明正房妻室奢世统无子，其妾奢世续则有一子名崇周。应该说，明王朝对彝族土司的承袭制度实际上是有严格规定的，即嫡长子继承制，但明廷又补充规定：如土司无子、弟，土司妻、婿，准许一人袭职。那么，对于此时的奢世统和奢崇周来说，似乎都有承袭的资格，于是为争夺大印，奢世统举兵威逼，妻妾之间一场恶斗就此展开。土司家族内部的武力争斗，引起了贵州、四川明廷驻军的注意，贵州总兵郭成、参将马呈文见有机可乘，便借口调查奢世统、奢世续争印案，意欲从中渔利。他们"发兵千余"进入奢氏领地，闯入私宅，大肆抢掠，"尽将世统九世所积抢劫一空"，"致世统纠集夷兵万余屯住永宁，后巡按亲临禁谕，夷兵方散"。奢氏家族内部的夺印之争，明廷驻军的趁火打劫、大肆抢掠，引发了当地社会的动荡，尤其是"夷兵"的强烈不满。对于中央王朝来说，这应该是一起严重的政治事件和刑事案件，但是，这样一起严重事件的责任人郭成、马呈文，事后仅受到朝廷"戴罪供职"的小小惩戒，对于奢氏而言，不仅财物损失惨重，身为土司，为官一方的权力和威信，亦受到极大冲击与挑衅，而且中央王朝对该事件处理又明显的有失公允，那么，不满、不服进而心生怨恨当为必然，这也为日后的"叛乱"留下了重大隐患。

况且，事件至此远未结束，万历二十五年（1597年）正月，四川都司张神武及永宁参将周敦吉，以向奢世续追讨宣抚使大印为名，"矫旨集兵，突将奢世续新旧二居所有尽掠之，得数十余万，又俘奸其子女"，却"置印不问"。明军的暴行终于激起了兵变，酿成祸事。效忠于奢世续的"目把"阎宗传等人以"救主母为名"，率众攻打永宁卫、赤水卫，摧毁了普市所、摩尼所，此事震惊明廷朝野。但是明朝吏治松懈，加之官官相卫、层层庇护，肇事的明军将领并没有受到任何处罚。据《明神宗万历实录·卷五百二十》载，直到万历四十二年（1614年）五月，巡按贵州御使潘睿奉命实地调查此案后的上复，才有比较公允的说法："四川都司张神武奉委追印，利夷妇玉帛子女，听周敦吉邪谋，矫命兴师，虏掠斐刘，贪纵淫暴，因激变。"至于被激反抗的一方,"奢崇明子奢寅亦称水、赤受祸委烈,愿甘照原议赔偿。彼作事凶横,良心未泯,如此而承问题者顾欲宽之"。而张神武、周敦吉"二凶之罪真穷奇莫喻其毒,而豺虎不食其余者"。从潘睿奏折中,可以看出该案的是非曲直。一个家族内部的夺权之争,最终演化为中央王朝的流官与彝族土司政权之间的激烈冲突。事实上地方官的一些行为并不是直接来自明廷的授意,且一些不能很好领悟"羁縻之术"的地方官,往往存有将难以驾驭的土司除之而后快的心理,庙堂之上内阁首辅的处理意见也很难得以贯彻,所以在土司"难以羁縻"的表象背后,土司家族的复杂矛盾和地方官员的处置失当,往往是事态扩大的推手。

其二,"勒索谢礼"。

据《明史》《明实录》《巴县志》等文献记载,奢崇明经过推举、考查、朝廷任命,准备就任宣抚使时,永宁监生陆登瀛趁机向其大肆勒索"谢礼"。所谓"谢礼",其实就是一种变相的敲诈勒索。"谢礼"事件不久,奢崇明又遭到参将周敦吉的训斥责骂,令人不快的事件接踵而至。准备就任宣抚使的奢崇明忍气吞声,他不想激化矛盾,扩大事态。对于奢氏而言,承袭而被勒索并不是个案。例如,万历四年(1576年),水西宣慰使安尧臣卒,因其儿子安位年幼,明廷任命其母奢社辉(奢崇明之妹)以宣慰职衔理事,而安位承袭职事却延迟了6年,究其原因就是当时贵州巡按下属司道向申报袭职者索取黄金百两,奢社辉未行贿赂,所以她儿子的承袭之事便延迟了6年。奢崇明最终虽按时承袭任职,但是整个过程中流官的飞扬跋扈之态与他的委曲求全之状形成了鲜明的对比。明朝后期向土司世袭者索取金银钱财,在西南各省是一种不成文的规定。据记载:天启初年(1621年),水西土司安位继承祖父职位,贵州分守兵备副使邵应祯借机"索该酋金银常例,不下两、三千金","以致本酋逼急生心","发难一朝"。而在云南,情况也类似,最典型的是滇南阿迷州土司普名声的承袭。普名声曾受明廷调遣,参与镇压"奢安之乱",而且战功卓著,但在袭积时也不顺利,同样受到勒索谢礼。巡抚王伉上任后,也向普名声索贿,普名声出于种种原因"不应",王伉遂"诬以叛将,讨之",这成为后来所谓云南"沙普之乱"爆发的导火索。而"土官子孙承袭有积至二三十年不得职者。土官复慢令玩法,无所忌惮。……致军民日困，地方日坏"，凡此种种事件时有发生。万历年间，云南巡按刘维也称在土司袭替时，"有司驳查延缓，吏胥乘机横索，遂有甘心不袭者"。可见"勒索谢礼"之风的盛行，也加剧了土司与流官之间的矛盾。

其三，出兵援辽与"黥面"之辱。

一般而言，土司派兵参加国家的军事行动，既可表明他们对皇权、对中央王朝的拥护，对国家的忠诚，又可利用出征参战的机会建立功勋，稳固自己的地位和统治。天启元年（1621年）春，努尔哈赤率军一路攻城拔寨，占领了沈阳及辽东的大部分城池，明朝京师大震，惊恐万分，遂准备调集各路兵马讨伐。这对于此刻的永宁宣抚使奢崇明来说，正是一个表明忠心、消除明廷对其不信任的机会。因为在此前发生的驻赤水卫明军与当地群众的争地事件，曾引发了明廷的不满，甚至有大臣参奏："崇明父子敢再仍前抗违，不遵断处，公为叛逆……改土为流，庶土夷知警。"所以在国家危难之际，为了巩固和稳定宣抚使的政治地位和实际权力，维护自己的利益，奢崇明果断上疏："愿调马步精兵二万直捣奴巢。"得到恩准之后，奢崇明遂派永宁兵出发援辽，然而不久该部便在重庆兵变起事。传统的史学观点认为这是奢氏父子蓄谋造反，称奢崇明是借调兵援辽，乘机谋反，《明史·四川土司传》的记载就是这种观点的代表："天启元年，崇明请调马步兵二万援辽，从之，崇明与子寅久蓄异志，借调兵援辽，遣其婿樊龙、部将张彤等，领兵至重庆，久驻不发。巡抚徐可求移镇重庆，促永宁兵。樊龙等以增行粮为名乘机反，杀巡府、道府、总兵等官二十余员，遂据重庆。"不过，对此清代王颂蔚则有不同看法，他在《明史考证捃逸·卷三》中指出："按时以边急，急征四方兵，崇明上疏，请以兵三万赴援。遣其将樊龙等以兵至重庆。巡抚徐可求汰其老弱发饷，饷复弗继，龙等遂鼓众，刺杀徐可求及道臣孙好古等。"这说明所谓"以增行粮为名乘机反"并不成立，"汰其老弱发饷，饷复弗继"才是关键，并且在《明史纪事本末》《明通鉴》等史籍记载中，我们都能看出"汰其老弱、饷复不继"是导致永宁援辽军起事的重要原因。此外直接导致永宁兵变的另一重要因素，就是明廷官员对土司士兵民族身份的歧视。据雍正《江西通志·卷七十》记载，当时的明廷官员可随便杖责土目，且"欲尽黥土兵之面，以别记验"。本来"汰其老弱"对永宁部族士兵来说，已很难理解与接受，继而又"饷复弗继"，最后又要受"黥面"之辱，歧视、压抑、屈辱点燃了他们心中的怒火，终于逼出了重庆兵变。

"明廷—地方官—土司"的三角权力结构，在一个看似大一统的王朝中出现的原因，在于"版图统一"和"内部整合"并不是同步完成，土司管辖的地方实际上成为明王朝的"内在边陲"。在这种权力结构中，理论上地方官员无疑承担了重要的协调和平衡作用。而实际上"奢安之乱"，有一部分就是地方官员的处理不当或因为某种目的而引发的。

上述三个历史事件典型地体现了永宁土司政权与明王朝由来已久的矛盾以及尖锐冲突，亦可窥见明王朝与土司政权之间微妙的关系：既有合作，更有防范猜忌，而"奢安之乱"便是这种种矛盾的总爆发。

处于战乱中心的永宁宣抚司援辽兵在重庆起事后，接连攻克永宁、合江、纳溪、泸州、綦江、遵义等地，围攻成都102天，所谓"全蜀震动"。次年贵州宣慰司同知安邦彦、安位、乌撒土司安效良等加入反明斗争，明王朝征调数十万军队经过近10年的围剿，才将这次大规模的反明斗争镇压下去。《明史·四川土司传、贵州土司传》《明史纪事本末·平奢安》《大定县志·水西安氏本末》、彝文古籍《西南彝志》《彝族源流》等文献中，都较为详细地记述了"奢安之乱"的过程及其惨烈景况，无论是明廷士兵，还是奢安土兵，都在这场战争中遭受重创。据史书记载，仅天启三年（1623年）正月的六广鸭池一战，"溺水死者数千"，"自龙里至饔城，尸横四十余里"。这场战争给川黔民众亦带来了沉重灾难，在征讨与被征讨的过程中，百姓流离失所，甚至尸横遍野。永宁宣抚使管辖下的十七"则溪"全部改土归流。明军在平叛中擒获并斩杀了奢崇明的妻子安氏和弟弟奢崇辉，随后奢崇明兵败被杀，长子奢寅被刺军中，危急之下，奢氏后裔全部更改了姓氏，改汉姓为余、杨、苏、李、禄。次子奢辰改姓名为余保寿，隐迹于今贵州省毕节市大屯，其后裔即所谓大屯余氏。另一子奢震，隐居在今四川省叙永县水潦彝族乡。大屯、水潦往来密切。

一场起义，数年征讨，晚明王朝元气大伤，奢氏一族亦遭受重创衰败下来。一位曾经拥有十七则溪、大权在握的土司，因起义的失败、王朝的威迫而不能再有自己的姓氏，可以想见那一段历史的惨烈。

二　从四川到贵州——"大屯庄园"的沧桑浮沉

"奢安之乱"被"平叛"后，奢崇明次子奢辰改名余保寿，在风雨飘摇中从四川来到贵州，隐居于毕节大屯。然而"清初滇黔多事，永宁路当要冲，而民多疲惫，奢辰招抚流亡，上应赋役，下谕归农，一方信赖"①，这为大屯余氏赢来了喘息的机会。明清易帜之际，奢辰凭借土司的影响力在顺治十六年（1659年）上书求招安于朝廷，重新获赐领地，开启了大屯土司庄园的历史。当然对于奢氏后裔而言，他们已不过是拥有土地的土司，曾经的威光、昔日之雄风已黯然收敛，在这里一代代的庄园主一面传承家业，世袭千总之类的小官，安享拥有田地部众的利禄，一面在庄园中读书、交友，以诗学传家，在社会历史的变迁中、在彝汉文化的交融中磨砺着自身的性情，他们渐渐从一个素以武备拓土开疆的彝族家支，演变为一个沉溺于诗书画石的书香世家，并以其自身诗文的创作成绩和颇具吸引力的宅园与藏书楼的存在，在彝族文学史和贵州文学史上留下了百年佳话，某种意义上，余氏家族在大屯庄园中完成了土司家族的一种自我跨越。

大屯土司庄园的建置始于清康熙年间，经乾隆、道光年间的扩建，再到清末民初的不断修葺，形成了气势雄伟、造型别致、颇具民族风格的建筑群。

大屯庄园占地约5000平方米，从康熙年间第一代庄主在此修房造屋，形成现有规模，距今已有300多年的历史。庄园依山而建，逐级提升，气势宏大，四周筑有高大、厚实的围墙，沿墙筑有6座高8—10米的土碉。园内立柱合围，尽植奇花苍松，每每引来无数小鸟栖息，庄园内各种石刻、木刻、书画堪称精湛绝美，于右任先生曾赠书法于十一世庄主余达父："古石生灵草，长松栖异禽"，就是对庄园景观最生动的写照。庄园分左、中、右三列，每列都有三进，分别形成9个院落，中列沿中轴线而上，依次为大堂、二堂、正堂，面宽5间。大堂建在石台基上，一楼一底，威严又气

---

① 余宏模：《余宏模彝学研究文集》，贵州大学出版社2010年版，第375页。

派，左为悬山顶，右为歇山顶，前、后、右三面都有回廊。二堂和正堂为悬山顶建筑，前后带廊，正堂背后有三级花台。左边一列，前为轿厅，中为客厅，后为花园和祠堂。客厅取名"雅堂"，东西两个花园分别名为"时园""亦园"，园中修有精致的双环鱼池，池上架小桥，桥两侧有江南园林建筑中常见的"吴王靠"，凭栏远眺，引人遐想，似有无限情思；右边一列，穿过亦园来到客房，房后是仓库、碾坊及绣楼，女眷常在绣楼刺绣、玩乐。三列建筑各自独立，回廊相通，犹如一座"大观园"，被史学家称之为"彝族大宅门"。

从威震一方的永宁宣抚使到沉静于大屯庄园的余氏，我们在追溯其从土司贵族到书香门第的演变时，必然要重视一个重要的社会历史文化背景，那就是明清之际中央王朝与西南少数民族土司之间的关系，尤其是废土设流、改土归流政策对土司家族的影响，而这正与余氏家族命运的跌宕坎坷密切关联。

在中国历史上，传统政治思想的内核和基础就是天子至尊和大一统思想，因此谋求疆域的不断拓展和统一，成为历代封建统治者的最高理想。明王朝建立之时正是我国封建社会晚期，是封建中央集权制高度形成的时期，亦是多民族国家由地域性统一走向全国性大统一的历史时期，为了实现这种大统一，处理好境内特别是与边疆各民族的关系，就成为了明王朝必须面临的重大政治课题。从明初的政治形势看，统一大业的最终实现是以云南的安定为标志的。云南远在西南边陲，自唐天宝以后，随着南诏的崛起，其与中央王朝的关系一直较为复杂，时战时和，所以明王朝在中原大局稳定之后，便集中力量用武力统一云南。不过出征云南，无论取道四川或是湖南，贵州都是咽喉要冲之地，所以明王朝制定了"先安贵州，后取云南"的方略，特别重视对贵州境内土司势力的招抚。对于归附的土司，一律给予奖励，有的原官授职，有的还得到提升，比如水西土司、水东土司、播州土司等等，都得到了很好的安抚，而对一些"不法"土司势力，则实行废土设流，所谓的"擒安赞、克普定"就是明王朝对边疆土司释放出的政治信号。按照余宏模的观点，"为了实现封建大一统的政治理想，中央王朝对边疆土司的利用、控制、削弱乃至废土设流、改土归流，既是中央王朝对西南民族地区的政治策略，也是社会历史发展的必然趋势"①。

明末天启、崇祯年间,随着阶级矛盾和民族矛盾的日益激化,"奢安之乱"爆发,在长达10年的征战、讨伐和镇压后,永宁宣抚使所辖则溪已改土归流,奢崇明及其家族除战殁者外,俱隐遁避世。水西安氏更遭到吴三桂剿杀,血流成河,直至清初年间因人口的锐减、土地荒芜,清廷不得以免除其赋税。

清初,为稳定全国局势,清王朝对西南民族地区仍然沿袭明制,继续沿用土司制度,在贵州,随着对势力最大的水西彝族土司的招降,其他各地土司纷纷归附,清廷仍准其世袭。在这样的历史背景下,大屯庄园主奢辰,在顺治十六年上书朝廷表示归顺,旋即被招安而获赐领地,不过前朝的历史教训对清廷统治者仍有警示意义,奢辰虽招安获赐,却完全不能与当年的永宁宣抚使相提并论,他们在大屯庄园中平静度日。从此,一个家族的走向与命运便与大屯土司庄园紧密相连。我们借助相关文献资料和余氏家谱的记载,较为详尽地梳理了大屯土司庄园主从一世到十一世的更替,庄园主身份、嗜好的变化,隐含着余氏家族从土司贵族蜕变为书香门第的历史轨迹。

一世庄园主奢辰(余保寿),清顺治年间投诚,娶郎岱龙土司之女为妻,奢辰死后,龙氏以功保举土巡检;奢辰育有三子,老三张翔,又名杨三,成为大屯庄园的第二任继承者;三世杨翰祯,是叙永府学生员,文武兼备,雍正年间被朝廷封为乌蒙土府;六世杨廷栋,封武略校尉;七世杨人瑞,敕授儒林郎,据《通雍余氏宗谱》记载,杨人瑞性格恬淡,寡于言笑,但喜好读书,常常是手不释卷,并以种花养鱼为乐,在他的熏陶下第八世庄园主余家驹自幼爱好诗书,能诗善画,著有《时园诗草》二卷传世,后人评价他是"耽于诗酒,于学无所不窥"。至此,一个能征善战,素以武力开疆拓土的彝族土司家族,悄然向着以诗书传家的书香门第转变。

今天,我们在余家驹的诗作中仍能清晰地读出这种转变,亦可见其心绪之复杂:"世上何人能百年,世上何事足千载……君不见秦皇汉武辟江山,江

---

① 余宏模:《略论明代贵州省与改土设流——纪念贵州建省580周年》,《贵州民族研究》2003年第6期。

山依旧人事改。"① 先祖曾经的兴盛与遭难，在余家驹的心中留下了难以平复的沧桑之感，而晚清社会的黑暗与腐败，更使其无心做官而"甘隐"："倚树聆禽语，凭栏数鱼头。有客闲中来，与之酌黄流。"② "俗情尽捐弃，人逸事幽幽。欲问我何名，我名逍遥游"，"展卷课儿读，灯影烂摇红"。余家驹不问世事，在时园中诗酒人生，泼墨山水，养花观鱼，直至"拥山水之胜，课子弟读书"，开启了大屯余氏家族的百年文坛佳话。

庄园第九世主余珍，授戴兰翎，世袭大屯土千总，从小受父亲余家驹的教诲，刻苦研习诗书，嗜好花木古玩，他在庄园大堂二楼蓄有古砚50余方，名之藏砚楼，可见其文人雅趣之深切，余珍著有诗集《四余诗草》传世。这里特别要提及的还有余珍族弟余昭，他少年时代就生活在大屯庄园，在庄园文化氛围的浸染下，余昭尽阅家中典藏书籍，著有《大山诗草》3卷、《有我轩赋稿》2卷，《土司源流考》1卷，是余氏作家群中颇有成就的一位成员；其妻安履贞，有"乌撒奇女"之誉，著有《园灵阁遗草》，夫妻二人琴瑟和鸣，相互砥砺，演绎了彝族文学史上的一段佳话。十世庄园主余象仪，国学生，饱读诗书，然英年早逝。

十一世少庄主余若瑔（字达父）仓促接管大屯庄园，此时，正是风雨飘摇的晚清末年。余达父的经历、境遇比他的先辈们更丰富也更坎坷，在他手上，由于匪患的滋扰，大屯庄园曾遭受重创，园内财物几被荡尽。但余达父又是大屯十一位庄园主中学养最深厚的一位，他考取过举人，留学过日本，参加过辛亥革命，著有《邃雅堂诗集》14卷、《罂石精舍文集》4卷、《蠖庵拾尘录》2卷、《且兰考》1卷等。他在晚年将庄园大堂前厅命名为邃雅堂，并挂上匾额，亲自撰写匾文"昔亡友葛正父尝以矜露二字规余：矜者，养之不深也；露者，积之不深也。爱取以从心深遂之义，顾其读书堂曰邃雅堂。名斯堂曰邃雅，所以自警，且志不忘良友之箴，而抑余之深心"③，以此表达他潜心向学、修身养性之志向。多年之后，余达父次女余祥元在其诗作中仍

---

① 余家驹、余珍著，余宏模编注：《时园诗草·四馀诗草》，贵州民族出版社1993年版，第45页。
② 同上书，第12页。
③ 余达父著，余宏模收集整理：《邃雅堂诗集》，贵州人民出版社1989年版，第13页。

然温暖地回忆着大屯庄园里曾经的诗意人生："儿时欢乐时园里，长者悠闲幼稚嬉。海棠红绯叶翡翠，兰蕙垂裳香石矶。修竹临空欲参天，夏日蝉鸣噪其间。冬至朱唇绽绛，秋中老桂馥飘鲜。"①

就这样，一座象征土司威严的大堂，成了余氏一门儒学修养的标志，而余氏家族在社会历史的沧桑巨变中，历经改土归流、隐遁避世、招安封地、潜心向学、诗学传家，在大屯庄园中完成了从土司贵族到书香门第的蜕变。

其实，明清时期，私家园林的建造在江南一带早已发展到极盛，有学者指出，彼时文人是建造园林的重要力量，且有建造园林的品位与追求，"是为隐居、孝亲、著述、交友与政事"等，私家园林因此具有其特殊的文化内涵。一般而言，宅园对于士人，是一个具有多重含义的文化空间，它既是遮风避雨的安身之所，又是心灵栖息的精神园地；既是士人博取科名实现自我价值的出发地，又是失利受挫后的歇息处；既是士人现时不经意的居住之地，又是远离故土后回忆思念的寄托所在，宅园在传统中国士人的心灵世界中有着厚重的分量。地处乌蒙山深处的大屯土司庄园，似可视为余氏家族在接受汉文化后彝汉文化相互交融的产物，它同样承载着余氏家族心灵世界的那份厚重，因之具有其独特的文化意义。比如，大屯土司庄园大堂的构建，既渗透出土司家族的奢华和威仪，又展示着唐朝的古风遗韵。庄园内一面是彝家的图腾虎纹抽象飘逸，一面是中原的花鸟虫鱼与江南的杆栏小桥，彝汉文化在这里水乳交融。再如，余达父，这个大屯土司庄园的十一世主人，他的一生与创作，同这座土司庄园是如此的紧密相连，息息相关，即使身处国愁家难、匪患滋扰，也不忘修身养性。余达父几度隐居庄园，苦读著述于邃雅堂，他遍稽史册，作两卷《蠖庵拾尘录》，勾勒古文字和趣闻典故，更以4卷《罄石精舍集》，论法学，谈爱国，颂共和伟功，叙挚友真情。他曾寄函相邀好友、贵州名宿周素园"莳花种草，弹琴赋诗，攀迹岸壑，流连景光"。清末民初著名学者柳诒徵为余若瑔的诗集作叙题诗，高度赞之："毕节余子，磊落英多。""大句肆兀，怒霆轧霄。曼歌徘徊，香草醉骨"。他的近600首诗以"邃雅堂"之名结集，《邃雅堂诗集》因为邃雅堂的存在，今天吟哦起来令人荡气回肠，

---

① 余宏模：《赤水河畔扯勒彝》，香港天马图书有限公司2003年版，第247页。

而邃雅堂也因《邃雅堂诗集》的留传，在庄严肃穆中更增添了历史的厚重感和浓浓的文化氛围。

有意味的是，余氏家学的繁衍兴盛，其表征之一乃是大屯土司庄园的不断兴建，而庄园的拓展，正可见其家学的生机。据余氏后裔、当代著名彝学家、原贵州省民族研究所所长余宏模先生考据，大屯土司庄园肇创于奢辰之子张翔（又名杨三），时园即西花园为六世庄园主杨廷栋所建，亦园即东花园为九世庄园主余珍所造，清末民初，庄园又进行过大规模修葺，最终形成由时园、亦园、洗心书屋、罂石精舍、邃雅堂、双玉印斋等建筑组成的建筑群。由此可见，大屯土司庄园每隔一段时间就有兴建之举，所建园舍均与读书、藏书有关，余氏家族的绵延与书香的传续相伴。因此，我们以为，余氏作家群延续百余年，因其自身诗文创作成绩，以及具有吸引力的庄园与藏书楼的存在，在彝族文学史和贵州文学史上都产生了较大影响，客观上亦推动了清至民国时期贵州文学和少数民族文学的发展。

总之，大屯土司庄园之于余氏家学的滋养培育，功不可没。余氏族人从惨烈的历史烽烟中渐渐沉静于大屯庄园，这里不仅是他们的栖身之所，更是他们敦族谊、课子弟读书、与外界文士交流的文化空间。这一文化空间的维持以及相关文化活动的延续，促成了余氏作家群的形成，而家族文学群体的生发，正是家学的代代相传。更进一步说，因为一代代大屯土司庄园主的身份，以及其中的诗文酬唱，文学创作，使之具有了余氏作家群文学创作的现场意义，其内蕴之丰富缘自庄园古与今、彼与此的映照。

三百多年的风雨沧桑，大屯土司庄园见证了社会历史的变迁，亦见证了余氏作家群及其家族文学的形成与发展，成为彝族余氏家族文学形成的一个重要空间。可以说大屯土司庄园不仅是余氏家族遮风避雨的安身之所，更是其精神栖息的家园所在。大屯土司庄园之于余氏家族有着特殊的文化意义，余氏家族历经劫难后，从豪门贵族演变为书香门第，大屯土司庄园滋养并培育了余氏家族的风雅传统。

近年来，学术界对土司学、土司文化的研究，正随着贵州遵义海龙屯土司遗址、湖北唐崖土司城遗址、湖南永顺老司城遗址的申遗成功，而不断升温和深化，对土司遗址的发掘及其当代文化价值的认知，正在向深度和空间发展。海龙囤是西南地区规模最大的土司遗址，是西南播州杨氏土司文化的重要遗存，也是播州军事文化与建筑文化的杰出代表，在这片土地上还孕育了享誉贵州省内外、号称"西南三儒"的郑珍、莫友芝、黎庶昌，其中，郑珍的诗作对余达父的影响相当深，余达父对这位"清诗三百年，王气在夜郎"的"西南巨儒"十分推崇。如果说遵义海龙屯土司遗址为我们认识播州文化叩开了历史之门，为专家学者对南方土司文化价值与意义的解读，拓宽了视野，那么，对大屯彝族余氏土司庄园当代文化价值的揭示，同样具有重要意义。而且，同为贵州两大土司集团的杨氏与余氏，他们之间有无关联、关联如何、如何关联，他们在多民族、多文化语境中怎样互为影响、互为渗透，共同构建并丰富发展贵州文化等，均是值得深入探讨的课题。

综上所述，从彝族扯勒部到永宁宣抚使是余氏家族先世的繁盛与荣昌，震动朝野的"奢安之乱"是这个家族由盛到衰的转折，而大屯土司庄园则是在"奢安之乱"后，在明军惨烈围剿中幸存下来的余氏一族的避世之所，这里见证了他们从以武力开疆拓土的彝族豪门演变为以诗书传家的文人世家的过程。

三 从清末到民国——历经劫难，一门风雅

清朝末年，内忧外患日益严重，社会情状可谓千疮百孔，西方列强的入侵，致使古老的中国处于从"帝国"向"现代民族国家"转化的艰难历程。居于偏僻的毕节大屯土司庄园中的余氏家族，在时代的震荡中，一面经受着新的磨难与考验，一面也在新世纪、新文化、新思想的感召与引领下，孕育着新变。

从第八世庄园主余家驹开始，余氏诗书传家的风气逐渐形成，之后的百余年间毕节大屯出现了引人注目的彝族余氏土司家族诗人群。如前文所述，这个家族已从一个素以武备拓土开疆的彝族家支，演变为一个沉溺于诗书画石的书香世家，此时，正是清嘉庆、道光年间（余家驹生于1801年，卒于1850年，1850年正是清宣宗道光皇帝驾崩之年）。道光皇帝在位共30年，这30年是中国近代史上最惨淡的一页，其间发生了震惊中外的大事件——鸦片

战争，鸦片战争失败后，清王朝被迫签订了丧权辱国的《南京条约》，从此彻底改变了中国的格局，拉开了中华民族多灾多难的近代史序幕。国家衰败，吏制腐败，民不聊生，偏僻的西南一隅贫穷百姓的生存景象尤其堪怜，对此余家驹笔下有着真实的描写，而且是如此触目惊心："道傍闻悲声，有翁持儿哭。问翁哭何由？云将独子鬻。问鬻子何为？云以馈官役。"①（《道傍翁》）"破釜冰犹冻，湿柴火不温。猪寒啼突壁，狗饿立窥藩。滴沥松杉树，潇潇暮雪昏。"②（《荒山投宿》）前一首诗是写一位受官司株连的父亲，屡受官吏的敲诈，只能卖了独生儿子"以馈官役"，骨肉分离，父亲不禁大放悲声。后一首诗描写荒山中农家的贫穷，寒冷冬夜没有柴禾没有食物，被饿得直叫唤的猪狗更显出大山中的悽凉。余家驹虽"以贡生不出应试"，在家奉养母亲，但在其诗作中却深刻地体现出强烈的现实情怀，那就是对社会现实情状的关注，对平民百姓的同情，亦即中国传统知识分子的忧患意识。

当然，作为大屯土千总的余家驹仍然能在庄园中栽花养鱼，孝亲养老，教习子弟，过上一段清闲的日子。不过享清闲的日子并不长，1843 年余家驹居住在四川水潦的弟弟余家琪，不幸英年早逝，余家驹闻噩耗急赴水潦帮助料理后事，在其诗作《葬弟》中，诗人表达了他失去唯一胞弟的痛惜和对家道衰落的伤感："吾族无多人，惟吾与弟耳。少孤家多艰，蜀黔异居止"；"自谓岁月长，相亲时未已。讵意青春年，忽尔奄然死"；"四海人虽多，与我不毛裹。我欲诉伤心，从何处说起"。③ 余家琪自幼过继给堂伯父余人杰为嗣，兄弟俩在一起相处的时间并不多，本以为血缘亲情、来日方长，不曾想其弟正当盛年竟猝然离世，悲伤之余，余家驹将 16 岁的侄子余昭带回毕节大屯，与自己的儿子余珍一起接受家学教育，并将其培养成才。余昭后来成为余氏作家群中承上启下的重要人物，其诗作成就高于余家驹。

两年后，在伯父的张罗下，余昭与乌撒后裔安履贞结为夫妻，安履贞的才情、学识为余氏家族增添了新生力量，这位被称为"女相如""奇女子"

---

① 余家驹、余珍著，余宏模编注：《时园诗草·四馀诗草》，贵州民族出版社 1993 年版，第 9 页。
② 同上书，第 25 页。
③ 同上书，第 5 页。

的安氏，知书达理，聪颖贤惠，对子孙的教习、课读甚为严厉，她与夫君一起，传承与书写着这个家族的另一种辉煌。不过安履贞在出嫁之前，家庭曾遭遇重大变故，"兄逃母受羁"，之后其兄长安阶平又被冤死于狱中，也就是说安履贞是带着心灵的创伤嫁入余家的，这份伤痛和不幸日后也成为了这个家族后人的一种共同记忆，所以因族中亲人的不幸、遭难而带来的苦涩感、凄凉感在余氏作家群作品中均有所表现，悼亡诗即为一种。余昭、安履贞育有一子二女，两个女儿均染疾夭折，儿子余一仪天资聪颖，受父母影响颇深，有良好的作诗填词能力，著有诗作《百尺楼诗草》三卷，惜已遗失不传，现只遗存有少量诗作。余一仪育有五个儿子，长子名若煌，次子名若㻋。余若㻋自幼过继给伯父余象仪为嗣，掌管大屯庄园，为大屯第十一世庄园主，是余氏作家群中成就最高、影响最大的一位成员。

　　余若煌少年时期在毕节大屯居住时间较长，在毕节县学接受启蒙教育，加之祖父余昭、祖母安履贞的言传身教，使其具有较为深刻的孝悌传家的思想观念和良好的学养，年长成家后，余若煌回到水潦承继家业，力办团防，颇有些声势。不过此时土司制度衰微，余若煌的声势需要格外小心地维护，但是正如余达父（余若㻋）所言："吾兄伯彬君居蜀中办团防，颇著成效，为忌之者所嫌，嗾观察使某公以殪盗事反坐之讼系旴狱，祸几不测，百计营救，莫能平反"①，加之"时任永宁道的赵尔丰，出兵镇压古蔺苗沟等地无辜群众，调余若煌为襄办员，赵尔丰生性残暴，余若煌不愿与之共事，以母病辞委，后被寻隙陷之永宁狱中，判处永远监禁，抄没家产"②，家人多方营救无果。

　　就这样，余氏家族的又一次磨难不可避免地到来。危急关头余氏家族紧急议事，决定让余若㻋带着余若煌的两个儿子余祥辉、余祥炘以及余若㻋自己年仅10岁的儿子余祥桐东渡日本，以逃避可能会带给家族的更大灾祸。这段经历在余达父的诗歌中有所表现："酷吏残人甚草菅，亲援桴鼓甲身攕"；

---

① 余宏模编：《余达父诗文集》，远方出版社2001年版，第96页。
② 余宏模：《赤水河畔扯勒彝》，香港天马图书有限公司2003年版，第4—5页。

"鸰原急难叹谁佯,伯氏飞冤惨见收";"求师过海参新理,愍国回帆想大同。"① 这里"酷吏"指的是赵尔丰,"伯氏"指余若煌,"求师过海"是说自己将远渡日本。值得注意的是,在余达父的诗文中可以看出,他带着子侄漂洋过海去日本留学,除了避祸的动机之外,应该还有更高远的情怀和理想,他要"参新理""想大同",留学生涯对于余达父的人生态度、思想观念、创作风格及审美倾向的形成有极大关系,后文将在余达父一章中展开专门讨论,此不赘述。

余氏为什么会如此忌惮、害怕赵尔丰,甚而至于"亡命"东洋呢?通过对相关文献资料的查阅和研读,笔者以为这种忌惮、害怕与晚清的社会政治环境有关,与改土归流有关,亦与赵尔丰其人有关,同时,还应看到,余氏一族在此时的心态、行为,是改土归流大潮中西南土司一种共同心理的呈现,折射出了改土归流对土司家族命运走向的某种规定与制约。

先说政治环境。清雍正以来,中央政府对滇川黔交界的彝族聚居区进行了大规模强制性改土归流,土司势力受到了极大遏制。彭武麟教授指出:"从古代历史上看,土司制度的发生发展是与中国多民族统一国家的形成与发展相伴而行的,这一历史景观,是由中国民族政治关系的统一性与多样性所决定的。一方面它符合中国'大一统'传统的政治逻辑,另一方面又反映了多民族不同区域、不同族群的政治特点与政治诉求。"② 他认为"雍正王朝在西南推行大规模的改土归流运动,究其政治实质仍然是中央王朝及地方政府与当地土司集团之间的权利矛盾斗争的反映"。事实上,改土归流打破了土司统治独霸一方的局面,促进了地方经济文化的发展,对多民族国家进一步统一意义重大。但改土归流因触及土司集团的根本利益,在此过程中,又不断有武力征服的情形,这给当地民众带来了灾难与痛苦,许多民众甚至被迫逃离家园。同时,清王朝在设流官对西南地区进行管理统治时,也保存了一定数量的土司、土目,本质上依然是"以夷制夷",只是这些土司、土目今非夕

---

① 余达父著,余宏模收集整理:《邃雅堂诗集》,贵州人民出版社1989年版,第72页。
② 彭武麟:《近代中国之"改土归流"与政治重建》,第三届"中国土司制度与土司文化暨秦良玉"国际学术研讨会论文集(下),内部资料,第630页。

比，位低权轻，在流官的统辖之下，保土守境，听命调遣，当土司、土目犯罪或"为逆"时，就会被乘机捕废，田产以"叛产"充公。可见，在改土归流历史潮流的裹挟下，西南地区各土司家族面临着巨大冲击，其命运也日渐艰危坎坷，跌宕起伏，有的甚至零落衰败，西南土司文化亦随之而衰落，可以说是社会历史发展的必然结果。余若煌在水潦大办团防，虽有一定实力，却不配合时任永宁道的赵尔丰调遣，无疑是在挑战统治者"权威"，甚至有些"不识时务"，这为余家族命运的波折留下巨大隐患。

次说赵尔丰。赵尔丰历来是一个有争议的人物，有关对他功过是非的评价，在当下仍然延续着，褒贬不一。有学者认为他是民族英雄，不仅收复了西藏，还在川边藏区兴办教育，功勋卓著；有学者则认为赵生性残暴，是"酷吏"，是镇压四川保路运动的刽子手。究竟该如何评价这个历史人物，近年来专家学者在藏族研究、民族学研究、土司学研究、近现代史研究等领域与范畴中，对此问题的探讨颇见新意，学术界显得越来越理性，越来越客观，越来越公允，这对我们了解赵尔丰以及他对余若煌的处置，并由此给余氏家族带来的命运走向，无疑是提供了极大的帮助。

赵尔丰，汉军正蓝旗人，祖籍襄平（今辽宁省辽阳市），系清朝大臣、盛京将军赵尔巽之弟。光绪二十九年（1903年）赵尔丰随锡良入川，光绪三十三年一月护理四川总督，兼办边务，次年二月任驻藏大臣。宣统元年（1909年）一月驻藏大臣职务撤销，宣统三年（1911年）三月，赵尔丰调任四川总督。他素来主张武力行事，在平定西康地方土司叛乱中，立下战功，被清王朝任命为川滇边务大臣，并力挺其在西康强力推行的改土归流政策。由于改土归流政策削弱了土司的权力，西康土司不断以武力反抗，所以赵尔丰入川6年一直都在打仗，为清廷立下赫赫战功。显然水潦土司余若煌与赵尔丰的实力根本不在一个层面上。根据余达父的诗文描述和余宏模先生的叙述，我们推断，由于余若煌在赵尔丰任永宁道时，消极懈怠，对赵的调遣，"以母病辞委"，赵非常不满，又因"为忌之者所嫌，嗾观察使某公以瘗盗事反坐之讼系旴狱"，遂被赵尔丰拿下，判处永远监禁，抄没家产，从而使得家族命运的又一遭遇次重大坎坷。

余氏家族命运的坎坷遭遇说明，自改土归流以来，元气大伤的土司家族面对王朝大臣的强力，毫无抗衡之力，如再遭遇一些诉讼、官司，则直接影响到家族、家庭及个人的命运走向。余若煌入狱 8 年后，方得以自由，是年赵尔丰在辛亥革命中被杀。出狱后，余若煌不问世事专心侍奉母亲，长斋礼佛。那时余若琼留寓北京，毕节大屯庄园的建造治理之事多由余若煌操持，邃雅堂就是由他亲力亲为进一步修葺完善的。也许是个人命运与道路的使然，余若煌、余若琼兄弟在文学创作成就上差异明显，无论是数量、质量还是价值、影响，简直是天壤之别。余若煌的诗作今只遗存 7 首，均收录于其嫡孙余宏模诗集《一泓诗草》之附录"先祖父余若煌遗诗七首"①中。据《通雍余氏宗谱》记载，余若煌所作诗文，皆不留稿，自谓"不足传"，这大概是其诗作遗存较少的主要原因。

余若煌入狱后，余若琼带着子侄们东渡日本留学，开启了家族家学的新篇章。1906 年，新的世纪已经到来，中国社会闭关锁国的大门已被冲开，即将在政治制度、思想观念、文化建设上发生深刻变化。此时走出大山、走出国门的余若琼与子侄们，接触了域外的新思想、新观念、新文化，并积极融入新的社会文化环境中，新旧文化思想的交流与碰撞，催生了余氏土司"新生代"。

余若琼回国后不仅在清末民初的贵州政界、法界、学界有较大影响，成为余氏作家群中成就最大者，其子侄余祥辉、余祥炘亦追随孙中山，成为辛亥革命中的急先锋，这是土司及其后裔在中国社会现代转型中一种独具意义的文化身份。土司制度与改土归流在近代中国历史上是一个不可或缺的组成部分，是研究近代民族史的一个重要因子。还值得注意的是，近代土司制度在近代中国的历史角色其实还具有新的内容。如滇西南土司在抗击外来侵略战争中的作用，云南千崖土司刀安仁参加辛亥革命，红军长征中的彝海结盟，甘南藏族卓尼土司开仓放粮救助红军等，都为传统的土司角色增加了崭新的内容，至今，在甘南，卓尼土司杨积庆的红色传奇凝结成了博峪村一个厚重的历史记忆。同样，贵州余氏土司家族在辛亥革命中的作为也是这崭新内容的又一明证。大浪淘尽英雄，他们不应该被忽略、被遗忘。

---

① 云南省镇雄县志办公室：《一泓诗草》，诗词楹联学会 1999 年版，第 184 页。

余祥辉、余祥炘留学日本的时期，正是20世纪初中国青年学生的留日热潮期。那时，爱国青年在严重的民族危机的刺激下，也在清政府的提倡鼓励下，竞相东渡，寻求救亡图存之道路，而日本明治政府为了自己的政治利益和经济利益，也积极采用各种办法吸引中国学生。然而中国的贫弱却使留日学生遭到日本社会的种种歧视、刁难、嘲弄、冷遇，一些中国留学生不堪屈辱，悲愤不已，痛不欲生，甚至投海自尽。在日本与余达父颇有交情的郁曼陀，其弟郁达夫著有白话小说《沉沦》，作品对留日学生压抑、痛苦的心理也有深入的、令人震惊的赤裸裸的展示。年轻的余祥辉、余祥炘在此环境中顽强成长，并最终成为了坚定的革命者。

兄弟俩先是进入日本城成中学读书，后升入山口高商学校，在此期间参加了孙中山领导的中国同盟会等革命组织。1911年余祥辉因不满山口高商校方禁止中国三年级学生偕日本学生一同去满洲旅行的规定，组织领导了中国学生的罢学、集体退学等运动，与山口高商校方发生激烈冲突。此后，他转入明治大学就读。在东京，兄弟俩结识了不少革命党人，尤其是和陈其美、胡汉民接触频繁，往来密切，在陈、胡的引荐下，他们成为孙中山先生的得力助手。兄弟俩在孙中山先生的教诲和革命前辈的引领下，积极投身于推翻清政府的革命斗争。从日本回国后，1913年余祥辉加入中华革命党，被孙中山任命为总务部第一局局长，其后转战于上海、湖南等地，战绩赫赫，但是高强度的工作、激烈紧张的战斗使年轻的余祥辉积劳成疾，病倒在上海，生命垂危。被孙中山先生任命为大元帅府军事委员、正在四川成都从事护法革命活动的余祥炘获悉急赴上海，与弥留之际的兄长作最后诀别，余祥辉在紧张的革命工作中，在最美好的青春岁月里，匆匆离开人世，时年仅29岁。余祥辉病逝后，悲伤中的余祥炘护送哥哥的灵柩沿长江而上，回归水潦故里。离乡十四载，忠骨埋故土。1920年，孙中山为胡汉民撰写的《余健光传》（余祥辉，字健光）亲笔爱书数语为序，高度称赞其"奋斗进取之精神，已足以移传于多数后起之青年而不朽"[①]。

余祥辉病逝的噩耗传到大屯，余若瑮闻讯大恸，悲怆中写下长诗《哭辉

---

① 《孙中山全集》第5卷，中华书局1981年版，第259页。

侄》，悲其少小离家不能回："别家十四年，一别成千古"，痛白发人送黑发人："老母泪成河，一恸临棺抚"，哀叹"我病已经年，策杖行踽踽。转将衰老泪，哭此千万绪。天末大招魂，伤此支撑柱"。① 这"支撑柱"不仅是家族栋梁，更是国家的骄傲与未来，一代青年才俊而今轰然倒下，怎不令人唏嘘感慨！

  从清朝末年到民国初年，世纪更替，社会沧桑巨变，从历史风尘中走来的余氏家族，同样经历了无数风风雨雨、生离死别，但幸运的是这个家族在岁月的磨砺中，仍然秉持诗书传家的家风和传统，经历劫难，却是一门风雅，从余家驹、余珍、余昭、安履贞，到余一仪、余若煌、余若璟，再到余祥辉、余祥炘、余宏模，一百多年来，一代代的余氏族人将他们对社会历史的认知、对自然山川的热爱，对民族文化的自觉体认，对个体生命的感悟，与国家命运、民族命运、家族命运的兴亡之感交织在一起，通过他们的诗文呈现出来，并在今天凝定成了一份宝贵的民族文化遗产。

---

① 余达父著，余宏模搜集整理：《邃雅堂诗集》，贵州人民出版社1989年版，第149—150页。

第二章　余氏作家群形成的历史条件与文化背景

明清以降，各民族以家族为纽带形成的作家群体大量涌现，蔚为壮观，江南一带是以汉族为主体的文化世家与名门望族的作家群群星璀璨，北方则出现了蒙古族、满族、回族家族作家群的崛起，而南方也有以世居少数民族如彝族、白族、土家族等为主体的家族作家群的初具雏形，可以说，多民族文学家族、文学群体的繁盛共同描绘出了中华大地多民族文学史上的一道亮丽风景。

学术界对此现象的理论研究却显滞后，20 世纪初期，陈寅恪先生率先从家族视角出发解读中国社会文化思想的丰富与深刻，40 年代潘光旦先生《明清两代嘉兴的望族》亦是家族向度下社会史和文化史研究的杰出成果，美国著名学者艾尔曼先生的《经学、政治和宗族：中华帝国晚期常州今文学派研究》将家族视角、社会史、思想史、文化史融为一体，对学术界极具启发性。

少数民族家族文学的研究，自 21 世纪以来，尤其是关纪新先生多民族文学史观的提出，使少数民族家族文学现象、少数民族作家群体的研究逐渐引起学术界的重视，并渐成热点。不过，对以家族为纽带形成的少数民族作家群研究，如果稍不留神，便可能陷入经验主义的窠臼，形成"千家一面"的尴尬局面。以对少数民族作家群体形成原因的探讨来说，多数学者均从政治、文化、经济、教育等宏观方面去阐释少数民族作家群的形成，这固然不错，且有必要，但笔者以为，对少数民族家族作家群的研究，绝不能忽略了对其鲜活的家族命运史、心灵史的深入考察。就余氏土司作家群而言，其形成历经几代，跨越百年，明清时期的羁縻政治、改土归流是其形成的社会背景，这不仅关联着大屯土司的兴衰，而且曲折地反映了明清中央政权与贵州少数民族政权的关系。余氏几代文人的命运，不仅有与中原文化亲近、龃龉的原因，也有历经劫难、无心做官而沉迷诗文的避祸动机。对大屯余氏土司作家群形成历史的追溯，不仅可以勾勒贵州乃至四川、云南少数民族文人的心灵史、命运史、精神史、性格史，而且可以探寻中原文化与西南少数民族文化交流碰撞的某些特征和规律。

对毕节彝族余氏土司作家群形成的历史条件与文化背景的探寻，其实质就是对其文学生态环境的构拟与还原，这不仅仅是为了阐述当时社会之政治经济、思想教育、文化传承、家族命运等综合背景，更是为了开掘与诠释余氏土司作家群形成背后的改土归流之变、文化融合之新，以及多元共生的文化生态环境。其间余氏土司作家群形成的政治背景、文化土壤以及科举教育制度，典型地诠释了南方土司文学兴盛的历史文化条件。

故而，本章以明清社会历史之变迁为参照，以余氏家风、家学的形成为切入点，通过土司制度及改土归流政策对南方少数民族土司家族作家群体出现之关系分析，从文学的外部研究来揭示彝族余氏土司作家群形成、发展的社会文化机制，以期较为深入地探讨余氏作家群形成的文化内生力与外助力。

第一节　土司制度下的文化交融

一　土司制度是余氏作家群形成的基础

彝族余氏土司作家群的兴起、形成与发展，与明清之际的土司制度及其"改土归流"政策影响下的社会历史进程密切关联。理由有三：其一，余氏土司作家群是彝族扯勒家支、永宁宣抚使后裔，清初又被赐为"土千总""土巡检"，其"土司"贵族身份将他们与土司制度以及明清之际的"改土归流"进程紧密相连，土司制度、"改土归流"决定着余氏一门的家族命运与文化选择。其二，余氏土司作家群兴起于清初、中期，客观上说，清初社会稳定，经济发展，中原文化、儒家文化对周边少数民族地区尤其是土司家族及其后裔的影响日益深广，民族文化之间的互动、交融深刻，这是余氏作家群得以形成的重要条件。其三，南方少数民族土司家族在土司制度式微、科举制度兴盛的双重影响下，对中原文化、儒家文化有极大的接受、吸收以及认同，汉文诗作者在明代就扩展到了各民族土司作家群，清代则扩展到广大的平民阶层，南方少数民族地区汉文诗创作收获颇丰。毕节大屯彝族余氏土司作家群的形成与此文化发展进程同步。

那么，何谓土司制度？它的形成、特征、推行及其实践是怎样的情形？对此问题的展开，有利于我们较为深入地考察彝族余氏土司作家群形成的政治背景和制度条件，从而明晰土司制度对于余氏土司作家群形成的重要作用。

土司制度源于"羁縻政策"。何谓"羁縻政策"呢？《史记·司马相如列传》曰："盖闻天子之于夷狄也，其义羁磨勿绝而已。"[①] 用现代汉语翻译过来就是说：封建王朝对少数民族的统治是通过少数民族的酋长来实现的，即封建王朝封授少数民族酋长一个职官称号，不过问其内部事务，仍由少数民族首领世领其地，世长其民，只要对朝廷表示臣服即可。这个制度由秦汉一直持续至宋代。

关于土司制度的形成，史学界较为公认的说法是："形成于元，兴盛于明，衰微于清，苟延残喘于民国时期。"有关土司制度的概念界定，学术界的看法却不尽一致，"土司制度"作为特定政治制度名词，是由葛赤峰在1930年率先提出的，其后关于土司制度的研究逐渐展开，由于众所周知的原因，土司制度、土司文化、土司史的相关研究一度中断，直到20世纪90年代才再度兴起，进入21世纪后，土司制度研究呈现出兴盛发展的态势，对其概念的界定，可谓见仁见智。代表性的观点主要有：吴永章在《中国土司制度渊源与发展史》一文中所作的界定，他认为"土司制度是我国封建王朝在统一的领土内的某些地区（主要是南方少数民族聚居和杂处处）采取一些有别于汉族地区的措施进行统治的一种制度"[②]；李世愉在《清代土司制度论考》中

---

① 司马迁：《史记·司马相如列传》，浙江古籍出版社2000年版，第915页。
② 吴永章：《中国土司制度渊源与发展史》，四川民族出版社1988年版，第8页。

指出"土司制度是元明清三朝统治者对西南少数民族地区实行的一种特殊的统治方式，即由中央政府任命少数民族贵族为世袭地方官，并通过他们对各族人民的管理，达到加强对边疆地区统治的目的"①；成臻铭则认为："土司制度是羁縻制度向流官制度过渡的地方行政制度，既是指朝廷管理土司政府的制度，又是指土司处理周边关系与管理土司区的制度"②；龚荫先生在《中国土司制度史》（上册）一书中强调"土司制度就是封建王朝中央政府对边疆地区少数民族大小首领授予世袭官职的制度"③。这些界定与解释，抑或强调土司制度的政治性，或强调土司制度对边疆地区的统治与管理之特质，抑或强调土司官职所具有的世袭性特征。专家学者们在对"土司制度"进行概念界定时虽各有所侧重，但总体上趋向于将其定义为一种统治制度、管理制度。

纵观学术界的研究成果，对土司制度的特点也有较为深入的研究、分析与概括。学术界普遍认为土司制度的特点主要体现在三个方面：其一，土司制度是中央王朝对愿意接受统治的少数民族首领进行任命，并授予相应官职，纳入国家吏治管理体系的一种策略；其二，土司拥有自己的军事力量，级别较高的土司，朝廷允许其统辖一定数量的土军，土军既是维护地方治安的武装力量，又是必须服从朝廷征调的保家卫国的军事力量，具有双重职能；其三，土司可以世代承袭，各级土司均有明确的职责与必须承担的国家义务，如朝贡、纳税等。土司制度的这些特点显示出了与前代羁縻政策的完全不同，其在制度、规定的设置上更具合理性、科学性。在元明清三代，土司制度不仅是封建王朝统治少数民族的一项方略，也是中央王朝治理边疆，特别是治理南方少数民族地区的重要制度，并在实践中获得了成功，而成功的关键就缘于土司制度切中了南方少数民族地区的社会症结。

南方少数民族地区的社会构成有其特征，一方面各级土司与土民不可分割，联系紧密；另一方面，各级土司及其子民与土地、山林、水源等自然资

---

① 李世愉：《清代土司制度论考》，中国社会科学出版社1998年版，第2页。
② 成臻铭：《清代土司研究——一种政治文化的历史人类学观察》，中国社会科学出版社2008年版，第5页。
③ 龚荫：《中国土司制度史》（上册），四川人民出版社2012年版，第3页。

源之间，也存在着紧密联系，这种联系通过世代承袭与统领的关系得以体现。由于朝廷授予土司合法统治地位，土司接受朝廷的有效保护，这种社会构成及其顺利运行的关键就在于通过土司制度的推行，中央王朝实现了对南方少数民族地区社会内部争斗与社会关系的有效调整与控制，从而减少土司之间因争夺承袭权，争夺土地、山林等自然资源而进行的武力械斗。中央王朝通过制度规定对土司地区复杂的关系进行协调和制约，使其可以实现相对合理与稳定。

不过，在元明清三代，土司制度体现出较大的差异性，这与各个朝代的社会历史情状、统治者的治国理念、政治视野、总体格局的把控等不无关系。随着中央王朝对南方少数民族地区的统治持续深入，甚至深入前朝难以企及的边远山区，王朝国家影响力不断加强，正如方铁教授所言："这为全面深入开发南方少数民族地区创造了良好条件，所以，历史上元明清三朝是这些地区发展最快的一个时期。"①

元朝在南方实行土官制度，对土官充分信任大胆使用，既获得了攻宋所需的人力物力，又稳固了自己的江山社稷。明朝的治边理念则是以稳为主，所以在元朝的基础上，明廷大力推行土司制度，并进一步加以充实完善。但是，明朝的土司制度存在着较大的隐患。首先，明王朝未能解决土司制度下土司容易坐大成势，成为割据一方，进而造成动乱叛乱的问题。例如，贵州水西安氏，因为归附明廷而得到封赏和扶持，成为贵州宣慰使，但势力不断扩张，以致明廷最终无法驾驭和控制，酿成祸端。据史书记载，从明洪武十八年（1385年）开始，云、贵、川多次发生过土司叛乱，给当地社会带来极大危害，甚至造成灾难性后果。其次，卫所的设置带来边地社会经济和文化发展的不平衡，加之明朝中后期统治日趋腐败，朝廷处理边疆事务的失当屡见不鲜，最终形成难以收拾的局面。清廷统治者本就来自边疆，未形成"内华夏，外蛮夷"之类的观念，且将南部边疆视为亟待开发的地区，开发活动在雍乾时期达到高峰。但是，清廷在对西南边疆进行开发经营的时候，遇到了一个棘手的问题，即在一些重要驿道所经之处，盘踞当地的蛮夷经常抢劫

---

① 方铁：《土司制度与元明清三朝治夷》，《贵州民族研究》2014年第10期。

过往商旅，严重影响驿道的安全，而一些富庶之地则为不法土司所侵占，"膏腴四百里无人敢垦"，这对清廷的资源开发与利用，以及意欲深入的统治带来严重阻碍。为了消除障碍，加快南部边疆开发的步伐，雍正委派重臣鄂尔泰在西南各省展开了大规模的改土归流运动。

总体上看，清王朝的改土归流并不是要彻底废除土司制度，而是一种调整、改革，所以，尽管实行了改土归流，在西南边地仍然保留有土司。如此一来，废除土司地区的社会矛盾就发生了变化，从明后期中央王朝、地方流官、土司势力三者之间的权力结构关系而形成的"中央王朝—土司势力"的主要矛盾，转变为社会下层与官府、朝廷之间的矛盾，此外，土地所有权的变更，又出现了土著民与外来移民争夺土地的社会问题。

尽管矛盾尖锐，问题复杂，清廷通过对土司的遴选和淘汰机制的设置，仍然实现了对土司地区卓有成效的制约和控制。从明至清，朝廷对土司的忠诚度、文化水平、行政能力等均有明确要求，并通过考核、审查、批准承袭职位等方式，掌控土司的选拔与淘汰，培养土司及其子民对国家的认同感与忠诚度，为南方少数民族地区最终成为王朝国家的有效管控之地，奠定了坚实可靠的基础。可以说，遴选和淘汰机制的设置，是朝廷控制土司的强有力的武器。

反过来看，土司制度的推行与完善促进了土司文人群体汉文化水平与文学修养的整体提升，成为土司作家群形成的重要条件与制度保障。

土司家族官职的袭替、升降、裁革，中央王朝有绝对的掌控权，且尤其注重在思想文化层面上对土司的监控与引导，对他们"示以恩信，谕以祸福，亦当革心"。[①] 对此，《明史》《明太祖实录》等相关历史文献有较为详细的记载。明太祖朱元璋曾下令在云南、四川设儒学，选土司子弟中的"俊秀者以教之"，并告诫归顺的土司："今尔既还，当谕诸酋长，凡有子弟皆令入国学受业，使知君臣父子之道，礼乐教化之事。他日学成而归，可以变其土俗同于中国，岂不美哉！"清廷对西南土司地区的治理策略仍然延续明朝的方略。顺治十五年（1658 年），贵州巡抚赵廷臣曾上奏疏，称：袭职土司之职的子

---

① 张廷玉等纂：《明史·列传》卷 310，中华书局 2000 年版，第 5345 页。

弟，凡年满十三岁者，须入学习礼，"由儒学起送承袭"，而且"其族属子弟愿入学读书者，亦许其仕进"。① 康熙四十四年（1705年）亦下诏："令贵州各府州县设立义学，土司承袭子弟送学肄业，以俟袭替。"② 可见，明清两朝对土司子弟的"教化"问题非常重视，措施得力，在王朝国家的大力倡导下，土司家族纷纷派遣子弟入太学，系统学习汉文化，这为土司文人集团和作家群体的形成奠定了良好基础。

通过上述分析可以看出，土司制度中的一系列规定，使南方少数民族土司广泛深入地接受到了汉文化影响，土司的"赴阙受职"，土司子弟入国子监读书，均给予了土司们认识中原文化、了解中央王朝的机会，甚至土司上层与中央政府直接对话亦成为现实。少数民族土司文人在与中原文化的频繁接触中，产生了心理上、文化上的认同感。正如胡绍华教授所言："就中华几千年的文明发展史看，居住在中原的华夏民族凭借优越的地理条件和发达的农耕经济，在文化发展中始终占据了领先地位，其价值观念、文化模式具有相对优越性。因此，持续地汲纳与之长期密切交往并处于更高发展水平的汉文化，是土司文人的必然选择。"③

进一步说，土司制度的成功推行与实践，改变了南方少数民族地区的政治文化生态环境，推动了西南边疆与中原地区的交流与融合，对西南各民族的经济、文化发展产生了积极影响。土司作家群在此背景下不断涌现，土司家族的文学风气日渐浓厚，诗文成就引人瞩目。例如，湖北容美土家族田氏、云南丽江纳西族木氏，就是土司文学家族中的佼佼者，他们凭借优越的社会地位，大量阅读汉族诗文典籍，用汉语进行诗文创作，与汉族文人诗人唱酬往来，风雅承续。除容美田氏土司、丽江木氏土司而外，这一时期南方地区涌现出的以土司世家为主的文学家族众多，影响较大的土司家族还有云南蒙化彝族左氏、云南姚安彝族高氏、云南武定彝族那氏、贵州威宁彝族安氏、贵州水西彝族安氏、酉阳土家族冉氏以及贵州毕节彝族余氏等等。他们既是

---

① 赵尔巽等撰：《清史稿·列传》卷273，中华书局1977年版，第10030页。
② 同上书，第10157页。
③ 胡绍华：《论容美土司文学与文化融合》，《民族文学研究》2012年第1期。

土司家族，又是文学家族，是西南少数民族文学发展历史上的一种独特现象，余氏土司作家群与其他土司家族一起，在中华多民族文学史上形成了独特的土司文学景观。

再者，土司文人群体的出现，带来了南方少数民族文学的丰富与繁荣。历史上，南方少数民族多有自己的语言却无自己的文字，因此口耳相传的口头文学是其主要形式。与书面文学相比，口头文学具有极为鲜明的集体性与强烈的感染力，因之成为少数民族地区传授文化知识和交流思想感情的重要手段，其流传度、影响力极大。土司文人群体在汉文化的熏陶下，运用汉语进行书面创作，文学性增强，他们的创作极大地拓宽了少数民族文学在形式、内容与艺术手法上的多样与丰富，促进了少数民族文学的向前发展，书面文学成为少数民族文学有力的一翼。

由是观之，所谓南方少数民族作家创作，其实就是以南中大姓、大家族或者直接就是以世袭的土司家族为基础而形成的。南方少数民族土司作家群的出现，是中华传统文化由中原向边疆辐射的结果，是汉文化与南方各民族文化交融互动的产物。土司作家群的出现，彰显了在多元一体的文化格局下，中国文学的多样性与丰富性。一言以蔽之：土司制度的成功推行与实践，是土司作家群出现的政治机制，是土司文学家族形成的重要政治背景。这也是土司制度推行下文化融合在少数民族文学发展进程中的突出表现。

作为四川永宁宣抚使后裔，彝族余氏土司作家群在先世早已奠定的家学底蕴和文化积累中，最终演变成为文学家族，无疑是与明清两代的土司制度及其土司制度下的政治文化生态环境的滋养密切相联的。余家驹的父亲余人瑞，是大屯土司庄园第七世庄主，敕受儒林郎，按照清代的官制，儒林郎虽只是一个从六品，却能让余家驹、余家琪兄弟俩接受良好教育，其后余珍袭大屯土千总，子孙后代享受土司制度之荫庇，文学修养极高，余氏文学创作历经数代而不辍，形成了彝族文学史上一个引人瞩目的土司作家群。

当然，余氏土司作家群与其他土司作家群形成的情形不尽相同，其作品在情感内涵、风格特征上也有差异性。首先，余氏一族背负着"奢安之乱"的沉重历史，家族的盛衰兴亡使他们十分敏感。其次，余氏作家群形成的时间略晚一些，余氏作家群开创性人物余家驹的出现是在清初、中期，他生活于清嘉庆、道光两朝（余家驹生于 1801 年，卒于 1850 年），而代表余氏作家群最高成就的余达父则生活在清末民初（余达父生于 1870 年，卒于 1934 年）。彼时土司制度已呈土崩瓦解之势，改土归流已成为顺应历史潮流的必然。19 世纪末至 20 世纪初，西方文化的强力输入，冲击着古老中国的传统价值观念与思想体系。在现代国家的转型时期，余氏作家群的价值取向、心路历程、情感诉求既与土司制度、改土归流深刻联系，又与新旧文化的碰撞、辛亥革命的影响有着千丝万缕的联系。对此问题的深入论述，笔者将在后文展开，此不赘述。

二 彝汉文化交融是余氏作家群形成的土壤

余氏作家群的形成与彝汉文化的深刻交融密切关联。中国地域辽阔，民族的构成多种多样，不同民族形成各自共同体，创造了多姿多彩的文化。余氏作家群生活的云贵高原地区是一个多民族的杂居区域，明王朝以来，朝廷在这一区域强制并推行的同化政策与民间自觉的文化往来相辅相成，少数民族与汉民族之间的文化交融明显加强，生活在这一区域中的彝族和汉族的交流融合程度也在不断深化。彝族地区毕摩文化在这一时期所发生的内涵上的变异就是这种交融的具体表现。由于明王朝在水西、武定等地区实行卫所屯田制，大批汉族相继迁入彝区，与此相伴随的就是汉文化在彝区的传播，这使得彝族上层社会的意识形态、宗教信仰发生了较大变化，他们逐步接受了汉文化体系中的儒、道、释思想，毕摩们将儒家的忠孝仁爱、道教中的天人感应以及佛教中的因果轮回等内容吸取毕摩文化中，在一定意义上丰富了彝族的毕摩文化。

在彝族文学发展史上，从这一时期开始，西南地区形成了一些颇有成就的彝族土司作家群，他们是明清政治、经济、文化、教育诸因素交汇、碰撞的产物，更是儒家文化南渐同化结出的硕果，是彝族文化从西南一隅走向广阔天地的必然结果。可以说，彝族土司作家群的形成和发展呈现出与历史发展脉络相一致的特点，是云贵高原乃至明清两朝文学史上不可忽略的重要存在。

具体说来，从云贵高原地区的社会发展进程来看，彝汉文化交融的前提条件之一是彝族地区社会经济的发展。

1. 商品经济的发展促进了彝汉文化的交融

由于集贸市场的逐渐兴盛与扩展，彝民开始学习汉话、汉语。彝族聚居的云贵川一带，元、明时期由于中央王朝推行"屯田"政策，彝族社会的农业经济逐渐发展为主导地位，但彝区矿业发达，彝族手工业产品也极负盛名，因此集市贸易较为繁盛。随着社会经济的发展，彝族地区的贸易不再局限于本民族聚居地，而是随着驿道的开通与发展，将贸易扩展到全国各地。彝族聚居的西南地区，交通较为便利，水上运输和陆上交通开发较早，元明两朝在此区域内修有不少驿道。清代实行改邮归驿，逐步建起了一套完善而便利的交通邮驿网络。特别是彝区富有特色的马帮，来往于云、贵、川之间，为彝汉人民互通有无和文化交流创造了有利条件。需要指出的是，经济贸易的往来和需要，使广大彝族同胞意识到与外族人交流必须学会汉话、掌握汉语，对上层彝族阶级来说，不仅要会说汉话，而且还要熟练使用汉文，这为彝族文学家族用汉文熟练地进行诗文创作营造了良好氛围。

众所周知，彝族是拥有自己文字的民族，彝语属于汉藏语系藏缅语族彝语支，是表意的音节文字体系，虽然彝文创制于何时学术界目前尚无定论，但据现存的汉文史志和彝文史籍资料以及我国现已发掘的文字考古材料，可以断定，彝族文字早在汉代便已经形成较为成熟的文字体系，彝族拥有语言文字的优势，不仅使得彝族有书面记载的民间文学，而且还有用母语创作的文学作品和文艺理论著作，即彝文文学，如《查姆》《勒俄特依》《西南彝志》《彝族诗文论》《彝语诗律论》就是其中的代表。明末的"奢安之乱"以及清代的"改土归流"后，彝族社会发生重大变迁，水西、乌撒、扯勒等彝族土司政权的统治地位逐渐被流官所取代，同时，朝廷还加强"军屯""民屯""商屯"等政治军事措施，汉民大量移入云贵高原，其数量甚至超过世居民族人数，彝族重大的历史变迁和统治地位的被迫让渡，使其文化形态也发生嬗变，居于统治地位的土司威光不再，一些土司家族逐渐衰败没落，毕摩也从彝族贵族被迫流向民间。

何谓"毕摩"呢？毕摩是彝族父系氏族公社时代的祭司和酋长，随着社会进程的发展，彝族社会形成了君、臣、师三位一体的统治集团，毕摩成为了执掌神权者，是彝族社会上层文化的代表。明清之际，在大规模的改土归流后，一向参与土司政事、充当佐政智囊的毕摩，由于无政可佐、无事可司，其政治、经济地位亦随之下降，他们不得以纷纷退居田舍，回到乡里，回到民间，按照彝族学者巴莫曲布嫫的观点，从此开始，毕摩的发展走向出现了三种不同的分化："一为专司宗教职事的祭司，二为专攻彝文经书著述的经师，三为擅长歌艺并专门从事搜集、记录、整理民间口承文学的歌师"①。因此，原专属于上层社会的毕摩文字在彝区民间得以扩展，并在清代出现了彝文文学创作繁荣的景象。例如，用彝文记录民间口传文学，用彝文翻译汉文文学作品，用彝文创作历史著作，彝文宗教、历史、文学、谱牒、天文、律历、伦理等学科典籍纷纷问世，这些丰硕的成果都因毕摩的存在而格外辉煌。历史上，毕摩学说的传播和影响超越了阶级或等级的界限。

当然，土司毕竟与毕摩不一样，在社会地位、价值取向、人生意识、文化积累、性格命运、审美追求上二者有较大差异，因而在同样的历史文化语境中，土司作家选择了与毕摩不同的创作路径，他们主动向华夏文化靠拢，运用汉文进行创作，在彝汉文化的交融中，其汉文诗歌创作取得了不俗的成就。土司作家群汉文文学创作与毕摩的彝文文学创作交相辉映，是彝族文学史不可或缺的核心存在。

2. 不同民族之间的长久接触是文化融合的先决条件

彝族、汉族交错杂居，互相学习，友好相处，其文化的相互影响和交融混合现象相当普遍，这是彝族家族文人进行文学创作的文化土壤。

有学者指出："民族文化融合贯穿整个中国历史，并在不同历史时期呈现出不同特征，或隐或显，或整体或局部。大体而言，在中国古代，中原地区与北方的民族文化融合主要通过战争和征服的途径得以实现，而江南、西南地区与其他民族文化，则主要表现为人口移徙、官员贬谪、文人游历、民间

---

① 巴莫曲布嫫：《鹰灵与诗魂——彝族古代经籍诗学研究》，社会科学文献出版社2002年版，第24页。

流动演出等途径来实现的。"① 有明一代，云贵腹地实行了大规模的移民屯田政策，迁来云贵的汉族人口总数甚至超过当时云贵境内人口最多的少数民族，实现了移民屯田后的文化交融与农业化进程。客观上说，人口迁徙是文化交流的重要途径之一，每一次大规模的人口迁徙都意味着大规模的文化传播，都会对当地的政治、经济、文化产生极大的影响。明朝以来，云贵高原上的汉族与当地彝民朝夕相处，他们在生产技术、生活方式、文化理念上互相影响，形成了民间自觉或自发的文化交流。据记载，当时彝民纷纷改汉姓，穿汉服，识汉字，读儒家经典。在这样的文化氛围中，彝族土司家族、彝族文人墨客积极与汉族名流儒士交往，礼士崇文，学习高层次的汉文化，在中华文化史上留下了彝汉文化交融的佳话。例如：明代大思想家、文学家、泰州学派一代宗师李贽与云南彝族姚安高金宸交往密切，李贽盛赞高金宸"年幼质美，深沉有智，循循雅饬，有儒生之风"；云南蒙化彝族土司左正和贬谪四川的状元杨慎交往甚密，诗赋往来，其家族另一成员左明理是杨慎的门生，受杨慎指导，在诗文创作方面受益良多，《蒙化府志》称左正"能文翰，工诗画，有魏晋风，好尚高洁，礼士崇儒"；宁州禄厚、禄洪父子皆与董其昌、陈继儒是至交，董其昌乃明代书画家，"华亭画派"杰出代表，其画及画论对明末清初画坛影响甚大，亦擅长诗文。陈继儒，明代文学家、书画家，工诗善文。他们的学养、诗文对宁州禄氏文学创作的影响非常之大。

正是在彝汉文化相互交融的进程中，彝族汉文学创作取得了长足进步，以土司世家为代表的彝族文学家族迅速崛起，贵州毕节彝族余氏土司作家群即是其中的一个典型代表。从家族文学史角度来说，少数民族土司家族文学的出现，是中华传统文化、文学从中心向边地辐射的结果，少数民族土司家族文学与中原、江南等中心地区的文学世家一起，共同构建了明清时期家族文学的高度繁荣。

贵州毕节彝族余氏土司作家群一向具有开放的文化心态，对汉文化有极高的认同，在彝汉文化深刻交融的大背景下，余家驹、余珍、余昭的诗文成就开创了余氏土司家族创作之风气，并奠定了余氏土司作家群在彝族文学史

---

① 胡绍华：《论容美土司文学与民族文化融合》，《民族文学研究》2012 年第 1 期。

上的重要地位。余氏诸君与汉族文人多有交往，特别是余达父，他与近代著名学者罗振玉鱼雁往来，探讨文学诸方面问题，深得罗振玉的赏识。罗振玉是中国近代农学家、教育家、考古学家，对中国科学、文化、学术研究都颇有贡献，他称赞余达父的《邃雅堂诗集》"原本风雅，词旨温厚，非学养兼到者不能道只字也"。余达父还与号称"四外秀才"的四川才子万慎子交往甚密。1905年春，35岁的余达父与万慎子在叙永一见如故。万慎子是清末外交家、散文家、诗人、贵州遵义沙滩文化代表人物之一的黎庶昌的得意门生，此时万已是四川著名学者，余达父对其人品、才华十分倾慕，因此请其为《邃雅堂诗集》作序，万慎子欣然应允，在《邃雅堂诗集叙》中他写道："毕节余君达父……高掌远蹠，有杜牧之、陈同甫之风"，"余氏为毕节名族，自其先世，皆以能诗爆声黔蜀间，自君而恢张令德不怠以勤，束发至今兹已千余首，其可存者十之七八。其诗沉郁劲健，取法少陵，而声调之高朗，景光之绚烂，笔力之兀傲，有出入于义山、东坡、山谷者。以君诗与黔之先辈宫詹、两徵君比，吾不知其何如，而于子和、子寿、鄂老，有足尾随而颉颃之者，洵卓然大家矣"。① 在万慎子不吝赞扬的褒词中，既将余达父与唐宋以来的汉族著名文人、诗人如杜甫、李商隐、苏东坡、黄庭坚等相比对，明确指出余达父诗文风格受汉族诸位大家之影响，还将其与贵州当时著名文人、诗人周渔璜、郑珍、莫友之、黄子寿等进行比较，可见其对余达父诗作成就有极大的认同。

　　1906年余达父东渡日本，开始留学生涯，他通晓彝文、汉文、日文，视野开阔，交游广泛，留日期间他与郁华、刘揆一、盛倚南等相互切磋诗文技艺，与日本思古吟社、随鸥吟社等汉诗社团成员永阪石埭、永井禾原等人唱酬往来，在《永井禾原将游清韩，招同人留别于来青阁，即席赋诗饯之》一诗中，余达父写道："古人重闭关，咫尺皆坎坷。今日同文轨，万里非逶迤。我歌送君行，归梦想烟萝。交谊彻金石，千载用不磨，结此文字缘，融合汉与倭。"② 表达了他对跨民族、跨文化交融的充分认知与高度肯定。在余氏诸

---

① 余达父著，余宏模搜集整理：《邃雅堂诗集》，贵州人民出版社1989年版，第14页。
② 同上书，第96页。

君中，余达父诗文成就最高，这与其跨文化语境下的开阔视野、近现代中国文化思潮变迁的影响有极大关系。

3. 汉文化在彝汉文化交融中处于主导地位

最后，还应看到，作为主流文化的汉文化，在与彝文化的交融过程中，其强大的优势地位，无疑占据了主导地位。美国学者费正清的文化主义观点认为，文明教化的方式是从中国北方平原地区推展开的，文明中心以外的"番人"，他们不同程度接受该中心的居民的文化准则和实践。这一观点证明了历史上相对落后的彝族土司地区，其文化生成与中原先进文化的渗透影响有极大关系。土司地区民族融合的过程是本地区民族和汉民族的涵化并逐渐融入的过程。伴随着文化认同的力量，激发人们对民族的共同信仰，促进民族融合，而这正是历史上文化认同的正能量。在中国社会历史的演变中，曾经有过蒙古族统治的元朝，也有过满族统治的清朝，但在文化交融的过程中，最终都被强大的汉文化所同化。在彝汉文化交融中，汉文化也在深刻地影响着彝文化。

三 科举教育是余氏作家群形成的推力

论及科举教育制度对余氏作家群形成的推动作用，还需先从历史角度考察历代中央王朝对少数民族土司实行的"文教"政策，从中可窥见中央王朝在西南少数民族地区施行教育举措、推广科举制度对该区域尤其是对土司家族汉文化素养提升之强大影响，亦可佐证科举教育是余氏土司作家群形成之推力。

1. 明清两朝在土司地区举办义学，大力推广汉文儒学，以文教化，为土司家族的汉文学创作奠定了良好基础

从教育举措来说，明清两朝特别提倡以文治国，各级土司文化素质的提升，一直是明清两朝极为重视的问题。自古以来，中原王朝就有华夷分野的观念，文化差异是族类划分的首要标准。《左传·定公十年》云"中国有礼义之大，故称夏；有服章之美，谓之华。"孔子作春秋大义，提倡华夷之辨，不强调以种族为标准，而以文化礼义作考量，所谓"诸侯用夷礼则夷之，进至中国则中国之"。《礼记·学记》云："古之教者，家有塾，党有庠，术有序，

国有学,比年入学,中年考校,一年视离经辨志,三年视敬业乐群,五年视博习亲师,七年视论学取友,谓之小成。九年知类通达,强立而不反,谓之大成。夫然后足以化民易俗,近者说服而远者怀之。此大学之道也。"① 这样的传统文化观念,使得中央王朝将文化教育、完善的教育制度视为教化的最佳手段。因此,明清两朝在土司地区大力兴办学校、积极传播儒学,促进中原文化与南方各少数民族文化的交流融合。

明代对于土司地区的儒学教育既有明确的指导思想,又有切实可行的措施,取得了不俗的成绩。具体来说,明代在土司地区推行儒学教育多是由官方直接掌控,秉持"治国以教化为先,教化以学校为本"的理念,强调学校的目的是"育人才,正风俗",因此,在明初,明王朝就建立起了一个庞大的官方教育系统,土司地区的儒学教育亦随之而兴盛起来,官学、书院、社学等如雨后春笋般地出现。据不完全统计,明代土司地区设立官学约120所,创办书院49所,社学发展由城镇扩展到山村,至万历年间社学已达200所之多。

明王朝不仅在土司地区大力推广儒学,对土司及其子弟的儒学教育也有明确要求,尤其强调承袭土司职位的子弟,必须进学校接受儒家思想、儒家文化的教育,不入学者不准承袭,各土司家族为了保持政权的稳固,维护土司门第的显赫高贵,纷纷将子弟送入太学,系统学习汉文化,这实际上为土司家族的汉文学创作奠定了良好基础。余氏先祖永宁宣抚使对汉文化的学习非常重视,而且站位高,视野开阔。宣德年间(1426—1435年)赤水宣抚司宣抚使奢苏夫人就曾上书朝廷:"欲化顽俗,须修文教,而诸生皆夷佬,朝廷所设训导官,言语不通,难以教诲,庠生李源,文品兼优,并谙夷语,乞即授为训导官,庶有实济。"这大概是中国历史上最早的彝汉双语教学。奢苏的奏折让朝廷大为赞赏,称其为"广立义学,厚诸生膳,故后世赤水、毕节二卫文人称盛"。在中央王朝的大力倡导下,土司世家的汉文化水平、汉文化修养不断提高。

出身于土司世家的文人在政治、经济、教育等方面都有着同族同胞难以企及的优越条件:政治上他们拥有世代承袭的资格,统治区内的重要官职唾

---

① 《四书五经》,中华书局2009年版,第369页。

手可得，经济上他们占有大量的田土，享有免除赋役的特权，教育上他们能获取各种层面的优质教育资源。与先进的汉文化密切接触，种种优越条件为土司家族成员的文化素养、学术视野、文学修养等方面的提高带来了极大便利，也为土司世家进行文学创作提供了制度保障和经济支持。政治、经济、文化等对文学有着较强的渗透力，而文学则在与它们的互动交流中获得了源源不断的生命力。

以毕节余氏而论，尽管其家族在明末"奢安之乱"中遭受重创，但随着明清易代，余氏一族迎来了转机，他们仍然享有赤水河两岸十八则溪领地和租赋，余家驹是大屯土千总，其子余珍在余家驹去世后，继续承袭大屯土千总之职。其后，余珍之子余一仪科举不中，回水潦继续为土司。余若瑔不仅参加了科举考试中法政科举人，而且东渡日本，留学海外，声誉卓著。最为重要的是余氏族人在较为优越的生活环境中，饱读经籍，工诗善画，诗文相传，在西南一隅形成了颇有影响力的彝族土司作家群。

清王朝同样秉承明代重视土司地区以文教化之传统，继续广建义学、社学，提倡甚至强制土司子弟入学，并广开科举之门。以余氏家族所生活的贵州毕节地区为例，康熙四十四年（1705 年），黔西州（今毕节市黔西县）的蛇场（现金碧镇）、治中等地开办义学，招收彝族子弟等少数民族入学，其后，又在其他土司辖地开办义学，大力发展教育。这方面潘先林、潘先银的考证更为具体，他们在《"改土归流"以来滇川黔交界地区彝族社会的发展变化》一文中指出："民国《贵州通志·学校志三》记载大定府有 11 家书院，新纂《云南通志·学校志三》记载昭通府、东川府有 10 余家书院，同时还设置了一批针对少数民族的基层学校——义学。民国《贵州通志·学校志四》载：'书院之外，有社学、义务。凡汉人在乡之学总曰社学，所以别于府州县在城之学也。……朝廷为彝洞设立之学及府州县为彝洞捐立之学则曰义学。盖取革旧之义，引于一道同风耳。'黔西北大定府共设有义学 24 所，滇东北昭通、东川两府有 61 所。"[①] 义学、社学设置之多之广，一方面是清王朝在西

---

① 潘先林、潘先银：《"改土归流"以来滇川黔交界地区彝族社会的发展变化》，《云南民族学院学报》1997 年第 4 期。

南少数民族地区加强汉文化传播推广的一个有力举措，另一方面对于本区域内各族人民汉文化知识、汉文化素养的提高，也是一个行之有效的方法。在此文化土壤中，孕育并产生了一批土司家族文学作家群。

一个有力的证据是，西南各族土司的家族文学创作活动就主要发生在明末至清初这一历史时段。这一时期正是明清两朝大力提倡以文治国、强力推行汉文化的时期。云南姚安彝族高氏之文学活动，始于明天启二年（1622年）袭职的高守藩，宁州彝族禄氏土司的文学创作，则主要以生活在明末万历和天启年间的禄厚、禄洪父子二人为主，蒙化彝族左氏的文学创作时间始自弘治十六年（1503年）袭职的左正，丽江纳西族木氏土司的文学创作主要集中于明嘉靖至清康熙初年的"木氏六公"，湖北容美土家族田氏土司的诗文创作始于明万历年间的田九龄，而贵州毕节彝族余氏土司作家群形成则始自余家驹。余家驹生于清嘉庆辛酉年（1801年），卒于道光庚戌年（1850年）。由此可见，南方各民族土司家族文学创作的发生，正是与明清两朝以文治国的战略思想以及汉文化的强力推行相同步，对于土司家族文学、家族作家群的形成，中央王朝教育举措的推动力由此可见一斑。

2. 科举制度对土司家族文学群体形成的作用不容忽视

一般来说，中国文学史上的文学家族孕育于文化世家，而文化世家的形成与科举制度紧密相连。

科举，是中国古代通过考试来选拔官吏的一种制度。科举制度从隋朝开始试行，直至清光绪三十一年（1905年）废除，前后经历1300余年。客观而言，科举制度改善了中央王朝的用人制度，彻底打破了血缘世袭关系和名门世族对官场的垄断，"朝为田舍郎，暮登天子堂"，就是对官场垄断局面被打破的一种形象表达。在中国历史上，科举制度为平民仕子进入仕途、施展才智、实现自我价值打开了一条向上的通道。1300多年的科举制度，成就了中华大地上众多的科举家族，科举入仕成为宗族光耀门楣的一种重要手段。

中国之读书人，"修身、齐家、治国、平天下"是他们的共同理想和追求。杜甫的"致君尧舜上，再使风俗淳"（《奉赠韦左丞丈二十二韵》），很能代表这种普遍的士子心声。儒家提倡"太上有立德，其次有立功，其次有立言"。而读书人所追求的"修齐治平"就属于"立功"层面。但是,读书人出来做官也有不同的情况,有的是为了实现"修齐治平"的理想,孔子曰"士当以天下为己任",就是这个意思。因此,这类人做官并不是为了地位与金钱。另一种情形则为孟子所言:"仕非为贫也,而有时乎为贫。"(《孟子·万章下》)读书人若是贫困到了一定的程度,有时就不得不为了俸禄而出来做官了。最典型的莫过于东晋的陶渊明与清代的郑子尹,他们的几次出仕与归隐都是"亲老家贫"的缘故,这就属于后一种情况。余氏一门的求仕,似乎与这几种情况都不完全一致,这其中既有受儒家文化思想影响,怀有"修齐治平"的抱负和理想,更有作为永宁宣抚司后裔,想要重振家业的那份希冀与情怀。

前文已述及彝族余氏家族命运与"奢安之乱""改土归流"等历史事件之密切关联,对余氏一门来说,从四川永宁避祸到贵州毕节大屯,由"奢氏"改姓氏为"余氏",是这个曾经显赫一时的土司家族逐渐衰落的历史印迹。明朝末年,中央王朝与这个彝族土司家族之间的是非恩怨、反抗平叛、战争杀戮,不仅给当地社会和各族民众带来了巨大破坏与灾难,也使余氏族人的命运发生了重大转折。明清易代,余氏一门获得了转机,他们在毕节大屯庄园一面诗书传家,一面积极投身于中央王朝推行的科举之中,试图通过科举重新找回家族的荣耀。

对于余氏家族而言,经历社会的剧烈动荡与重创,保全族人性命,伺机再图社会地位的提升,是这个土司家族在相当一段时间里需要付出几代人的努力才有可能实现的愿望。要实现此愿望,最好的途径便是使自己的子孙后代个个成才,并入仕为官。这样看来,余氏一族对科举的重视,既是重振家业、光耀门楣之需要,又是一种文化学养的积淀过程。客观地说,他们为准备科考而进行的经籍阅读和诗文创作,最终为生成家族文学创造力作了必要的储备。

广泛意义上,明清时期的科举制度在本质上其实是一种文官选拔制度。明代科举考试的内容是"沿唐、宋之旧,而稍变其试之法,专取四子书及其《易》《书》《诗》《春秋》《礼记》五经命题试士"。这种以《四书》《五经》和诗赋为主要内容的考试,着重于对应试者经典阐释能力的考查和文学才华的关注,客观上有效地刺激和提高了整个社会的文化水平,尤其是西南少数民族地区的汉文化水平,相应地,也在一定程度上促进了土司家族成员文学修养的提高。反过来说,一个家族的文学成就亦代表一定的科考能力,科考能力是家族文化能力的重要体现。比如,云南蒙化左氏土司家族、水西安氏土司家族、贵州普底黄氏土司家族等,他们在科举考场上屡有斩获。据相关学者统计,左氏一门明清时期共有15人获得科考功名,他们既是科举家族,也是文学家族。在土司制度日渐式微的景况中,只有具有较强文化能力的土司家族才能保持门第不衰。这些土司家族对科举的重视,使族人接受汉文化的程度及汉文化修养显著增强,对其形成为文学家族不能不说是一种强大的助推力。

在清代,乡试、会试的考题涵盖了经学、史学、文学等方面的知识,这自然更有助于家族文化的累积,尤其是文学,它对家族成员的生命历程起着更大的作用,因为经学,在敲仕途之门后往往被束之高阁,而文学由于具有交谊、记事、言志、抒情、咏物、唱和等多种功能,自然就成了士大夫及其眷属、子弟们日常文化活动的主体。

余氏一门的科场生涯始自大屯第三世庄园主杨翰祯。杨翰祯参加科举考试,成为叙永府学生员,文武兼备,雍正年间被朝廷封为乌蒙土府,以科举求得功名。其后余氏作家群中的绝大多数成员参加过科考,有中举的,也有落榜的。余家驹参加科举考试获贡生,贡生是从府、州、县生员中选拔出来的成绩优异者,将升入京师的国子监读书,意谓以人才贡献于皇帝,故称贡生。做了贡生后理论上就可以出仕当官了。余家驹12岁丧父,且家道中落,加之官场黑暗与腐败带来的失望之情,使其放弃了举子之业,"以贡生不出应试"[①],但他饱读诗书,喜诗善画,他的孝亲友弟,他的洒脱率性,他的诗学主张与实践,对余氏后人的影响很深,余氏一门书香,可以说始自余家驹。余珍的理想也是登科显赫,但时势艰难,社会动荡,于是改文习武。余昭三次赴科场,余达父作为法政科举人,更是六次参加乡试。尽管余氏作家群中未有"皇榜高中"之举子,余氏一门未能通过科举成为"科宦之家",重返

---

① 余家驹、余珍著,余宏模编注:《时园诗草·四馀诗草》,贵州民族出版社1993年版,第2页。

家族显贵之巅峰（事实上这只是一种理想，完全不可能实现），但是他们广泛阅读诗书、潜心诗文著述，将其对社会历史、现实境况、家族命运、个人理想与情怀的丰富思考与认知，倾注于笔端，诗歌艺术日臻完善，最终成就一门风雅，成为贵州乃至西南地区一个颇有成就的彝族作家群，不能不说科举教育起了极大的推动作用。

实际上，纯粹的文学世家是不存在的。一个家族对文学的追求，总是在根本上与科举有或深或浅的关系。余氏家族在其科举进仕的过程中，其子弟努力于文学是持续不懈的。

第二节　余氏家风家学

家族性作家群体的形成及文学生产的发生，离不开特定的家族文学环境，而家族文学环境的营造过程，实际上就是一种家风、家学的养成过程。作为彝族余氏作家群成长的文学现场，余氏家族在大屯土司庄园中的各类文化活动，如诗歌唱酬、庄园雅集和著述藏书等，为余氏子弟营造出了良好的学习环境和文学氛围，并激发着余氏一代代文人的创作热情，最终生成家族文学的创造力。

纵观中国历史上众多文学世家，其家族文学的兴盛都与其独特的文学环境、浓厚的家族文化息息相关。独特的文学环境、深厚的家族文化底蕴，对于家族中每一个文人的创作都起着至关重要的作用，宋代苏门三杰，明清时期江南叶、沈文学世家，就是这方面的杰出代表。贵州毕节彝族余氏，历经劫难，又地处川黔交界的边地，却能够百年簪缨，自余家驹以降"皆以能诗爆声黔蜀间"，且"殚心典籍，博雅好古，一洗山川之陋"[1]，成为毕节的名门望族，其中一个重要的内在因素就是余氏子弟长期生活在高雅的家族文学环境中，受此环境的熏陶、刺激，族中子弟内生出强大的文学创作热情，并进一步沉淀积累而为家族文化，世代相传。

---

[1] 余达父著，余宏模收集整理：《邃雅堂诗集》，贵州人民出版社1989年版，第14页。

此外，毕节彝族余氏土司家族的家风，受彝汉文化的双重影响，形成了入则孝出则悌的孝悌之风。清末民初，社会巨变，在新思潮的影响下，余氏家风中的"孝"，如在余达父及其子侄们的身上，还进一步发展为一种具有现代国家意识的家国情怀，因此，余氏家族的"孝悌"之风包含了更加丰富的内容，从传统的爱国忠君思想到后来的现代国家意识，从对家人兄弟的友爱推及对平民百姓生存景况的现实关切，成为余氏一门的精神传承。而其家学除了表现为对诗歌的钟爱与世代传承外，更多地呈现出文韬武略、彝汉融合、男女平等的特征。

一 家风

1. 孝悌、忠君、爱国

彝族社会本就存在着一种泛孝思想，在彝族以血缘家支宗族为核心的社会里，"孝"可以说是最基本的道德与准绳，对孝道的倡导，我们可在彝族古代的经籍文学作品中找到一贯的线索。如，《裴妥梅妮——苏颇》中就有这样的叙写："祭祖啊送魂，古礼传至今，人人不能忘"；"父亡要祭送，母逝须超度，儿女来戴孝，祭奠父母魂"。[①] 这就是彝族社会认为的最起码的孝道。彝族社会还强调人伦关系，提倡长幼有序，父慈子孝，兄友弟恭。这种孝道对彝族人民的影响是深刻的。众所周知，在汉文化传统中，孝悌也是儒家学说的精髓，是做人的基本道德。《论语·学而》曰："君子务本，本立而道生。孝弟也者，其为仁之本与。"宋代理学家、思想家朱熹也说："孝悌忠义，礼义廉耻。"那么，彝族余氏家族家风中的孝悌观念，显然与彝族社会、儒家思想中广泛存在的孝友思想一脉相承。但是，余氏作家群所生活的清至民初的这一历史时期，整个社会在政治、经济、文化诸领域都发生着巨大变革，儒家文化的强力辐射、清朝后期的西风东渐、世纪之交现代国家意识的产生等等，使得余氏家风在其子弟们的承袭接续中，被不断注入新的内涵。

回望过去，余氏家族一路走来的历史印痕依然有迹可循。明代，余氏先

---

① 《裴妥梅妮——苏颇》，云南民族出版社1988年版，第57页。

祖永宁宣抚使，虽然地处边邑，却不封闭，在其管辖境内，由江门直接乘竹筏可抵达长江边岸的泸州。据《资治通鉴》记载，早在宋代这里就打破了闭关自守的封闭状态，成为各民族同胞贩运物资的积散地，繁荣的商品交易，不仅使当地的经济实力得以增长，而且在政治、文化上都与中央王朝发生了密切而广泛的联系。泸州及长江沿岸重镇，既是繁荣的商品交易经济中心，又是汉文化及信息观念的传播中心，这对紧邻其地的永宁宣抚司辖区不能不产生辐射作用，因而永宁宣抚司辖区的文明化程度以及受儒家伦理思想影响的深刻度，在西南少数民族地区中显得较为突出。

另外，元明清各代为加强对西南少数民族地区的统治，实行土司制度，客观上推动了儒家思想、儒家文化在少数民族地区的传播，促进了中原文化与西南地区各少数民族文化的交融。对于土司家族来说，想要继续保持自己的政治地位、经济地位，就必须学儒、尊儒、崇儒，尤其在明代，中央王朝对土司承袭制度有了进一步的规范与完善，其中对于承袭土司职位者，必须接受儒学教育有明确规定和要求，在此背景下，西南各少数民族土司家族，在中央王朝政策的推动下，在自身利益的驱动下，学儒、尊儒、崇儒蔚然成风，由此自发走向自觉，不仅彝族土司如此，湖北容美田氏土司、云南纳西族木氏土司等，对儒学的接受也都非常自觉。

这样，一面是古已有之的彝族社会中的"孝""友"观念，一面是儒家文化"孝""悌"思想的深刻影响，在彝汉传统文化的双重濡染下，余氏一族的家风中形成了特别推崇"孝""悌"的伦理思想，在此基础上形成了较为明确的"爱国""忠君"观念，最终成为整个家族崇尚之风气。余氏家族的这种爱国忠君观念随着社会历史的变迁而注入了新的内容，以余达父为代表的余氏子弟在清末民初，走出大山、走出国门，接受并吸纳新文化、新思想，家国意识更为强烈。

"孝"对于彝族余氏土司家族来说，其要义除了对于长辈的孝顺以及祖先的崇敬外，更重要的是对于整个家族一种不可推卸的责任——维持家族的绵延不息。

前文我们梳理了余氏家族的变迁史，余氏家族在社会历史变迁下的跌宕起伏与沧桑命运是他们独特的家族历程、命运历程、心路历程。明朝末期

第二章　余氏作家群形成的历史条件与文化背景

"奢安之乱"后,奢辰(余保寿)改名换姓隐居贵州毕节大屯,明清易帜之际,奢辰凭借其土司的影响力在顺治十六年上书招安于朝廷,重新获赐领地,由此开启了大屯土司庄园的历史,此后一代代的庄园主传承家业,世袭千总之类的小官,安享拥有田地部众的利禄,在庄园中读书、交友,以忠孝、诗学传家,于庭户之中沉潜经史、诗酒人生。乌蒙高原的雄奇壮阔与大屯庄园的闲情洒脱,锻造了余氏"家族文化链"的特殊环境。在第八世庄园主余家驹之后,余氏庄园中走出了一个个充满才情的诗人——余家驹、余珍、余昭、安履贞、余一仪、余达父,他们以自己的诗文和才华续写着大屯庄园的彝家传奇。在西南一隅,余氏一门风雅,传承百年。

我们先来看看余氏作家群的开创性人物余家驹。余家驹父亲名为余人瑞,因大屯六世庄园主杨廷栋无子,余人瑞从水潦过继到大屯(余人瑞又叫杨人瑞),承管庄园,成为第七世庄园主,敕受儒林郎,生有二子,长子就是余家驹。余家驹12岁时余人瑞溘然长逝,作为家中长子,余家驹稚嫩的肩头承担起了家庭重担,家族的绵延不息与他的担当、作为至为密切。余家驹自幼受家庭环境影响,爱好诗书、字画,也养成了浓厚的忠孝观念,在父亲去世后,余家驹一直在大屯奉养母亲,虽满腹经纶却不出仕,奉母至老,孝善终身。

余家驹不仅对母亲做到了孝,对兄弟也做到了"友"。余家驹弟弟余家骐不惑之年辞世时,其儿子余昭只有16岁,余家驹从大屯赶赴水潦帮助处理后事,并将余昭带回大屯课读,视为己出,余昭因此"常侍白庵公侧,跬步不离"。余昭聪颖好学,勤奋刻苦,甚得余家驹喜爱,他曾欣喜地说:"将来传吾衣钵者,其在阿昭乎?"余家驹去世后,余昭在整理他的遗诗《时园诗草》进行刊印时,写下了一篇《跋》,高度评价伯父余家驹对家风家学的重要贡献:"伯父白庵公,以贡生不出应试,奉我祖母,孝善终身。居家勉励儿辈,大率以为朝廷广醇风,为祖宗绵世德,为末俗挽衰弊经济,皆当于读书中求之。"[①] 余昭成年之后果然没有辜负伯父的厚望,持家作诗,其诗作成就超越了余家驹,在余氏作家群中余昭是一个承上启下的重要人物。

余家驹的儿子余珍生性豪爽,自幼在良好的文化环境中成长,"随侍白庵

---

① 余家驹、余珍著,余宏模编注:《时园诗草·四馀诗草》,贵州民族出版社1993年版,第9页。

公左右,聆听课读,家学递传",余珍能诗善画喜收藏,栽花养鱼爱骑马,其性其情其诗,在余氏作家群中独树一帜,颇具特色。余昭失怙后16岁来到大屯后,年长余昭两岁的兄长余珍,与其一起读书、一起作诗,兄弟之间手足情深,当时就有"机云"之美称。兄弟二人跟随余家驹读书、作画、练字,在时园中栽花养鱼,在耳濡目染中秉持了忠孝礼义、诗书传家的家风。余珍40而殁,余昭一直抚养他的两个儿子余象仪、余振仪,直至其长大成家。在余珍的《四馀诗草》中有不少描写兄弟之情的诗作,如《寄子愚弟》《同子愚登奎文楼》《藉怀炳堂、荷生兼寄子愚》《得子愚遣怀诗就韵和之》,等。余珍在《寄子愚弟》一诗中写道:"一纸书来无限情,打窗风急峭寒生。时园近事君知否,心上梅花入梦清。"① 表现了居住在大屯、水潦两地的兄弟之间的互相关心、互相牵挂,短短四句诗呈现出的却是深深手足情。

余氏作家群中成就最高的余达父(余若瑔),亦是一个非常重亲情、重友情和讲究忠孝礼义的文人。他出生之前,大屯庄园中祖孙三代尊奉儒学,读书作文,诗礼传家,家族中业已养成忠孝礼义之传统,余达父秉承家风,并以之为骄傲。

余达父祖父余昭曾在故乡一个叫"高山堡"的地方,留下了歌咏云贵高原独特景观的墨迹,诗云:"行程偶过乱峰巅,春色无人也自妍。踯躅笑开疑抹血,蕨苔怒挺欲挥拳。山如奇鬼蹲还立,云似飞仙往又迁。到此尘烦都涤尽,沁心侵骨有甘泉。"② 21年后,余达父在由黔入滇的路途上,住宿在高山堡,见到了祖父生前的这首题壁诗,手抚墨痕已黯淡的石壁,年轻的余达父"不知涕泗之何从也"。于是,在高山堡,余氏祖孙两代"相遇"于题壁诗下,进行了一场心灵与精神的接续。余达父面对石壁,"敬志数言,谨依元韵"。诗曰:"崎岖历尽万山巅,重见遗徽幸有缘。拂拭墨痕尘黯黯,摩挲手泽意拳拳。千秋华表魂归去,廿载浮云事变迁。欲效谢生述祖德,自拈斑管涤新泉。"③ 他接过了家族家学家风的接力棒,并以发扬光大"祖德"

---

① 余家驹、余珍著,余宏模编注:《时园诗草·四馀诗草》,贵州民族出版社1993年版,第99页。
② 余昭、安履贞著,余宏模编注:《大山诗草》,四川民族出版社1994年版,第258页。
③ 余宏模编:《余达父诗文集》,远方出版社2001年版,第30页。

为己任。

十六年后,余达父从日本回国,动身前给留在岛国继续求学的长子余祥桐写下了《将归书示桐儿》,诗中达父先生谆谆告诫儿子为人处世之道,勤奋学习之途:"童学为养蒙,正始端趋响。志趣宜恢宏,德性求深盎。处世持和平,勿悲亦勿亢。汝质固中人,习性随下上。但使坚恒贞,天姿亦清亮,勿染浮嚣习,披昌事佚宕。勿近堕游朋,荒嬉成废放。少年千黄金,蹉跎便消丧。"勉励儿子承续优良家风,超越父辈,更有作为——"德薄不足学,冀汝扩斯量。家学逾百年,幽光久沉酿。弓冶嗣辛勤"①。他将手中的接力棒往下传。

1910年余达父母亲去世,他从北京回到贵州尽孝守丧半年,1917年长兄余若煌逝世,余达父写下了《丁巳四月哭伯㶽先生》《亡兄伯㶽先生行状》等诗作。"睽离经五春,南北各分手。惟持走尽书,一月一拜受。近忽淹旬月,不见琼函玖……今日闻电来,骨战神惊踩。开函译未终,痛切心如剖。"从这些诗中我们见到的是兄弟间的真挚情感,令人动容。

余若煌曾遭难被陷牢狱之中,危难时余达父毅然承担起了大家庭的责任,带着余若煌的两个儿子东渡日本,并将他们培养成才。余家驹与余达父,隔着近百年时空,却都遭遇了家族中的重大变故,在整个家族中,他们都面临着需要承担起更多家族责任的压力和重任,而他们面对压力都没有退缩,担当起了为人子、为人父、为人兄的人伦之责,从而帮助整个家族战胜了一个个困难。这些都说明余氏孝长辈、友兄弟、礼义传承的家风,其对整个家族凝聚力的形成乃至内生出家族文学创造力的作用是极其强大的。

家风烙印在一代又一代余氏族人的精神上、心灵中,"孝""友"成了余氏治家的原则,从上述孝事父母、友于兄弟的操行中,亦可见余氏"孝""友"家风传承的绵延与深厚。

在汉文化传统中,儒家论孝,是与"和"联系起来的,国和、家和、天下和则谓之"孝"。轻利重义,以仁为本,淡泊自守,即合"太和"之道。"孝友"与"中和"思想紧密联系,包含仁义、淡泊、真诚、自然等丰富的

---

① 余达父著,余宏模收集整理:《蜷雅堂诗集》,贵州人民出版社1989年版,第104页。

意蕴。毕节彝族余氏家族，在社会历史的推动下深受儒家思想文化的影响，自觉接受、学习与融合汉文化，因此形成了忠孝之家风，并以此为标杆，把它作为家族中人的行为准则，教育、影响一代代族人的思想观念、人生态度以及治学理念。

余氏族人非常重视修身养性，他们追求高洁质朴、宽厚豁达、谦和淡泊的品性与气度。余家驹"为人风流潇洒，而皆秉乎天真。少喜读书，而非以求名，故能不汩于俗学而淹惯乎古今。兼善为诗，常不雕琢而成，故其词亦豪亦仙，而翛然畅其胸襟"①。可见其轻利寡欲，淡泊自然。受余家驹影响，余昭亦有着悠闲恬静的生活态度，他曾三次参加科考，但在祖母、伯父辞世后，遂废学持家，这种恬退、旷达的生活态度是他对"孝友"家风的理解与践行。余珍更是看重兄弟之情、朋友之谊，余达父则把山水之乐作为秉承"孝""友"家风的途径……可见，余氏族人以"孝""友"为立身行事的准则，真诚、友善、重义，凝聚了一门孝悌之风。

在中国传统文化中，"忠""孝"思想有着强大的生命力，忠孝观念对中国社会、家庭、个人的人伦思想、道德操守的影响极深，儒家经典《论语·学而》曰："入则孝，出则悌，谨而信，泛爱众而亲仁，行有余力，则以学文。"几千年前的孔子就将"孝悌"作为人之本，"忠"之本。然而自古"忠孝两难全"，当二者发生冲突难以调和的时候，就需要考量权衡孰先孰后的问题，尤其是当宗法体制在二者之间的调节作用逐渐减弱时，"忠""孝"关系问题便日渐凸显。

事实上，"忠""孝"关系问题在本质上也就是"家""国"关系问题。一般而言，历史上的世家大族、特别是少数民族土司家族，能否在这几者之间游刃有余，关乎着整个家族的存亡和繁盛。例如，湖北容美田氏土司家族在明清易帜之际，为了继续保有家族势力，实现家族长治久安、繁荣发展之目的，不得不放弃败局已定的大明王朝，转而投向清王朝。尽管现实利弊的权衡与内心信念存在着一定的冲突，正如田玄《甲申除夕感怀诗》所言："旧

---

① 余家驹原著，余昭原注，余若璩续修，余宏模整理：《通雍余氏宗谱》，日本学习院大学东洋文化研究所 1999 年版，第 13 页。

第二章 余氏作家群形成的历史条件与文化背景

恩难遽释，孤愤岂徒悬。"诗人笔端流露出面对改朝换代的矛盾、痛苦与压抑，但是为了"家""家族"的安宁和荣昌，容美田氏土司表现出的是一种时实知命的政治选择，而这种选择与其所接受的传统文化思想体系中"孝"为"忠"之本的观念一脉相承，也与"孝"的地位长时期优于"忠"的影响密切相关。

余氏家族的先世早自汉代始就被历代中央王朝册封为令长、永宁长官司、永宁宣抚使、水潦长官司、大屯土千总等职位。作为封建朝廷的地方统治者，这个家族对于"国家"有明显的认同意识，其具体表现就是他们的爱国忠君。例如余昭，他生活在清末腐朽专制的时代，由于家庭环境的影响，他自幼就有报国之心。咸丰同治年间（1851—1874 年），西南苗、彝、汉等各族人民受太平天国影响，到处举事起义，一时间烽烟四起。对余昭来说，保土安宁是此时最好的报国行动。因此他筹办边防，参军随营，保一方太平，最后"以功保知州，又以随李镇岑蕃剿抚，功保花翎直隶州知州，候补知府"。[①] 再如余珍，他年轻时就有建立一番功业抱负的雄心，写下了"练就奇才为世用，莫徒纸上好谈兵"的豪迈诗句，立志"建奇功""觅封侯"，因"堵剿筹饷，屡有劳绩"，受云贵总督张亮基、贵州巡抚韩超保奏，诰授武翼都尉、赏戴蓝翎，袭大屯土千总职。

如果说余昭、余珍的报国之志的行为中有着较为浓厚的"忠君"之心及不负"皇恩浩荡"之意，那么生活在清末民初的余达父则开始出现了现代国家意识和爱国主义思想，他少年时代写下的《漫成四首》中有这样的诗句："破虏孙坚初草檄，和戎魏绛夜鸣珂。蒲梢未许来天马，交趾终难戢战鼍"，表现出对国家民族命运的深刻关切。1900 年八国联军入侵北京，他又写下《秋感八首》，对八国联军的罪行和当政者的昏庸无能体现出了极大愤慨，他期盼能有安邦定国、逐敌扫境的豪杰之士出现：

[①] 余家驹原著，余昭原注，余若瑔续修，余宏模整理：《通雍余氏宗谱》，日本学习院大学东洋文化研究所 1999 年版，第 56 页。

东溟北渤海扬波，授柄何曾惜太阿。
无限人才待金马，有谁灰烬尽铜驼。
因循粉饰沿成例，潦倒更张运转颇。
闻道达官怜眷属，青帘白舫乱中过。
羽书草草报勤王，战胜何人运庙堂。
忠义孤儿非将略，蹶张卤薄岂戎行。
储胥飞輓空罗掘，剑戟成军屡散亡。
安得二三豪杰出，早弯孤矢殪封狼。①

诗中有悲愤、有谴责、有叹息，风格浓郁苍劲，充溢着作者的忧国深情。

余达父留学日本，攻读法律，并支持子侄们参加孙中山领导的革命活动，回国不久恰逢辛亥革命。时值贵州大汉军政府成立，余达父被推选为省立法院议员，与周素园等人一起坚持行使立法院的权力，不承认非法就职的"伪都督"唐继尧。1922年至1927年，余达父担任贵州省法院刑庭庭长，深感民生之凋敝，匪患之严重，提出整肃吏治，杜绝贪腐，严格执法，昭雪冤狱，让百姓休养生息的方略。然而他的法治思想、民生意识遭到强大的封建思想的阻击，他说："卑官任大理，市狱扰难却。于张无冤民，持正尤嫉恶。但苦民生困，苛政如火灼。道胶止河浊，何如逃冥漠。抽版付长官，永脱湿薪缚。"② 最终因理想的破灭，余达父无奈归隐。但是对"民生""民权""共和""法制"的向往与追求，已体现出他思想深处渐渐形成的现代国家意识、民主意识、法制意识。

从余家驹到余达父，余氏家族表现出一种前后一贯、不断发展的忠君意识、爱国思想，这种思想意识，在余氏家族成员的文学创作中随处可见，成为余氏家风的一种底色。余氏家族孝悌、忠君、爱国观念的产生和延续，一方面源于彝族社会固有的泛孝思想，另一方面来自汉族儒家伦理思想的影响以及对朝廷的封赐感恩。随着社会发展和新世纪的到来，余氏族人特别是余

---

① 余达父著，余宏模收集整理：《邃雅堂诗集》，贵州人民出版社1989年版，第60页。
② 同上书，第187页。

达父走出大山、走出国门，接受现代文化思潮的洗礼，其家风亦随之注入了现代国家意识的新质素。

2. 读书作文诗礼承袭

聚居中国西南部的彝族是有文字的民族，重视知识、重视文化是彝族的优良传统。在古老的彝文典籍中，彝族先哲就号召彝族人民"学呀学文化，知识出力量，脑筋变聪明，人人都心灵"①，朴实的话语彰显的是崇尚文化知识的理念，这成为彝族人民生活中根深蒂固的族群文化意识。

从文学的角度来看，彝族不但创造了丰富多彩的文学艺术作品，而且留下了凝结着民族思想智慧的诸多文献典籍，书写了彝族辉煌的文明史。以彝文经籍的发掘、搜集、整理、收藏、翻译情况来说，余氏先祖扯勒部及乌撒部、乌蒙部、芒布部所居住的区域，流存和传播的彝文古籍相当丰富和完整，古代彝族诗学论著也多沉积于这些区域。毕节彝族余氏家族生活在彝文经籍流传广远的这一区域，必然会受到来自本民族传统文化的深刻影响。另外，由于历代中央王朝的政策推动，土司家族很早就接触汉文化，所以余氏家族在彝汉文化的双重濡染下，形成了饱览经书典籍、喜好诗文创作的家风。在余氏的宗谱记载和余氏后人的回忆中，我们能清晰地看到余氏读书作诗家风的养成。

作为土司后裔的余氏，袭先世职之厚，在毕节修建了大屯土司庄园，庄园经过几代人的不断扩张建设，环境优美而雅致，景色宜人而生动，且收藏着各类诗书字画。庄园还设有家塾，供子弟研习，家族子弟在园中的切磋辩难、吟咏唱和的风流自有一番雅趣。所以我们一直说，大屯土司庄园对于余氏家学的滋养培育，功不可没。庄园，不仅是他们的栖身之所，还是他们雅集聚会、诗酒唱和的场所，更是他们敦族谊、课子弟、交文士的文化空间，在大屯庄园中，一代代的余氏族人以诗书传家，形成彝族文学史上的一个重要诗人群体。

大屯第三世庄园主杨翰祯参加科举考试，成为叙永府学生员，文武兼备，

---

① 《物始纪略》第一集，四川民族出版社1990年版，第109页。

雍正年间被朝廷封为乌蒙土府。三世庄园主以科举求得功名，对余氏一门来说，这是家族走向诗书传家的起点，从那时起，余氏家族中的读书之风就开始形成。至第七世庄园主杨人瑞，余氏好读之风日甚。在余氏宗谱的记载中，后人简略叙述了他恬淡的性格，称其寡于言笑，但喜好读书，常常是手不释卷，并以种花养鱼为乐，在他的感染下第八世庄园主余家驹自幼爱好诗书，能诗善画，成为余氏作家群的开创性人物。

余家驹十分重视家族子弟的文化教育，他在大屯庄园开办了家塾，聘请叙永孝廉李怀莲为私塾先生，教习余氏子弟。一般来说，在家族内部，前辈对后人的影响不外乎两种，一个是激励作用，一个是带动作用，余家驹将两个责任一肩担，以自己的行为垂范后代，使家风、家学得以传承。清代著名词人、学者朱彝尊说，"大抵为学必有师承，而家学之濡染为尤易成就"。可见，家学的传统为子弟的个人发展奠定了最初的基础，家学的传承更是文化世家形成的一个重要标志。

余家驹爱读书，"常手一编，长吟短咏。随絜一壶，自斟自饮"。在他的影响下，余昭尽阅家中典藏书籍，"笔砚书史，习与性成，一日不对，则忽忽不怡，其天性也"；余昭"独聚书万卷，以诗名于时"，给后代留下了"家居课子孙，手一卷终岁不辍"的儒雅形象，其家教对后代子孙特别是余达父影响颇深。余珍从小研习诗书，"其书法楷同颜柳，草类怀素，尤工擘窠，字具龙跳之势；画拟云林，萧疏淡远，旁及花卉、虫鸟、人物，皆极超妙，秦蜀滇黔求画者，日踵其门"。余一仪幼传词章家学，好酒耽书，《通雍余氏宗谱》说他"知者谓其隐于酒，义熙高人之流也"。至于余达父"自束发受书，饫闻祖训庭训，颇厚望于读书明道，学古通今，卓然上企于古儒者之林"[1]，终成余氏作家群中成就最大者。

在中国社会历史文化发展进程中，明清之际曾涌现出一大批以诗文传家的汉族文化世家，这些家族正如学者赵山林所言："是一种典型的文化型家族，其成员重视教育，读书、著述蔚然成风，整体的文化素质较高，具有浓厚的家学渊源和文化积淀，是文学史上一种独特的现象。"以是观之，毕节彝族余

---

[1] 余宏模编：《余达父诗文集》，远方出版社2001年版，第87页。

氏家族亦是如此，一百多年间，余氏可谓满门诗书竟风雅，文采风流照艺林。

满门诗书的毕节彝族余氏，其文学、文化活动形式的家族化特征十分鲜明，这些文学、文化活动的实质，就是所谓的家风之养成。高雅的文学、文化活动营造出高雅的文学氛围，家族子弟受此文学环境熏陶感染，在展现个体才情和家族文化优越感的双重心理暗示下具有了强烈的创作冲动，并生成了强大的家族文学创造力。具体而言，余氏家族的文学、文化活动主要有以下四种形式：

其一，良辰佳节雅会，送往迎来赠答。

大屯土司庄园是余氏家族文人成长的见证，庄园是他们读书会友、饮酒赋诗、挥毫泼墨的重要场所，具有文学创作现场的意义。余氏诗作中，有不少都与大屯庄园相关联。据笔者粗略统计，余氏作家群以大屯土司庄园各类事由、景色为题的诗作不下百篇，其中余家驹、余达父的诗集更是以大屯庄园中的花园、书屋名之，如《时园诗草》《邃雅堂诗集》等，现在大屯庄园中还有保存完好的"邃雅堂"匾版，这是当年余达父寓居北京时，江苏淮安书法家田步蟾为其书写、寄回毕节的一块木匾。

有佳境必有雅士，大屯庄园屡屡有文士光顾，置身庄园中身心舒畅，创作思绪亦随之畅通。赏心悦目的美景，为创作提供不少素材，一山一水，一花一草，皆可入诗；亭台楼阁，画栋书斋，皆可为赋；而更多时候，庄园则是余氏家族成员相聚之地。在他们笔下，大屯庄园或为闲适时吟咏对象，或为家族成员酬唱互答的载体，或为远离故土思念家乡的象征之所。例如，余家驹的《时园》描绘了园中的美丽春色与自己的诗酒人生，其孤傲的心态与书成万卷的自得之情尽现笔端。

青山一角抱亭轩，不放春光出小园。
介石傲于高士骨，幽花瘦似美人魂。
孤云有意闲归岫，明月多情自入门。
坐享太平清静福，书成万卷拥金樽。①

---

① 余家驹、余珍著，余宏模编注：《时园诗草·四馀诗草》，贵州民族出版社1993年版，第55页。

余达父的《意园八咏》也是一幅春光图，暮春三月花草迷离，漫步在花园小径中，一派清新之气，更难忘的是庄园中一年四季纷至沓来的贵客，带来了欢欣与喜悦：

> 棠梨叶园蘼芜齐，暮春三月花草迷。
> 芭蕉一夜西窗语，侵晨半展窗光低。
> 偶然散步花径里，新笋揿泥一寸起。
> 名园四载客重来，庭花鱼鸟跫然喜。①

余昭《时园八景·层楼揽山》中是另一番豪放之气。

> 山人酬之酒与诗，一山一杯诗一首。
> 群山尽出糟邱台，山人谈笑惊户牖。②

另一首《无题》题记曰："丙午三月二十九，夜同弟子康侍伯父白庵公、师李少青先生时园中，烧烛赏牡丹命作。"③ 这里，秉烛、赏花、作诗，呈现出文人雅趣与庄园美景的交相辉映。

可见，大屯土司庄园与余氏家族成员在精神上有着多么深刻的联系，庄园既见证了余氏诗人的成长，也是余氏家风代代相传的文化空间，同时彝族余氏的园林雅集之风亦是其文学创造力生成的内在因素。

其二，族内诗歌唱酬，族外以诗会友。

诗歌唱酬活动是余氏作家群诗性生活方式之一，他们在父子、兄弟、夫妻之间通过诗歌交流情感，切磋诗艺，有时甚至一门联袂唱和，风雅相继，形成高雅的、贵族化的品味情调。进而形成一种"惯性品味"，我们将其称为诗性惯习。

在余氏家族的日常生活中，家族成员之间诗歌唱酬，诗画互赠是较为普遍的现象，这既增进了家族成员间的亲情，又锻炼了诗艺才能，并激发出文

---

① 余达父著，余宏模收集整理：《邃雅堂诗集》，贵州人民出版社1989年版，第41页。
② 余昭、安履贞著，余宏模编注：《大山诗草》，四川民族出版社1994年版，第37页。
③ 同上书，第25页。

第二章 余氏作家群形成的历史条件与文化背景

学创造力。如余珍、余昭兄弟俩,年岁相仿,诗名相埒,在当地有"机云"之美称;余昭、安履贞夫妇情趣相投,夫咏妇和,成为文坛佳话;余达父、余若煌兄弟以诗代笺,情谊深厚。

家族成员间的唱酬交往形成家族合力,与家族成员外诗人的唱酬交往又使家族文学不断向外扩散。在此,我们将余氏作家群成员之间的诗歌唱酬情况,和与家族成员外诗人的唱酬交往情况分别列表2－1,以资佐证。

表2－1　　　　　　　　　　(一) 家族成员之间的唱酬交往

余氏成员	唱酬交往对象	数目	诗文篇目
余家驹	余珍 余昭 安子民	3	《示儿》《烧烛赏牡丹》《以筇杖竹杯寿舅氏安公子民》
余珍	余昭 余家驹	5	《寄子懋弟弟》《得子懋遣怀诗就韵和之》《蘸怀炳堂、荷生兼寄子懋》《同子懋登奎文楼》《园中烧烛》
余昭	安阶平 安履贞 余家驹 余珍(海山)	14	《送别安阶平十二韵》《中秋同内人赏月》《丙午三月二十九,夜同弟子康侍伯父白庵公、师李少青先生先生时园中,烧烛赏牡丹命作》《贺海山兄凿田得泉》《遥和海山兄赠秦百川画扇秋江落叶三首》《海山兄新落成眉峰沁绿亭同游和作》《无题爱花分得老人情》《甲寅四月朔与海珊兄共集品园联句》《中海珊处练团示予五古一章,书已奉答》《海山兄亦园落成怀》《奉寄海山兄》《赠内》《寄内》《闺中戏题》
安履贞	余昭 妯娌玉姊	9	《题子懋夫子〈大山诗草〉》《子懋夫子寄诗次韵和之》《秋九月和子懋寄诗原韵》《慰子懋落第》《品园家宴联句》《书怀呈子懋》《送姒氏玉姊》《别姊氏》《纪别姊氏》
余达父	余若煌 余若琳 余若钰 余祥桐	6	《和伯彤先生见寄韵却寄》《和伯彤先生见怀韵》《寄怀三弟寿农》《送崑圃帝由蜀之滇》《携家孟伯彤叔季崑圃季培秋郊远眺》《将归书示桐儿》
余若煌	余达父	1	《无题又值东风振落花》

通过表 2-1 我们看到，余氏在父子、兄弟、夫妻、妯娌之间都有诗歌唱和，家族内部的诗歌活动相当活跃。在此仅以余昭（字子懋）、安履贞（字月仙）的《品园家宴联句》略作分析，其中可窥见余氏作家群诗性生活之一斑。

> 花拥红筵夜未阑（月仙），园开东阁尽情欢，举觞玉树临风立（子懋），酌酒金樽对月看。两幅诗收春锦绣（月仙），一家人坐影团欒，再添桦烛摇银焰（子懋），宝篆微烟学凤蟠（月仙）。

联句诗最早出现于汉武帝与群臣欢宴的柏梁台，后称"柏梁诗"。齐梁以后，联句之风冷落了一时。唐初，太宗李世民大破突厥后，宴请突利可汗于两仪殿，效法汉武帝与群臣联句为柏梁体。《全唐诗》中收有此诗。太宗首唱七言一句，联句者有淮安王、长孙无忌、房玄龄等。其后，高宗、中宗都有柏梁体联句诗。由于唐代开国以后三朝皇帝的提倡，联句诗在唐代繁盛起来。《全唐诗》第二十九卷所收均为联句诗。唐代诗人中，白居易与刘禹锡，韩愈与孟郊，皮日休与陆龟蒙，是作联句诗最多的搭档。

余昭、安履贞夫妇的《品园家宴联句》，是联句诗中最难的一种，叫作跨句联法。所谓跨句联法，即联句者必须先对上句，在思想内容方面，要先补足对方出句的诗意，然后自己提出半个概念，让对方去补足。这首《品园家宴联句》将家庭宴饮的融乐气氛表现得淋漓尽致，余、安夫妻二人极高的汉语诗素养、家宴上的珠联璧合，确实让我们体会到了余氏家族高级的精神生活品味。

总之，家族成员之间的诗歌唱酬形成了融融和乐之家学门风。其展现于内的是家族成员间的亲情与才情，而彰显于外的则是整个家族的文化优越感和自尊精神。一代代家族成员在文融和乐家风熏陶下自觉传承家族文学传统，这种自觉意识其实正是余氏文学创作在相当一段时间内能长盛不衰的一个重要因素。余氏自余家驹以降，一百多年间，几乎代有名人，人各有集，形成了一个生生不息的文化链，诗歌唱酬活动使余氏家族内部自然形成文学创作的家族性群体，使家族文学的创造力持续不衰；更具意义的是，余氏家族内部的互相歌咏唱酬、诗艺切磋，进一步促进了家族文学的生产，构建起余氏家族的文化价值和诗学特色。

第二章 余氏作家群形成的历史条件与文化背景

表2-2　　　　　　　　（二）与家族成员外诗人的唱酬交往

余氏成员	唱酬交往对象	数目	诗文篇目
余家驹	李少青 蔡池宾 李成章 张炯然 许鹤沙 秦仁堂	14	《送友人之楚》《答友人》《送别》《李少青作时园八景同赋》《月下赏菊同蔡池宾作》《偶抄陆杨二家诗题卷》《赠挥岚李君成章》《寄怀李少青并乞正诗草》《客有留安南者赋赠》《张炯然自制扇面，刷以黑烟，嘱予墨画松鹤于上并题》《送别》《饮处士家》《题许鹤沙滇游纪程》《秦仁堂师画雪月梅》
余珍	张亮辅 瑶婷 秦伯川 康炳堂 陈乃亭 杜雨三 李少青 谭荷生 葛晋三	15	《为张亮辅画扇并题》《为秦伯川画扇并题》《画兰赠康炳堂并题》《谭荷生画梅见惠并系以诗》《题友人岭上新居》《寄陈乃亭》《送友人杜雨三汝霖归秦》《与乃亭作》《奉怀李少青夫子》《依韵寄怀荷生》《止园赏菊瑶亭主人索题菊影》《寄擥云君即荷生》《康炳堂为余题扇和此转寄》《为龚邑侯幕府葛晋三画扇并题》《送别荷生》
余昭	刘雨生 李子政 张世衡 杨慎斋 芸香 琴仙 周敬斋 素馨 赵岚生 周婉如 李少青 张采南 李啸斋 康炳堂 谭荷生 陈乃亭 龚润山 陈翔初 毕节社诸君	25	《初遇刘雨生以仙缘连园限韵》《再酬雨生》《寄镇雄张少伯孝廉世衡》《赠刘雨生茂才嘉藻从军并慰其贫》《游大定斗姥阁和芸香女士留题原韵》《再和芸香五律原韵》《同家海珊和丁芝润女史集中琴仙、素馨两女士题壁诗》《周敬斋简代赵岚生馆临行赠别》《和李少青先生时园一捻红茶花》《送石后复寄怀诸友》《无题》（3首）《步和张采南见寄老妓二绝》《和李啸斋见赠五十韵》《题康炳堂〈四石山房诗集〉即用谭荷生所题韵》《再题五首即用集中题荷生诗集韵》《奉怀少青师并乞诲政》《赠陈乃亭》《龚润山刺史嘱和近作》《赠李子政总戎并祝华寿》《庚辰九月与毕节社诸君步韵共和綦江孝廉陈翔初感十五首》《辛巳三月和杨慎斋孝廉春草四首》《求邱观察叔山先生校订拙集》《无题》

续　表

余氏成员	唱酬交往对象	数目	诗文篇目
余达父	郁曼陀 苏曼殊 周素园 葛崇纲 杨惺吾 万慎子 黄仲宣 张正阳 盛倚南 平　刚 黄　侃 葛正父 杨　慎 近藤恬斋（日） 永阪石埭（日） 永井禾原（日） 结城蓄堂（日） 土居通豫（日）	42	《题杨叔和孝廉诗集》《题葛崇纲四时景屏》《和东坡松凤阁下梅花盛开之韵》《题杨惺吾历代舆沿革险要图》《和刘嘉予感事韵》《赠万慎子并速其为余叔诗集用杜老赠韦左丞韵》《和慎斋先生秋感韵八首用杜秋兴韵避元韵》《送黄仲宣如桂林》《和友人感事韵》《和张正阳海上望月韵》《和曼殊上人有寄韵》《和平少璜见赠韵》《酬张绎琴见赠》《送盛倚南归国》《题鲍小卉梅花画册》《近藤恬斋招宴即席赋赠次恬斋天心阁原韵》《随鸥吟社招宴向岛八百松楼，席间和社长永阪石埭原韵》《永井禾原将游清韩，招同人留别于来青阁，即席赋诗饯之二十五韵》《酒罢口占赠梦舟居士，即次梦舟赠郁曼陀韵》《席间土居通豫君素藤绘侍者小像赠余，题此志之，同时题者数人》《张绎琴招饮田端同和漆铸成韵》《竹醉日塚原梦舟招饮寒翠庄消夏，和厉樊榭夏至前一日韵二首》《再和结城蓄堂寒翠庄三韵》《静冈邨松研堂倭名士也，不介而寄宣纸索余书近作，并自书旧作三章见赠，倚装和其偶感一首酬之》《研堂和前韵一首见赠叠此却寄》《三十日偕邨松研堂游滨松普济寺，访全师上人即留午餐，席间赋此赠之》《黄云深同学以留东医药科某君二绝嘱和赋此酬之》《和吴慕姚中秋韵》《题曾师南女士百蝶图即次师南原韵》《赠乐凉澄二首》《刘问竹书余邃雅堂诗集后长言四十韵，次韵和之，兼以赠别，时新秋三日，问竹严装归奉节，行有日矣》《装成亡友葛正父所绘秋林孤馆图，抚今感昔，和其题画元韵二章，时壬子七月也》《送周丰沆南归》《和平啸磬扬州见寄韵》《和啸磬见寄韵却寄》《和黄季刚见寄海上杂感韵却》《四月十五日游陶然亭和香塚诗韵》《和王湘绮法源寺留春宴集诗韵》《送万慎子之官豫章》《送周澍元南归二十九韵》《新秋九日得曼杜书和之》《丙寅三月十日郑子尹先生生日和聲园韵》
安履贞	袁家三妹	1	《读袁家三妹合稿，爱以己意，偶题二律并序》

从表 2-2 我们可见，在余氏作家群成员的对外交往唱酬中，有的是与余氏家族有世交的耆宿大贤，如李少青、葛正父；有的是贵州本土乃至近现代中国文化史上的文化名人，如周素园、平刚、郁曼陀、苏曼殊；还有的是日本近现代的一些著名汉诗人，如近藤恬斋、永阪石埭等。余氏家族成员与这些文人的交谊，多是从谈学论道、品评诗文开始的。

表 2-2 有两点需要说明，一是余氏作家群外的诗人与家族内诗人的交往唱酬诗未列入此表中；二是余达父的交往唱酬较多，限于篇幅，没有全部收录，但足以见其交往之广远。

白居易《与元九思书》在谈及诗歌唱酬之功用时曾言："小通则以诗相戒，小穷则以诗相勉，索居则以诗相慰，同处则以诗相娱。"诗歌酬唱，不仅为文苑佳话，也使得他们能借此达则相娱，穷则相慰。一句话，余氏诸君通过与家族外各类文人的交往唱酬，使其家声远世泽长，诗文创作得到更多人的认同。

其三，典藏图书文献，编刻诗文作品。

明代长洲文氏大才子文徵明说："诗书之泽，衣冠之望，非积之不可。"他一语道尽文学家族的形成和发展与诗书积累之关系。所谓"图书秘阁存家风"，即图书文献、金石字画在传承家族精神和形成良好家风方面发挥着重要作用。余氏大屯土司庄园"藏书三万余卷"，收藏有各类字画，余珍时还有所谓"藏砚楼"，这不仅为余氏子弟营造了一个浓厚的文化氛围，而且对于诗学传家、型塑家风具有重要意义，余氏子弟在一个高雅的文学环境中，家族文学创造力也长盛不衰。

诗文集编选和刊刻凝聚着余氏家族的心血，是余氏家族文学传统和文学理念的体现。家集的编刻对于文学家族而言意义重大，是其家学与文学血脉的延续，因此，明清时期，中原、江南一带，世家大族对族中子弟文集的编辑和刊刻异常重视。毕节彝族余氏虽处边地，却有着整理、编刻家族成员文学作品的自觉意识，在余家驹之后，余氏各代以收集、整理、刊刻家族文集为己任，因而在经历了社会历史的巨大变迁后，余氏一门的诗文集还能得以流传，成为彝族文学史上留存诗文作品最多的一个土司家族，为今天研究彝族文学提供了宝贵的文献资料，也为中华多民族文学宝库留存了一份珍贵遗产。

余家驹的诗集《时园诗草》，最早是因为有其儿子余珍的抄集存录得以保存，其后在道光年间经叙永李少青的校正，使诗作各体以类相附，李为之作序，给予评价，再由余珍另书藏之。余珍殁后，其侄子余昭悉心编辑镌刻，将其付梓刊印，方有现在贵州省图书馆馆藏的光绪七年（1881年）的刻本《时园诗草》二卷存馆。再如余珍，生前著有《四馀诗草》，亦由李少青先生作序，余珍英年早逝，其《四馀诗草》由族弟余昭亲自主持刊刻，如今同样在贵州省图书馆藏有光绪七年（1881年）的刻本。此外余昭还将其夫人安履贞遗著、诗集《园灵阁遗草》编定镌刻刊印。余昭所著《大山诗草》三卷，在其离世八年后，又由其长子余一仪于光绪二十四年（1898年）整理汇编成集，在大屯庄园镌刻刊印。由于可以想见的多种社会历史因素的作用，《大山诗草》和《园灵阁遗草》在大半个世纪中，佚失难觅。

20世纪80年代，余氏后裔、当代著名彝学家余宏模先生，在贵州境内访得《大山诗草》和《园灵阁遗草》的刻本，面对先辈留下的珍贵的、有些字迹模糊的诗集，余宏模异常激动，感慨万端。他花费了一年多的时间整理诗集，认真标点注释，并将两本诗集合为《大山诗草》一集，1990年由四川民族出版社出版发行。至于余达父的《邃雅堂诗集》最早是在日本付印的精装本，数量不多，曾任贵州省博物馆名誉馆长的陈恒安先生说，民国初年在贵阳见过此诗集，不过由于历史的原因，这个版本如今已佚失无觅。80年代，余达父之孙余宏模，在金沙县契默民族乡彝家山寨一位彝族老妈妈的手中获得了残破的《邃雅堂诗集》，余宏模如获至宝，悉心标点，加以注释，1988年6月由贵州人民出版社出版发行，这个版本是现在的《邃雅堂诗集》通行本。

从清末经民国再到当代，余氏一门对家族诗文集的整理、刊刻，再到保护、传承，虽然困难重重，却从未中断，一直顽强地延续着，从中可见余氏崇文家风浓厚绵长，家学传承生生不息。

其四，编纂修订宗谱族谱，记载家族辉煌历史。

自古以来，彝族谱系制度相当发达，谱系意识相当强烈，这与其以祖灵信仰为核心的家支宗法制度和原生宗教相呼应。在彝族古代的毕摩经籍文学作品中，就有非常多的"叙谱"诗。而在中原地区，三国两晋南北朝时期，九品中正制度的实施与门阀世家的兴盛，使得谱牒之学广泛兴起，历代的门阀世家、文学望族都非常重视族谱的编纂。

族谱的编纂和修订对于一个家族来说意义重大。王季烈曾说："谱之作也，为敬宗，为收族，使尊卑有序，亲疏可稽。"余氏的《通雍余氏宗谱》最早是由余家驹编修的，余家驹在《通雍余氏宗谱序》中阐述了作谱的缘由，亦见其对宗谱所承载的家族历史之重视。他说：

> 家之有谱，犹国之有史也。史以纪兴亡，谱以载世系，大小虽殊，其不可无一也。吾家于未改土以前，有夷书焉。夷书有二，曰哺载，纪父族也；曰姥载，纪母党也。其书不惟一家有之，凡土司皆有之，掌其书者为慕施。每举大礼，则使暮施诵于庭，两相宴会，各之慕施对诵之。
>
> 历代祖籍，斑斑可考，是夷书不特为谱，亦且为史也。迨改土而后，夷书无续，世系由兹弗纪，及今不为之谱，后将数典忘祖矣，夫文献不足，杞宋无征。今者不作，后将谁述。驹生也晚，未及上谙祖迹，且少孤，不获悉聆先训。幸忆为儿时祖与父所谈，以及家藏文契、夷书记载、耆旧传闻，犹得其大略，谨述为谱。事惟求实，词不敢浮夸，遗之子孙，伴知祖宗功德，敦木本源之思，尤期善继善述，恢弘前烈云。①

其后余昭对余氏宗谱作注，清末民初余达父及时整理续修，民国二十三年（1934年）由贵阳文通书局刻印。中华人民共和国成立后，经余氏后裔余宏模再次整理，《通雍余氏宗谱》由日本学习院大学东洋文化研究所于1999年出版。

尽管我们今天已经看不到较早编纂的那些族谱版本，但是余达父的版本、余宏模的再次修订，已经成为我们可以依靠的关于这个家族的最可信材料。余达父对族谱的修纂，在当时的历史背景之下，更像是对自己家族曾经的辉煌历史的纪念和抢救性保护。

---

① 余家驹原著，余昭原注，余若璟续修，余宏模整理：《通雍余氏宗谱》，日本学习院大学东洋文化研究所1999年版，第1页。

二 家学

从社会学的角度来说，文化的发展受制于经济发展水平及政治文明程度的高低，从文学史的角度，尤其是从文学世家的兴盛发展这一视角来考察，家族文化的发展与家学的培育传承密不可分。

中国历史上，九品中正制度的施行带来了门阀世家的兴盛，门阀世家凭借在政治、经济、教育、文化上获得的特权，迅速走向鼎盛。事实上，作为一个世家大族，其家族成员文化素养的高低影响着其家族政治地位的巩固，因此，历来的世家大族都非常重视对家族成员文化素养的培养，在这一培养过程中，家学逐渐形成并不断得以传承。

文化因素在世家大族的发展中所起的重要作用，早已为专家学者所注意。钱穆先生就曾指出："一个大门第，决非全赖于外在之权势与财力，而能保泰持盈达于数百年之久；更非清虚与奢汰，所能使闺门雍睦，子弟循谨，维持此门户于不衰。当时极重家教门风，孝悌妇德，皆从两汉儒学传来。诗文艺术，皆有卓越之造诣；经史著述，亦粲然可观；品高德洁，堪称中国史上第一、第二流人物者，亦复多有。"① 这就是说家族的形成和消长与家学文化有密切关系。如著名的曲阜孔氏世家、洛阳贾氏世家、眉山苏氏世家、吴江沈氏世家等，均是在家学的不断传承与发展中走向辉煌显赫的世家望族。另据学者统计分析：以明清时期两代比较，处于边远地区的广东、广西、云南、甘肃、贵州等地进士人数大幅度增加，由此促进了科宦世家与文学世家的相应增加。特别值得注意的是，在这些地区陆续出现了一些少数民族土司文学世家，以云南为例，自元代大理总管、白族段氏率先形成第一个少数民族土司文学世家之后，至明代出现了丽江纳西族土知府木氏、蒙化彝族土知府左氏、浪穹白族何氏世家等，再至清代又出现了太和白族赵氏、太和白族杨氏、纳西族桑氏世家等。② 这些少数民族文学家族的出现都与其家学文化的发展传承密切相关。

---

① 钱穆：《国史大纲》，中华书局1994年版，第310页。
② 梅新林：《文学世家的历史还原》，《中国社会科学》2011年第1期。

由于民族、家族历史的特殊性，毕节彝族余氏在相当一段时期内应该说是处于一种文学上的空白期。但明清易代，余氏一族重获封赐的同时开启了诗学传家的新路程。余氏文学家族的出现，还与本民族传统文化的悠久历史息息相关。彝族有自己的文字、书籍，有掌握文字的毕摩、摩师，有发达的民间口头文学、传统经籍文学以及充满智慧的诗学文献，彝族诗文、彝族神话对彝族文人文学的影响最大。彝族被称为诗性的民族，西南彝区是诗歌的海洋，彝族人民以歌诗当话，诗歌成为彝族人的精神家园。

毕节彝族余氏土司家族深受彝族传统文化影响，对诗歌这种文学样式产生了莫大的青睐，他们不仅写诗，还提出诗学主张，且遵从彝族"以诗论诗"的传统形态。在余氏的创作中，我们不仅可以看到风格各异的诗歌作品，还能看到余氏一门在诗学理论建设上的成就。对此余达父骄傲地说"家学逾百年，幽光久沉酿"，柳诒徵也称余氏家族为"黔中诗家，焜耀海内"。可见毕节彝族余氏家族诗学风气之绵长浓郁。在百年传承中，余氏家学逐渐沉淀出自己独特的风格，那就是文化上的丰富性、融合性与平等性，它们共同构成了毕节彝族余氏家学的整体风貌。

1. 丰富性：文韬武略，诗酒书画

自古以来，毕节彝族余氏家族的祖先就以骁勇善战而闻名，他们凭借武力开疆拓土，成为西南彝族地区一个强大的彝族家支，管辖着今赤水河两岸的广大彝区。一方面，其后裔毕节余氏家族遗传了祖先尚武的基因，骨子里蕴藏着扯勒家族英武、豪侠的气质，他们投笔从戎，保土安疆，渴望"跨海出塞，以立功名"；另一方面，早在明洪武年间，永宁宣抚使禄照就派遣长子阿聂、次子阿智到太学学习儒家典籍，接受汉文化的熏陶，学习汉语诗歌的写作，因此从根上说，这个家族实际上就不仅仅是一个以武弁自居的少数民族家族，他们在彝汉文化的共同濡养下，有对诗文的嗜好，对书画的喜爱，崇尚高洁品性，追寻诗酒人生。在"奢安之乱"隐居于大屯土司庄园之后，余氏家族的崇文作诗之风更盛，渐至形成文韬武略、诗酒书画之风尚。

在余氏家谱的记载中，我们看到，余氏家族成员文武兼备者有之，喜诗善饮者有之，书画艺集于一生者亦有之，家学的影响与传承生生不息，绵延不绝。例如，大屯土司庄园中既有因文治武功而受云贵总督鄂尔泰及总兵翰勋器重的三世庄园主杨翰祯，又有一生以读书、栽花、养鱼为乐的七世庄园主余人瑞。而八世庄园主余家驹相较于父亲可谓是"青出于蓝而甚于蓝"。余家驹"少喜读书……兼善为诗，常不雕琢而成，故其词亦豪亦仙，而翛然畅其胸襟。尤喜饮酒，凡杯与勺，无时不擎，虽乐在醉乡，而神明皎然独醒"①。余昭在《时园诗草·跋》中这样描摹余家驹："常手一编，长吟短咏。随絜一壶，自斟自饮。机趣横生，终生陶然。工画山水，奔放如诗。尤喜种花，时园中一草一木，皆手泽所植。"② 诗集《时园诗草》，就是余家驹性情、爱好、人生态度以及审美取向的最好诠释。他认为"耕田足新谷，种桑足新丝。衣食苟不阙，何用营谋为"，进而率性的表达"我爱惟有酒，每晨中一卮。醉余花间卧，自吟鄙俚诗。吾惟守吾拙，安问人不知"。③ 这是他自然、闲适人生的追求及豁达、超脱的人生态度的写照。诗酒人生，何其快意！

家学不仅是诗书、学术的传承，还包括对在家族繁衍和发展中形成的人生观、价值观、世界观的承袭，因而在余珍笔下我们看到了与余家驹相同的人生态度与审美趣味："云如铺絮雨如丝，正是山家麦上时。花气穿窗疏欲断。岚光入户翠长垂。座中佳客延三益，世外闲情话一卮。何处归来双燕子，湘帘影底漾差池。"④ 这里，对大自然的沉醉，对世外闲情的享受，余珍与父亲余家驹如出一辙，可谓子承父趣。余珍爱好书法，声名远播，据说求字者络绎不绝，远至秦蜀。不过余珍并不只想做一个纯粹的文人，仅与诗酒相伴一生，他立志"丈夫不虚生，虚生不丈夫"，仰慕"朝天双节妇，助汉一将军"，希望"跨海出塞，以立功名"，家族中的血性与诗性统一于余珍一身。

最能彰显余氏家学这种文化丰富性，并将家族中的血性与诗性融为一体的是余家驹最器重的侄子余昭。余昭年轻时参军随营，立志报国，欲为世用，20年的从军生涯，造就了其豪放的诗风，他有"词锋气贯三千弩，韬略胸藏十万兵"的豪放之气，也有"立马黔南第一关，武侯曾此说征蛮。指挥陡壮

---

① 余家驹、余珍著，余宏模编注：《时园诗草·四馀诗草》，贵州民族出版社1993年版，第2页。
② 同上书，第9页。
③ 同上书，第11页。
④ 同上书，第103页。

风云气,遥拜旌旗十万山"的壮志,更有"不听招降便请缨,自家忘却是书生,闲来偶谱从军曲,都带车粼铁驷声"的血性。尽管如此,余昭的骨子里仍然有那种对高洁志趣、闲适快意、诗酒人生的欣赏与自得,诗作《品园四言》就是最典型的体现:

  有屋数椽,左右修竹。君子与居,差可免俗。
  有园一区,方润如玉。寄傲南轩,知无不足。
  有径三弓,苍苔绿缛。益友长临,客来不速。
  有花几株,时挹芳馥。臭味芝兰,人淡于菊。
  有书一厨,其日可读。与古为邻,劳无案牍。
  有酒数瓶,天之美禄。时复中之,昼夜可卜。
  有鸟不笼,时来相逐。与人忘机,自无剥啄。
  有水三池,品列半幅。物我咸亨,以名相属。①

有园有鸟,有竹有菊,有书有酒,不受羁绊,物我两忘,活脱脱一个传统文人心向往之的理想乐土与精神家园!

余若煌、余若瑛(达父)兄弟俩,自小接受诗才横溢的祖父余昭和祖母安履贞的熏陶与教诲,在饱读诗书的父亲余一仪的直接培养下成长。兄弟俩幼年时接受家塾教育,于1890年同入毕节县学补弟子员(秀才)。余昭去世后,余一仪希望两个儿子继续"修举业,以慰先大父之望"。科举之途对于兄弟俩来说都不顺利,但在科举征途中的广泛阅读和写作训练,却为其文学创作提供了充沛的知识储备、素养储备。余若煌"五赴乡试,三荐不售",之后致力于佛学研究,"好研究风水、六壬、相宅、相墓诸术,皆能贯穿精究其理";而且余达父留学日本,在京沪等地逗留之时,余若煌亲自操持了大屯庄园的进一步扩建、修葺,大屯庄园的大气、古朴、华美,庄园布局的讲究甚至精致,彝汉文化元素,乃至日本园林风格的某些借鉴与运用,本身就是余氏一门代相传递的造园艺术和审美品位的直观呈现,并凝定为渊源深厚、内

---

① 余昭、安履贞著,余宏模编注:《大山诗草》,四川民族出版社1994年版,第81页。

涵丰富的余氏家学传统的一个组成部分。余家驹的时园、余珍的亦园、余昭的洗心书屋、余达父的双玉印斋以及余若煌修葺一新的雅堂，共同构成一座古朴大气的彝族土司庄园。今天，她静静地伫立在黔西北高原上，无言地诉说着其间的人文历史与家族变迁，似在告诉人们庄园里的诗人有过怎样的书斋雅趣，有过怎样的聚散离合……

综上所述，余氏家学中既有文韬武略、渴望建功立业的一面，又有与诗酒书画相伴、追求趣味高雅、闲适快意人生的一面，这种丰富的家学文化内涵，与其作为彝族奢氏后裔的特殊身份密切相关。前文我们梳理了毕节彝族余氏家族源流，阐述了发生在明末的"奢安之乱"给这个家族带来的巨大变化及影响。从社会历史发展的层面来看，"奢安之乱"的破坏力是巨大的，教训是深刻的，从家族的角度来看，"奢安之乱"使中央王朝与永宁宣抚司的关系彻底破裂，成为这个曾经显赫一时的彝族土司家族由盛到衰的历史转折点。大乱之后的历史裂缝太深，以至不可修补，所以在明王朝的弹压下，奢氏后裔隐姓埋名避祸于毕节大屯，相当一段时间内，他们不敢问世事，也不能问世事，最好的寄托就是诗书与美酒。明清易代，奢氏后裔有了转机，蛰伏于内心的雄强与血性以及向中央王朝靠近与亲近的感情又渐次复苏，他们的内心有着对"大一统"国家的向往。在此层面，我们以为余氏作家群的诗歌提供了少数民族作家民族认同与国家认同相统一的一个典型文本。不过历史的硝烟并未散尽，前朝的历史教训犹存，加之改土归流进程的加快，奢氏后裔——毕节彝族余氏一脉，需要努力寻找并建构一种适合家族生存和发展的法则与文化：进则保土安疆，力求建功立业，重振家族雄风；退则诗书传家，以学术立身，在诗酒人生中进行家族复兴的另一种延续。

2. 融合性：彝文化的传承，汉文化的接受

文化融合（Cultural Integration）一般是指具有不同特质的文化之间，经由相互接触、交流、渗透、调适、整合，融为一体，最终实现文化发展的过程。

根据费孝通先生的"中华民族多元一体格局"理论，中国几千年的历史实质上就是一部民族融合的历史。多民族的中国，实质上就是在各民族文化

第二章 余氏作家群形成的历史条件与文化背景

的交流融合中向前发展，中国文学充满了融合性，无论是汉族文学，还是少数民族文学，它们都不是孤立发展起来的；再者，文化融合与社会历史变动下的自然环境、民族文化环境的改变相联。余氏土司作家群出现于特定的文化生态环境中，于清初期在云贵高原乌蒙腹地的彝族聚居区兴起，兴盛达百余年，其间有着文学与非文学的诸多因素，启迪我们对文化融合的背景和氛围展开思考。

关于毕节彝族余氏土司家族的文化传统，余氏后裔当代著名彝学家余宏模先生曾以自身的经历说明，余氏家族的文化传统来自两方面，一是彝族文化的传承，二是汉文化的影响与接受。也就是说，是彝汉文化的交流、渗透、融合，进而融为一体，构成了余氏土司家族的家学特征。据余宏模先生回忆说，余氏家族一直到他这一代，家族成员仍然保留着用彝语交流的习惯，家族里的婚姻、祭祀、节庆等活动都尊崇彝族的传统程序来进行，小如逢年过节祭祀的祠堂，必须要盖苞茅而不能盖瓦，大到重要的祭祀、庆典活动必须由毕摩掌管，按彝族的相关仪式举行等，一切都蕴藏着浓厚的彝族文化韵味。

"仪式"这种作为民族文化的标志性符号，其情感指向就是民族文化的接受与认同。正如康纳顿所言："所有的仪式都是重复性的，而重复性必然意味着延续过去。"① 这就是说，余氏家族中极具民族特色的各种"仪式"的举行，实际上就是在把民族的现在和过去相连接，同时也意味着，彝族传统文化在这个家族中从未中断过，各种"仪式"就是他们对民族文化的"记忆"与延续。当然，对彝族文化的传承在这个家族中绝不仅表现在祭祀、庆典、礼仪等节庆活动中，在更高的层面上还体现在他们民族意识的自觉。

清中、后期至民国，中华民族多元一体的文化格局渐渐形成，在此语境下，余氏作家群诗文作品中表现出对本民族文化与历史的深切关注，彰显出强烈的民族意识，亦成为其家学的一个鲜明特征。余氏作家群中，余家驹的豁达旷逸、余珍的勇武豪气、余昭的豪迈粗犷，无不证明着这个彝族家族的个性特征，而且，这些个性特征并没有因为民族融合而丧失，相反，它已成为余氏作家群文化与文学的一种鲜明标识。所谓融合，意味着未曾失去自我，

---

① ［美］康纳顿：《社会如何记忆》，纳日碧力戈译，上海人民出版社2000年版，第50页。

也只有在拥有自我的前提下，才能够有融合，才知道如何去融合，而且融合的效果也才会更好。

安德森认为，民族"是一种想象的政治共同体——并且，它是被想象为本质上是有限的，同时也享有主权的共同体"。安德森"想象的共同体"的概念实际上意味着对民族共同体的想象必然带来一种集体的认同感。因为在对这种共同体的想象中，想象的主体事实上是把自己归属于一个更大的集体概念并在心理上产生一种对这个集体的归属感。①

民族学家纳日碧力戈也认为："民族是在特定历史的人文和地理条件下形成的，以共同的血统意识和先祖意识为基础，以共同的语言、风俗和其他精神和物质要素组成系统特征的人们共同体。"他认为"在民族诸特征中，唯有民族自我意识和民族自称是最为稳定持久的了"，"血统意识和先祖意识是民族自我意识的核心"。② 这里，纳日碧力戈强调的是，民族不但要具有客观的文化特征，更重要的是他要有鲜明的民族意识。何为民族意识呢？梁启超先生的定义是："谓对他而自觉为我。"并强调：民族成立之唯一要素在民族意识。

那么在余氏作家群笔下，其诗文作品中颇具民族特色的种种摹写，不但具有鲜明的彝族文化特征，有彝族土司文人自身的美学向度和求异性，在文学反映的视角、感受和价值观等方面亦显现出了彝族特有的心性与个性气质，表现出属于彝族特征的文化坚守，更引人注目的是其诗文中所呈现出的强烈的民族自我意识的彰显。例如，神话故事、宗教礼俗、民俗风情这些极具彝族文化特征的物象、场景，在余氏几代人笔下均有生动传神的描写。我们将此称为民族意识在余氏文学作品中的显性表现，也就是说神话传说、宗教礼俗、民俗风情在余氏诗作中，成为一种手段最直接的建构起了余氏家学中的民族自我意识。

以余家驹为例，他的《取奇石于以齐法窝而述》《落太赫山》《古树歌》《彝女》《彝歌》《硝匠》《抵龙洞》《纳羊箐神驴》《听吹木叶》《闻口琴》等

---

① 李龙海：《民族融合、民族同化和民族文化融合概念辩正》，《贵州民族研究》2005年第1期。
② 同上。

诗作，均呈现出浓郁的民俗风情、民俗文化，并赋予了彝族传统文化独特的意蕴。"见我颇有情，汲泉灌呷酒。长竿象鼻弯，痛吸狂搔首"（《取奇石于以齐法窝而述》）；"柔肠女儿怨离别，私将木叶代喉舌。遥闻山外一声吹，穿云破竹金石裂"（《听吹木叶》）；"落红满地春无主，坐听口琴隔窗鼓。细如丝发音最清，冷如风雨意良苦"（《闻口琴》）……诗作中的"呷酒""木叶""口琴"，无一不是极具民族文化色彩的物象。"呷酒"是彝族饮酒的一种特殊习俗，"呷酒"就是"吸酒"，其方法是借助竹竿、藤管、芦苇秆等管状物插入酒坛中，众人围坛呷引。所谓"木叶"彝语称为"斯切"，是彝族人民喜爱的一种民间乐器，一般选用万年青叶或梧桐叶，是彝家儿女用以传情达意和倾诉心绪的音乐载体。"口琴"即彝族传统乐器"口弦"，是彝族男女表情达意和诉说忧乐的音乐载体，被称为彝族音乐的"活化石"，它与彝族人民的生活密不可分，或倾诉着内心的美好，或表达着生命的力量。《取奇石于以齐法窝而述》更是直接以彝语地名入诗题，在"以齐法窝"（彝语地名）取奇石的描述中，诗人写出了黔西北自然环境的雄奇险要，山高谷深、危崖峭壁乃是彝族同胞生活中的又一重景观。再如《落太赫山》："仙子隐山中，于今在何处。一片白云深，混茫不知路。元鹿轴鸣，穿云自来去。"[①] 诗人在诗题下作注："相传夷仙女奢茂居之，昔有元鹿，常出入云雾中。"[②] 彝山缥缈灵秀，神话浪漫动人，诗人将二者熔为一炉，既赋予大山以灵气，也将自己的赤子心寄予传说中的彝家仙子。凡此种种，都彰显出余氏诗作不同一般汉文诗作的异质性，其背后表征的恰恰是彝族文化及其民族意识。

在余氏作家群的诗作中，对彝族历史人物功业的缅怀与歌咏是余氏一门代相沿袭的诗歌主题，例如《奢夫人》（余家驹）、《顺德夫人墓》（余家驹）、《禄安人》（余家驹）、《大方城怀古》（余珍）、《水西道中》（余珍）、《无题·前明正议大夫资治尹署镇雄土府陇母应祥墓》（余昭）、《十一月廿三日过阳平陇氏蔫吉堂》（余达父）、《七星关》（余达父）等诗，皆为咏赞彝族人物，缅怀其历史功绩的诗作。汉代助诸葛平南中的济火，通"龙场九驿"

---

① 余家驹、余珍著，余宏模编注：《时园诗草·四馀诗草》，贵州民族出版社1993年版，第4页。
② 同上。

的女政治家奢香,请立义学的奢夫人,劝谕改流的乌蒙土司之女二禄氏,以及内治外交卓越不凡的芒部女土司陇庆祥……皆是余氏诗人咏史诗中的主要对象。诗作塑造了他(她)们维护国家统一、有气度、有胸襟的彝族政治家形象。余氏对彝族杰出政治人物形象的塑造,也可视为一种手段,在显隐之间传递出了余氏一族的民族自我意识。

其实,作为彝族扯勒部、四川永宁宣抚使的后裔,余氏对这些历史人物的歌咏,既是对自己民族历史的缅怀,又带有对家族辉煌历史追忆的色彩。奢香本是永宁宣抚使的女儿,奢夫人则为永宁宣抚使奢阿聂之妻,乌蒙、芒部、扯勒世代通婚,血亲关系密切,因此余氏笔下对她们的歌咏,对其形象的塑造,一方面蕴含着对其家族兴亡更替的复杂情感,另一方面对这些彝族历史上的民族精英的颂扬,就是对本民族历史的赞颂和自豪,是其民族意识的彰显。同时,余氏的民族意识并非狭隘的、保守的,而是开放的、积极的。余氏诗作中的济火、奢香、奢夫人、二禄氏、陇庆祥等,都是彝族历史上杰出的政治家,具有鲜明的爱国主义精神,他(她)们在内外交错的社会矛盾、民族矛盾中,均能从中华民族共同利益的大局出发,维护国家统一。特别是奢香,她忍辱负重,在维护水西地区的团结统一上,功劳卓著,为后来贵州的建省奠定了良好基础,促进了西南和全国的大统一。

此外,余氏族谱《通雍余氏宗谱》的编修,不仅体现了余氏作家群对本族群文化与历史的关注,是其族别意识凸显的生动注脚,亦隐含着余氏一族的民族认同与国家认同。

早在余家驹所作的余氏谱序中,就体现出了余氏土司家族鲜明的族别意识和对本族群历史文化的观照,这表现在:第一,对"夷书"所承载的本族历史文化的怀念和追忆。余家驹在修谱时表示,家族谱系正是与"夷书"历史某种意义上的融合,但"迨改土而后,夷书无续。世系由兹弗纪,及今不为之谱,后将数典忘祖矣。夫文献不足,杞宋无征。今者不作,后将谁述"。余家驹对家族历史的断裂以及由此带来的、可能遭至被后代遗忘的处境充满了担忧,而这正是强烈的族群忧患意识与"寻根"意识的体现。第二,余家驹修家谱的主要依据除来自汉文史籍的记述,还来自彝文史籍的记载,"家藏文契""夷书记载""祖与父所谈""耆旧传闻"等都是家谱的重要来源。这里还涉及彝族文化传统。彝族土司之家谱多为父子口传的形式代相延续。"毕摩"掌有彝文记载的各家谱系和历史源流，所以"口传身授"成为彝族追源溯流、寻根思祖的主要方式，这是与汉人家族以文献记载传续家族历史方式的一大差别。因而余家驹作余氏宗谱，不仅从彝、汉典籍，亦凭借自己儿时的记忆以及"耆旧传闻"述之为谱，从这个层面看来，余氏家谱编撰中勾连了家族、民族乃至国家之间的关系，所以他们修家谱的方法不仅是其民族意识的彰显，更包含着民族认同意识与国家认同意识。其后，余昭、余达父续修宗谱皆延续此法，以彝汉史籍相对照著谱、修谱。

余氏族人自我族别意识的凸显，在留学日本的余达父身上也有鲜明体现，他在《蠖庵拾尘录》中写道："其先某人系中华某郡籍贯，因征南有功，留镇承中，世袭其职云云，皆虚语也。……盖浅陋之徒，见有尊华攘夷之论，谬附会之耳，不知舜生东夷，禹出西羌，安见华之贵，而夷之陋耶！忘本辱祖，莫彼为甚。"[①] 他认为"人惟自立耳，无庸溯遥遥华胄也"[②]。这段文字显然是对"尊华攘夷"论的批驳，其中可窥见其对自己族群及文化的认同与自信。

这里，还需要特别提及的是彝族古代诗文典籍对余氏作家群的影响。据有关学者考证，从彝文经籍的发掘、搜集、整理、收藏、翻译情况来看，历史上在彝族中心地区曾建立过奴隶制国家、部落联盟及地方政权的古代部落，诸如夜郎国、阿哲部、乌撒部、乌蒙部、扯勒部等，他们都是彝族历史上强大的部落联盟。这些彝族先民部落所居住的区域内，流存和传播的彝族古代诗文典籍最为丰富最为完整，经籍文学作品多姿多彩。例如被当代学者誉为"百科全书"的彝文巨著《西南彝志》《彝族源流》《彝族创世纪》等，以及彝族诗学先贤举奢哲和阿买妮的《彝族诗文论》《彝语诗律论》等，均是在这些区域内发掘、整理出来的珍贵的民族文化遗产。这些彝文经籍里大都是五言句式的祝咒诗、叙谱诗、哲理诗、政论诗、祭祀诗、歌场诗，彝民族的诗性思维模式由此可见一斑。在这些彝文经籍的渊薮之地产生出大量的古代

---

① 余宏模编：《余达父诗文集》，远方出版社2001年版，第67页。
② 同上书，第68页。

诗学论著，自有其历史文化渊源，而生活在此区域中的彝族余氏土司作家群，亦深受本民族文化传统的浸润，其中彝族诗学典籍中所论及的三段诗的文化内涵，它所携带的彝民族原生宇宙哲学的哲理内容与象征意义，深深地融入余氏诗人们的创作中，成为余氏作家群豁达的人生态度、旷逸洒脱的诗歌风格形成的深层文化导因。

所谓"三段诗"，既是彝族古代诗歌的一种重要体裁，也是其创作中的一种构思技巧，不论叙事还是抒情，每首诗都分为三段，故名"三段诗"。三段诗广泛流传于彝族民歌民谣中，特别是彝族情歌、酒歌多采纳此种诗体，彝族谚语云："一首诗三段，无人不知晓。"马克思曾指出："人们自己创造自己的历史，但是他们并不是随心所欲的创造……而是在直接碰到的、既定的、从过去继承下来的条件下创造。"① 三段诗正是彝族诗人继承本民族传统文化中的优秀遗产作为彝族诗歌创作范式的成果体现。三段诗发源于彝族古老的哲学思想之母体，根植于彝族原生宗教、神话、礼俗等文化传统土壤之中，彝族古老的"天—地—人"合一的宇宙观是其象征底蕴，它照亮了彝族历代文人意识形态和审美精神的心灵之谷，亦成为一种民族文化基因，融入后世文人的血脉中。余家驹诗作中体现出的闲适、自得、洒脱的人生态度，余昭诗歌中的豪放、旷逸之风，都是对三段诗所包蕴的文化内涵、宇宙哲学的一种呼应。因为，"文化基因是人类文化系统的遗传密码，核心内容是思维方式和价值观念，特别是如何处理人与自然、人与人、国与国、心与物这四大主体关系的核心理念"。② 从这个意义上说，余氏作家群对彝文化的传承，乃是先天的文化基因所决定的。

当然，任何一个民族的生存、发展，都需要不断吸纳外民族先进的东西。在文化互动与多层次的交流吸纳中，不同民族的文化模式之间会有一个碰撞磨合的过程，适合于主体需要的文化因素将被留存、吸收和融合，进而孕育出新的文化因素与特点。

对于余氏作家群来说，在浓厚的彝族传统文化的熏染下，他们一直以积

---

① 《马克思恩格斯全集》第8卷，人民出版社1979年版，第121页。
② 王东：《中华文明的五次辉煌与文化基因中的五大核心理念》，《河北学刊》2003年第9期。

极、开放的心态吸收、接受并学习儒家文化，进而产生"文化认同"。所谓"文化认同是人类文化具有的某种特征，一种文化在与异质或异族文化的碰撞、交融的过程中，总是伴随着文化认同这一现象，也就是对异质文化中有效成分的吸收。人类的文化不断相互印证，相互吸收，'我性'文化以对'他性'文化的不断解释而作为自己存在的一种理由，反之亦然。因为只有在不断地对'他性'文化的解释和确认，才能辨析自身文化的文化特质，并以'他性'文化为参照而发展，这种发展是一个包含文化的同一性和差异性的发展过程，文化的同一性和差异性是一枚硬币的两个面"①。

明清两代由于以制度的形式强制性地把土司的承袭、升降、革废与其接受汉文化的态度联系在一起，客观上促进了土司家族对以儒学为主体的汉文化的接受和学习。刘亚虎在《中国南方少数民族文学文化的特质及其与汉族文学的关系》一文中指出，"明清时，汉文化对南方少数民族地区的影响达到高潮，汉文诗的作者明代扩展到各民族土司作家群"②，这充分说明在土司制度的"强制"下，各土司家族的汉文化修养不但随之大有提高，而且也是土司世家能够进行汉文创作的重要前提。从这个层面看来，明清之际南方少数民族文人家族的汉文学创作可以说是土司制度的产物。

进一步看，当我们把此时的西南地区与整个中原文化联系起来，即能发现，从明中后期至清初的这一历史时段，以儒学为代表的中原文化对西南地区的影响前所未有的广泛和深刻，许多代表此时段中原文化思想与文学的鸿儒大家，如王守仁、李贽、杨慎、罗汝芳等人或被贬谪或因仕宦，都以"流寓者"的身份深入过西南少数民族地区，传播其学术与文化思想，西南地区的少数民族土司得益于政治上的特权，多能与之相交受益，比如王守仁与水西彝族土司安贵荣，李贽与姚安土官高金宸，杨慎与蒙化土府左正，宁州禄洪、禄厚父子与董其昌、陈继儒的交往，都是明清以来西南少数民族接受汉文化进程的生动注脚。

---

① 张云鹏：《文化权：自我认同与他者认同的向度》，社会科学文献出版社2007年版，第211页。
② 刘亚虎：《中国南方少数民族文学文化的特质及其与汉族文学的关系》，《社会科学战线》1999年第4期。

在余氏作家群的诗作中，受汉文诗词之影响可谓深刻，比如对汉诗经验的学习与借鉴，包括借用古诗词文字、典故，化用古诗词中的意象、意境等等，均呈现出余氏家学中对汉文化的自觉接受，以余家驹《桃林》为例："闲赏兴自高，步入深山处。山深无居人，十里桃花树。花落舞缤纷，沾风悠扬度。红堆三尺深，迷却来时路。"云贵高原乌蒙大山中的春色美景，与东晋大诗人陶渊明笔下的《桃花源记》中的"缘溪行，忘路之远近。忽逢桃花林，夹岸数百步，中无杂树，芳草鲜美，落英缤纷，渔人甚异之。……"所描绘的安宁和乐、自然美好的田园风光极为相似。余家驹《桃林》受陶渊明《桃花源记》的影响十分明显。这类艺术成熟而又不失民族特质的文学作品，从一个特定的侧面显现了中华民族文化融合的踪迹。再比如，余达父的《明君曲》就是一首直接描写民族融合的诗作，诗中写道："改元竟宁息边垂，百年尚德娄卿计。"这与历代文人墨客笔下凄惨无奈的昭君不同，余达父凭吊的明妃是"汉皇成汝名千古"的和平使者。全诗意旨高远，展示了天下一统之民族融合的胸襟。

总之，从不同层面、不同角度对以儒学为代表的中原汉文化的体认和践行，对本民族文化的自觉继承与发扬，是余氏土司作家群共同的文化选择和价值心理趋向。彝族余氏土司作家群在民族文化融合的语境、途径及方式上所显示的成效，启示着人们对文化融合背景和氛围的深入思考，这无疑具有重要的学术价值与文化意义。

3. 平等性：不能忽视的女性与女性写作

论及余氏家学以及创作的整体风貌，不能忽视余氏一门中女性人物的存在。

这里所谓平等性：一是指彝族土司家族中女性受教育的权利与男性同等。彝族土司家族对子女的教育观念历来较为先进，比较公允平等。封建王朝的封诰、任命、袭职也是男女同等，可以"男官妇职"，所以在彝族历史上出现过许多女性杰出人物，如奢香、陇应祥、阿买妮等。二是指女性在家风家学养成中发挥着与男性同样的作用。她们除了担负着生子养育后代的重要使命，对家族成员的品德教育、文学教育和价值观念形成等都发挥着重要作用。余氏土司家族子弟所取之妻皆为各彝族土司、土官之女,她们带着良好的家教与获得的文化熏陶,走进大屯庄园,丰富和补充了余氏家族的家学家风。特别是对子女早期文学兴趣的培养,无疑是对余氏家学的新补益,并内化为余氏家学传承的新动力。

在余氏家族女性人物中,安履贞是一个重要的存在。安履贞是乌撒盐仓土府后裔,乌撒盐仓府安氏有良好文化环境和家族传统,安履泰、安履贞兄妹均有诗文留存。安履贞19岁嫁入余家,成为余昭之妻,文学修养极高的夫妻二人,琴瑟和鸣,伉俪情深,演绎了彝族文学史上一段浪漫佳话。安履贞著有《园灵阁集》传世,其诗作以风格和内容的独特性,使余氏作家群文学创作呈现出多样化的特点,丰富了余氏家族的创作内容和风格,进一步扩大了余氏作家群的影响。在这个意义上,安履贞的出现成为余氏家族文学发展到自觉程度的标志。

关于女性作家的成长,冼玉清在《广东女子艺文考》自序中谈到三种因素:"其一,名父之女,少禀庭训,有父兄为之提倡,则成就自易;其二,才士之妻,闺房唱和,有夫婿为之点缀,则声气相通;其三,令子之母,俦辈所尊,有后世为之表扬,则流誉自广。"[①] 显然冼氏在突出强调家庭环境中"名父""夫婿""令子"三个男性起主导作用时,也阐明了女性不可忽略的作用。

其实,晚明以来,在经济发达、文化积累深厚的江南一带,思想领域倡导人性解放、追求独立人格形成了新的社会思潮,女学得到尊重,女性走出家庭,拜师问学,以文会友,也在一定程度上为社会许可。地域文学和家族文学繁兴,使家族不仅是经济生产单位,也是艺术生产单位,因此文化家族女性的精神生活空间得到扩展,文学创作机会大为加强,至清代江南女性创作骤增。[②]

安履贞生活在中、晚清时期的贵州,贵州虽地处偏僻,但在明代,贵州

---

① 冼玉清:《更生记广东女子艺文考广东文献丛谈》,广西师范大学出版社2014年版,第3页。
② 罗时进、陈燕妮:《清代江南文化家族的特征及其对文学的影响》,《江苏社会科学》2009年第2期。

诗歌创作已十分繁盛,《黔诗纪略》收录241人共2406首诗作。清代,贵州诗人诗集更多,郑珍、莫友之成为近代中国诗坛领军人物,所谓清季诗歌"王气在夜郎",是对清代贵州诗坛的高度评价。关于女性诗人明代也已出现,《黔诗纪略》收有林晟之母蔡氏诗一首,周镇之妻汪氏《雉经歌》8章,刘山松之妻吴氏诗一首。清代,贵州女性创作继续发展,郑淑昭、周婉如、陈枕云等都是贵州颇有些声誉的女诗人,这说明社会文化氛围与清代贵州女性诗人的创作成就有十分重要的关系。安履贞的出现不但与家庭文化环境相关,也与社会文化思潮的发展有极大联系。

文学家族是通过家族文学来体现的,安履贞作为余氏作家群中的重要成员,她将自己的所学运用于对子女的教育,承担着养育与启蒙教育下一代的重任,成为余氏家族中影响儿女学识与前途的一个关键人物。安履贞教育子女习读诗书的场景,在余昭、余达父的诗文中均有描述。余昭说她"课读曾欢孙绕膝"①,而在余达父的记忆中,祖母安履贞"常课读诸孙最严,家人有事禀白,必待课完。曰:此乐为最"。② 在安履贞自己的诗作中,也有关于教习子女的描写:"年才三岁嫩如脂","乳畔唐诗流水诵"③,诗人的长女端仪周岁即识字,而她在女儿尚在吃奶、牙牙学语之时就已经在进行文学启蒙了。此外,安履贞作为妻子、母亲、祖母的角色,在余氏家族的日常生活和文化生活中,影响颇深,她的温婉贤淑、才华灵气定格在余昭、余一仪、余达父深情的笔下,从这个角度来说,女性的品性、行为,对她们的追忆与怀念构成了家族文学创作中的一个特殊内容,在某种意义上,女性是家族文学创作的源泉之一。在余昭的《大山诗草》中,有不少作品因安履贞而写。《赠内》、《寄内》(三首)、《中秋同内人赏月》、《闺中即景》(二首)、《闺中戏题》等诗作,或是叙写夫妻二人相濡以沫、彼此情深意笃,或是表达诗人与妻子分离而充满思念之情。在安履贞去世后,余昭更是写下了七首悼亡诗,可谓情真意切,感人至深,文学性极强。其子余一仪将其遗诗60首,

---

① 余昭、安履贞著,余宏模编注:《大山诗草》,四川民族出版社1994年版,第315页。
② 余宏模编:《余达父诗文集》,远方出版社2001年版,第页。
③ 余昭、安履贞著,余宏模编注:《大山诗草》,四川民族出版社1994年版,第340页。

第二章　余氏作家群形成的历史条件与文化背景

辑入《园灵阁遗草》传世，这是儿子对母亲最好的纪念，是家族文脉传承的最好形式。

除安履贞之外，余氏家族中的许多女性，亦对家族文化和家学家风之养成有重要贡献。梁启超曾说："母教善者，其子之成立也易。不善者，其子之成立也难。"母亲在家族教育中的重要性不言而喻。余达父的《罂石金舍文集》中收有一篇给母亲做寿的叙文——《余母安太宜人七十寿叙》（代撰）。文章对安氏的品德、性格以及对子孙的教习、影响进行了高度的评价："吾母治家勤俭，严肃刚健忍耐，自先考奉政公时，屡屡事故，几破其家，吾母独能辛勤维持，以养以教。"；"太宜人之淑德贞性，蕴蓄崇厚，宜享大年，诚所谓基之深而涵之浩者，故能以一身历剥复险夷之途而凝然可宗。即诸郎洎诸孙之海外留学者，皆有勤俭严肃刚健忍耐之风，知慈训之涵濡者深矣。"① 余达父能成为有名的彝族诗人、著名学者和法学家，能养成秉性刚直、不善阿谀奉承的品德，显然与母亲安氏的性格与教育密切相关。至于留学日本的诸孙余祥炘、余祥辉、余祥桐均秉承良好家教，在他们的身上焉知未有母亲品性、气质之承继？

在余氏作家群的诗文中，"悼亡诗"与"墓志铭"这两类作品也值得注意，因为在这两类作品中，对余氏家族女性的描摹叙写占了相当的比重，且有不少优秀之作。例如余达父的《亡妻安孺人墓志铭》：

　　光绪二十六年，庚子，八月四日。若璟以乡试停科，尚稽会垣。薄暮出游，夜归邸，家僮二人先在，见余，持书却立。惊问曰：家有事乎？僮以他语支吾。启函，兄伯彤先生手书。七月二十日，璟妇以娩后血气壅滞病卒。余即次日束装归，归则吾母安太孺人持孙祥桐大恸，语不成声而告若璟曰：亡妇来十四年，无几微忤我，今死已逾两旬，吾伤之无日不心肝如摧也。

　　孺人年十八归余，逮事吾先大父朝仪公，朝仪公性严肃，孺人于诸孙妇中独多得欢。事吾母暨本生父母，率以真挚拘谨见怜，故若璟十余

---

① 余宏模编：《余达父诗文集》，远方出版社2001年版，第96—97页。

年出就外傅，颇无内顾侍养之忧。今死矣，则吾母伤之若是，感念生平，不重可哀伤也哉！①

这篇墓志铭，余达父通过叙写母亲在妻子安氏病逝后的悲痛哀伤之情，侧面表现了妻子的优良品性，重点突出了她的孝顺、持家，对祖父、父母的恭敬与悉心照顾。文章塑造了一位真挚、能干而又让人怜爱的女性，语言朴实无华，但感情至深，给人以深刻的印象，颇具感染力。

再如余昭《悼亡室安恭人即题其遗稿》（七）：

> 名列瑶台第几仙，拟修内史未成编。
> 从今尘世难寻迹，盼后荣封待补天。
> 课读曾欢孙绕膝，看花如见女依肩。
> 书中检得新奇事，欲共评论又惘然。②

余昭对安履贞的才华、家教格外赞赏，但妻子病故，而今是天上人间，再难相逢，诗人倍感伤心、痛苦。诗作以情动人，艺术感染力很强。

以上所述，我们不仅看到了女性对余氏家族中晚辈品德的形成、文学兴趣的培养有着重要的影响，同时从文学创作的角度也可以看出，女性往往是文学家族成员诗文创作偏爱的题材，对母亲、妻子的深入了解及伉俪情深等因素，往往使这一类作品在细节丰富的同时，又具有深厚的感情，从而使其富于文学色彩。

总之，余氏家族中的女性，她们所发挥的作用已不仅仅是传统意义上的相夫教子，而是已经成为家族中具有一定影响力的独立个体，余氏家族中的女性文人安履贞，更是将其文学修养作为家庭教育的一部分，激励儿女的成长，在家族文学的传承、家族势力的壮大上发挥了举足轻重的作用。

在对余氏家族文学形成及发展过程的"还原"中，我们不仅体味到其中所包含的古今相通的生命体验，而且，它为我们开启了一扇叠加的视窗，使

---

① 余宏模编：《余达父诗文集》，远方出版社2001年版，第83页。
② 余昭、安履贞著，余宏模编注：《大山诗草》，四川民族出版社1994年版，第315页。

我们触摸到了中国文化与文学的内在血脉，窥视到了中华民族共同体精神谱系，看到了贵州少数民族作家文学的发生、发展与时代政治、社会文化、家族命运的紧密关联，亦使我们从中窥见了明清至近代的贵州文化思想史、社会政治史、文学发展史的丰富与流变。

第三章 余氏作家群创作总论

　　文学史上种种作家群体的兴起过程及其影响因素各不相同，文学风格也因之大相径庭，异彩纷呈。对于西南少数民族土司作家群来说，土司制度、改土归流、家族命运、家学传统、地域特色、民族文化等因素，制约并影响着他们的价值取向、艺术特征以及审美风格。在这些丰富复杂因素的共同作用下，各土司家族文学呈现出各自特有的文学品格。

　　贵州毕节彝族余氏土司作家群在自身发展过程中，形成了以诗为重、兼及其他的特点，并因其形成于特殊的地理环境和人文环境中，他们的创作在题材、主旨、风格及美学追求上，无不表现出地域的独特性、民族的鲜明性、家族的典型性以及现实的强烈性等文学特征。此外，余氏作家群的文学创作发展轨迹与社会历史变革、与家族命运变迁密切相连，与明清之际的西南土司文学发展进程相同步。同时，他们的文学创作还融入清中期以来彝族文学、贵州文学乃至新文学发展的潮流之中。余氏作家群中虽未有哪个个体称冠文坛，但他们整体的文学创作与发展却昭示了明清以来西南少数民族文学的发生、发展及其规律，余氏土司作家群诗文创作的价值取向、文学成就和艺术特色，更有助于我们窥见近现代中国文化思潮与文学嬗变对边远少数民族地区的深刻影响，有助于我们探析少数民族家族作家群在民族地区现代性诉求过程中所产生的作用和所具有的特点，这也正是毕节余氏，作为一个彝族土司家族作家群，在土司文学、彝族文学、贵州文学发展史上的价值所在。

　　本章首先对余氏作家群创作概况进行整理、归纳，其次以文本解读为基础，在地域文化、民族文化与家族命运的相互观照中探析余氏文学之特征，进而以容美土家族田氏土司作家群和云南丽江纳西族木氏土司作家群为参照，在三个土司作家群文化特质、文学特征的比较中,探讨他们不同的发展规律及其特点与影响。最后,将其置于彝族文学、家族文学、土司文学的发展进程中,挖掘彝族余氏土司作家群文学蕴含的独特的、多维的价值世界。

第一节 余氏作家群创作概述

从清代中期至民国时期再到当代,贵州毕节大屯庄园一共出现了八位文人、诗人,分别是余人瑞、余家驹、余珍、余昭、安履贞、余象仪、余若煌、余若瑜、余祥元和余宏模,他们创作了大量诗文,有多部诗文集传世,可谓秀甲西南,其丰富的创作、深厚的家学源流在彝族文学史和贵州文学史上都留下了浓墨重彩的一笔。为更清晰、更直观地了解余氏土司作家群及其创作的基本概况,我们将余氏各代作家的家族谱系、生平简况及诗文著述情况,作出详细梳理,见表3-1。

表3-1　　　　　　　　　　余氏作家群生平及创作概况

姓名	表字别号	家族谱系	生平简况	诗文著述
1 余家驹	字白庵,号白庵公	余人瑞之子,奢震第七世裔孙	生于1801年,卒于1850年,大屯土司、第八世庄园主。家驹自幼丧父,由母安氏抚养成人,科举贡生,然终身不仕。性情旷逸,与人和平,饱读经史,工诗善画,著述虽多却多未刻印	诗文集《时园诗草》,光绪七年刻本收录诗作391首,目前的通行本收录诗作375首
2 余珍	字子儒,号宝斋,又号坡生	余家驹之子	生于1823年,卒于1865年,诰授武翼都尉,赏戴兰翎,袭大屯土千总职,第九世大屯庄园主,从小受父亲余家驹的教诲,刻苦研习诗书,擅长书画,嗜好花木古玩	诗文集《四馀诗草》一卷,光绪七年刻本收录诗作100首,现在的通行本收录诗作85首

续　表

姓名	表字别号	家族谱系	生平简况	诗文著述
3 余昭	字子懋，号德斋，又号大山	余家驹侄子，余珍族弟	生于1827年，卒于1890年，少年丧父，由伯父余家驹从水潦携至大屯受家学。成人后回水潦娶妻安家，承管水潦土司。常往来于大屯、水潦之间。诰授朝仪大夫，钦赐花翎，直隶州知州，候补知府。善诗文	诗文集《大山诗草》三卷，光绪四年刻本收录诗作350余首；《有我轩赋稿》二卷史志：《叙永厅志稿》四卷（未竟）、《土司源流考》一卷、《德斋杂著》一卷
4 安履贞	字月仙，又字廉娘	余昭之妻	生于1824年，卒于1880年，彝族德布氏乌撒盐仓土府后裔，自幼受家庭环境熏陶，喜好诗词，19岁时与余昭结为伉俪，夫咏妇和，成为文坛佳话。有"乌撒奇女""女相如"之称	诗集《园灵阁遗草》，光绪七年刻本收录诗作60首。1990年余宏模将余昭、安履贞夫妇的诗，集合为《大山诗草》，由四川民族出版社出版，安履贞诗作取名为《圆灵阁集》，收入诗作44首
5 余一仪	字邃初	余昭、安履贞之子	生于1844年，卒于？年，受家教影响，幼即攻辞章。因一试不中，即弃去不复，为水潦土司	诗集《百尺楼诗草》三卷，已遗失不传。《百尺楼吟草》（见《新国民杂志》第1—3期）
6 余若煌	字伯彤	余一仪长子	生于1868年，卒于1917年，幼年启蒙于毕节县学。受祖父余昭、祖母安履贞教养，孝悌谦让，后被赵尔丰罗织罪名，入冤狱八年，晚年不问世事，侍奉母亲，长斋礼佛	诗作现存诗七首，见余宏模《一泓诗草》附录"先祖父余若煌遗诗七首"（云南省镇雄县志办公室、诗词楹联学会编印，1999年，第184—187页）

续 表

姓名	表字别号	家族谱系	生平简况	诗文著述
7 余若㻒	字达父、达甫	余一仪次子	生于1870年,卒于1934年,自幼过继给伯父余象仪为嗣。大屯庄园第十一世主,受学于毕节进士葛子惠门下,研究经史子集,并习诗词赋章。光绪庚寅年(1890)补县学生员,曾参加科举考试中政法科举人。1906年赴日留学,其间积极参加民主革命活动;1911年回国,出任贵州大理分院刑庭庭长,贵州省政府名誉顾问	1. 诗文:《慕雅堂诗集》十四卷,收录诗作609首;《罂石精舍文集》四卷,收录散文41篇。 2. 史志:《且兰考》一卷,《且兰野史》四卷。族谱:《通雍余氏宗谱》一卷。 3. 楹联19副:有毕节惠泉寺楼联、代贵州大理分院挽孙中山联等
8 余宏模	字淑范,笔名一泓	余若煌之孙	生于1932年,卒于2014年,1950年参加工作,曾就读于西南民族学院,毕业于四川大学历史系,任贵州省民族研究所所长,贵州省政协委员。是国内外著名彝学研究专家,主持并参与贵州"六山六水"民族田野调查,多次赴美国、泰国、日本讲学。	1. 诗词创作:《一泓诗草》《一泓词抄》,创作古体诗词372首。 2. 收集、整理、注释家族诗集五部:《慕雅堂诗集》《时园诗草》《大山诗草》《四馀诗草》《挹梅楼诗集》。 3. 学术论著:《贵州彝族研究论文集》《贵州彝学》《余宏模彝学研究文集》
9 余祥元	字善初	余若㻒次女	生于1918年,卒于2005年。中华人民共和国成立后任贵州省织金县人大代表,退休教师	诗词创作《挹梅楼诗集》共创作古体诗词70余首

从表3-1可知贵州毕节彝族余氏土司作家群及著述大致概况,可见彝族余氏作家群及其著述有以下三个特点:

其一,文学传承时间长,家族关系紧密。从清中期至民国时期,在一百多年的时间里，余氏一门笔耕不辍，且呈现出父子、兄弟、夫妻之间的直接传续与相互砥砺，这是余氏家族作为一个作家群体的一大特征。在这个家族作家群中，有余家驹与余珍父子之间、余家驹与余昭伯侄之间构成的"子承父学"的家学传承色彩，有余珍与余昭、余若煌与余若璟兄弟间相互切磋砥砺使家族文学精彩不断的贡献，更有余昭与安履贞伉俪夫妻高雅深情唱和为家风家学的锦上添花。总之，余氏诸君的文学风格、审美情趣在父子、兄弟、夫妻的传承与砥砺下相互影响，使得余氏家族文学日益厚重，不断发展，成为土司家族作家群中颇具特色的一个群体，其艺术成就不可小觑。

其二，人数众多，著述丰富。毕节彝族余氏一族，除表3-1所列之外，工诗善文的家族成员还有方志、地方文献和家谱所载的余人瑞、余象仪、余若琳等，但惜其著述亡佚。从诗作体裁来看，余氏创作可谓丰富多样、诸体兼备，四言诗、五言诗、六言诗、七言诗、古体诗、杂体诗等都有所涉猎；从创作题材来看，有咏史咏物诗、写景叙事诗、赠酬唱和诗、田园边塞诗、情爱悼亡诗等。在此需要说明的是将余氏后裔余宏模、余祥元的生平简况、诗文著述列入表3-1，是为了更清晰地看到余氏文脉在当代之承传。

其三，以诗文为能事，兼涉史志、考据、谱牒之学。毕节余氏一族以"诗是吾家事"为家学传统，"诗是吾家事"本为杜甫在《宗武生日》中缅怀祖辈、激励儿子的诗句，而余氏一门也将其用作家风承继的传统，所以几乎人人能诗文，代代有传人。余氏家族不但有众多诗文集，还有地方志编撰、土司源流考据、谱牒、楹联等著述。余昭著有《叙永厅志稿》《土司源流考》，余达父著有《且兰考》《通雍余氏宗谱》等。特别是《且兰考》，它是一部关于彝族系谱的史学考证，彝语为"瓦沙楚尺"，意为且兰部落的家史。该书叙述了从远古至明末二千六百多年且兰彝族发生、发展、变迁的历史，是研究彝族的重要史料之一，余达父因此享有"贵州第一史学家"之誉。

总之，自大屯土司第八世庄园主余家驹起，经过余珍、余昭、安履贞的接力，至大屯第十一世庄园主余若璟时，一个土司家庭作家群形成。当代彝学家、诗人、余达父之侄孙余宏模继承家学，再传家族薪火，他们共同谱写了诗文传家的华丽乐章。

第二节 文学特征

一 地域性与民族情怀

美国著名人类学家博阿斯在《原始艺术》中指出:"任何一个民族的文化只能理解为历史的产物,其特性决定于各民族的社会环境和地理环境。"① 要理解余氏作家群鲜明的文学特征,不能忽视其社会环境和地理环境。

事实上,每个人都有其精神成长的母地,一个家族更是有一个得以寄托情感的母地,而这个情感母地就是其生长的故土。故乡的山川景物、人文历史、民俗风情无不影响着他们的审美心理、价值取向以及创作风格,借用文学地理学空间理论来阐释,即是"文学空间来源于生活空间,文学空间是生活空间的变型、转化和升华。生活空间要转化成文学空间必须经过作家的遴选、厘定和创造,并且包蕴着作家的审美观、世界观和人文观"②。

余氏作家群的故乡在赤水河两岸的乌蒙山区,毕节大屯土司庄园是他们的栖身之所。从地理位置来看,这里地处川、滇、黔交界处,被称为"鸡鸣三省之要地",是一个多民族聚居,且历史悠久、资源丰富的地方;从自然环境来看,这里山地崎岖,有高山大河、溶洞瀑布,共同构成了一幅雄奇瑰丽的山水图;从人文环境来看,这里是历史上中央王朝开拓西南边疆、经略云贵最早踏进的地方。莽莽的乌蒙山脉,曾是彝族阿哲、乌蒙、乌撒、芒部、扯勒等几大家族统治的区域,在元明清三代相继建立起臣属于中央王朝的土司政权……凡此种种构成了余氏作家群的文学空间,给予了余氏作家丰富的民族文化积淀、高雅的精神陶冶和审美意识启迪,进而激发了他们的创作灵感。所以在余氏作家笔下有独特的地域景观:苍茫的大山、雄奇的瀑布、秀丽的河水;有浓浓的民族情怀、厚重的人文历史、多彩的民俗风情。一句话,

---

① [美]弗朗兹·博厄斯:《原始艺术》,金辉译,上海文艺出版社1989年版,第页。
② 王晓文:《边地:一个新的文化空间的理论视野》,《山东社会科学》2009年第3期。

地域性与民族情怀的深层交融是余氏作家群共同的诗学追求，构成了余氏作家群文学的一个基本特质。

1. 山与情

贵州高原山地居多，92.5%的面积为山地和丘陵。境内山脉众多，重峦叠嶂，绵延纵横，山高谷深。初入贵州的王阳明曾感慨说："天下之山，萃于云贵，连亘万里，际天无极。"① 贵州诗人黎惜在《黔山吟》中也说："群山压地地无缝，乌盘两带束其空。……只惜谪仙未到此，辜负云山千万重。"② 提及贵州的风土人情，不能不首先想到贵州的山，那层层叠叠、气度非凡的大山，是贵州地域风貌的突出特征。

山与彝人之间更有着割不断的情结，在彝族人民心中，彝族地区的大山是神灵庇护之所，文明发源之地，山是英雄的化身，是彝民族一切文化的母体，崇山峻岭中雄奇、壮丽的自然美景与彝族人民的历史文化、社会生活共同构成了一幅生动美丽的画卷。生活在其间的余氏作家群用满腔的深情进行书写，并糅入具体的时代内容，表现出极具生命力的民族风情和丰富多彩的民族风貌。可以说，在余氏作家群笔下，地域特色、个性特征、民族风情交相辉映，相得益彰，获得了超越时间和空间的永恒意义。

余家驹在《时园诗草》中有许多描写大山的作品，如《青浓山》《登鹰坐山》《落太赫山》《秋山》《雨后看山》《乐隆山》《登毕节龙蟠山阁》《登赤水文阁》《登公鸡峰》等。我们以《青浓山》为例，可以读出余家驹对黔地高山的赞美与热爱以及寄托于美景中的高洁情怀：

> 群山大聚会，争秀竞嶙峋。滇蜀山皆峻，黔山更轶伦。
> 特立最高外，飘然迥出尘。清风吹满袖，白云落一身。
> 世情于我绝，天意与人亲。耳目空无碍，骨髓清入神。
> 何必蓬莱岛，始可住仙真。即此非凡地，乾坤不老春。
> 我欲结茅屋，常与天为邻。③

---

① 《王阳明全集》卷22，上海古籍出版社2011年版，第987页。
② 《播雅》卷21，遵义市红花岗地方志办公室内部印行2002年版，第595页。
③ 余家驹、余珍著，余宏模编注：《时园诗草·四馀诗草》，贵州民族出版社1993年版，第3页。

群山峻秀，诗人沉浸其中，完全忘却尘世之烦扰，他只觉"清风吹满袖，白云落一身"，令人神清气爽中，"耳目空无碍，骨髓清入神"，如此仙境，又何必羡慕"蓬莱岛"呢？在此非凡之地，"我欲结茅屋，常与天为邻"。这首《青浓山》将诗人高洁之品性与追求、飘然于世外之愉悦，与云贵高原峻逸群山的真挚热爱和由衷赞美交织在一起，体现出了余家驹鲜明的文学风格与独有的个性气质，具有极高的艺术价值和审美价值。

再如《雨后看山》：

> 连朝春雨昼冥冥，群山睡闭白云扃。
> 朝来新霁醉初醒，冈峦一一开障屏。
> 玉堆翠叠光清荧，中有一峰宛明星。
> 云游仙子何娉婷，淡烟一抹长眉青。
> 风泉潇落韵泠泠，金环琼佩响咚叮。
> 举杯招之入户庭，排闼而来立亭亭。
> 笑对几筵尽罍瓶，醉倒梦中见山灵，
> 飘然同蹑凤凰翎。①

空山新雨后，群山云雾缭绕，峰峦渐渐清晰，其中一峰独秀，淡烟轻抹，诗情画意。山间泉水叮咚，宛若金环琼佩，景不醉人人自醉。也许人生之志向与理想抱负无法实现，诗人"笑对几筵尽罍瓶"，"醉倒梦中见山灵，飘然同蹑凤凰翎"。余家驹在对群山美景的歌咏中，构造着内心世界的精神避难所，寻求着精神上的超脱与跨越。值得注意的是，诗人将理想情怀寄托在山灵与美酒之中的同时，亦将其彝族诗人的乐观豁达的豪放性情呈现在我们眼前，这是其民族性格、民族精神之使然，更是其鲜明的民族个性特征之呈现。

与之形成互证的还有《登鹰坐山》《落太赫山》。这两首诗在地域特征、民族精神与民族情怀的抒写上尤其典型，诗作不但表现了云贵高原上的壮丽雄奇之美，还将深厚的民族情怀融入其中，呈现出独特的民族风格与地域特

---

① 余家驹、余珍著，余宏模编注：《时园诗草·四馀诗草》，贵州民族出版社1993年版，第48页。

征。例如，《登鹰坐山》：

> 入山不见山，但见白云起。
> 恍忽不见云，身在白云里。
> 穿云至山巅，白云生是底。
> 五朵青芙蓉，排列凌空峙，
> 黔蜀千万山，一一是孙子。
> 巍然自端庄，群山皆仰止。
> 大鹰山际来，翼广车轮比。
> 决起冲霄飞，天地才尺咫。①

诗人起笔就感慨高山仰止，云海缥缈，但云却不及山高，登山仿佛穿梭在云间，好奇妙的感觉。接着诗人将鹰座山与其他山峰相比较，衬托鹰座山的独一无二，大有"除去巫山不是云"之景象。这样的山也只能在云贵高原，在莽莽的乌蒙山中，在彝族文化的起源地存在了。大鹰，是彝族人民自古崇拜的图腾之一，彝人世代生长的哀牢山、乌蒙山、大小凉山都是雄鹰聚居之地，那凌空翱翔、目光如炬、心志高远的山鹰是彝族人民精神的象征。在当代，彝族著名诗人吉狄马加的诗歌中仍然在歌咏着这大山的精灵、雄鹰的力量，它带着祖先的印记，强悍而坚持："这时我看见远古洪荒的地平线上，飞来一只鹰；这时我看见未来文明的黄金树下，站着一个人。"② 雄鹰，这带有浓郁彝族文化印记的灵禽，从余家驹到吉狄马加，一直延续在彝族诗人的诗歌世界里，神秘而充满力量，它穿越时空，向我们传递着历史悠久的彝族文化强悍而刚毅的民族精神。

总之，余家驹笔下的大鹰，蕴含着浓厚的彝族文化色彩，是彝族文化精神的彰显。这里，他将独特的地域景观与真挚的民族情怀交融于一体，民族意识的彰显自觉而浓厚，《登鹰坐山》给浓墨重彩的乌蒙山图添加了灵动而意味深远的一笔。

---

① 余家驹、余珍著，余宏模编注：《时园诗草·四馀诗草》，贵州民族出版社1993年版，第3页。
② 吉狄马加：《史诗和人：吉狄马加的诗》，四川文艺出版社2010年版，第230页。

让我们再走进太赫山。《落太赫山》：

> 仙子隐山中，于今在何处。
> 一片白云深，混茫不知路。
> 元鹿呦呦鸣，穿云自来去。

诗人在诗题下作注："相传夷仙女奢茂居之，昔有元鹿，常出入云雾中。"

这首诗寓情于景，在赞美彝山的同时，将动人的彝族神话加以展现。所谓"仙子"乃彝族神话传说中的彝族仙女奢茂，只因为她的存在，乌蒙大山才如此具有灵气，而今她在何处？能否引领迷途之人走出白云深处，寻找归路？诗作蕴藏了诗人强烈的民族情怀与对民族文化的寻觅与追忆，题深而旨远，可以说是余氏作家群民族情怀在地域风貌书写中的一次精彩呈现。

将地域特色、民族风情、民族情怀融为一体的诗作占据了余氏诗作相当大的比例，成为余氏诗作鲜明的风格特征与诗学追求。

余昭的《大山诗草》，同样有不少描写、赞美云贵高原的大山诗作，如《登最高峰望云海》《登雪山关》《天台囤》《九日北镇关登高》《高山堡》《再登天台囤》《花朝游黔灵山》等，都是这个方面的书写。以《登最高峰望云海》为例，我们来看看余昭笔下的云海苍茫，气象万千：

> 一峰突出群峰表，群峰罗列儿孙小。
> 我来登此最高峰，白云冉冉人渺渺。
> 挥袤直上千寻巅，白云转在峰际袅。
> 天风鼓荡云涌涛，霎时陵谷混颠倒。
> 红尘烟没落何处。一气乾坤合钮铸。
> 只留半段郁葱葱，不知可是飞仙路。

余昭对地域特色的展现抒写与余家驹一脉相承，极言群峰耸立，高山仰止之高原壮观，呈现出的也是彝家汉子豪放粗犷的个性气质。

余昭笔下的乌蒙山水，不仅壮丽、雄奇，也承载着丰富的对民族历史的言说。例如《登威宁州观海楼》：

乌门烟柳六桥秋，蠡测权登望海楼。
荒服亦名巴的甸，桓夷仍是古梁州。
八仙水石风波静，百里星棋部落稠。
闻说难逢晴一日，连晴飞过漏天头。

威宁是彝族聚居地，属巴的甸，古称梁州，余昭登高望远，威宁草海烟波浩渺，十分美丽，而有关于彝民族的历史与回忆，则充溢心中。巴的甸、古梁州，曾经星罗棋布的乌蒙大地上的彝族部落，早已融入社会历史的滚滚洪流之中。历史的波澜壮阔与眼前的风平浪静，使诗人思绪飘飞，其中隐含着社会历史进程下的民族融合之感与家族兴亡之叹，但是暗淡的岁月已经过去，"连晴飞过漏天头"预示着他对美好未来的渴望与追求。

在余昭笔下，有大量烙印着鲜明民族特质的地域文化符号，承载着他对彝山彝水的挚爱，溶化了他深沉的民族情怀与彝家汉子的豪放之气。他诗作中的"鸡鸣三省"之地、"共映三界月"的水潦彝乡、"层层梯田入云表"的壮丽场面，以及"笑向山门入"的大定斗姥阁、高耸入云的大定玉皇阁等，都将彝山深处大自然的壮丽景色与对本民族历史的深情缅怀与追忆熔于一炉，用奇丽的文字、满腔的深情谱写了一曲乌蒙山水壮美而磅礴的交响乐。

余达父诗作中同样秉承了先辈之风格，他的《邃雅堂诗集》仍不乏对大山之赞美和热爱，借此表现出了大山所赋予他的豪迈与激情，如《登黔灵山》《高山堡》《岈巴山》《平山铺》《三冠山晚眺》《晨登忠山》等都是这方面的代表作。

如果说余家驹笔下的大山充满了壮丽雄奇之美，如传统文人一般更多地寄寓着自己的高洁品性，赋予其某种人格的象征，如果说余昭笔下的大山在雄奇之外又增添了彝族汉子的豪放之气，那么，生活在清末民初并留学日本的余达父，其笔下的大山则是既有历史兴亡、岁月沧桑之感，又不乏彝族土司血脉中流淌着的激越豪放之情。《登黔灵山》就是典型一例：

英雄去后河山改，名士来时宇宙荒。
鹤语尚思边驿吏，蝉声应吊夜郎王。

秋峦雨过增新绿，古树云归带早凉。
更向青冥一翘首，皂雕振翮快飞扬。①

历史的天空中群星闪烁，英雄无数；历史的长河惊涛拍岸，沧海桑田。诗人登上素有"黔南第一山"美誉的黔灵山，怀古之情油然而生。虽然是"英雄去后河山改，名士来时宇宙荒"，然而"鹤语尚思边驿吏，蝉声应吊夜郎王"，开疆拓土、维护国家统一的民族英雄，从来没有被忘记。诗人凭吊英雄，既包含有历史兴亡之感叹，也蕴含有对民族英雄的颂扬，更有对自己振奋飞扬之情的抒发，因为，眼前的山峦"雨过增新绿"，一派生机盎然，尽管古树秋云还带着微凉，然而翘首青冥，分明看见振翅高飞的大雕，冲上云天。

综上，我们在余氏诸诗人的笔下，既看到了彝区大山的雄奇壮丽，彝族诗人豪放粗犷的精神气质，又感受到了他们浓厚深沉的民族情怀及其各自不同的个性特征和审美品格。

2. 水与意

面对万山耸峙、突兀峻拔、涧奇谷深、飞流湍泻，自然景观气象万千的云贵高原，余氏作家群笔下除了大山之外，亦有飞流瀑布，大河湖泊，如《法戛河》《水脑河》《行齐即水滨见奇景得句成诗》《深山绝顶泉》《发戛大湾涨瀑》《瀑布》《小河口》《发戛岔河滇黔蜀三省交界》《落折河》《可渡河憩亭》《涌珠寺观井》《威宁海》《可渡河》等。通过描写这些自然美景，寄寓着余氏深沉的民族情怀、高远的心境理想和脱俗的精神追求，亦足见云贵高原山高水长、"自古山水不相离"之精妙。例如余家驹《法戛河》：

瀑泉天外飞，怪石对人立。
山云互吞吐，风水相呼吸。
惊涛拍岸喧，狂澜下滩急。
一叶剪江来，破浪过箭疾。②

---

① 余达父著，余宏模收集整理：《蠖雅堂诗集》，贵州人民出版社1989年版，第3页。
② 余家驹、余珍著，余宏模编注：《时园诗草·四馀诗草》，贵州民族出版社1993年版，第2页。

法戛是彝语，原意为岩土，法戛河流经余氏诗人生活的毕节林口境内，那是号称"鸡鸣三省"的赤水河畔。以"法戛河"作为诗名，本身就体现出作品的异质性存在，其背后表征的正是彝族文化的民族性底色。诗人将山高、风啸、水急与怪石耸立、惊涛拍岸的独特景象，诉诸我们的视觉与听觉，极具感观刺激，极具黔西北风格，一叶扁舟，"剪江"破浪而过，快如箭矢，雄奇的自然景观与世代生活在这里的彝民族的勇武、豪迈的民族性格，交相辉映，相得益彰。

法戛河在余珍笔下又是怎样一番景象呢？他说：

> 一步经三省，依稀万里游。
> 山深蛮鸟噪，风急暮猿愁。
> 落日横人面，奔云撞马头。
> 客心孤回处，搔首看江流。①

法戛河处于川滇黔交界处，两河交汇，名曰岔河，所以"一步经三省，依稀万里游"是其特殊的地理环境。与父亲余家驹一样，余珍依然感受到此处的山高、风啸、水急，并化用了杜甫"风急天高猿啸哀，渚清沙白鸟飞回"之诗意，传达出了法戛河独特的自然景观带给人们的震撼，日落之时，云流奔涌，面对如此险要的地域，客人只能是"搔首看江流"了。

余珍的诗作也像父亲一样充满雄阔气象，具有豪迈之美，但与父亲不同的是，面对同样的法戛河，余珍有一种无奈、伤感的情绪弥漫其间，这与他渴望建功立业而又不能得以实现的境遇有极大关系。对余家驹而言，他早有一种驾驭人生的超然之态，纵是"惊涛拍岸"，我自"一叶剪江"。可见，余氏作家群在共同的诗学追求下，个性特征亦非常鲜明，他们从不同层面丰富了余氏作家群文学的内涵与审美。

我们再来看看余昭、余达父以可渡河为题的两首诗作：

余昭《可渡河憩亭》：

---

① 余家驹、余珍著，余宏模编注：《时园诗草·四餘诗草》，贵州民族出版社1993年版，第107页。

每到分疆处，山川定郁盘。
况当河道险，崖峡激奔湍。
船橡牂牁旧，梯登笮马盘。
禅关临小憩，对此一凭栏。①

余达父《可渡河》：

揽辔黔山望碧鸡，冥冥千嶂入天低。
云来大野雕惊睇，风过寒林马乱嘶。
电线初传通险塞，雷弦无控息征辇。
登临屡动澄清志，待看兵销太白西。
削铁青连万仞冈，跻攀九折走羊肠。
奔流激岸沙惊语，大岭过云石怒创。
凿险可能朝缅象，弯弧直欲射天狼。
滥觞一线崩洪水，南去盘江路正长。

可渡河源出于云南曲靖霑益之北，为北盘江上游，流经滇黔，同样有着地理位置上的雄奇险要，在余昭、余达父祖孙俩的笔下，对可渡河天低云涌、崖峡奔激的地域特色描写如出一辙，极为相似。但是，仔细体味，我们发现余昭诗作的思古之情更浓重，牂牁故郡、历史过往，凭栏远望间浮上心头，其诗风略为沉重。余达父作《可渡河》时只有 24 岁，青春年少，意气风发，"登临屡动澄清志，待看兵销太白西"，表明他希望建设一个太平、清朗的社会，所以，他的眼里，"奔流激岸沙惊语，大岭过云石怒创"，"凿险可能朝缅象，弯弧直欲射天狼"。可渡河汹涌澎湃，势如破竹，气势逼人，暗喻着诗人的壮志豪情与家国情怀，尽管"路正长"。余达父的这首诗无论是从情感上、风格上都呈现出与余昭的差异性，他不是回望历史，而是面向未来，诗作更多豪放之情。

余氏作家群对云贵高原奇山异水、壮丽风光的书写，展示了文学地域性

---

① 余昭、安履贞著，余宏模编注：《大山诗草》，四川民族出版社 1994 年版，第 302—303 页。

的空间诗学，云贵高原、乌蒙山中的大山大河，于余氏作家群来说，已然成为美学符号和生命符号，是他们对养育自己的土地的挚爱与眷恋。

尤侗在《百城烟水序》中说："夫人情莫不好山水，而山水亦自爱文章。文章藉山水而发，山水得文章而传，交相须也。"① 这里，仅仅从"山水得文章而传"的层次上理解"山水亦自爱文章"还不够，"山水亦自爱文章"的深层意义在于揭示出了"山水"对"文章"的内在需要。这一问题实际上涉及文化对地域、对地理空间的特殊意义。文化不仅分布于一定的地理空间，同时也会以自身特有的活力作用于地理空间，并赋予地理空间一定的意义。

3. 历史、世情、风物

除了自然景观，村寨关隘、亭台楼阁、寺庙祠堂等人文景观和日常生活，也一一呈现在余氏作家群的笔端，借此历史的、地域的、民族的风土人情得以充分展现。这类诗作中代表性的有余家驹的《毕城旅店甚隘邀盖景皋、杨旭初、绪文僧游双井寺》《七星关》《过北肇》《小河口》《听吹土叶》《闻口琴》《听读夷书》，有余昭的《镇西隘口》《天台囤》《灵峰寺》《过德胯囤》《七星关》，有余珍的《德胯囤》《乱后再游灵峰寺》《雪山关见羽递有感》《登玉皇阁吹笛》，有余达父的《登甲秀楼次鄂文端韵》《螺蛳山谒阳明祠》《可渡河山腰古寺》《七星关》《武侯祠》《炎方驿》，等等。

七星关、灵峰寺是毕节著名的景观，其间蕴藏着丰富的历史、人文以及民族的内涵与情愫。特别是七星关，被誉为贵州三大名关之一，这里七峰高耸、崖壁陡峭、江流湍急、古道盘桓，自古扼滇川咽喉，为西南之要冲。蜀汉建兴三年（225年），诸葛亮平定南中，曾在关口筑坛祃牙七星，并在关上的楚敖山巅与彝族首领济火结盟。七星关可谓是自然景观雄奇壮丽，文化底蕴悠久深厚，民族风情古朴纯厚，因而引来古今许多名流逸士在这里览胜吟诵，抒怀凭吊，留下许多传唱不衰的诗词、歌赋与游记，明代大文学家杨慎就曾写下《七星桥记》以歌之。

余氏家族中的余家驹、余昭、余达父都在不同时期到过七星关，均写下

---

① 徐松、张大纯：《百城烟水》，江苏古籍出版社1988年版，第3页。

同题诗《七星关》。

余家驹《七星关》曰：

　　一带长桥锁碧流，萧萧明月荻芦洲。
　　汉家疆土今何在？古木夕阳祀武侯。①

余昭《七星关》曰：

　　诸葛三巴去，烽烟六诏沉。
　　雄关留胜迹，过客纪新吟。
　　水势盘弓劲，山形插剑深。
　　去天才一握，入地已千寻。
　　险落征夫胆，奇穷造化心。
　　苞猅思蜀汉，呃塞控滇黔。
　　宝气埋铜鼓，高怀渺石琴。
　　德原能远服，功不在多擒。
　　部落相兴替，疆舆更古今。
　　碑镌名士笔，募费道人金。
　　岁老风云壮，时平草木森。
　　七星桥下路，到此爱凭临。②

余达父《七星关》曰：

　　西下雄关据上头，虹桥一线锁奔流。
　　金鸡望阙思杨慎，铜鼓征蛮忆武侯。
　　鬼国竟开新电驿，延江仍属古梁州。
　　英雄名士皆尘土，落日寒鱼拨浪游。③

---

① 余家驹、余珍著，余宏模编注：《时园诗草·四馀诗草》，贵州民族出版社1993年版，第74页。
② 余昭、安履贞著，余宏模编注：《大山诗草》，四川民族出版社1994年版，第110页。
③ 余达父著，余宏模收集整理：《邃雅堂诗集》，贵州人民出版社1989年版，第13页。

这三首诗都状写了七星关的雄奇险要，表现出了强烈的凭吊思古之悠情。与诸葛亮结盟的济火是彝族的著名首领，由于他的结盟，使得诸葛武侯顺利平定西南并擒拿孟获，给后人留下了"七擒孟获"的传奇故事。故此武侯表封济火为"罗甸国王"，授予"丹书铁券"，令其治理慕胯（今贵州省大方、黔西、金沙、织金、纳雍、水城一带），世长其地。

济火是水西彝族安氏的始祖之一，水西安氏自此发迹一千多年。所以在余氏三代诗人的诗作中，七星关所引发的凭吊思古之情当有着对自己民族精英的缅怀，对历史更替，岁月沧桑的喟叹。"汉家疆土今何在？古木夕阳祀武侯。""英雄名士皆尘土，落日寒鱼挞浪游。"当历史与现实、国家与民族、家族与个人的种种回忆与思考交织在一起的时候，余氏笔下的沉郁、厚重显示出迥异于他人的特质。

彝族人民的日常生活和风俗面貌也是余氏作家群的重要写作内容，他们高度关注本民族历史，用动情的笔触描绘了彝家独特的风俗和传统，摹写出别具一格的诗歌内容。在余氏作家群笔下，民族风情的描写还渗透在当地人民生活、风俗乃至衣食住行的方方面面。

余家驹以不少的诗篇为我们舒展了一幅川滇黔地区彝、苗各族人民生活的风俗画。例如《苗人》《蛮王》《古树歌》《弃女》《弃歌》《硝匠》《村女》《村中请新酒》《食笋蕨》《救军粮》等，诗作或描绘西南少数民族充满原始野性的生命力，或以神话传说入诗，或表现宗教礼俗，或书写民俗风情，总之，余家驹作品展现了独特的西南各族人民浓郁的民族风情。其中《食笋蕨》《救军粮》不仅颇具地域特色，而且写得绕有情味。

中国人的食笋历史久远，早在《诗经》时代竹笋就成为食物："其蔌维何，维笋及蒲"。竹笋不仅是一道美食，更是一种雅食，很符合中国文人雅士的心情与口味。历史上许多大文豪都将食笋作为诗歌描写的对象，唐代的韦应物、白居易、李商隐，宋代的苏东坡、杨万里、黄庭坚等都以竹笋为题入诗，或咏物、或言志、或抒怀，言说着与竹一般的高贵气节，千百年来人们争相传颂。

余氏诗人生活的赤水河岸，是中国著名的竹海之乡，竹笋自然是百姓经常食用的山珍。余家驹在《食笋蕨》一诗中，不但化用了杨万里、苏东坡等文豪食笋诗之典故，表达自己的高洁情怀，也将川黔之地、彝家山区盛产竹笋，春季尤其繁盛的客观景象作了形象描写："诚斋佳句古流传，富贵山林自有天"，"便觉而翁未负腹，春来日日饱霞烟"。

《救军粮》一诗同样具有黔西北地域的独特韵味。救军的"粮"，其实不是粮，而是一种叫"火棘果"的植物，具有可药、可食、可观赏的用途。相传三国时期，曹操讨伐张角，将士们饥渴难耐，曹操用计望梅止渴后，将士们无粮可充，恰遇一片火棘林，饥饿的士兵摘果充饥，拯救了军队，从此火棘果就被称为"救军粮"。余家驹所生活的川、滇、黔交界的毕节，漫山遍野长满了火棘果，春可赏花，秋可食果。每至秋季，鲜红的火棘果，把彝家山寨装点得美丽如画。"曾济当年庚癸呼，秋风丹老几千株。空山莫道贫如磬，万斛陈红万斛珠。"① 就是对彝山美景最形象的写照。

余珍、余昭笔下的饮食也别有风味。荞麦、豆花、煮茶等都是彝家人日常喜爱的饮食，散发着浓郁的地域与民族的色香味。我们以余昭的《秧针豆腐有以二求咏者戏酬之》（其二）为例，来品尝一下彝寨"山家味"：

菽水承欢供孝养，天台何必乞琼浆。
十分有味冰酥软，一片无瑕玉版方。
上古井田同界划，于今心地任炎凉。
雪花煮浪山家味，谁赐佳名白虎汤。②

好一味"冰酥软"，好一片"玉版方"！细嫩的白豆腐，鲜香可口，彝家人将之煮于大黑锅中，随着开水滚动，酷似雪花煮浪，有味有色。山家味就是彝家味、农家味，清水食物，孝养父母，哪里还需要去寻找琼浆玉液？这是最普通也最可口的农家之汤，彝家之菜。大方豆腐干、毕节菜豆花至今仍然是生活在云贵高原上彝族人民的美味佳肴，

综上所述，云贵高原雄奇壮美的自然景观，孕育了余氏作家群的豪迈奔放之气，他们面对高山大河一抒豪情，怀着深厚的民族感情描摹风景，凭吊

---

① 余家驹、余珍著，余宏模编注：《时园诗草·四馀诗草》，贵州民族出版社1993年版，第70页。
② 余昭、安履贞著，余宏模编注：《大山诗草》，四川民族出版社1994年版，第50页。

英雄，其为人立世自有一番胸襟气魄。而这些风景也因余氏作家群之创作，增添了厚重的人文底蕴。彝族独特的文化、习俗和风情，在为余氏家族提供源源不断的创作题材时，也成就了他们独有的文学特征与文化品格。余氏作家群的创作在与地域风光、民族性格、民族文化的相互观照中，焕发出别样色彩，彰显出独有的民族特性，可以说，这正是彝族余氏文学存在的独特标志和核心价值所在。

二 家族性与文学好尚

余氏作家群成员的创作面貌因社会环境、个人经历的因素有所不同，但家族文化传统、家学家风、文学观念等都会对各个成员形成潜在的影响。在特定的家族文化环境下余氏作家群形成了崇尚自然、追求闲适雅致的文化品性，体现在文学作品上，就是他们那种冲淡自然之风和闲适旷逸之情；同时，因为余氏诸君共同的家族命运，兴亡之思、感伤之叹亦成为其文学作品中普遍的意绪与旋律。

1. 崇尚自然，闲适之致

中华文化强调"天人合一"，人与自然和谐相处是中华文化的主流思想。《老子》主张"人法地，地法天，天法道，道法自然"，人只能法地、法天、法道、法自然，也就是人只能顺应自然。在彝族的思想文化中，也强调"天人同人"和"星人合一"的观念。自然是人修身养性的乐土，精神的栖息地。云贵高原风光独特，崇山峻岭中草木葱茏，大江长河里惊涛骇浪，生活在独特美景中的余氏家族，养成了崇尚自然的家族性格。

余家驹、余珍、余昭、余达父在川滇黔之间的往来游历，加深了他们对高原风光的亲近，陶冶了他们崇尚自然、热爱自然的品性。受家族风气影响，余珍、余昭兄弟好登临游览，在川滇黔之地登山临水，诗作颇多，如《游卧泥河玉皇观》《花朝游小河》《同子懋登奎文楼》等。在日本，余达父同样用诗歌记录下了异乡的自然景色，富士山下的樱花、仙台道中的绿萌、古刹名寺的清幽、海湾礁石的惊涛都留下了他的足迹，而每游胜地，辄有诗作。崇尚自然、喜好山水是余氏家族生活中的重要部分，同时也使余氏作家群成员形成一种对自然山水普遍的偏爱，并进一步渗透到他们的文学创作中，具体到余氏的诗学方面，则是受陶渊明、王维、李白、苏轼等诗人的影响较大，既有冲淡自然之风，也有豪放浪漫之状。

　　崇尚自然、喜好山水的文学风尚的形成与彝族余氏家族对汉文化的接受、学习有密切联系。他们所接受、学习的汉文化集儒、释、道于一体，所以自幼就接受彝、汉文化塑模造型的余氏作家群，受佛、道文化的影响颇深，禅的"顿悟""虚空"等思想给余氏作家群在诗歌境界方面以借鉴，而道家重自然、追求轻松闲逸、远离世俗杂念的思想使余氏作家群得到精神层次的提升。

　　最能代表余氏崇尚自然、喜好田园山水传统的是余家驹、余昭叔侄俩。余昭少年失怙，跟随伯父余家驹习文赋诗，受其影响极深。由于先祖在明末那段特别的历史，加之现实中清王朝的腐败，再因父亲的早逝，余家驹把仕途看得很淡，常以佛禅消解现实困厄，慰藉心灵，寄情于田园山水，以期达到远离世俗、超然物外的境界。例如，《层楼揽山》：

　　　　入园不见山，令人色不喜。
　　　　登楼手一招，群峰争跃起。①

　　入园虽然看不见山，但是只要自己胸中有群峰，登楼而招还怕它们不应招而来？这不是"色不喜"，而是"喜不色"了。这首五言绝句在言辞和立意之间，甚至思维与哲理之间，透露着禅机，慰藉着心灵，这与唐代大诗人王维的"禅味"不能不说有着精神上的共鸣。再如《乡村》一诗：

　　　　离城七八里，茅屋两三家。
　　　　曲径随山形，柴门抱树斜。
　　　　地腴饶糯粳，水暖足鱼虾。
　　　　客至争留宿，儿童笑语哗。②

---

① 余家驹、余珍著，余宏模编注：《时园诗草·四徐诗草》，贵州民族出版社1993年版，第29页。
② 同上书，第21页。

这首诗所描绘的乡村风景，让人倍觉质朴清新，洋溢着陶公"方宅十余亩，草屋八九间""暧暧远人村，依依墟里烟"的田园风。农家茅屋依山而建，柴门傍树轻掩，这里土地丰腴，粮食富足，鱼虾肥美，村人热情好客，其乐融融，简直就是一曲乡村田园牧歌。在这样纯净的田园山水中，还会有什么烦忧呢？

出于对自然山水和田园风光的喜爱，余氏家族开始构筑庄园，寄托闲适旷逸之情怀，对庄园的建造与喜爱，成为了彝族余氏一个重要的家族文化传统。在叙永水潦，余氏建有品园，余昭著有《品园四言》《品园闲咏》以及与妻子安履贞的《品园家宴联句》等诗作而咏之，表现了品园中夫妻二人极其高雅的生活品味。在毕节大屯，余氏家族则精心建造着大屯土司庄园。余家驹主要居住在祖辈修建的时园即西花园中，他的《时园诗草》中有不少园居之作，例如《家园》（其一）云：

> 小园祖所置，日涉以优游。
> 芳草侵绿阶，枯藤附壁虬。
> 薇沁一池月，桂馥半窗秋。
> 时向轩中卧，旋复上小楼。
> 倚树聆禽语，凭栏数鱼头。
> 有客闲中来，与之酌黄流。①

这是他时园生活的写影，体现了余家驹崇尚自然、古朴恬淡的审美情趣。对时园中的美丽景色，余昭写下了《时园八景》以咏之，八景分别是层楼揽山、虚廊贮月、新绿摇波、艳红媚雪、林花绣春、岭树妍秋、绉石皱云、虬藤走壁。云山花月、流觞曲水的时园，成为余家驹不问世事，超然于物外的逍遥之所。余家驹的儿子余珍对庄园继续进行了扩建，修有亦园即东花园，清末民初余若煌帮助余达父重新修整庄园大堂，余达父名之为"邃雅堂"，"所以自警"。

---

① 余家驹、余珍著，余宏模编注：《时园诗草·四余诗草》，贵州民族出版社1993年版，第2页。

余氏成员歌咏大屯庄园景色,表现闲适高雅生活的诗作较为丰富,统计见表3-2:

表3-2　　　　　　余氏成员歌咏大屯庄园诗作一览

作者姓名	与庄园关系	篇数	诗文篇目
余家驹	八世庄园主	20	《家园》(其一)《家园》(其二)《赏后园梅》《园中二首》《李少青作时园八景同赋》(8首)《时园》《以小冕供屈平刘伶像曰醉醒龛》《初冬闲居》《书斋戏题》《书斋》《赏雪》《闲吟》
余珍	九世庄园主,建亦(意)园	10	《园中诸菊玉玲珑高与齐檐》《多山楼对月独酌》《洗心书屋题壁》《虚绿廊竚月·时园八景之一》《园中烧烛》《园中小鸟》《闲适咏》《春日得句续成》《偶成》《一泓山水半山山房酌友》
余昭	十六岁从四川水潦来到大屯,主要居住在庄园中	20	《时园八景·层楼揽山》《时园八景·虚廊贮月》《时园八景·新绿摇波》《时园八景·艳红媚雪》《时园八景·林花绣春》《时园八景·岭树妍秋》《时园八景·绉石皴云》《时园八景·虬藤走壁》《时园中诸葛铜鼓歌》《和李少青先生时园一捻红茶花》《有我斋偶作》《海山兄亦园落成奉怀》《丙午三月二十九,夜同弟子康侍伯父白庵公、师李少青先生先生时园中,烧烛赏牡丹命作》《无题三首》《康炳堂索春柳、紫薇,移赠数枝》《无题》《春兴八首　有序》
安履贞	十九岁与余昭成婚,居住在大屯庄园	6	《不俗居》《小园独步》《闲适咏》《闻鸟》《扫菊畦有感》《子懋夫子寄诗次韵和之》
余达父	十一世庄园主	6	《罾石精舍》《意园八咏》《戊辰人日时园独酌》《罾石精舍小坐》《邃雅堂记》《双玉印斋记》

一般来说，亭园的功用在于修身养性，但在余氏家族避祸、隐居、不遇等种种人生情境下，大屯庄园的筑造与栖居既是余氏成员个人情志的一种表达，也是对家族命运、人生际遇的一种调节，更具意义的是大屯庄园为余氏丰富广博的文化生活提供了适宜的场所。

表 3-2 所列诗文俱为余氏作家群在精致风雅的环境下进行的创作，可见大屯土司庄园在不同程度上与余氏作家群的文学创作、文化活动发生着密切联系，而随着余氏作家群的形成又逐渐的被赋予了文化意味。

余氏作家群成员除了余达父外，都未走出大山，他们的大部分人生是在大屯庄园中度过的，所以每个成员都有相当数量的园居作品，即便是留传诗作并不算多的安履贞，也有六首直接书写庄园及庄园生活的诗作。在相对封闭狭小的空间中，余氏作家群表现出文学好尚、审美趋向的一致性。他们以庄园为题材的咏物诗、闲适诗、唱和诗，集中表现了他们闲适雅致的生活与品位。余家驹《赏后园梅》《李少青作时园八景同赋》、余昭《时园八景》《丙午三月二十九，夜同弟子康侍伯父白庵公、师李少青先生时园中，烧烛赏牡丹命作》、安履贞《不俗居》、余珍《园中诸菊玉玲珑高与齐檐》等，既是庄园美景的描摹，也是余氏作家群高雅文化生活的体现，言说着他们共同的精神追求与价值取向。

2. 兴亡之思，感伤之叹

在南方少数民族文学的发展进程中，土司文人作家群是一支重要的力量，他们的汉文诗创作代表了南方少数民族文学在一定历史阶段的最高成就，在中华多民族文学地图上，留下了浓墨重彩的一笔。但是，随着土司制度的式微，土司文学亦随之衰败，无论是容美田氏、丽江木氏，还是滇中的宁州禄氏、姚安高氏……他们都在改土归流的浪潮中，黯然消退。事实上，明清之际，土司文学家族命运的走向不尽一致，或因不法被革世职，或因家族争袭内乱而被改流。简而言之，在改土归流政策的大趋势下，土司家族势力日益消减已是大势所趋，而土司文人在争袭、战乱中，无暇进行写作，终至创作停止则是必然结果。如此，作为对土司制度有极强依附性的土司家族文学，其兴盛便难以为继，终至走向衰亡。

容美田氏土司，其文学创作始于明万历年间的田九龄，经五代九人，著述颇丰，雍正十三年（1735年）容美土司改流，田氏一门的家族文学创作随之消亡；丽江木氏土司，文学创作兴盛于明嘉靖至清康熙初年的"木氏六公"时期，最后一位文人木增于明万历二十六年袭位，后投诚于清，卒于康熙九年（1670年），清初云南长期处于战乱，木氏一族亦无暇于诗文创作，至雍正元年（1723年）改流，木氏势力一再衰落，此后亦不闻其家族诗文创作；宁州禄氏土司，诗文创作集中于生活在明末万历——天启——崇祯的禄厚、禄洪父子二人，禄洪于天启年间袭位，崇祯五年（1632年）卒，其后宁州禄氏家族内部争袭纷争不断，无暇于诗文创作，康熙四年（1665年），禄洪弟禄昌贤纠合诸夷反，伏诛，宁州改流，禄氏创作亦终止。

有意味的是，当容美田氏、丽江木氏以及滇中土司群体，或随"改土归流"、或因势力衰落而纷纷消逝后，贵州毕节余氏作家群却呈现出强劲的创作势头，且不为制度和历史时空的变移所影响，成为时代更替、国家方略与土司家族命运交错之间的一个特殊个案。有关毕节彝族余氏作家群的家族命运，前文我们进行了详细的追叙，他们的先世永宁奢氏，曾经威震西南，但是明末"奢安之乱"后，奢氏幸存者几无立足之地。为这个家族带来转机的是明清易帜。清廷封赐的土千总、土巡检、土府等官职，使余氏家族重新获得了土司的权力，拥有了良好生活的物质保障，余氏历代对大屯庄园进行了精心构筑，也就是在这座精致的庄园中，余氏家学渐渐形成，由此诞生了一个彝族土司家族作家群。因而，对历史进程与家族命运的观照与书写，成为余氏诗作的一个主要内容，相应的兴亡之思、感伤之叹在余氏诗作中成为了一种普遍的意绪与旋律。

余氏作家群诗作的兴亡之思，感伤之叹，一方面出自他们对历史盛衰的认知、感悟，关涉他们对所处时代现实境遇的抒怀、表达；另一方面来自他们对整个家族命运跌宕起伏的感喟。而感伤之情的抒发与余氏家庭成员之间的人伦亲情紧密相连，并在诗学上呈现出沉郁而又感伤的美学风格。

最能表现这种特征与风格的是余氏作家群的咏史诗与悼亡诗。

（1）咏史——兴亡之思

纵观余氏作家群成员之作，除女诗人安履贞之外，其余人员都有数量不菲的咏史诗，他们皆有着浓厚的咏史情怀，这种情怀与彝族毕摩经籍文学咏史诗传统及余氏家风、家学传统有极深厚的渊源。

彝族人有很强的历史观，在长期与大自然搏斗的同时，他们自发地追寻、回忆祖先的历史和业绩，以作为现实族群的价值取向，所以彝人以尊重传统、了解民族的发展史为自豪。古代彝族社会里，背诵家支谱牒，是彝族男子安身立命、出人头地的重要手段，谁能将几十代、上百代的家支谱系倒背如流，谁就能获得大家的敬仰和尊重，这一悠久的文化传统，对毕摩经籍文学产生了极大影响，因而咏史诗成为毕摩经籍文学中的一种主要类型。这一题材的代表作专集主要有《古代六祖》《六祖源流》《尼租谱系》《彝族源流》等。

余氏一族对本民族的经书史籍和汉民族的诗书史籍都有广泛阅读，从孩童时期的启蒙教育，到书塾考课的咏史命题，培养了余氏子弟对咏史诗的极大兴趣，同时，清代文人咏史创作的兴盛之风，对余氏好尚咏史诗亦有影响。在清代，咏史诗创作可以说几乎已经生活化，它是文人墨客笔下常见的题材，是文人们日常生活中不可或缺的调味品，私塾教育中幼儿的咏史教育，各类书塾考课中的咏史命题，使清代的咏史风十分兴盛，文人士子在启蒙教育时就已经开始了咏史诗创作的初步训练，所以，毫不夸张地说，清代文人的成长几乎伴随着咏史创作。在这样的社会文化风气影响下，余氏作家群的咏史诗创作也颇为丰富。

从余氏诗人写作的咏史诗作来看，激发其创作的情景机制一般有三种情形：

一是由常规的阅读史书、隐括史事，叙述为诗的正体，如余家驹的《读宋史》《昭君》《吴三桂》，余昭的《读史》组诗、《读左马庄骚题后》《汉高帝》《西楚霸王》《石柱女土司秦将军良玉》，余达父的《荆轲》《明君曲》等诗作就是这类情景机制下的写作。

二是由读史、登临古迹引发的历史兴亡感慨，寄寓个人情怀的别体，如余家驹的《奢夫人》《顺德夫人墓》《六龙安宣慰墓》，余珍的《大方城怀古》《水西道中》，余昭的《谒镇雄圣像》《登泸州宝山武侯祠》《谒阳明祠》，余达父的《梁王台怀古并叙》《武侯祠》《游武侯祠观爨宝子碑卅七部会盟碑》等。

三是因古代画图、历史器物引发的咏史，是对过往历史的思考与回忆，从而引发思古之幽情，如余家驹的《秦良玉遗剑》《万人冢》，余昭的《张桓侯像》、余达父的《题杨惺吾历代舆地沿革险要图》等。

从内容上看，彝族杰出历史人物奢香、奢苏、陇应祥、济火，以及在西南社会历史进程中有着重要贡献、留下千古美名的诸葛亮、王阳明等，都是余氏咏史诗重点讴歌的对象，其间，自豪之情与沧桑之叹的交织正是其诗作的一大特征。这类咏史诗中的一些诗作甚至可以视为余氏崇尚先祖的家族史之作，即所谓述祖德诗，从中我们可见彝族诗人强烈的民族认同感。余家驹的《奢夫人》就是典型例证。

> 中女文明象，离位正南方。南方有贤女，文运以之昌。
> 皇皇奢夫人，坐镇西南土。欲以德化顽，修文而偃武。
> 草昧初开创，华夷语不通。振铎为译训，荒裔起聩聋。
> 善教贵得人，一章奏天子。俞允下九重，吾道乃南矣。
> 钲鼓化弦歌，漏天人文起。至今溯渊源，肇自夫人始。
> 适姑佐戎阵，良玉统三军。女官多尚武，夫人独重文。
> 南士知文学，人推小洞天。阳明犹后辈，陈朱已生先。
> 史笔虽书记，文人未表彰。夫人有潜德，流水山苍苍。①

奢夫人即奢苏，为余氏先世永宁宣抚使奢阿聂之妻，明洪武年间，奢阿聂卒，奢苏袭位宣抚使，于是"皇皇奢夫人，坐镇西南土"。为了促进地方社会文化的发展，以德化顽、修文偃武，宣德年间，奢夫人"一章奏天子"，提出欲化顽俗，须修文教，并力推当地汉族秀才、精通彝汉双语的李源为"训导官"，据说李源就此成为最早采用彝汉双语进行教学的老师。朝廷准奏，"俞允下九重，吾道乃南矣"。奢苏很快在当地广立义学，使得彝区"钲鼓化弦歌，漏天人文起"。余家驹对于奢夫人的功绩万分自豪，认为赤水河两岸的人文兴盛"肇自夫人始"，高度称赞奢苏"重文"的独特贡献，歌颂她推动

---

① 余家驹、余珍著，余宏模编注：《时园诗草·四馀诗草》，贵州民族出版社1993年版，第1页。

文化教育、促进彝汉文化融合的伟大功绩，称其功绩有如苍山流水，泽被后世，正所谓"夫人有潜德，流水山苍苍"。

在对先世修文偃武功绩的缅怀中，余家驹其实就是在"述祖德"，就是在表达他强烈的民族认同感。

再如奢香，她是永宁宣抚使奢氏的女儿，14 岁出嫁到水西，成为宣慰使蔼翠夫人，后夫死袭职。奢香自觉维护国家的统一安定，且具政治家的胸襟与气度，历来受人景仰，死后被封顺德夫人。自然，奢香也是奢氏后裔余氏一族倍感荣耀的先祖。

奢香生活在元末明初时期，执政于明洪武年间。这一时期，是西南彝区土司制度逐步走向完善的时期，这种完善带来了彝族社会的变革与彝族文化的变迁。奢香重要的政治文化举措有三：一是开"龙场九驿"，建立起了当时真正意义上的"南下、北上、东进、西连"的交通枢纽，此项工程，具有极其重大的政治意义和经济意义；二是开办史无前例的儒学机构"贵州宣慰司学"，大力推广儒学汉学，儒学的兴盛，极大地提高了水西地区的汉文化水平，推动了本地区彝汉文化的深入融合；三是把自己的亲生儿子、唯一的宣慰使继承人阿期陇弟（安的）送入南京国子监学习，在她的垂范下，乌撒、乌蒙、芒部、东川等地的彝族土司纷纷效仿，将自己的子弟送入京师大学学习。

土司子弟们远赴都城系统学习汉文化的过程，本身就是一种彝汉文化的交流、互动与融合，当他们开阔了视野，带着新知识、新观念回到彝区，主政一方时，对滇东北、黔西北社会文化的发展影响不可谓不深远。特别难能可贵的是，奢香正确处理了时任贵州都督马烨的挑衅，化解了水西地区与中央王朝可能发生的矛盾冲突，她的政治智慧使其后人由衷敬佩。所以，余氏祖孙四代人均有诗作歌咏奢香。余家驹的《顺德夫人墓》感慨其"汉将开边衅，孤媚叩九阁。君王宁望极，臣子但酬恩"[1]。余珍充满敬仰地吟咏"万里牂牁路，西南半壁分。朝天双节妇，助汉一将军"[2]。正是她的功业，才有如

---

[1] 余家驹、余珍著，余宏模编注：《时园诗草·四徐诗草》，贵州民族出版社 1993 年版，第 18 页。
[2] 同上书，第 98 页。"双节妇"指明朝洪武年间赴京朝见朱元璋的奢香、刘赎珠。

今的"烟火千村楼，弦歌到处闻"。余昭在其无题咏史诗中作题记曰："西南女子多建奇功，如奢香通道陇佛靖兵奢夫人请立义学禄安人劝谕改流皆赫赫在人耳目者。"① 更是将以奢香为代表的彝族杰出的女政治家群体加以称颂，他写道："忠贞两道不殊途，公事何须妇职无。坐靖兵戎嫠号佛，先开文教女为儒。山河凿险奢香老，世业拼消禄氏孤。同是西南坤柱在，谁云巾帼少雄图。"② 高度颂扬巾帼不让须眉的才能与功绩。

余氏诗人咏史以抒怀，在对彝族杰出人物特别是自己家族先世功业的赞颂中，表现出了对本民族历史发展的高度关注，他们对彝族历史的熟知，正是其民族意识的自觉与强烈，亦见其强烈的"寻根"意识与鲜明的民族特征。

与此相对的是，咏史诗在汉族诗人笔下常常是表现为借古讽今，针对具体的历史事件、历史人物有所感慨、有所感悟，或秉承儒家伦理，褒贬历史人物，而如同余家驹这样真挚热烈地讴歌自己的先世，表达由衷赞赏的咏史诗极为鲜见，余氏作家群作品中的民族意识、民族特征，给后人留下了不同于汉族文学的审美品质和心灵陶冶，有一种异族文化独特的魅力。

在面对自己先祖的历史功勋，抒发后来者之自豪之情时，诗人们一方面颂扬着他（她）们在复杂的社会矛盾、民族矛盾中，以智慧和勇气化解一次次危机，维护着中华民族团结统一的贡献，赞叹着他（她）们推动文化教育，促进彝汉文化融合的伟大功绩；另一方面流露出面对家族盛衰的感慨与感伤，正如余家驹在奢香墓地前发出的咏叹："鬼国山河在，皇华驿路存。荒凉杯土剩，谁与夜招魂。"繁华过后总是苍凉，或许，这正是诗人的一种生命体验。

除了对本民族杰出人物的歌咏，余氏诗作还通过对三国及汉代历史人物如王昭君、汉高祖、项羽等的吟咏，借以引发历史兴亡之感，表达对国家统一的拥护，例如《昭君》（余家驹）、《明君曲》（余达父）、《西楚霸王》（余昭）等诗作，即是这方面的代表。此外，还有不少有关云贵川人文胜迹的史地杂咏，如《登甲秀楼有感》（余昭）、《谒阳明祠》（余昭）、《登赤水文

---

① 余昭、安履贞著，余宏模编注：《大山诗草》，四川民族出版社1994年版，第71页。
② 同上书，第77页。

阁》（余家驹）等，这类诗作表现出了余氏对贵州人文历史的熟悉，对为贵州发展做出贡献的历史人物深深的敬仰之情。我们以《谒阳明祠》为例略作分析：

> 新祠留古像，望俨拜阳明。
> 此地曾迁谪，如公是起行。
> 勋名征道学，性理见谭兵。
> 坐论空相诋，良知辩可清。①

阳明祠始建于清嘉庆十九年（1814年），位于现贵州省会贵阳市城东的扶风山麓，是清人为纪念明代著名哲学家、军事家、文学家和教育家王守仁（字伯安，号阳明）而修建的祠堂，故曰"新祠留古像"。王阳明在明正德三年（1508年）被贬贵州龙场驿丞，这是他政治仕途的最低谷，但在学术思想上却因贬谪贵州而"龙场悟道"，成为王阳明创建独立的学术思想体系的起点，"致良知"之说标志着其学说臻于完善，被称为"阳明学"，所谓"此地曾迁谪，如公是起行。勋名征道学，性理见谭兵"。

王阳明从京城被贬到边地贵州，精神上心理上备受打击，日常生活起居遭遇诸多困难，谪黔三年，百难备尝，但是贵州宣蔚使彝族土司安贵荣却给予他礼遇与尊重，两人结下了深厚的友谊。王阳明由龙场悟道，进而龙岗讲学，教化地方，培养人才，贵州人文风气为之巨变，余昭显然熟知这段历史，在诗作中表达了对先贤的景仰，肯定了王阳明的"良知"之说。

在对人文胜迹的吟咏中，余氏作家群通过对历史人物、历史过往的回溯，寄予着深刻的兴亡之思，他们叩问历史，希望以古鉴之。

我们知道，总结历史经验与教训，以古鉴今，是儒家"兴观群怨"诗教文艺观在咏史诗这一诗歌体类上的延展与体现，也是咏史诗发挥出的最大社会功用，长期以来成为咏史创作的主流。在余氏的咏史诗写作中，这一主流亦有明显的表现，如余家驹的《读宋史》就是典型一例：

---

① 余昭、安履贞著，余宏模编注：《大山诗草》，四川民族出版社1994年版，第296页。

>宋家青史上，误国是求和。
>
>敌志终无厌，民财有几多。
>
>庙堂无自馁，边境奈伊何。
>
>后代须成鉴，谋事早奋戈。①

这首诗写于第一次鸦片战争之后，面对清政府一味地妥协投降，诗人以古鉴今，尖锐指出侵略者的本性是贪得无厌，只有坚定信念，奋起反抗，才能抵御外侮，这是历史留下的深刻的经验教训。这里通过对宋代兴亡史的高度概括，诗人冀望清廷能以古为今鉴，奋戈御外侮。

又如余昭的《读史》三首：

>其一
>
>销铸金人白帝终，弃灰立法为驱丛。
>
>阿房火种焚坑里，炎汉兴从楚炬中。
>
>其二
>
>将将心常忌将兵，三分不肯尚输诚。
>
>非关敌破烹功狗，善战原当服当刑。
>
>其三
>
>才平六国又纷纷，一统当时作罕闻。
>
>说士祇知开战国，三分已兆后三分。②

这组咏史诗把秦始皇因暴政而至灭亡，刘邦成就帝王功业后滥杀功臣，楚汉相争导致的国家分裂，一一罗列，三个历史场景形成某种互补，如同胶片似的群像展示中，表达了诗人对历史兴亡的认知、评价与感喟，充满了对帝王将相起落沉浮之命运、朝代更替之必然的感慨，诗作中蕴含着以史为鉴的启示意义。

余氏咏史诗的创意和灵感，来自他们所积累的丰富的历史知识，无论是

---

① 余家驹、余珍著，余宏模编注：《时园诗草·四馀诗草》，贵州民族出版社1993年版，第18页。
② 余昭、安履贞著，余宏模编注：《大山诗草》，四川民族出版社1994年版，第92—93页。

"左马庄骚""武侯济火"还是"奢香陇佛""汉宫明君",他们都有着较深入的了解与认知,否则有关于历史与人物的咏史诗是不可能向壁虚造的,而且在知识的指引下,他们更易获得真知灼见。

可是,咏史诗不是史学考证札记,咏史诗创意和灵感的获得,并不能局限于书本之中,需要在"书本之外"——史书记载的盲区充分发挥想象性与虚构力,使咏史诗获得情感与诗意的空间,更富隽永之味。所谓隽永之味,即是思想感情深沉幽远,诗歌意味绵长不绝,诗作虽已结束,却有让人思考再三、余味无穷的兴致。如果以类似这种更高的艺术标准来考量余氏诗作的话,我们以为,余氏咏史诗瑕瑜互见,艺术成就参差不一。

从总体来看,余氏咏史诗擅长用典,且用得恰切得当。比如余家驹《秦良玉遗剑》,诗作对桂王朱常瀛仓皇南逃广西梧州、福王朱常洵沉溺酒色、命丧义军典故的运用,就有力地衬托出了石柱女土司秦良玉的家国大义;余昭《淮阴侯》《汉高帝》等诗作中"赐漂母千金"的使用,对《史记·勾践世家》中"飞鸟尽,良弓藏,狡兔死,走狗烹"的化用,都非常恰切得当,能深刻揭示历史人物性格与命运之间的逻辑联系,颂扬也罢,批判也罢,感伤也罢,针砭也罢,这些典故运用均起到了良好的作用,而且在主要事件之外再提到具有相似性或关联性的其他事件,两相比较,往往能得出"新义"。

实际上,咏史诗的一大类型就是事典,所咏之史基本来自史书,而咏史诗的书写对象也来自史书,可以说,咏史诗本身就是一个典故。但若用典太多,很容易喧宾夺主,使人不知该诗写的到底是什么主题。正如袁枚所说:"怀古诗,乃一时兴会所触,不比山经地志,以详核为佳。"[①] 在这方面,余氏咏史诗尚有不足。

最后,在余氏的咏史诗中,擅长以荒凉萧瑟之景收束诗篇,较好地渲染出了历史的沧桑感,如"荒凉杯土剩,谁与夜招魂","陇佛遗碑今尚在,字残文阙草烟荒","把取酒杯凭吊唁,一林斜月映昏黄"[②]。当然,这也是历代

[①] 马昕:《袁枚的咏史诗批评观念与风格追求》,《苏州大学学报》2017年第2期。
[②] 余家驹、余珍著,余宏模编注:《时园诗草·四徐诗草》,贵州民族出版社1993年版,第74页。

诗家所惯用的手法，并逐渐成为咏史诗的一条写作套路。既为套路，当然不会对读者有特别的刺激，也就谈不上绵长的况味。若要况味绵长，套路之外还需更高级的技巧，以此标准来衡量，余氏咏史诗亦有较大差距。

（2）悼亡——感伤之叹

在文学史上，悼亡诗一般是丈夫追悼亡妻之作，后泛指所有悼念爱人、亲人、友人的诗作，此后随着文体的发展又出现悼亡词一类的文学作品。最早的悼亡诗是《诗经·邶风·绿衣》和《诗经·唐风·葛生》，晋代潘岳所作的《悼亡三首》与苏轼《江城子·乙卯正月二十日夜记梦》、贺铸《鹧鸪天·重过阊门万事非》是我国古代文学中的悼亡诗名篇。悼亡诗词在中国文学史上应该是一种比较特殊的诗歌类别，因为在传统社会文化语境下，其产生之初就带着传统礼教和文人固化思维定式的锁链，发展过程中又受制于文学批评、文学思想及文体自身演变等文学内部发展因素的影响，所以悼亡诗词一直都在"夹缝"中缓慢行进。尽管如此，悼亡诗仍然名家名篇辈出，除潘岳、苏轼、贺铸而外，沈约、元稹、陆游、纳兰性德等人，皆有悼亡名篇传世。

余氏一族的诗集中亦有相当数量的悼亡诗作，从悼亡对象上看，有晚辈对故去长辈的哀悼，有丈夫对亡妻的深情追忆，有弟妹对亡兄、兄长对亡弟的痛惜，更有白发人送黑发人的哀恸，还有对师长、朋友的深切怀念……也就是说，余氏的悼亡诗是一种广义上的悼亡诗，并不专指悼念亡妻或亡夫之作；从数量上看，余氏各成员之间关于悼亡题材的写作极不均衡，余昭、余达父祖孙俩写得最多，安履贞次之，余家驹最少，仅有两首，余珍《四馀诗草》无悼亡诗。

文学性的概括固然简洁生动，然而有时却不及事实性的数据统计来得直观明白。为了避免概括式和印象式的文学点评，还原历史细节的真实，此处我们特地将余氏诗人们所著悼亡诗汇于表3-3，以使读者更能直观、感性地看到余氏一门所遭遇的至爱亲朋的离世情形，也能更深切地体会到余氏诗作中的感伤之叹。

表 3-3　　　　　　　　　　　　　余氏悼亡诗一览表

作者	悼亡对象及关系	数量	诗文篇目
余家驹	1. 弟家骐 2. 妻安氏	2	1.《葬弟》 2.《墓上悼亡》
余昭	1. 妻安履贞 2. 兄余珍 3. 弟余昶 4. 妹妹 5. 弟媳 6. 妻兄 7. 妻兄弟 8. 表叔 9. 家仆	22	1.《悼亡室安恭人即题其遗稿》（七首） 2.《吊海山兄即题其稿》（八首） 3.《仿曹子建赠白马王彪体吊弟子长昶》 4.《吊妹》 5.《子康弟妇殁后吊之》 6.《吊安阶平》（二首） 7.《伤戚里——为阶平、会亭兄弟作》 8.《吊陇芸庄宗叔》 9.《吊忠仆苏海》
安履贞	1. 兄弟 2. 兄长 3. 兄长 4. 女儿 5. 小姑 6. 妯娌 7. 侍女	19	1.《墓上悼五弟履晋》 2.《吊阶平兄履泰》 3.《梦先兄阶平》 4.《伤心词(哭二女端仪、庄仪也)》（七首） 5.《无题暮春夜坐小园，抚时忆旧，感纯媛小姑别赋于归，不禁有作，后闻溢逝，竟成谶也》（四首） 6.《悼姒氏安淑人（淑人海山兄配水西安氏）》（三首） 7.《无题·悼小环入梦》（二首）
余达父	1. 原配安氏 2. 继配陇氏 3. 继配孙氏 4. 兄长余若煌 5. 三弟余若琳 6. 长子余祥桐 7. 长子余祥桐 8. 长子余祥桐 9. 女儿 10. 侄子余祥辉	34	1.《悼亡九首》（九首） 2.《悼亡》 3.《悼亡姬孙氏》 4.《丁巳四月二日哭伯彪先生》 5.《哭寿农三弟》 6.《甲寅三月晦日哭桐儿》 7.《四月廿三日晨出大沽，此时往横滨取桐儿寓榇》（二首） 8.《四月廿八日横滨风雨中检桐儿寓榇》 9.《殇女》 10.《哭辉侄》

续　表

作者	悼亡对象及关系	数量	诗文篇目
余达父	11. 侄女余祥珠 12. 老师葛子惠 13. 朋友葛正父 14. 朋友葛正父 15. 朋友刘道一 16. 刘道一妻 17. 朋友伊藤春亩 18. 朋友安舜钦	34	11.《三月三十日得昭通报侄女祥珠病殁,余于贵阳寓中哭之》 12.《哭葛子惠先生》 13.《哭正父比部并序》(四首) 14.《装成亡友葛正父所绘秋林孤馆图,抚今追昔,和其题画元韵二章,时壬子七月也》(二首) 15.《衡山哀:为刘道一作也》 16.《湘娥怨:吊刘道一妇也》 17.《吊伊藤春亩》(五首) 18.《乌蒙客邸闻安舜钦九月十日殁于昆明》
余若煌	余达父	1	《无题·又值东风振落花》

在表3-3中,通过对余氏悼亡诗作的详细梳理,我们能清晰地看到余氏一族创作悼亡诗的准确情况,一定程度上,余氏悼亡诗勾勒出了这个土司家族的命运史、心灵史,折射出了整个家族在社会历史进程中的坎坷历程。余氏一门百余年间所经历的生死离别之苦,斯人已亡之痛,物是人非之叹,白发人送黑发人之悲,在其悼亡诗作中有着较为充分、具体的呈现,这类诗作弥漫着一股浓浓的家国兴亡之叹与个体命运的感伤之情。

余氏诗人中,尤其是生活在清末民初的余达父,社会巨变对其家族、家庭及个人命运的影响最直接、最深广,他的生活经历最为丰富也最为跌宕起伏,在"丰富的痛苦"中,余达父经历过丧妻之悲、失子之痛、亡女之殇,也尝到了挥泪祭手足,情断师友间的哀苦。故而,余达父的悼亡诗写得最多,也最有感染力。

余氏悼亡诗的悼亡对象十分宽泛,不仅局限于最传统意义上的妻亡夫悼,亦有对家人、师长、亲友亡故的悲情抒发,甚至还有对家仆、侍女的悼亡。比如,余昭《吊忠仆苏海》、安履贞《无题·悼小环入梦》(二首)即属此种情况,余昭对忠勇的家丁苏海,十九芳华而"国殇"深感悲痛,诗作中涌动着为年轻人的复仇之火,他写道:"犹能作厉真雄鬼,堪尽仇胸慰尔魂。"安履贞对豆蔻年华、秀丽聪慧的侍女小环的早逝甚为惋惜伤感，诗人低诉着"琵琶声断咽桩楼，惨蝶愁花恨不休"，以至常常会"梦里浑忘呼小名"。安履贞对侍女小环的情真意切，令人感动。这或可表明，改土归流大背景下，彝族社会带有奴隶制印痕的森严的等级观念已被打破，至少在余氏一门，在大屯庄园，我们看到了某种"平等性"。从汉文学来看，主子对下人的悼亡诗在文学史上亦不多见。

悼亡是千百年来人类共通的感情，自《诗经》中的滥觞到今日的悼亡诗，顺应文学发展规律，于历朝历代不断完善，在题材、技巧、情感等方面承载着不同作者的哀思，在诸多文学样式中独具魅力。悼亡诗作为一种偏重表现沉痛怀念与深切感伤的作品，情感分量尤显重要，余氏悼亡诗内涵丰富，情深意切，读之让人备觉情感真挚而又凄恻悲苦。之所以拥有这样的艺术感染力，一方面来自彝族余氏对《诗经》以降汉文学悼亡诗词中睹物思人、层层渲染、借助典型意向寄托哀思等表现手法的接受与吸纳；另一方面来自余氏的民族性格所决定的坦率而直白的诗风，不加藻饰而质朴的语言，即在悼亡诗中将自己的悲苦之痛直接呼告，怀念之情直接呈现。此种特色，亦为彝汉文化互动与交融在余氏创作中的一种反映。

所谓睹物思人，层层渲染，就是以亡人遗物或相关景物起兴，逐渐过渡到悲情的表达，这里的"物"一指遗物，二指景物，以亡人遗物起兴，主要起到兴发情感、引起下文的作用。余昭悼念亡妻安履贞的《悼亡室安恭人即题其遗稿》（七首），悼念堂兄余珍的《吊海山兄即题其稿》（八首），都是诗人在整理亡人遗稿中写就的悼亡篇章，是典型的睹物思人。比如《悼亡室安恭人即题其遗稿》（四）：

    圆灵自寓写冰襟，欲证前身可认名。
    有别竟教疏领略，好述原不讳钟情。
    照来月色偏愁我，开到梅花欲唤卿。
    纸阁芦帘谁与共，几回梦里讶回生。[①]

[①] 余昭、安履贞著，余宏模编注：《大山诗草》，四川民族出版社1994年版，第313页。

安履贞病故，余昭在整理其遗作时，睹物思人，黯然神伤，"圆灵自寓写冰襟，欲证前身可认名"。所谓"圆灵"① 是安履贞对南北朝诗人谢庄《月赋》中"柔祇雪凝，圆灵水镜"之意的借用，她将自己的闺阁名为"圆灵阁"，表现出了这位彝族知识女性内心的高远情怀，其诗集亦名曰《圆灵阁集》。面对亡妻遗作，诗人百感交集，惜往日夫妻之情因自己从学从戎而有所忽略，而今明白"好逑原不讳钟情"却为时已晚。再看看园中亲手所植梅花树，每至梅花绽放，夫妻相邀赏梅，而今花谢人亡，阴阳相隔，倍感孤寂，诗终于在心底里发出了"纸阁芦帘谁与共，几回梦里讶回生"的悲叹。整首诗，情感层层推进，螺旋上升，由亡人遗物、眼前景物逐渐过渡到悲情呼告，借助"月色"这一典型意象，余昭将自己内心的愁苦之情作了形象表达。诗作不仅情感真挚，而且艺术技巧高超，是彝族诗人接受汉文学悼亡诗写作技巧的一种鲜明体现。

其他，不论是安履贞因见女儿玩具而引发的《伤心词》，还是余达父面对亡友葛正父所绘的"秋林孤馆图"而写就的悼亡诗，俱是情深意切的诗作，其艺术手法均是"睹物思人"之一脉。

不过从总体来看，余氏悼亡诗中，将悲苦之痛直接呼告，怀念之情直接呈现的诗作更多一些。这类作品坦率而直白，语言质朴而动人，读之催人泪下。例如：余家驹《葬弟》、余昭《吊妹》、余达父《甲寅三月晦日哭桐儿》《悼亡姬孙氏》、安履贞《吊阶平兄履泰》《无题：暮春夜坐小园，抚时忆旧，感纯媛小姑别赋于归，不禁有作，后闻溘逝，竟成谶也》（四首）等，都以直抒胸臆的抒情方式，倾诉着诗人内心的痛苦和悲伤。中国古代汉语诗歌的抒情主要讲究委婉深致，余氏这类悼亡之作却反其道而行之，但因为情感的真实和诚挚，今天读起来，仍然让人为之动容，具有直抵人心的艺术力量。这其中余达父为长子余祥桐写的悼亡诗最能彰显这种艺术感染力。

余祥桐是余达父的长子，10 岁时随父亲去往日本，之后余达父先期回国，

---

① 原诗"圆"为"园"，疑有误。"圆灵"出自谢庄《月赋》"柔祇雪凝，圆灵水镜"。李善注："圆灵，天也。"安履贞自号月仙，将其诗集题名为《圆灵阁集》，应是取其高远之意，故将"园"作"圆"。

将尚未成年的祥桐留在日本继续学业,祥桐却不幸身染重疾,17 岁殁于日本横滨。丧子之痛,使得余达父写下了《甲寅三月晦日哭桐儿》等一组悼亡诗。在诗中,诗人回忆着儿子祥桐在日本码头与自己挥泪告别的场景,从此一别,父子海天相隔,生死无梦。当噩耗传来,余达父悲不能禁。一个人到中年的父亲痛失爱子的伤悲,他悲诉:

> 中年易伤怀,况此婴心痛。
> 悠悠天地间,无物塞我恸。
> 夭韶绮纨年,咄嗟沉痼中。
> 海天万里隔,生死无一梦。
> 忆我归国时,新桥一哭送。
> 不谓娇儿啼,永诀孤雏眮。
> ……
> 骨肉复归土,异域亦何恫
> ……
> 海风挈悲来,血泪吹成冻。①

在没有任何藻饰的朴质语言中,诗人尽情的倾诉着,却让人跟着痛心、跟着哭泣。三年后,余达父再赴日本捧回儿子骸骨,将爱子带回故乡。春寒料峭的四月,他踉跄在横滨的山间,悲伤之情无以言表,我们看见他"招魂又入蓬山路,未到蓬山泪已横"。② 在"海天风雨中",神色憔悴的父亲,仿佛"似见我娇儿,风雨山中泣",白发苍苍的老父亲"抚棺恸哭",在异国他乡捧着儿子的骨灰悲不自禁。

这组悼亡诗让人唏嘘感叹,也许"悼亡"这种最真实最悲哀的情感,用任何辞藻去修饰,都终觉有隔阂,何况这是父亲对青春年少的儿子的"悼亡"!鲁迅所说的"有真意,去粉饰,少做作,勿卖弄",或许正适合于此。余达父用最直接的语言,用最真实的情绪,剥去所有心灵的伪饰与人世的浮

---

① 余达父著,余宏模收集整理:《邃雅堂诗集》,贵州人民出版社 1989 年版,第 125 页。
② 同上书,第 140 页。

华，诉说着那永远失去的恸绝。所以当我们读完这组悼亡诗，心灵仿佛被强烈地刺痛了，这也许就是直接、真实所带来的艺术感染力。

在余氏的悼亡诗中，既有极为纯粹的悲悼之作，如余家驹的《墓上悼亡》、余昭的《吊妹》、余达父的《悼亡姬孙氏》《殇女》、安履贞的《伤心词（哭二女端仪、庄仪也）》等，也有将个人情怀、家族命运和社会境遇寄寓在悲悼亡人之中的作品，这方面余家驹的《葬弟》、余昭的《伤戚里——为阶平、会亭兄弟作》、余达父的《悼辉侄》等最为典型。这些诗作在真挚的情感与伤痛中，混合着诗人们独有的家国情怀与个人境遇的感喟，他们将家族的起起落落、兴盛衰亡与个体命运之悲叹、家国前景之忧患加以种种杂糅，这种兴亡之情与感伤之叹的交融，正是余氏诗作的一大显著特征。

《葬弟》是余家驹为同胞兄弟余家骐而作。诗歌写得很是伤感，与余家驹一贯寄情于山水，多为洒脱放达的诗风迥然相异。诗中，我们体悟到，面对亡故的唯一的同胞兄弟，时近中年的余家驹在内心深处泛起了凄凉的无助感："吾族无多人，惟吾与弟耳。少孤家多艰，蜀黔异地居。"余家驹本是大屯七世庄园主余人瑞长子，因伯父无嗣，便过继于伯父，奉事法夏，其弟余家骐亦过继于水潦堂伯余人杰处。余人瑞病逝后，余家驹才回到大屯，承管大屯庄园。所以兄弟俩人自幼分处两地，皆因"吾族无多人"之故，所以他十分感伤，虽是亲兄弟，却"三岁不再逢"。原以为手足之情的天伦怡乐，会来日方长，不料弟弟"忽尔奄然死"，诗人感到巨大的悲凉与孤独："从此天地间，孑然吾一己"，"存者且虚生，死者长已矣"。这首诗显然在悼亡中饱含着个人的生世之伤，以及因整个家族日益衰弱而带来的无助之感。死的荒凉与生的寂寥，浸入诗人敏感的心灵，生命如此短暂，消逝如此轻易，而无限的时光仍然在冷漠地轮转。

余昭的《伤戚里——为阶平、会亭兄弟作》是为妻兄安阶平、安会亭所作的悼亡诗。诗作篇幅极长，但内涵颇丰，绝不止于单纯的"悼亡"。诗人首先将妻族——彝族乌撒盐仓土府的变迁史进行了追述。乌撒部在元代被中央王朝册封为乌撒土司，历经九代，明代乌撒土司改名为乌撒军民府土知府，一度极为兴盛，所以余昭诗云："为说乌撒极盛时，威阳海子旧分支。"妻族安氏在明代被授以土府世职，所以"府隶盐仓有疆界"，清廷改土归流"圣朝改土沐同风","虽无荫袭等平人,仍然主仆亦君臣。农桑万户共王税,衣被千家守郡民"。盐仓安氏虽无土司之特权,但仍然是家产丰厚,而且"息兵戎"后"文彩风流",盐仓安氏由尚武之家渐变为从文之族,留下了"十穷村里广开筵"的文名。然而安履泰因在婚庆时演出《北地王刘谌》一剧,让人联想到了反叛之意,而被"废土改流"的土司家族最怕这个罪名;更糟的是安履泰因性格耿介与人有隙,《北地王刘谌》一剧的演出,给仇家留下口实,并遭其诬告,官府遂"锻炼成供议罪科","罪遣炎方千里戍",家中财物亦悉被抄没、毁损,"故物屡抄官入薄,几处楼房成一炬"。可叹安履泰"年甫冠"而亡。安会亭"有弟天生抱侠肠,不甘骨肉远投荒,怒发冲冠临广柳,脱将堂阜共流亡",他跟随长兄亦亡故他乡。对于才华横溢、性格直爽的安履泰,余昭视其为知己,对他的亡故无比悲痛,对安氏家族遭致变故而衰败甚感酸楚;"以后清明百六天,凄绝年年谁扫墓。废院花开惨淡春,荒庭月冷冬青树"。

在严格意义上,这首长诗并非纯粹的悼亡之作,余昭在对安氏家族先世与近况的铺陈中,融进了大量的社会历史变迁的丰富内容,在某种意义上也是对自己族群发展变迁的一种观照,其间寄寓着兴亡之慨叹。整首诗将改土归流的历史、土流矛盾的尖锐、土司家族命运的兴衰,交会于一体,既有兴亡之思,也有感伤之叹,亦不乏妻兄被诬告而终至悲惨结局的激愤之情。

余达父的《哭辉侄》① 也是一首悼亡长诗,他在诗中痛悼这位病逝时年仅29岁的辛亥革命先烈——侄子余祥辉。作品内容宏富,情感真挚,具有感动人心的艺术力量。

诗作开篇就言说家难:

> 忆自丙午春,家难方旁午。
> 挈汝兄弟行,负笈游江户。
> 幼者未盈十,尔年时十五。

---

① 余达父著,余宏模收集整理:《邃雅堂诗集》,贵州人民出版社1989年版,第149页。

1904年余若煌被羁押狱中，为避灾祸，余达父带着他两个年幼的儿子东渡扶桑。

接着说国艰：

家国多艰难，风云杂尘土。
岳岳独角麟，謇謇地上虎。

世纪之初，风云变幻，中华民族处在内忧外患之中。然而时势造英雄，年轻的余祥辉追随孙中山先生，积极投身于推翻清政府的革命斗争中，"壮志造共和"，"更始新民主"。余祥辉回国后，加入中华革命党，被孙中山任命为总务部第一局局长，先后转战于上海、湖南等地，战绩赫赫，但是中国革命的历史充满了艰辛坎坷，国事动荡不安：所谓"国是竞螗蜩，南北纷解组"，达父先生在诗中特别写到余祥辉亲临前线指挥战斗，高强度的工作、激烈紧张的战斗使他积劳成疾：

尔前莅永州，军事动噢咻。
间关沅沣间，鄂蜀依车辅。
储胥急风霆，简书如白羽。
听夕永不惶，遂使心血吐。

这里，诗人将侄儿祥辉革命征程上辛劳短暂而可歌可泣的一生，置于近、现代中国社会复杂多变的历史背景下，挽叹他因忘我的战斗、辛劳而早逝，痛惜他殒落在韶华之年，于国于家俱是重大损失。

诗作结尾写道：

别家十四年，一别成千古。
老母泪成河，一恸临棺抚。
我病已经年，策杖行踽踽。
转将衰老泪，哭此千万绪。
天末大招魂，伤此支撑柱。

这"支撑柱"乃是家国的栋梁之材，如此之早的离世，令人无比痛惜，对余氏一族来说，又是一次白发人送黑发人的痛！整首诗的悼亡情绪混合着对国家现实情状的深切关注，对国家命运的忧患思虑。情感深沉而悲怆。

在细读余氏诗作的过程中，余达父的《湘娥怨——吊刘道一妇也》引起了笔者的注意和思考。

刘道一是同盟会成员，年仅22岁便在领导湖南的"萍浏醴起义"中壮烈牺牲，他是留日学生参加反清起义被杀害的第一人，所以刘道一的牺牲让同盟会的同人们万分悲痛，孙中山、黄兴等纷纷写诗哀悼。刘道一与余达父交往时间并不长，其兄刘揆一倒是和余达父的交往更多一些。余达父1906年春才到日本，刘道一同年秋天便回国领导反清革命，冬天即遭杀害，因此可以推断俩人的交往应该谈不上深厚。但在刘道一被杀害后，余达父写下了《衡山哀——为刘道一作也》一诗，在诗中，余达父写道：

> 衡岳冥冥火维城，触云肤雨天为黑。
> 青春白日王母下，幽岩大壑秋龙匿。
> 重瞳南巡竟野死，湘娥夜啼苍梧北。
> 九关虎豹横噬啮，六鳌鼣顉何努力。①

两年后，刘道一妻子曹庄自缢殉节，余达父又写下了另一首悼念之作《湘娥怨——吊刘道一妇也》。在诗中余达父为一个革命志士年轻而又不幸的妻子献上了一曲真诚挽歌：

> 万古伤心人，都在湘江湄。
> 蓬莱多神仙，不救精卫魂。
> 哀蝉怨朝露，促织鸣夜昏。
> 樱花十万株，尽染鹃血痕。②

---

① 余达父著，余宏模收集整理：《邃雅堂诗集》，贵州人民出版社1989年版，第83页。
② 同上书，第85—86页。

诗人对这位年轻女子充满同情，对其殉节之死深感悲伤，诗作极具伤感之氛围。因为余达父的这首悼亡诗，一个女子进入了清末"萍浏醴起义"的历史时间之中，为后人留下了这桩历史大事件中极少数的女性身影。

这两首悼亡诗，说明了一个什么问题呢？笔者以为，留学日本的余达父深受青年学生爱国思想的影响，内心有着渴望革命成功，以拯救苦难深重的中国现状之愿望，因而他同情革命者，同情革命者的遗孀，甚至在内心深处视他们为英雄，所以他以手中之笔表达着对刘道一夫妇牺牲的悲痛，对腐朽专制时代的愤怒。而这正是一个彝族知识分子现代国家意识产生的标志。

事实上，当时在日本的中国留学生满怀着救亡图存的爱国激情，他们的青春热血，他们的爱国情感也在感染着余达父，所以他要为热血的青年志士献上真挚的哀悼。被追悼者，与余达父非亲非故，然而他满怀同情，真挚地抒发悲伤哀悼之情，实质上这是对英雄的敬仰，对革命者的歌咏，从中可见，其内心深处对革命的趋同，对革命志士的钦佩，在对封建衰朽的清王朝表达着痛恨的同时，诗人强烈的忧患尽现笔端。

从余家驹的《葬弟》到余昭的《伤戚里——为阶平、会亭兄弟作》，再到余达父的《哭辉侄》《衡山哀——为刘道一作也》，余氏悼亡诗的思想内容和情感内涵随着时代社会的变迁在不断地丰富、扩展，其诗作感情亦随之而深化、升华，从对个体生命陨落的哀悼，延伸到了对家庭、家族、族群及至国家的衰败与命运沧桑的感叹。特别是生活在清末民初的余达父，他的悼亡诗作包含着对国家前途命运的忧患，对英雄志士的歌咏，其诗作的情感态度、价值取向从对家族命运的关注走向了对社会时代的关注，这一发展变化，体现出的是余氏悼亡诗在思想内容和情感内涵上的不断扩张与升华，可谓意蕴丰赡。

如果需要指瑕的话，余氏悼亡诗总体上说艺术手段较为单一，直接铺陈、叙说结合较多，运用意象，展开联想较少，部分诗作虽有情感的真挚朴直，却缺乏含蓄蕴藉之美，因而诗作的艺术魅力和感染力受到一定的影响。

三　现实忧患与国家认同

余氏作家群的诗作中还较为普遍地体现出对现实情状、社会民生的强烈关注，因之在总体上呈现出强烈的忧患意识。这种忧患意识的产生与余氏所生活的时代有关，与余氏一族长期形成的家风有关，与每一个个体的现实处境、人生际遇、个性特征有关。

余氏作家群生活在清中期至民国时期，这一时期中国社会弥漫着浓重的"苦感"与"耻感"。大致而言，清末社会内忧外患。内部政治腐败黑暗，广大民众生存困苦，加之自然灾害不断，以致民不聊生，各地频繁暴发农民起义，社会动荡不堪；对外则是主权受侵，外交受辱，到处割地赔款。尽管咸丰帝在位时，为改变清王朝的颓势，试图重振纲纪，扭转内外交困的局面，且开启了洋务运动，以挽颓败之势。但清王朝积弊太深，封建、保守、落后的衰朽帝国，在西方列强的入侵下，难以为继，此时的清王朝依靠渐进的改良已不能挽狂澜于既倒。也正是西方资本主义的激发，酿成了中国社会在政治、经济、文化诸领域的变革运动。

时势造英雄，以孙中山为首的革命志士，经过大大小小的无数次革命，1911年的辛亥革命终于推翻清政府的统治，末代皇帝被迫走下金銮宝座，黯然离开皇宫，中国几千年的封建帝制宣告结束。然而，中国社会民主共和的历史进程仍然充满复杂、曲折、坎坷，中国社会治乱、振兴之路依然漫长。余氏作家群的忧患感就产生于这样的大背景之下。

余家驹所生活的嘉庆道光时代，清廷对国家事务的控制力日渐衰微，社会动荡，吏治腐败，民生凋敝。余家驹的诗歌对民生、吏治、国政都有描写和议论，并充满了对百姓的同情、对黑暗的抨击、对国家的忧患。他的《小河口》《硝匠》《苗人》《丐者》《荒山投宿》《崖梯》《宋玉言风有雌雄，戏作贫富二风》《掠官崖》《以小兔供屈平刘伶像曰醉醒兔》等，都是这类作品。例如《小河口》：

> 山尽童如赭，人家凿石栖。
> 割天分半壁，划地纳双溪。
> 四凸藏风奥，中凹聚水低。
> 春初先畏日，冬晚或垂霓，
> 黔蜀音相异，汉夷俗不齐。

贫民艰负戴，险路费攀跻。①

诗人对黔地大山中各族民众生存环境的异常艰辛和物质条件的极度匮乏进行了详细的描述，对他们生存景况的艰难充满同情，体现出民胞物与的淑世情怀。不仅如此，余家驹对国家的内忧外患同样给予高度关注，他的一些诗作如《有人》《掠官崖》等，以犀利的笔锋揭露和鞭挞了官场的丑恶、酷吏的残暴。

余家驹一生遁迹山林，醉心诗酒，却有着中国传统知识分子精神深处的现实情怀与忧患意识。他设醉醒龛供奉屈原与刘伶，足见其胸中之块垒，那就是对黑暗现实的不满和内心深处无法实现理想抱负的怨怼。

第一次鸦片战争爆发后，清政府妥协投降，外交上极度屈辱，余家驹写下了《读宋史》一诗。在诗中诗人对一味求和的清政府表示不满，从历史的经验教训出发，冀望朝廷能"早奋戈"。而一句"民财有几多"的感叹，使我们感受到了诗人对广大民众生活的关切、揪心，这里他关心的是不仅有国事，更有民生，正所谓其家国情怀、淑世情怀。

应该认识到，值此乾坤动荡、风云变幻之际，余家驹僻守西南一隅，接受外界信息的容量、干预社会政治的能力与当时之"庙堂人物"，不可等量齐观，但这并不妨碍他以一个彝族土司知识分子的身份去心忧天下、去悯时伤世，当然也不能就此泯灭他深受传统儒学思想影响而形成的民胞物与的淑世情怀。不过正如萧一山所言清末之士大多"不能讲求实用"，因为仅仅用一双忧郁感伤的眼睛去看现实，用一支沉郁忧愤的笔来抨击时弊，其实是远远不够的，凭借传统经籍中的思想光芒，显然已无力挽回奄奄一息的家运国运，只能令后人徒增几声叹惋。从这个角度来看，余家驹的淑世情怀又显得如此无奈和天真。

余珍、余昭兄弟都出生在道光帝登基不久的19世纪20年代，在他们的青年时期正是中国近代史上著名的太平天国运动的高涨期，受此影响，西南各地规模不同的农民起义此起彼伏，余氏生活的黔西北地区就爆发了猪拱箐

---

① 余家驹、余珍著，余宏模编注：《时园诗草·四飨诗草》，贵州民族出版社1993年版，第25页。

各族农民的起义。受此形势的感召，余珍投笔从戎，自谓"既遇时艰"，"大丈夫当投笔封侯，遂改授都司，以清壁清野，著有成效"。这充分说明了余珍的现实情怀与"大丈夫"之志向。余昭同样成长在咸丰、同治年间，因"贼氛甚帜，公以筹办边防，随营堵剿"，他从少年到壮年，"治而乱，乱而治，阅世数十年，惕虑忧勤，昕夕无闻"。

余珍、余昭在家族文化的影响下，均有强烈的家国情怀，他们投笔从戎"随营堵剿"。需要指出的是，他们的诗文中称起义军为"贼"，并不是所谓"思想局限性"，而是饱受儒家文化影响与忠君爱国家风的熏陶所必然产生的观念和行为。

至于生活在清末民初、漂洋过海、留学日本的余达父更是如此。世纪之交，他走出大山、走出国门，接受并吸纳新文化、新思想，家国意识更为强烈。所以，在余氏作家群的诗文中，我们既能看到他们对社会、民生的深切关注，体会到他们深广的忧患意识，同时，在对国计民生的关注中，又无一不体现出余氏强烈的国家认同意识。所以在他们笔下，一面是对"贼氛甚帜"时代的忧戚，一面是豪迈从军，保一方疆土安宁的记述与壮志抒怀，而这正是余氏一族强烈的国家认同意识在其作品中的突出表现。

近年来，有关"国家认同意识"的学理性研究正在逐步深入。2015年在土司遗址申遗过程中，专家学者提炼出了"国家认同方面的人类价值观交流价值"①，相应地贵州遵义、湖北容美、湖南永顺、重庆石柱、广西忻城等西南地区少数民族土司的国家认同价值再次受到学界的注目，专家学者对明清西南土司国家认同具体在地域、文化、政治和身份认同等方面的研究在向前推进。目前，有关彝族余氏土司作家群的研究成果中，有学者对其家族历史及创作情况进行了梳理概括，也有学者对其创作审美性进行了一定的解读分析，但在其文学创作与国家认同意识的关系研究上则触之不多。那么，余氏作家群的创作中有着怎样的国家认同意识？它是如何产生的？如何呈现的？其意义何在？对此类问题的探讨，有利于我们更深入、准确地把握余氏作家

---

① 成臻铭：《土司学面对申报世界遗产的研究取向》，第三届"中国土司制度与土司文化暨秦良玉"国际学术研讨会论文集，第45页。

群风格特征与内涵价值。

"认同"作为社会研究的基本概念,同时具备"认同感"与"认同行为"之义。"认同"问题一开始是传统的哲学与逻辑学的命题,后由弗洛伊德移植到心理学领域,将其表述为个体与他人、群体或被模仿人物在感情上、心理上趋同的过程。① 并且认为"认同作用是精神分析理论认识到的一人与另一人有情感联系的最早的表现形式"②。此后,埃里克森在弗洛伊德研究的基础上,进一步指出"认同"实际上是关于"我是谁"这一问题或明确或隐晦的回答。他将"认同"放在自我与他人的关系中来考察,指出"认同"是在与他者的比较中形成的一种自我认知和自我界定,是自身独特的、与他人不同的特征。在埃里克森的认同理论中,认同不仅仅是个体的,而且是群体的、社会的。认同就是指自我在情感上或者信念上与他人或其他对象联结为一体的心理过程,是在人与人、群体与群体的交往中所发现的差异、特征及其归属感。③

简言之,所谓"认同",通常指自我在情感上或者信念上与他人或其他对象联结为一体的心理过程。也可以说,认同就是一种归属感。

这里,我们讨论的余氏作家群文学作品中的国家认同,并不等同于现代政治学范畴上的概念,我们从"认同"理论出发,特指的是余氏作家群对于国家的归属感,以及其状态、性质和表达方式等问题。

在余氏作家群的写作中,首先在心理上就将自己对于国家这一政治共同体的归属感表现得很充分。我们知道余氏先世奢崇明等掀起了明朝末年的"奢安之乱",但在清顺治十六年(1659年),其子奢辰归顺,置于龙场营之卧泥河,奢辰死后,其妻龙氏以功保举土巡检;奢震因未参加"奢安之乱",以忠顺赐授水潦长官司,镇守吼西及堡洞关隘,给土司知印。桂王时,命锦衣卫丁调鼐赍敕谕击孙可望,以功加都督佥事。其敕有"尔世受国恩,忠顺夙著"等语。

---

① 祁进玉:《群体身份与多元认同——基于三个土族社区的人类学对比研究》,社会科学文献出版社2008年版,第5页。
② 车文博:《弗洛伊德主义原著选辑》(上卷),辽宁人民出版社1988年版,第375页。
③ 贾志斌:《如何加强少数民族大学生的国家认同教育》,《西北民族大学学报》2011年第1期。

清代，余氏一族居住于大屯、水潦两地，敕授土巡检、土千总、武略校尉、儒林郎等职。因此，余氏土司或土司王族的身份、际遇及其家族命运、个人命运，使他们的创作与王朝时运、家族前途声息相通，在表达政治制度认同、民族认同、文化认同方面有得天独厚的条件，他们通过汉文化研习，通过对民族历史、家族历史的深入了解，较为深刻地认识到中国作为一个多民族国家的族际往来、荣辱与共的发展史，自觉地将族群认同与国家认同协调统一起来，所以其诗文中贯穿着强烈的国家认同意识。余氏作家在对彝族历史及家族杰出人物济火、奢香、奢夫人、陇应祥等历史功绩的书写中，就饱含着他们为维护民族统一、国家统一的歌咏。对曾经为西南地区的统一和发展做出贡献的诸葛亮、王阳明等汉族政治家们的讴歌，就是其国家认同意识的一种文学性表达，体现出的是他们根植于内心的鲜明的国家认同意识。

清立朝后，各民族在国家的政治认同、民族利益的表达和民族精神生活的追求等方面，一致性大于矛盾性，在此语境下，彝族余氏也不例外，他们与明王朝的对立与冲突，在进入清王朝后，经过相应的安抚政策得到有效协调，在改朝换代的巨变中彝族余氏重整家风，延续着世代相传的国家认同。

当然，我们不能用近代民族国家的国际体系产生以后的国家观念去考量余氏。他们毕竟生活在"王朝国家"时代，那种超越任何政府、政权形式和政体性质的国家观，是与近代民族国家一起成形的，所以他们作品中，对于清朝皇帝之"君"的景从，对于清明气象的歌颂，对于统一和平的维护，对于安宁生活的向往，就是一种国家认同意识的当下表达。在余家驹的作品中，《宝刀弃掷多年家人改造家具戏作》《深山绝顶泉》《西梁烟瘴二首》《画牛》等，是他对安宁、祥和生活的描写，也是他对和平国家的歌咏，正所谓"清时俗美无盗窃，不须竖牧不须收"。他在《西梁烟瘴二首》中对道光帝登基之初的太平景象极力赞美：

> 极边烟瘴有西梁，万载全无日月光。
> 盘古开天力不到，至今犹破洪荒。
> 闻说开时待道光，圣人出世妖氛藏。
> 太平处处皆丰乐，何事贪心弃故乡。

诗后作者作注："相传云南边外有地曰西梁，烟瘴亘古不开。谣云：要得西梁开，除非道光来。今上登极，烟瘴全消，地极肥饶，民贪其得，多弃本土迁之。"① 称颂之情，溢于言表。

在封建社会，中国人所具有的是一种"王朝—国家"或者"天下—帝国"的观念，皇帝就是国家，忠君、报国、爱国其意相同。因而，对皇帝个人和王朝国家的认同与忠诚，在大多数场合其指向是相一致的。颂扬圣恩、赞美太平盛世作为国家认同的体现，是余氏土司作家群诗文的必然内容。例如余昭《大清一统图》：

> 生长夜郎天，自觉夜郎隘。每笑夜郎王，汉孰与我大。
> 尝欲鹏搏飞，万里远行迈。遨游诸天中，历历观下界。
> 眼见苦不宽，此语成笑话。忽有客京来，赠以尺幅画。
> 游不出户庭，历遍无余地。恍如空中观，莫能逃巨细。
> 见我皇舆图，溯我皇所隶。幅员古所稀，辽廓高百世。
> 西极东瀛通，莫南莫北至。帝德弥地天，覆载皆内治。
> 我乡在图中，弹丸如黑痣。图中多苍生，苍生属我意。
> 他日展经纶，按图舒壮志。②

这首诗的重点是写余昭见到大清江山图后的震撼与豪情。幅员辽阔的国家疆土使得诗人内心升腾起了由衷的自豪，从京城远道而来的客人所赠予的图画，令身处夜郎之地的余昭大开眼界，他觉得虽是足不出户庭，却已经仿佛走遍了祖国的大好河山。面对大清一统图，他由心底里生发出了"展经纶""舒壮志"的豪情，从中我们感受到了余昭对于大一统祖国的强烈认同与自豪之情。

此外，余昭对祖国统一、和平团结的社会格外珍惜，他在《送侠者》中告诫侠者"时清刀可弃，莫作不平声"；在《观安会亭舞槊》中，他又真诚地表达了一个尚武者在太平国家的心绪：

---

① 余家驹、余珍著，余宏模编注：《时园诗草·四馀诗草》，贵州民族出版社1993年版，第75页。
② 余昭、安履贞著，余宏模编注：《大山诗草》，四川民族出版社1994年版，第31—32页。

> 当今车书同文轨，清平宇内无泥淖。
> 相逢饮射乐君恩，英雄老去亦何悔。

只要国家太平昌盛，即使英雄无用武之地也毫不足惜。

一般来说，国家认同是处于不同文化形态中的人们对于一个国家的认可和依恋之情，因而爱国是任何国家成员最基本的义务。认同心理是人类的基本特性之一，包含鲜明的价值判断与价值期待，具有持久性和根本性。

彝族余氏在先世所奠定的尊崇汉文化、推行汉语汉文的司治方略下，爱国忠君的观念不断强化，这是彝族余氏形成国家认同意识的社会文化基础。余珍和余昭都有投笔从戎、为期不短的军旅生涯。咸丰同治年间（1851—1874年）受太平天国运动影响，西南各地烽烟四起，在贵州就有陶三春领导的苗民起义，余氏兄弟响应并执行中央王朝"平叛"国策，率兵征战，不仅进一步取得了中央王朝的信任，而且客观上维护了祖国的安定与统一，体现了我国各民族人民共有的最高利益和核心价值。兄弟俩有关征战壮怀的诗文，抒发了他们的英勇豪迈之情，其格调刚健，风骨凛然，具有较强的艺术审美性。余珍的《雪山关见羽递有感》、余昭的《从军行》《遣怀》就是对他们维护国家统一、建立军功的描写和抒怀。特别是余昭勇猛彪悍，有虎将之威慑力，他深入敌营，跃马横刀，令敌闻声而惧。因战场上的显赫功绩，余昭得到清廷的加封，"以功保知州，又以随李镇蕃岑蕃剿抚。功保花翎直隶州知州，后补知府"。总之，余氏文学作品中作为国家认同的民族审美表现，呈现出的是其所独有的社会价值和审美价值。

中华民族自古就有以文化认同作为国家认同基础的传统，基于文化认同的大一统观念，自西周以来便深深地扎根于各族人民的心中，因而，民族融合一直就是中华民族自在实体形成过程中不可逆转的大趋势。悠久的中华多民族优秀文化是各族人民几千年来共同创造的，是中华文明特有的文化基因，也是生成国家认同的深厚基础。

有学者指出："国家认同是族群认同和文化认同的升华，是属于高层次的认同感。国家认同可以单独存在，且有不同的内涵或类型。大体上说，可以分成含有文化认同成分的、不含文化认同成分的、不含族群认同成分的这样三大类。"① 以是观之，彝族余氏的国家认同显然属于认同感最强烈的第一类。

关于余氏文学中的国家认同，特别需要加以辨析的是余达父的民族观念、国家观念。余达父在清末民初，走出大山、走出国门，留学日本，而此时的日本国正是中国维新派、革命者的大本营。余达父到日本后，经贵州同乡平刚介绍认识了许多同盟会成员，平刚是辛亥革命先驱，清末贵州剪辫子第一人。自然，余达父留日期间便能更多地接受并吸纳新文化、新思想，因而产生了不同于先辈们的现代国家观念。随着近现代中国社会所面临的危机与转型，余达父的国家观念、国家认同增加了现代性色彩，有着近现代发生的民族国家主义的思想表征。余氏作家群因为在近现代时期出现了余达父，他在诗文作品中有关民族意识、国家意识的文学表述，亦有了崭新的时代文化内涵，余氏作家群文学因之焕发出新的生命力，余达父的诗文作品不管是在思想性还是艺术性上，都将余氏作家群文学提升到了一个新高度。

在20世纪初的中国，"民族""国家"概念的提出首推梁启超。戊戌变法失败后，梁启超远渡日本，并有了他关于"民族""国家"新学说的诞生，而且影响深广。他认为："民族主义者，世界最光明正大公平之主义也。不使他族侵略之自由，我亦毋侵他族之自由。其在于本国，人之独立，其在于世界也，国之独立。"② 在《中国史叙论》一文中他提出了"中国民族"的概念，并将中国民族的演变历史划分为三个时代："第一，上世史，自黄帝以迄秦之二统，是为中国之中国，即中国民族自发达、自竞争、自团结之时代也。第二，中世史，自秦统一后至清代乾隆之末年，是为亚洲之中国，即中国民族与亚洲各民族交往、竞争最激烈之时代。第三，近世史，自乾隆末年以至于今日，是为世界之中国，即中国民族合同全亚洲民族与西人交涉、竞争之时代也。"③ 这里，梁启超明确赋予了"民族"以西方"民族主义"作用下的现代含义。

---

① 胡绍华：《论容美土司文学的国家认同意识》，《山峡大学学报》2011年第6期。
② 《梁启超文集》，北京燕山出版社2009年版，第348页。
③ 同上书，第467页。

1902 年梁启超在《论中国学术思想变迁之大势》一文中说："齐，海国也，上古时代，我中华民族之有海权思想者，厥惟齐。故于其间产出两种观念焉，一曰国家观，二曰世界观。"① 在梁启超看来，临海而居的齐人，已初具"国家"和"世界"的概念。事实上"民族"和"国家"在近现代总是显示出它们复杂的关联性，而"作为民族的种族是作为宗族的种族的一种概念性延伸。民族结合了民的观念和族的虚构"②，以梁启超为代表的维新派为了给国家寻找一个政治理论基础，重新发现了"民族"。

余达父的民族、国家意识与此间梁启超等维新派引领的中国社会思想的激变关系密切，所以余达父忧国忧民的诗章，有了新的时代特征与政治内涵，在他的《邃雅堂诗集》中这类诗作比比皆是。例如在《和慎斋先生秋感韵八首用杜秋兴韵避元韵》中，诗人写道："强权政略四维侵，反动生民爱国忧"，"民权今日已根芽，触处风潮不用嗟。北美苛条联抵制，东倭散学竞腾拿"，同时他忧虑"松维军事久伤痍，屡报戡平只自欺"，表达自己"求师过海参新理，愍国回帆想大同"的理想抱负，所以在国难家仇之时他远渡日本，"壮年负笈走倭京，法政钻研想治平"。余达父在《葛季皋医案序》中说："厚望今日吾国之人民能重视医学与伦理、文章、法律、政治，理、工、农、商同为一揆。"这种观点与梁启超在中国近代开创的"唯实、尚力政治"的民族主义思想并无二致。余达父的这种民族国家主义观点是一种在现代世界生存中的常识理性，是一种务实主义的政治态度。

余达父回国后在上海期间，与彝族革命先驱安舜钦一起创办《新党报》，鞭挞军阀，宣传革命。1925 年 3 月，孙中山先生在北京逝世，余达父代贵州大理分院作挽联一副：

> 卅年革命，两次游京，筹画定规模，忽闻霜露凄零，徒令上将挥神笔；
> 三民主义，五权宪法，经纶冠中外，正看风云奋斗，长使英雄泪满襟。③

---

① 梁启超：《论中国学术思想变迁之大势》，上海古籍出版社 2006 年版，第 23 页。
② ［英］冯客：《近代中国之种族观念》，杨立华译，江苏人民出版社 1999 年版，第 90 页。
③ 母进炎：《百年家学数世风骚》，贵州人民出版社 2012 年版，第 81 页。

窥一斑而知全豹，余达父忧国忧民的情怀，渗透了民主意识、民权意识，他的国家观念、国家认同不再是像他的先辈们一样，冀望于明君圣主、开明官吏，而是在人道主义思想基础上寄寓着民主主义思想的光辉，其诗作因之带有强烈的民族国家主义情绪的抒情和呐喊。

余氏作家群关注现实人生，感世悲时，渴求清明治理的社会，他们对现实的某种批判、对明君圣主的颂扬、对杰出历史人物的颂赞等，与其维护国家一统的思想息息相通，这正是中华民族反对分裂、追求统一的优秀传统思想的继承和发扬，至今仍不失其进步意义。

在当今全球化背景下，彝族余氏土司作家群文学不仅蕴含丰富的彝族历史文化和美学意蕴，而且传递了国家文化认同必须大于族群文化认同的观念。纵观彝族余氏，他们一直接受着本民族文化的熏陶、涵养，共同的文化背景使他们的诗文作品中充溢着浓郁的民族风，而这恰恰是彝族余氏所具有的民族认同的先赋性特点。

中国是一个多民族国家，民族认同与国家认同相统一是保持民族国家统一的思想基础，而且积淀深厚的民族心理认同意识往往与国家认同结合在一起，能够对民族社会的稳定、协调、有序起到十分积极的促进作用。在这个意义上，彝族余氏文学有着激励中华儿女爱我民族、爱我国家的现实意义。而从少数民族作家对国家认同意识的文学书写来看，少数民族的民族特质和中华民族的集体性认同一般而言是并行不悖的，在这一方面，彝族余氏作家群堪称典型个案。

第三节　在彝族文学史上的独特价值

彝族余氏土司作家群，其文学作品承载着鲜明的民族特性和地域特征，艺术风格独特，有极高的艺术性、审美性。作为土司贵族、土司后裔，他们家学深厚，且深受彝汉文化、彝汉文学的双重影响，其汉文学创作，不论是在源远流长的彝族文学史上，还是多元一体的贵州文学史上，都占有一席之位，具有其独特的价值与意义。

一　余氏作家群文学的价值创造

文学是人类有意识的创造活动的产物，蕴含着丰富的内在价值，而这一切均源于创作主体的价值取向和情感态度。创作主体价值目标的实现，取决于他以什么样的身份进入创造，以什么样的视域、方法、途径去达成目标。就余氏作家群而言，主要表现出两种抒写姿态和价值取向：其一，彝族文人作家的身份，聚焦民族性表达，赋予作品以鲜明的民族性特质；其二、土司或土司后裔的身份，在彝汉文化融合下对现实人生的深切关注。浓烈的家国情怀与现代意识的产生，延展丰富了彝族文学的内涵。它们共同形成了特色鲜明、内涵丰富、意旨深远的文学价值世界。

所谓民族性是指"一定民族的文学具有区别于其他民族文学的基本属性、精神气质和个性特征等文学风格"[①]。它孕育于传统习俗、语言文字、历史神话、思维个性、审美理想等融会而成的民族文化土壤之中。无论是某一民族国家意义上的民族文学，还是同一民族国家内部的不同族群意义上的民族文学，"民族性"都显得至为重要，它意味着该文学存在的独特价值与意义彰显，并赋予其风格殊异的个性气质与活泼强健的生命力。可以说"丧失了民族文化及文学个性的民族，与别民族的交流也就势必不复存在"[②]。

在彝族余氏作家群的作品中，民族性始终是其精神底色，它鲜明地凸显于余氏的文本世界里，强烈地浸润于余氏的主体人格中，如同血液一般涌动不息。那些关于彝民族历史的过往，那些永远存活于记忆深处的民族英雄，那些承载着民族情感的神话传说，那些跃动在马背上的雄健身姿，那些乌蒙高原上的山山水水，还有那些多姿多彩的彝族风情，无不流淌于余氏笔端，呈现出余氏鲜明的民族性抒写。

诚如朱寿桐先生所言，"文学创作最需要的是那种深彻到作家生命记忆和原初感动的人生经验的积累……文学的真实性也主要……体现在作家感受和

[①] 南帆、刘小新、练暑生：《文学理论》，北京大学出版社2008年版，第159页。
[②] 关纪新：《世纪中华各民族文学关系研究》，民族出版社2006年版，第6页。

情感经验的真实性上"①，从某种意义来说，这正道出了彝族余氏作家群民族性抒写的精神动力和创作源泉之所在。彝族余氏从出生到成长，一直生活于乌蒙腹地、云贵高原，生活于彝民族文化圈，浸润在特定的传统文化与民族风俗中，那种"以血统意识、先祖意识为核心的民族自我意识"② 陪伴在他们的成长历程中，沉淀为深彻到记忆深处的重要的人生内容，并孕育出余氏鲜活、真诚的民族性抒写姿态。

无论是余家驹、余珍父子，还是余昭、余达父祖孙俩，抑或是余氏作家群中唯一的女性诗人安履贞，他们共同书写着社会历史、民族历史、家族历史的沧桑巨变，其作品既展现了彝族诗人奔放豪爽的性格，又表现出了土司文人丰富复杂的情感世界与内心世界，其对云贵高原上各民族同胞生存景象的关注，对现实民生的深深忧患，对民族意识、国家认同意识的探寻……均呈现出余氏家族文学的鲜明特质。凡此种种表明，余氏从鲜明的民族性立场出发，赋予了其诗文以鲜明的民族性特质。

自称"我本夷人解夷语"的余家驹，穿梭来往于卧泥河间、茫部途中，川黔之间的法戛河、青浓山、鹰座山的美景，留下了他的足迹，亦留存在他的诗中，齐法窝的奇石，乡民们在七月相邀的"新酒"，彝族同胞的咂酒、豆花，纳羊箐的神驴，水潦与灵峰寺的登高望远，种种极具西南山区地域特征、民族特色的自然景观、彝族风情，汇聚凝结成民族文化的肥沃土壤，孕育出了余家驹颇具民族性的《时园诗草》。

在余昭笔下，我们看到的是彝族汉子的尚武精神和阳刚之气："立马黔南第一关，武侯曾此说征蛮。指挥陡壮风云气，遥拜旌旗十万山。"③ 强将手下无弱兵，余昭麾下的彝族士兵们也是个个精悍英武，"短衣跃马横刀去，要助将军杀一围"。余昭的诗作表现出了彝民族古以有之的尚武品质，作品中挥洒着阳刚豪放之气。

余氏作家群中唯一的女诗人安履贞，虽多写伤亲悼亡之作，然其笔端也

---

① 朱寿桐：《文学与人生十五讲》，北京大学出版社 2006 年版，第 158 页。
② 关纪新、朝戈金：《多重选择的世界》，中央民族大学出版社 1995 年版，第 39—40 页。
③ 余昭、安履贞著，余宏模编注：《大山诗草》，四川民族出版社 1994 年版，第 273 页。

折射着改土归流背景下的某些社会情状,更不乏自然风景、民族风俗的描写。例如《清明》一诗:"白浪江头柳絮飞,连天春树碍斜晖。一盂麦饭长亭晚,正是人家上冢归。"① 短短几句诗,安履贞就将黔西北彝族地区的清明习俗、春日柳絮飘飞的景象呈现于读者眼前,鲜活而灵动,犹如一幅高原风俗画。

总之,正是余氏作家群民族性抒写的价值取向,实现了余氏文学独特的艺术魅力和价值意义,它启示我们,民族性是民族存在的独特标志和核心价值所在。正是风格殊异的民族文学,才赋予了人类文学多姿多彩、活泼强健的生命力。而民族文学的生命力来自创作主体的民族立场与民族意识,这乃是生生不息的民族文学之根基。

如果说余氏作家群的民族性抒写的是其文学的核心价值,那么,其土司或土司后裔的身份,浓烈的家国情怀与现代国家意识的产生,则拓宽了彝族文学的写作空间,极大地丰富了彝族文学的内容。他们的创作记录了一个土司文人群体的历史足迹,为人们开启了一扇解读土司文人、了解彝族社会、了解彝族文学的别样窗口。

在余家驹、余昭、余珍、余达父等人的诗文中,无论是追述祖德、缅怀民族精英、表现鲜明的民族意识和国家意识,还是对云贵高原雄奇风光的豪放抒怀、对多姿多彩的彝族风情的丰富呈现,透露出的都是黔西北这块厚重土地上古老悠久的历史文化,孕育出的是家国之爱、民族之爱和故土之爱,折射出的是西南少数民族地区社会历史进程的图景。他们的作品与民族命运、家族命运的紧密相联,是对改土归流后土司文化日益衰落时期西南彝族社会历史进程的记录。

余氏对少数民族土司文人及其家族成员心灵史与命运史的书写,冲破了彝族土司文人诗作题材多拘囿于自然山水、风物民情、爱国热情的樊笼,他们将笔触深入土司制度、社会变革与土司家族命运的变迁之中,较为深刻地揭示了土司文化衰落下土司家族与土司文人的命运史、精神史、心灵史、性格史,诗文中充溢着对民族历史、家族历史的回溯与思考,在审美层面上呈现出沉郁、厚重的苍凉之美。可以说,在现实民生与社会发展进程的交错中,

---

① 余昭、安履贞著,余宏模编注:《大山诗草》,四川民族出版社1994年版,第332页。

余氏作家群在创作题材、思想内容、审美风格上的拓展，是对彝族文学整体风貌与品质的提升，其价值意义不可小觑。

17世纪，彝族文学史上，云南蒙化左氏、姚安高氏、宁州禄氏等家族的相继出现，带来了彝族汉文诗写作的繁荣。这批出身于土司世家的云南彝族诗人，他们的汉文诗创作，总体而言在自然风光、民族风情和现实政治情怀的描摹和表现上最为出色，或表现隐者风范、闲适清远之情，或充满爱国热情、忧民之思，体现出"达则兼济天下"的政治抱负。如高奣映《妙香诗草》对滇中胜景进行了深情而传神的描摹，大理的山川景物、风花雪月、寺庙楼阁在他笔下极富风韵，他的诗作集合了滇中的自然美景和人文风貌，《龙尾关》一诗就是其中的一个典型代表，诗云：

> 晓月衔龙尾，雄关锁雪桥；
> 壁环青障合，城转白波摇。
> 扶石云垂翼，联桥水抱腰；
> 狎迥千万壑，泥塞一丸饶。

这里的龙尾关就是大理的"龙关晓月"之景，诗人将其高耸险要的地势地貌和俯视苍山洱海全景的震撼，形象地传达了出来。不仅如此，在这首诗的题释中，高奣映又以精致的语言把这一壮丽景观进一步加以细致介绍：

> 关因蒙氏之所筑，西扼点苍山，东瞰洱水，高壁危构，巍然雄视。其女墙外，又偃月重环之，其外有层桥隆起，桥下拽洱水，湍洄以出合江浦，与怒江水合。其远峰环狎，又与苍山之右峰比翼以争联焉。所谓天生桥者，券衡而凭虚当关，则俯视二山千仞，惟一峡中通矣，疑有排闼竞入之势。然落月莹悬，晓星独朗之际，天光水色，荡漾若银。①

如此，"龙关晓月"的历史地理、自然风貌深深镌刻于读者的脑海。

再如禄洪《北征集》，因其强烈的爱国情感，高超的艺术技巧，在当时就

---

① 陶学良：《云南彝族古代诗选注》，云南民族出版社1989年版，第130页。

得到社会名流的厚爱，明礼部尚书、著名书画家董其昌，大文学家陈继儒均为之作序，这部诗稿集中反映了禄洪对国家的忠诚与热爱，如《春日北征途次有怀》：

> 千山迷故国，万里赴都城；
> 夜夜闻鸡舞，朝朝祭马行。
> 鸟啼乡思动，花拂剑光生；
> 一洗腥膻净，齐歌奏凯声。①

禄洪受命从千山翠绿的滇城，到万里之遥的京城防卫，他一路急行军，奋力前行，纵有万般思乡情，仍然手握长剑，期待凯歌高奏。显然，这首诗体现了禄洪这位土知府对于中央王朝的满腔赤诚，其中也闪烁着彝族军人挥戈立马的气魄和风度。

其他，左氏家族对滇南风光的描写、沉浸于田园山水的洒脱以及浓郁的彝族风俗抒写，都是颇有特色的彝族文学的收获。

清中期之后才形成的贵州毕节彝族余氏土司作家群，同样具有云南彝族土司文人诗作的某些特点。应该说，在自然风光、民俗风情、爱国情感的表现与表达上，彝族土司文人与其有相似性，但余氏一族因其时代、家世的不同，其风格特色与云南彝族土司文人相较又呈现出一定的差异性。余氏的创作是在土司制度、土司文化日趋衰落的背景下开始的，加之先世明末"叛乱"的背景，使其作品表现出较之其他彝族文人群体更为厚重的历史感、沧桑感，展现出了历史变迁与土司家族命运、土司文人命运的深刻联系。比如说，余氏诗作中不乏对先祖功业的称颂、对祖上文治武功的盛赞，有着各种关乎民族历史、民族杰出人物的咏怀之作，涌动于其间的既有赞颂自豪之情，也有和家族命运、个人命运联结在一起的感喟与落寞，这足以使读者体味出他们内心失落与振奋、无奈与进取相交织的复杂情感，从中亦可窥见少数民族土司政权与中央王朝之间既亲近又龃龉，以及剪不断、理还乱的各种复杂关系。

---

① 左玉堂：《彝族文学史》，云南民族出版社 2006 年版，第 671 页。

这无疑为彝族文学增添了新内容，形成了新主题，增加了新风格，一定程度上提升了彝族文学的品位。

这方面尤显突出的是走出国门的余达父。在社会、政治、文化思潮的推动和影响下，余达父的诗文创作呈现出前所未有的崭新的思想内容和情感内涵。余达父"壮年负笈走倭京"，他于1906年春至1910年夏留学于日本，在江户和佛法律大学专攻法律。20世纪初的中国，大批青年学生涌向日本留学，形成了世界留学史上罕见的盛极一时的留日热潮，故而，当时的日本，云集了众多的中国仁人志士和热血青年，他们怀揣救国梦想，有着极大的爱国热情与活跃激进的思想。他们研读中国最急需的学科，并发起救国革命的风潮。

贵州虽是僻远之所，但在这次留日大潮中，仍然有众多的有为青年远涉重洋，踏上寻求救亡图存的道路，余达父在留日期间就结识了一批贵州同乡、革命先驱、文化名人，如平刚、刘揆一、吴慕桃、郁曼陀、苏曼殊等。孙中山先生在《建国方略》中追溯辛亥革命的历史时指出，革命思想是由留日学生"提倡于先，内地学生附和于后，各省风潮从此渐作"。同盟会依靠的主要力量就是一万多留日学生。余达父带到日本的两个侄子余祥辉、余祥炘，受革命思想的影响就极为深刻，他们都追随孙中山，成为辛亥革命中的急先锋，为革命赴汤蹈火，鞠躬尽瘁。在此革命大潮的影响下，余达父渐渐萌发了现代民主思想、现代法制观念，进而产生了现代意义上的国家意识。留学回国后，余达父参加贵州的辛亥革命，被选为贵州省立法院议员、参议会副议长，担任过贵州省审判厅刑庭庭长，还在上海、北京等地创办报刊，开设律师寓所……这一切经历在他的诗文作品中都有记录和叙写。余达父曾在《舒毓熙所编国际公法叙》中这样写道：

> 生物学家之言曰：地球上最初之物，大要无机体之金石类耳，进而为有机体之植物，为不完全之下等动物，为大鸟大兽蝯狙，再进而生人类。人类之初个人也，或一男女也，进之而夫妇、而家族、而种落，最后国家乃萌芽焉。国家之初，由聪明强有力者，集合同类战胜他族，先隐然有国家之形式，悬于人人心目中，其后日渐发达，遂成为土地、人

民、统治者三要素完备之国家。然此一国家,彼亦一国家,则有国际。……

嗟呼!吾中国自秦统一以来,至今二千余年,不知有国际法久矣。强则禽兽夷狄视外国,或卵翼而雏縠之。弱则割地迁都,甚者据而代之,而今日之外交著著失败者又何足云。此皆由国人误视一国家为一世界,不复知有国际,则不特不知法,亦并忘其国矣。近百年内,列强四侵,耽耽眈眈,息壤瓯脱,攘攫剖分……虽然日本之有国际公法,亦近三十年事,先固袭用中国万国公法之名词。惟日本知其不详而更正之。观念一变,国势勃兴。而吾国之执魁柄斡外交者,尚呓语沈沈不知何日醒,而学子人民又何责焉!①

这段叙文写于1907年冬,是余达父留学日本的第二个年头,不难看出,进化论思想、现代国家意识、国际法理念,这些相当新潮的概念和观念都出现在了余达父笔下,这意味着其现代思想的萌芽与发生,也意味着他从传统文人向现代知识分子的转型。日本国的所见所闻、所思所想,让他清醒地意识到了中国当时的落后状况,所以他发出了感叹与呼吁:"观念一变,国势勃兴。"

从余达父的人生经历和诗文内容中,我们不仅看到了近现代中国文化思潮对彝族文人的深刻影响,亦能窥见少数民族作家在民族地区现代性诉求过程中的思想倾向、文化心理。

余达父的诗作,特别是在日本留学后的创作,突出地体现了他的现代思想、现代意识。其中最表层的体现,就是其诗作中涌现出大量的新词新语,如"民权""民主""强权""共和""卢梭""进化"等;另外,余达父的诗作中还表现出对国家民族深沉的现代忧虑与新旧融合的诗学追求,这正是此一时期中国主流文学思潮发展进程的一种折射与体现。我们来读读《和慎斋先生秋感八首》中的两首诗:

---

① 余宏模编:《余达父诗文集》,远方出版社2001年版,第92页。

第三章 余氏作家群创作总论

其一
强权政略四维侵，反动生民爱国忱，
词客强希和美耳，书生莫误叶名琛。
方将薪胆筹吴沼，应有期牙识舜琴。
宙合风尘人老大，案萤回照道心深。

其二
民权今日已根芽，触处风潮不用嗟。
北美苛条联抵制，东倭散学兢腾拿。
太平毕竟胥同轨，后劲何曾恤覆车。
政府万能偏反舌，空教海外有人哗。①

这两首诗不仅有新词语，更有新思想新观念，表现出了余达父对列强入侵、国事日非、民生多艰的深沉的现代忧患意识，而在写法上仍然是直接沿有七律诗法，他在诗题下明确标注"用杜秋兴韵避元韵"，此所谓"旧瓶装新酒"，有"旧风格含新意境"之气象。

在近代文学史上，黄遵宪提出了"我手写我口"的诗学主张，在不抛弃传统诗歌原有框架的前提下，提出应扩展诗歌内容，使之容纳更多的新事物。梁启超则明确提出了"诗界革命"的主张，他在《夏威夷游记》中强调："故之日不作诗则已，若作诗，必为诗界之哥伦布、玛赛郎然后可。犹欧洲之地力已尽，生产过度，不能不求新地于阿米利加及太平洋沿岸也。欲为诗界之哥伦布、玛赛郎，不可不备三长：第一要新意境，第二要新语句，又需以古人之风格入之，然后成其为诗。"② 梁启超"诗界革命"的主张，在晚清掀起了巨大波澜，推动了传统诗歌的变革。

晚清诗界的嬗变对身处西南少数民族地区的彝族诗人余达父产生了深刻影响，因而其诗作中新意境、新语句迭出。反过来看，余达父新旧交融的诗学追求，无疑使其融入了近代诗歌变革的历史潮流中，昭示着在近代主流文

---

① 余达父著，余宏模收集整理：《邃雅堂诗集》，贵州人民出版社1989年版，第71页。
② 梁启超：《饮冰室合集》，中华书局1989年版，第478页。

学思潮的冲击与影响下，彝族文学发展的某种轨迹与路向。余达父的写作，不但使彝族文学的写作空间得到了有效拓展，而且也是对彝族文学思想内容与艺术形式的提升和超越。

总之，余氏作家群的创作在新旧文化、国家变革、家族命运交织于一体的冲突、碰撞和悲鸣中，孕育出迥异于其他彝族文学家族的独特风格，同时家族成员文化身份的混杂性所彰显出的文学特质，使其成为彝族文学史上的一个特殊个案和典型样本，为我们深入研究彝族文人、诗人在崭新的文化空间下的写作历程、文化心理以及作品特质提供了一个典型范本，为彝族文学的深入研究带来了新的启发和思考。在此层面上，我们说余氏作家群在彝族文学史上有着独特的价值，其意义不可低估。

二　余氏作家群的诗学理论与审美价值

"审美的特征，是一切文学艺术的生命力及其价值的安身立命之所。"① 对于余氏作家群而言，创造出具有鲜明民族审美特质的形象、意境、意象，无疑是其核心命题所在。余氏诸君的创作于此取得了显著成就。无论是其诗作中自我形象的塑造，还是意象世界的营造，以及诗歌理论的探索，都浸润着独特的民族文化气息，迸发出独特的艺术魅力和思想内涵，拓展了彝族文学的新局面。

余氏诗作中的自我形象，是旷达、豪放的自我，是充满现实情怀与忧患意识的自我，凝聚着民族、家族深刻的历史印记和多样的生活体验，并以独特的精神气质出现在我们面前，彰显出丰富的思想意蕴和特殊的艺术魅力。一句话，他们诗作所追求的是具有民族个性"真我"的呈现，是"真我"的心声，是"真我"性情的流露，余氏的这一审美取向与美学追求充分体现在他们的诗学理论与创作实践中，成为余氏作家群独具的风范与特质。

1. 诗学理论

彝族是一个诗性的民族，诗性智慧是彝族传统文化的基质，因而彝族在

---

① 敏泽、党圣元：《文学价值论》，社会科学文献出版社1997年版，第223页。

诗文理论上拥有自成体系的古代诗学著作和"以诗论诗"的传统。"以诗论诗"是彝族诗论家们在阐述诗歌原理与规则的思维过程中普遍依循的思维方式，自奢哲、阿买妮以降的彝族古代经籍诗学论者，都以诗歌创作来从事诗歌批评，将逻辑思维寓于艺术思维之中。

余氏作家群继承了彝族文化中的这一传统，他们的诗学理论亦通过其诗歌作品进行阐述。余家驹的《雪茶》《千竿图》《祭诗》，余昭的《偶作》《无题》《题康炳堂四石山房诗集，即用谭荷生所题韵》《再题五首即用集中题荷生诗集韵》，余达父的《再寄正父长言》《除日祭诗》《咏怀》《夜起玩月》等诗歌，就是这类"以诗论诗"之作。通过诗歌的形式他们将自己的诗学观念和诗学追求加以阐释。同时，还应看到，余氏一族重视诗学理论的建构，并以诗学理论指导自己的艺术活动，其诗作因之具有较高的艺术成就，在彝族文学史上独树一帜。

余氏在诗学理论上最有建树和造诣的是余家驹、余昭、余达父，他们在诗学理论上既有相继承袭的特点，亦有各自的见解与主张。总体来说，他们的诗学理论有两个共同的观点。

第一，强调诗之"真"。

所谓"真"，在余家驹看来就是"真性情"，是真我。他认为诗应是诗人真情实感的流露，必须要抒发自己的真情志，这样才能写出富有个性特征和风格的作品。这一观点在他的《祭诗》中有明确表述：

> 诗是心血费呕吐，不祭无乃负辛苦。
> 罗列肴核奠酒浆，祭诗先遣诗人尝。
> 案头横陈诗一卷，卷中似有鬼神现。
> 他人祭神祭古人，我之祭神祭我身。
> 安之后人不古我，我先祭我胡不可。
> 我身自有面目存，效颦何苦傍人门。
> 祭诗枕酒诗卷卧，梦中忽见青天破。
> 五云焕彩天门开，中有神人下降来。
> 向我咏诗复饮酒，一斗酒成诗百首。

>   自言非仙非佛亦非儒，万古无双一酒徒。①

诗人以诙谐的笔调表达了自己的诗学主张，诗是真我、真性情的抒写，它来源于自己的心血与辛苦，是呕心沥血之作，因而"自有面目"。所以他很自信地认为"安之后人不古我，我先祭我胡不可"。因为我是"非仙非佛亦非儒，万古无双一酒徒"。真实而又率性。

余昭延续了伯父余家驹这一"真性情"、真我的诗学主张，在《偶作》中他明确提出：

>   无意作诗人，诗亦偶然作。作或呕心血，欲言畅所乐。
>   言必真性情，精气纸上著。或自矜名贵，置身台馆阁。
>   或自写幽隐，不遗一丘壑。或古藻淋漓，绮交而绣错。
>   或怒骂嬉笑，飞花粲齿谑。或探精奥旨。元机偷囊龠。
>   或大放厥辞，黄河自天落。②

显然，余昭也将"真性情"看作诗之核心与根本，无论是庙堂之宏论，还是幽微之胸臆，无论是嬉笑怒骂，还是华丽文辞，他认为都应出自真性、真情，所谓"欲言畅所乐""言必真性情"。而且诗歌是诗人的"呕心血"之作，凝聚着诗人的智慧与才华，只有用真心才能激发出才情，才能创作出好作品，所以他说"好诗却爱无心中"，无心就是纯乎自然、朴素，就是真我的表现。

余氏作家群的创作在"真性情"诗学观点的指导下，不矫揉造作，不扭捏作态，他们将自己得意时的喜悦快意、失意时的悲伤忧愁流露于纸上，将知识分子感时忧世的家国情怀、彝家汉子豪放直爽的个性付诸笔端，于是我们看到了沉浸于诗酒、纵情于山水的余家驹，看到了文武兼备、欲立功显名的余珍，还看到了立马横刀、豪气冲天的余昭，也看到了锦心绣口却家难连连的安履贞……这些均是余氏真心真性真情的传递，体现了余氏的审美取向

---

① 余家驹、余珍著，余宏模编注：《时园诗草·四馀诗草》，贵州民族出版社1993年版，第92页。
② 余昭、安履贞著，余宏模编注：《大山诗草》，四川民族出版社1994年版，第155页。

与美学追求。

第二，追求诗之"新"。

"新"是余氏诗学理论中的另一重要内容，他们将创"新"视为诗歌艺术的生命。所谓"新"就是有新意，不是一味地模仿，或蹈袭拟古，或拾人牙慧。余家驹说，"我身自有面目存，效颦何苦傍人门"，就是强调诗人的独特性，而独特就是要有自己的新意，不是去"效颦"。

清乾隆、嘉庆年间，沈德潜把"厚人伦、匡政治、感神明"视为诗道之尊，将"温柔敦厚"视为诗教之本原。其后翁方纲又倡导"肌理说"，试图以学问、经术和儒家经籍为基础，增加诗之骨肉。沈德潜曾任内阁学士兼礼部侍郎，翁方纲官至内阁学士，他们的地位和声望都颇高，其诗歌理论对当时诗坛影响很深，因而拟古诗、学问诗风靡一时，抄袭蹈古成为时尚。与沈德潜、翁方纲的主张直接对立的是袁枚的诗论。他在《随园诗话》中对当时的诗风进行了批判，认为文学创作重要的是抒发"性灵"，"从《三百篇》至今日，凡诗之传者，都是性灵，不关堆垛"。"作诗不可无我。"袁枚的"性灵说"得到了当时大多数诗人的肯定和接受，余氏的诗学观在这一方面承袭了袁枚的"性灵说"，并在这一基础上表现出了特有的美学倾向。

余昭力主创新，反对袭旧，认为"异而不异，同而不同"，强调不能拘泥于古人的成就，要遵从内心，要有自己的新意。他在《无题》中写道：

> 只知今我乐其乐，未拟古人同不同。
> 费力亦成有卓识，苦思转觉输天工。

其诗学主张非常明确，就是不能拘泥于古制，要摆脱古人的束缚，要有创新，诗作才会"有卓识"。在此诗的题解中他还细述了作诗缘由：

> 无心得句偶同古人，客曰：君落古人套矣；余曰：古人落我套耳。客不服，曰：古人前乎。曰：余无心而落古人之套，亦犹古人无心而先落我之套耳。客无以应，因戏酬之。①

---

① 余昭、安履贞著，余宏模编注：《大山诗草》，四川民族出版社1994年版，第157页。

这一缘由实际表明了他对于拟古和模仿的态度,就是无意模仿,拒绝模仿,不"落古人套",如果"得句偶同古人",那也是"古人无心而先落我之套耳"。

那么,对于古人应持什么样的态度呢?余达父的《再寄正父长言》有明确的表达:

> 短章截句争丰神,长篇大著喜严正。
> 情言绮靡肠百折,英词排顺力盘硬。
> 汉魏风骚涵濡深,晚唐北宋格律靓。
> 山斗宗师望杜陵,遗山玉溪好梯隥。
> 横流未必尽苏黄,俯仰随人徒优孟。
> 旁门斜途多伪体,陈奇斗巧翻新泳。
> 筝琶筑缶悦俗耳,朱弦疏越动天听。
> 愿君守此不二法,贯彻洪纤出幽夐。①

余达父认为,既要从汉魏风骚学精神,又要向晚唐北宋学格律。一代宗师杜甫是遗山(元好问)和玉溪(李商隐)登梯仰望的偶像,但是学习古人不可亦步亦趋,向苏(苏轼)、黄(黄庭坚)学习可以,但不能"俯仰随人";只追求技巧和辞藻的"陈奇斗巧翻新泳",不是创新而是"旁门斜途"的"伪体";既要有"悦俗耳"的"筝琶筑缶",又要有"动天听"的"朱弦疏越",雅俗共赏才能"贯彻洪纤出幽夐"。余达父对待古人的态度颇类似杜甫的"不薄今人爱古人""转益多师是汝师"的主张。

可见,从余家驹"自有面目"的强调,到余昭"异而不异,同而不同"的创新主张,再到余达父对"俯仰"不必"随人"的观点,余氏作家群的诗学主张强调的是写"真我",出"新意"。

2. 审美追求

在"自有面目","异而不异,同而不同","俯仰"不必"随人"的诗论

---

① 余达父著,余宏模收集整理:《邃雅堂诗集》,贵州人民出版社1989年版,第67页。

主张的指导下，余氏作家群努力进行"真我""新意"的文学实践，这一文学实践，则潜藏着我们习焉不察却颇有意义的对汉文化的某种疏离，在此一层面，无论是对于彝族文学还是其他少数民族文学来说，余氏的创作都极具启示性，因为，少数民族作家在强大的汉文化、汉文学的影响下，有意识写出"真我"、写出"新意"，保存民族特性，正是各民族文学在中华多民族文学版图中存在的价值与意义。

在历史上，少数民族文人的汉语写作，其实就是对汉文化、汉文学的学习与接受过程，其创作上的模仿在所难免。从客观上说，少数民族用汉文创作，有他们无法跨越的历史局限性，这当中，有的是还没有脱离本民族世代依赖的惯有语言环境，在汉文写作上难以形成自己的风格特色；有的是在强大的汉文化影响下，亦步亦趋地临摹、效法汉文诗的作法，丧失了自我特色。事实上，临摹得再像，效法得再好，它终归还是模仿，是一种文化"翻版"，没有更大的价值，弄不好，还可能滑向邯郸学步甚至是东施效颦的泥淖。所以少数民族作家的汉文创作，必须有意识地尽早走出汉族传统那巨大的影子，挣脱条条框框的束缚，书写真我，写出新意。余氏作家群的诗学主张和创作实践显示了这种可贵的努力与追求。

所谓"真我"在讨论民族文学这个维度上，指的是民族"大我"。中外文学史上任何一个有造诣的作家，都会展示出有别于他人的"小我"，不论是"小我"还是"大我"，凡在本质上有别于他者的，即可视为"真我"。在我国，多民族的文化艺术上本就有不同的价值追求，在这一追求过程中，同一民族作家间相互存在一定的共性，这一共性，在多民族文学比较的层面上，便形成了区别于其他民族的"个性"。如若把视野放得更开阔一些，东、西方的文学同样有相互间不同于他者的"个性"，所以，"共性"与"个性""大我"与"小我"其实是相对而言的。这里，我们着重讨论的是余氏作家群对自己的诗学理论的实践，看他们如何摆脱汉文学共性的束缚，努力写出自己的民族个性，写出"真我"与"新意"。

余家驹是余氏百年家学的开创性人物，他文学修养颇高，懂彝语，通晓汉文诗韵律，其诗集《时园诗草》中有 390 多首诗歌作品。他的诗作内容广泛，尤以山水诗见长，其笔下的意象、景观均是乌蒙彝区的壮美朴野之景，透出独有的雄奇风貌，许多诗作里都充盈着彝民族旷达、豪放、爽直的气韵，如《行黔蜀间见山甚奇询之无名》：

> 何年裂地起飞龙，壁上犹存爪获踪。
> 擎空石势怒扛鼎，出谷风声吼撞钟。
> 路到尽头云去接，崖当破处天来缝。
> 山灵特自无名字，不受秦皇汉武封。①

这首诗作，写作于诗人来往大屯、水潦的路途上，诗的境地阔大，笔锋刚劲，既写出了西南高原山水的雄奇壮阔，又在豪放洒脱中展现了作者出身于高原民族的独到审美气质。走在《水西道中》的余珍，延续的也是父亲这样的气质：

> 万里牂牁路，西南半壁分，
> 朝天双节妇，助汉一将军。
> 烟火千村接，弦歌到处闻。
> 升平人乐业，不必慕风云。②

在古往今来的文学史上，刚劲、豪放、旷达从来就是彝民族的天性表达，这两首诗给予读者的正是这种强烈的感受。

彝族有尚武精神，余昭一组《无题》诗以遒劲豪放的笔触抒写出了彝族人的个性和气质：

> 其一
> 万巅梅花正好春，烽烟滚滚逼乡邻。
> 不容卧雪成奇捷，兴助骑驴灞上人。
> 其二
> 一纸强于十万兵，宝刀光里雪花明。

---

① 余家驹、余珍著，余宏模编注：《时园诗草·四馀诗草》，贵州民族出版社1993年版，第62页。
② 同上书，第98页。

醉中走写陈琳檄，也觉风雷纸上生。
　其三
方知有勇好男儿，五百人摧数万师。
半部谈兵销论语，八公草木亦人为。①

这组诗写于1862年10月，当年太平天国石达开残部李复猷带着上万人马流入川、贵边境，奉命堵剿的余昭像陈琳一样发出了檄文，并派出五百兵丁据险堵截，最终以少胜多。余昭很得意自己的檄文，其笔下也似风雷走动，古人说半部《论语》治天下，半部兵书也可治一地太平。余昭甚自负，他很满意自己的兵士，满意自己的威慑力，诗作表现出彝族人勇武之气势与果敢之魄力。

余昭的诗作中还有主动请缨，体现英雄豪迈气概的诗句，他说："不听招降便请缨，自家忘却是书生"，"杀贼全凭坚胆气，横矛且试玉花骢"，"负弩男儿皆健者，国仇未灭莫思家"。如果将此种气概与汉民族世代留传的诗句"昔我往矣，杨柳依依，今我来思，雨雪霏霏，行道迟迟，载渴载饥。我心伤悲，莫知我哀"②，"君不见青海头，古来白骨无人收。新鬼烦冤旧鬼哭，天阴雨湿声啾啾"③ 相比较，那么我们发现，民族性格、民族精神在不同时代、不同族群之间反差是何其强烈，在这就是不同时代、不同民族间的差异性，在这种差异性下我们看到的是彝族诗人余昭"真我"的率性表达，而"新意"也在其间。

此外，余氏作家群古朴豪放、崇尚自然的精神追求，诗酒人生的生命状态在其诗作中也有足够的表达，这也是其"真我"的重要表现之一。

余珍的《宿三官寨》是一首有着贵州山区和彝族生活特色的作品。

到来天已晚，茅屋两三家。
声响春荞壳，香腾炒豆花。

---

① 余家驹、余珍著，余宏模编注：《时园诗草·四飨诗草》，贵州民族出版社1993年版，第200—201页。
② 朱东润主编：《中国历代文学作品选》上编第一册，上海古籍出版社1979年版，第28页。
③ 金性尧注：《唐诗三百首编注》，上海古籍出版社1980年版，第144页。

> 鸡栖门左右，虫语树丫杈。①

作品扑面而来的是旷野乡土气息，是彝民族日常生活之景。而余昭的《途次夜景》将彝区山间夜晚的空旷、寂静描绘得十分传神，别有一番风味：

> 夜行觉路远，向前步转仍。
> 但闻风泉响，不辨深几层。
> 星光山隙漏，误作山家灯。
> 树动疑人影，欣然拜以登。
> 呼之了不答，四山为之应。②

山间缝隙中星光明朗，以至误为"山家灯"，风动树遥以至疑为人影，放声呼喊只听见自己的声音回响四周，这就是贵州高原上的"夜景"：朴野、空旷，甚至带着几分神秘和野性。

以苍茫遒劲的笔触，来书写对于家乡的情感依托，也是余氏作家群自然的艺术展示。比如余珍的《德胯屯》：

> 混沌谁开凿，荒寒不计年。
> 断峰堆落日，隤壁倚长天。
> 入峡双流急，盘空一径悬。
> 单骑飞鸟外，俯仰胜登仙。③

又如余昭的《水脑住宅》：

> 我宅鳛部万山中，高压群峦拔地摩苍穹。
> 黔山滇云为障牖，呼吸謦欬直与天庭通。

---

① 余家驹、余珍著，余宏模编注：《时园诗草·四俆诗草》，贵州民族出版社1993年版，第114页。
② 余昭、安履贞著，余宏模编注：《大山诗草》，四川民族出版社1994年版，第17页。
③ 余家驹、余珍著，余宏模编注：《时园诗草·四俆诗草》，贵州民族出版社1993年版，第104页。

> 苍崖壁立连城削，赤水围绕如炼虹。①

再如余达父的《平山铺》：

> 叱驭登高岭，欹笠看远天。
> 杂花红似火，浅草碧于烟。
> 云压孤峰瘦，山衔落日圆。
> 迢迢滇海路，半入夕阳边。②

从目力，到笔力，再到所描画的大自然景观，这些诗作无不体现出彝人看世界、写世界的豪放粗犷的调性。

诗酒相伴是余氏作家群的家风与传统，其诗作中频繁地展现出或闲适快意或豪爽率真的诗酒人生。自古以来，酒在彝族人民的生活中就占据着十分重要的地位，彝族的歌谣、习俗中到处都有美酒飘香。彝族有着悠久的酿酒历史，据彝族文献《西南彝志》记载，"色色帕尔"和"实勺"是最早的酿酒师，后经"六祖"推广，形成了彝族家家酿酒、户户储酒的传统风俗。

毕节余氏世代居住的乌蒙高原、赤水河流域，自古流传着一首古老的《醉酒歌》，唱颂"色色帕尔"这位彝族酒仙，酿酒爱酒成为此地区彝人的传统习俗。当彝族传统风俗、爱酒特性与余氏家族诗书相交融时，就有了"明月一樽酒，清风一卷诗"的闲适雅趣，就有了"此时痛饮倒回光，莫负豪情醉者场……还执北斗作饮器，酌取银汉作酒浆"的豪爽奔放，美酒流淌在余氏作家群的诗作之中，带出了余氏一门的生活状态与生命本质。

花与酒都是余家驹的心爱之物，他说"小生爱花如爱酒，冷眼看花神抖擞。小生爱酒如爱花，枯肠得酒生枒丫"。这似乎与李白的"花间一壶酒"一样，有着诗酒生活的悠闲惬意，但却没有李白"独酌无相亲"的寂寞孤独；余昭的酒喝得更是豪迈奔放："劲酒如劲兵"，"凯歌入醉乡"，他喝得诗兴勃发时："酒入肠生热，诗来笔吐芒。淋漓挥满纸，曲蘖有余香。"余氏的诗酒

---

① 余昭、安履贞著，余宏模编注：《大山诗草》，四川民族出版社1994年版，第141页。
② 余达父著，余宏模收集整理：《邃雅堂诗集》，贵州人民出版社1989年版，第21页。

人生是一种民族性格的表现，其笔下少有"对酒当歌，人生几何？譬如朝露，去日苦多"的忧患感慨，更少有"抽刀断水水更流，举杯消愁愁更愁"的苦闷与伤怀，酒与诗已成为了他们生活的自然状态，为他们自然朴野而又闲适的山居生活增添了别样情趣。在诗、酒、山水之间，他们脱离了尘氛，摆脱了世俗社会的阻隔，使生命与自然对接相融，诗人的生命和性情得到了最自然原始的呈现与复归。

综上所述，余氏作家群以可贵的悟性和能动性，在诗论和创作上都呈现出摆脱汉文学惯有模式的"自我"诉求，在强大的汉文化、汉文学的影响下，他们努力跳出汉文写作传统的窠臼，赢得了自身创作的艺术生机，并在自身与汉文创作的师承规范中，努力写出"真我"与"新意"。可以说，余氏作家群的努力、独特的审美取向以及诗学理论的自觉建设与实践，在彝族文学上独具价值与意义。

三 对彝族文学史建构的启示意义

如果我们将余氏作家群的写作置于彝族文学发展进程中加以考察，在彝族文学、彝族作家文学的发展史、变迁史中观照其价值意义，那么，我们发现，如同余氏作家群一样，其独特的民族性抒写，丰富的思想内涵，别具一格的审美取向，在既有彝族文学史的研究与书写中并未得到足够的关注与重视。当下，随着学术界"多民族文学史观"理论研究的深入，重构中华多民族文学版图的呼声越来越高，我们相信，多民族文学的异质性，将共同丰富中华"多样性"的文学版图。在此语境下，我们有必要重新审视彝族文学史的研究与建构，有必要深入阐释彝族文学的异质性内涵，从这一层面上说，余氏作家群文学的特征与价值或许可为我们带来启发和思考。

彝族是一个历史悠久的民族，拥有自己的语言文字与丰富多彩的文化和文学。不管是史诗神话、毕摩经籍，还是文人作家作品，彝族文学都生动地反映和诠释了彝族社会生活的方方面面，充分展现出了彝族人的性格、心理及其精神世界，是彝族历史及文化的依托与载体，是中华多民族文学不可缺少的一个重要组成部分。

彝族文学按照流传方式，可分为民间流传的民间文学（口头文学）和文人创作的作家文学（书面文学）两大类。虽然彝族有自己的文字，但受制于历史的、地理的诸多因素的影响，彝文字未能得以广泛普及和推广，因而在彝族文学史上，用母语进行的写作，未能得到充分的发展，所以迄今为止，口耳相传的民间文学，仍然是彝族文学的重要组成部分。有学者甚至认为，民间文学是彝族文学的主体。

在当下的彝族文学研究中，许多学者非常重视对彝族文学起源的探索，对潜藏在民间文学中的文化生机和民族活力加以挖掘，并进行学理性阐释，以彰显其文化价值与当代意义，这是非常可取的。事实上，对少数民族文学的研究，首先需要重视对其起源的把握，有源才有流，所有民族的特点都以其传统为存在的根本，传统在某些时候就是民族之根，是其生命力之所在；其次各民族的民间文学都可视为对某个年代人们生活状态与精神风貌的记录，其中存在着大量"原生态"的内容，这些内容真实朴素地表达出了与众不同的民族风貌。彝族民间文学亦如此。

彝族文人创作的作家文学可分为两类：一类是彝族文人用母语创作的文学作品和著述的文艺理论著作，这类彝族文人的身份主要是毕摩。毕摩是彝族社会中的知识分子阶层，也是彝民族自源文字的创制者和执掌者，作为彝文字的独揽者，他们是彝族经籍文献的主要创作人和撰写者。《查姆》《勒俄特依》等彝族史诗作品，《西南彝志》《六祖分支》等史传文学，以及《彝族诗文论》《彝语诗律论》《论彝诗体例》等古代文艺论著，都出自毕摩之手。另一类则是彝族文人用汉语创作的文学作品和著述的文艺理论著作，包括古体诗文、古代文艺理论著作以及现当代作家创作的诗歌、小说、散文等。余氏作家群的创作显然属于后者。

彝族作家文学的出现与毕摩的书写相伴随，毕摩的母语写作是彝族文学史上的重要收获，其母语写作的诗论著作具有极高的诗学价值和文献价值。彝族社会历史上因为毕摩阶层的出现，才有了彝文字的产生和彝文典籍的集成，正如当代彝学家巴莫曲布嫫所言："文字的产生，是彝族文学从口传文学飞跃到彝文书面文学的决定性因素之一。文字的应用使彝族文学由口传向书面转化，并使许多古老的口承文学得以完善和提高。"① 但种种原因彝语未能得以广泛普及和推广，因此，母语书面文学在彝族文学中客观上并不占主导地位，而且母语书面文学作品大都不具作者名（也不记年月），具有匿名性，这为作品断代和文学史分期带来了一定困难。从现有的史书典籍记载来看，可以断定彝族母语文学创作崛起于彝族上古社会。②

彝族作家用汉文创作的诗歌和散文，最早出现在彝族上古社会的晚期，大致于隋唐南诏国时期。最早用汉语写作的诗歌是骠信的《星回节》，这是彝族文学史上被公认的第一首文人汉语诗，作者骠信就是南诏第七世王寻阁劝。他在彝族传统节日"星回节"即"火把节"时写下的这首诗，充满浓郁的彝族民俗风情，抒发了南诏王高远而略带沧桑的政治情怀，因其特殊价值，曾被收录于《全唐诗》。全诗如下：

> 避风善阐台，极目见藤越。
> 悲哉古与今，依然烟与月。
> 自我居震旦，翊卫类夔契。
> 伊昔经皇远，艰难仰忠烈。
> 不觉岁月暮，感极星回节。
> 元昶同一心，子孙堪贻厥。

可以说，在彝族文学史上，第一首用汉语创作的诗歌，起点极高，极富艺术性与审美性，袁嘉谷先生称赞其"'悲哉古与今，依然烟与月'，卓然唐音"③。诗人将社会理想、政治抱负与彝族民俗风情融为一体，别开生面，而其中对唐诗风格的借鉴，亦见其受汉文化影响之深。这首彝族文人汉语诗的开先河之作，奠定了彝族文人汉语诗的一种典型风格，那就是现实政治情怀与彝族民俗风情的结合，具有较为鲜明的民族性与现实性。

---

① 巴莫曲布嫫：《鹰灵与诗魂》，社会科学文献出版社 2002 年版，第 51 页。
② 对彝族社会的历史分期是一个较为复杂困难的工作，但论及彝族文学史，势必涉及彝族社会历史的发展与分期。本课题对彝族社会历史进程的描述和彝族文学的分期，均采用左玉堂在《彝族文学史》中的观点。
③ 左玉堂：《彝族文学史》（上册），云南民族出版社 2006 年版，第 393 页。

这一时期的政论性文体如异牟寻的《遗韦皋书》《誓文》，以及各种碑文如《南诏德化碑》等，称得上文笔流畅，语言典雅，辞藻华丽，是上古时期彝族作家文学中的精品。总体上说，上古时期的彝族文学，最具代表性的是讴歌民族英杰开疆拓土的创世纪诗、英雄史诗以及毕摩写作的文艺理论著作。

彝族作家文学中大量出现汉文诗写作，是在彝族的中古社会时期，即宋、元、明以及清鸦片战争以前，这是彝族文学的繁荣发展期。这一时期彝族汉文诗写作的中坚力量乃是几大土司家族文人集团，即云南蒙化左氏家族、云南姚安高氏家族、云南武定那氏家族和云南宁州禄氏家族。彝族文学发展到明清之际，随着左氏家族文学的崛起，彝族汉文诗写作，无论在数量上还是质量上，无论是思想性、民族性还是艺术性、审美性都有极大发展，为彝族作家文学的进一步繁荣兴盛奠定了良好基础。其中，左正、左文臣、左文象祖孙三人的诗文传承，以其思想内涵的丰赡、艺术风格的独特为左氏一族在文学史上留下了极高文名。高氏一门中的高乃裕、高𩇕映、高厚德诗文迭出，格调朴素清新，特别是高𩇕映诗歌造诣极高，在文学理论上亦有独到建树，是本时期乃至整个彝族文学史上的卓越人物。禄厚、禄洪父子的创作成就总体上虽不及左氏、高氏家族的影响力大，但禄洪传世之作《北征集》，以其丰富的人生经历、壮怀激情的爱国诗篇，风土人情与自然风光融为一体的独特书写，在彝族文学史上留下了厚重一笔，可谓彝族作家文学创作中的上乘之作。除此而外，出身于昆明清贫家庭中的那文凤和云南石屏县的李云程，均以自己出色的诗文创作和文艺理论著作，为这一时期的彝族文学增添了光彩。

其一，从整体来看，这一时期彝族作家的汉文诗写作水平较高，成就突出。因为诗人们的土司或土司裔身份，其受汉文化、汉文学的影响较深，对汉文化、汉文学的接受度较高，尤其是对唐诗的接受最为明显，因而诗歌体式较为完备，艺术技巧较为圆熟。其二，从内容上看，诗作多表现出作为土司文人保疆守土、建立功勋、热爱国家的自觉意识，有一种豪放之美。而当政治风云变幻，土司势力受到遏制与削弱时，他们便向汉族传统文人一样选择归隐，其诗文作品又大都表现出寄情于山水的闲适情怀，故而山水诗、闲适诗也写得颇有特色和韵味。其三，从艺术风格上看，作为彝族作家的诗文多呈现出浓郁的地域性、鲜明的民族性。云南美丽的自然风光、独特的地域特征、别具一格的民俗风情——呈现在他们的诗作中，体现出较高的美学品质。这方面高崟映笔下大理的"风花雪月""三月街"的民俗盛会、高厚德流连于鸡足山的"胜概八景"、禄洪归隐于抚仙湖大孤山的沧浪之趣……都内蕴着丰富的人文情愫与独具特色的地域文化特质。而这些美丽的自然景观，早已成为彩云之南的旅游胜地，这其中，彝族作家们的诗文作品，对其自然美景的歌咏，对其民族风情的渲染，为之增添了厚重的人文情愫。

从鸦片战争至中华人民共和国成立，即1840年至1949年，这一时期被称为彝族社会的近代时期，相应地，亦称为彝族近代文学时期。彝族作家文学的汉文诗写作，在此阶段得到进一步拓展，呈现出彝汉文化、彝汉文学深入融合、文学形式更为丰富多样的文化景象。贵州大方普底黄氏、贵州威宁安氏、贵州毕节余氏是本时期彝族汉文诗写作的中坚力量。其中，贵州毕节余氏以一百多年的家学传承、多卷诗文集著述的传世，在彝族文学史上以整体性推出的强大态势，形成了一个价值独特的土司家族作家群。他们从清代至民国，以特有的文学风貌担当起了新旧文化交替中彝族文学继续向前发展的重任，亦成为彝族作家文学创作在此一时段的重要收获。

在南方少数民族文学的发展进程中，土司文人作家群是一支重要的力量，他们的汉文诗创作代表了南方少数民族文学在一定历史阶段的最高成就，在中华多民族文学地图上，留下了浓墨重彩的一笔。但是，随着土司制度的式微，土司文学亦随之衰败，

容美田氏土司，其文学创作始于明万历年间的田九龄，经五代九人，著述颇丰。雍正十三年（1735年）容美土司改流，田氏一门的家族文学创作随之消亡。丽江木氏土司，文学创作兴盛于明嘉靖至清康熙初年的"木氏六公"时期，最后一位文人木增于明万历二十六年（1598）袭位，后投诚于清，卒于康熙九年（1670年），清初云南长期处于战乱，木氏一族亦无暇于诗文创作，至雍正元年（1723年）改流，木氏势力一再衰落，此后亦不闻其家族诗文创作；宁州禄氏土司，诗文创作集中于生活在明末万历—天启—崇祯的禄厚、禄洪父子二人，禄洪于天启年间袭位，崇祯五年（1632年）卒，其后宁州禄氏家族内部争袭纷争不断，无暇于诗文创作。康熙四年（1665年），禄洪弟禄昌贤纠合诸夷反，伏诛，宁州改流，禄氏创作亦终止。

有意味的是，当容美田氏、丽江木氏以及滇中土司群体，或随"改土归流"、或因势力衰落而纷纷消逝后，贵州毕节余氏作家群却呈现出强劲的创作势头，且不为制度和历史时空的变移所影响，成为时代更替、国家方略与土司家族命运交错之间的一个特殊个案。

韦勒克、沃伦在《文学理论》中说过："一件艺术品的全部意义，是不能仅仅以其作者和作者同时代人的看法来界定的。它是一个累积过程的结果，也即历代无数读者对此作品批评过程的结果。"① 彝族文学史上以土司文人集团为主体的汉文诗写作，对其价值估定也正在经历一个逐渐累积的过程，而且是一个正在逐渐丰富、不断加深认识的过程。今天从文学史的角度来看，明清以来土司文人集团的汉文诗写作，是彝族文学史上作家创作的一次精彩呈现，是彝汉文化深刻交融背景下彝族作家文学的新发展，是中华多民族文学形成与发展进程中结出的重要硕果。同时，清末民初贵州毕节彝族余氏土司家族，以大量诗文集的留存，以跨越百年的文学实绩，以家族性群体推出的强大态势，承续着从清代至民国彝族文学的发展历史，其在彝族文学史上有着不可替代的价值与意义。

第一，彝族文学史上，土司文人集团是汉文诗写作的主要力量，其创作的发生、发展与土司制度的兴衰有密切关联。明清以来随着中央王朝改土归流政策的广泛推行，土司制度日趋式微，土司文化日渐衰落，以土司文人集团为主体的彝族汉文诗写作随之亦在逐渐消亡，这意味着彝族作家文学在清中后期至民国初年这一阶段的发展，因为土司文化的衰落而可能遭至断层甚至是一定程度上的停滞。然而恰恰相反的是，贵州毕节余氏作家群异军突起，他们以百年家学绵延不绝的传承，以丰硕的成果、不俗的艺术成就，在清中期至民国，联结起了彝族作家文学汉文诗写作的传统，并在思想内涵、艺术成就上有了进一步的拓宽与发展，他们在彝族文学史上，做出了重要贡献，进而推动了彝族文学的向前发展。

第二，如果将文学史进程比作一根环环相扣的链条的话，余氏作家群就是这根链条中的有机一环。他们勾连起了彝族作家文学从近现代到当代时期

---

① ［美］韦勒克、沃伦：《文学理论》，刘象愚译，江苏教育出版社2005年版，第98页。

的发展脉络，使得整个彝族文学史，尤其是彝族作家文学更加细密紧致，更加脉络清晰。

第三，余氏作家群的存在，是彝族文学独特的生存文化系统的一个缩影。他们的存在提示我们：彝族文学史上的汉文诗创作，从南诏王的《星回节》开始，历经朝代更替，制度变迁，依然顽强地、生机勃勃地向前发展。而土司文人集团作为彝族汉文诗创作主体的这一显在现象，充分说明彝族文学史上的汉语诗创作实际上就是以土司世家文人为基础而形成的，彝族作家文学内涵着世家性、趋同性、融合性的特点。

长期以来，彝族作家文学世家性、趋同性、融合性的特点，未被文学史家和研究者们充分注意和重视，以致使彝族文学的这些重要特质被忽视、被遮蔽，带来彝族文学史书写与研究中的某些片面、缺失、抹杀。在此层面上，余氏作家群之于彝族文学史的建构与研究，价值明显，意义重大。

由于历史原因，独立的彝族文学史的系统书写肇始于20世纪80年代中期，那时的中国社会正处在改革开放、思想解放、振兴中华的热潮中，学术界亦不例外，甚至更显活跃。一直处于边缘状况的各少数民族文学的系统整理、研究和书写，在这一时期，既得到了国家层面的重视，也得到了许多专家学者的鼎力支持，他们付出极大的心血，整理、归纳、编著独立的少数民族文学史。第一部彝族文学史的编著就是由贵州民族学院庹修明教授首倡发起的，当时的西南民族学院党委书记苏克明、院长孟铸群和云南民族学院院长李力、贵州民族学院安毅夫等领导亲自参与，在专家学者的通力合作下，1988年，第一部《彝族文学史》通稿完成，后经多次修改，于1994年由四川民族出版社正式出版发行。在此书的第一页，主编李力教授写下第一行字："早就该有一部独立的《彝族文学史》了。"① 先生简短的话语下包含着无限感慨，既有对彝族文学史系统书写的热切期盼，又有对第一本独立《彝族文学史》来之不易的感喟，好在它毕竟来了，尽管来得晚了一些。作为一部拓荒性的专著，《彝族文学史》出现的意义自不待言，而作为学术界最早对彝族文学史的建构，以及建构的方法，这部文学史著却有明显局限。正如徐新建

---

① 李力：《彝族文学史》，四川民族出版社1994年版，第1页。

所言:"以华夏大一统的朝代历史为少数民族各不相同的起伏承继进行统一定位和分期。"① 无疑是一种缺憾。这本文学史一共四编,即"原始社会时期文学""奴隶社会时期文学""封建社会时期文学"和"社会主义时期文学",很显然这是按照社会历史的发展,尤其是以阶级社会的进程来为彝族文学史作分期的,因而彝族文学自身发展的规律及异质性,必然会被抹杀、遮蔽和同化。

此外,与众多少数民族文学史的编写和研究一样,彝族文学史也是聚焦于古代与当代,而忽视了近现代时期的文学活动。当然,客观而言,近现代时段少数民族作家文本散逸难寻、数量匮乏、典范作家作品稀缺,这些均是不争的事实。如此看来,彝族余氏作家群在清末民初的文学活动及其所留存下来的诗文作品便显得弥足珍贵(尤其是将其置于近现代中国社会文化转型的大背景下加以考察,余氏作家群的写作所呈现出文学特质,更具学术价值)。特别是清末民初余达父的留日经历和文学实践,是彝族文学史上绝无仅有的典型样本,他的留学经历与文学活动关涉国难家仇下的民族"文化流散"现象、新旧文化冲突下文化立场的选择以及少数民族知识分子寻根意义上的身份焦虑等意义重大的学术问题,同时,其诗文作品中体现出的包含着边远地区少数民族知识分子在世纪之交的现代化进程中的现代性诉求等,亦是值得深入探讨的学术课题。而这些问题的探讨有益于深化我们对彝族文学、彝族作家作品的研究,从而对彝族文学史的建构带来启发和思考。

21世纪以来,民族文学的建设迈上新台阶,2004年沙马拉毅主编的《彝族文学概论》以及2006年左玉堂主编的《彝族文学史》(上、下册)相继面世,这两部彝族文学史的书写,无论是在史料的挖掘上,还是在体系的设计上,较之前人都有明显进步,尤其是对彝族文学史的断代分期上,编著者们已在试图超越华夏大一统的朝代历史对彝族文学史书写观念的制约,并按照彝族文学自身发展的某些规律进行书写,以彰显其异质性,这是很了不起的突破与超越。但是,我们仍然需要警惕对彝族文学的表面评介与阐释,警惕流于对作家作品的泛泛介绍与罗列,警惕简单的信息叠加+状貌勾勒+文本

---

① 徐新建:《"多民族文学史观"简论》,《民族文学研究》2007年第2期。

鉴赏的刻板结构，警惕阐述视域过于集中、理论资源单薄的缺憾，警惕陷入自说自话、难以超越的尴尬状态。

当下，"多民族文学史观"已在民族文学研究界形成共识，学者们呼吁在多时段、多地域、多民族、多文体的理念与视域中重构中华文学版图，以提升中华民族在世界舞台上的文化竞争力。"多民族文学史观"的宗旨乃是对民族文学异质性内涵的阐释，这种阐释，释放了民族文学的主体性，使其回归于文学性、民族性之本质，并最大程度地表现民族生存形态的"多样与复杂"。在此语境下，彝族文学史自身的建设问题便显得日益紧迫，在多民族文学的多声部合唱中，彝族文学应该也必须拥有自己独特的声音，展示自己独具的特质与风貌，如此，方能在多民族文学的百花园中绽放出自己的艳丽。进一步说，对彝族文学史的深入研究，在理论上可以帮助构建多民族文学的基础，并为多民族文学史观的构成提供佐证。那么，彝族余氏土司作家群在彝族文学史上所彰显出的价值与意义，或许可为我们在"多民族文学史观"的视域下，重新认识彝族文学的特质，探寻彝族文学的发展、流变及其规律，进而为彝族文学史的建构提供一种视角和途径。

再者，对于彝族文学史研究而言，通过对彝族文学家族的历史聚焦，不仅可以重建一个崭新的文学生态景观，而且可以借此重返彝族文学赖以发生、生存与发展的生命本原。

第四节　在贵州文学史上的地位和影响

作为少数民族文人的汉文诗创作，彝族余氏作家群在贵州文学史上的价值，或许最主要的还不是他们创作本身的艺术贡献，而是其作为贵州文学生态乃至文化格局中的一部分所具有的价值和意义。具体而言，彝族余氏家族文学的兴起，其绵延百年的家族文学活动，一方面丰富了贵州文学的内容，体现出贵州文学多民族交汇共融的特质；另一方面则生动地揭示出了地处边远的贵州，少数民族作家文学的发生与发展进程。

贵州文学起步较晚，唐诗兴盛，宋词繁盛的时代，我们看不见贵州文人的身影，但自明代建省之后，贵州开启了自己文学的新进程，且显现出了骄人的成绩，明末清初的谢三秀、杨师孔与杨文骢父子，均是诗名显扬的贵州人，汤显祖曾以"龙马"品质比喻谢三秀，清初大学者朱彝尊甚至称其为"天末才子"，誉之为"黔人之轶伦超群者"。清康熙时期的周渔璜，也是彼时的一流大诗人，《黔诗纪略后编》称赞其诗文"华妙不减渔洋，颖特岂逊竹垞"。意思是说周渔璜可与当时诗坛领袖王士禛、朱彝尊相颉颃，这虽有溢美之嫌，然亦见周渔璜诗歌艺术成就使其已跻身一流诗家之行列。晚清黔北遵义沙滩文化兴起，其代表人物郑珍、莫友芝、黎庶昌学冠天下，郑珍甚至成为风行一时的同光体诗人之楷模，有所谓"有清三百年，王气在夜郎"的美誉。清末民初，贵阳人姚华（号茫父）以书画诗词誉满京城，刘海粟在《姚茫父书画集》序言中，称赞姚华、杨文骢为贵州文化史上里程碑式的人物，他说："近四百年来，风气渐开，名人辈出，兼擅画、书、诗者，于古人必称杨龙友，于今人则咸推姚茫父。"① 姚华在诗书词曲上的杰出成就，是贵州文化与文学史上的华美篇章。

众所周知，贵州是一个多民族杂居省份，各民族文化与文学的多姿多彩是其重要一翼，黔西北的彝族文化与文学，黔东南、黔南、黔西南的苗族、侗族、布依族、水族的传统文化与文学，都有其悠久历史与丰富内涵，多民族文化与文学的交流融合，共同承载着贵州文学这只大鸟的腾飞。

贵州文学在明清之际之所以有强劲发展，引得世人纷纷注目，从宏观上说应该有这样几个主要因素：

一是自明代贵州建省，黔地在政治、经济、文化、教育等方面都获得空前的发展机遇，这是贵州文学得以迅速腾飞的社会基础。明王朝经过洪武、建文、永乐三个时期的励精图治，综合国力明显增强，王朝的控制范围因国力强盛而逐步扩大，"蛮夷之区"的贵州因之被纳入王朝的统治中来。在贵州，明王朝沿袭元制，继续推行并完善土司制度，在"以夷制夷"的同时强力输入儒家思想以指导社会发展。明清易代，战乱下的社会动荡和文化衰落状况并未持续太久，入主中原的清朝统治者开始了积极学习、改造和融合的

---

① 《姚茫父书画集》，贵州美术出版社1986年版，第2页。

一系列工程，并且十分重视对边疆少数民族地区的开发，雍正朝所谓"新辟苗疆"即是典型表现。在此背景下贵州的前进步伐大大加快，经济、文化、教育等各项事业均有长足发展，乾隆年间，省城贵阳就出现了清代第一部贵州诗歌总集，即毕节金沙潘氏家族的《潘氏三世诗集》。然而嘉庆、道光年间，清王朝并未能延续盛世局面，内忧外患，风雨飘摇，史称"嘉道中衰"。第一次鸦片战争的爆发，给内忧外患的清王朝更沉重的打击，中国传统文化亦受到前所未有的荼毒。幸运的是，贵州因地处偏远而拥有相对安宁的文学环境，所谓"家国不幸诗家幸"，余氏所生活的毕节大屯庄园便是因地处僻远而获得了相对的安宁。

二是汉民的大量迁入，不仅给贵州带来先进的生产技术、不同的生活方式，更带来了先进的中原文化，而且一些入黔汉民的后裔成为贵州杰出的文人学士，有力地推动了贵州文学进程，促进了贵州文化文明的发展。比如闻名遐迩的郑珍、莫友芝，他们的先祖都是迁居贵州的汉民。郑珍的先祖郑益显，是江西吉水人，乃平播大将刘𫄧部下的游击将军，他曾驻守遵义底水隘，后安家于遵义西乡。莫友芝的远祖莫先明，弘治时随军讨伐都匀苗民，从江南上元来到贵州都匀，后莫氏迁居独山。与郑、莫出身类似的贵州文人在明清之际的贵州文坛占相当数量，他们是贵州文学兴盛的一支重要力量。

三是客籍文人入黔。客籍文人主要是指贬谪、宦寓和游历入黔的各类人士，他们与迁居贵州的汉民不同，大致属于流寓中的暂寓一类。这类文人因不同原因暂寓贵州，却对贵州文化的发展进步做出了积极贡献，他们或潜心文教，或讲授乡用，在贵州文化、文学的发展上功不可没。明朝被贬谪到贵州龙场的王阳明，开坛讲学，龙场悟道，马廷锡、孙应鳌、李渭等都是他的弟子或再传弟子，其"阳明心学"通过书院讲授和门人弟子实现了广泛传播，其影响力远至今天。另外，明清两代寓居贵州的文人以贵州为题材创作了不少诗文，或成卷、或成集，他们各种有关黔地的记述，客观上对贵州知名度的提升起到了一定的宣传作用。可见，贵州文学的发展与客籍文人的影响力是分不开的。

对于多民族聚居的贵州来说，世居于此的各民族同胞，他们悠久而灿烂的传统文化无疑是贵州文化的主要元素，他们的古歌、神话、史诗是贵州这

第三章　余氏作家群创作总论

片土地上的文学源头，因此，明代以后，贵州的发展是由世居于此的各民族同胞、迁居于黔的汉民和客籍文人一起共同推动，向前迈进的，多民族文化的互动交融构建了贵州多元一体的文化格局。这其中，明、清中央王朝不断完善和推行的土司制度，成就了土司家族中文武双全、德才兼备之士。

据《黔诗纪略》记载："安氏世质水西，宋氏世管水东，咸治贵州。城侧安氏领苗民四十八族，宋氏领水东、贵竹等十长官，洪边、陈湖等十二马头。"① 目前所知最早的贵州诗歌总集，也是明代仅有的两部贵州诗歌总集，就出自当时贵州境内的两大土司家族宋氏和安氏。可见，土司家族、土司文人在贵州文学发展进程中的地位与贡献不可小觑，彝族余氏土司作家群的文学创作，在此进程中亦有较深广的影响。何仁仲先生的《贵州通史》，黄万机先生的《贵州汉文学发展史》对余家驹、余昭、余达父、安履贞的诗歌创作都有较高评价，称赞他们是精通汉文化，有相当水平的学者、作家，其诗歌创作是贵州高原上民族文化交融下取得的成就，《贵州文学六百年》更是将余氏作家群的出现视为黔西北文学在清代兴盛的标志，余达父被誉为"黔西北诗坛三杰"② 之一。

考察贵州古近代文学，还会发现一个突出的文化现象，那就是黔中各地在贵州民族历史文化与地域文化的相互作用下，涌现出的大量的文学家族，他们或以科举显名，或以诗文扬名，代相承袭，且著述丰厚，成就斐然，充分显示出贵州文学家族在贵州古近代社会文化发展史上的重要价值与意义。事实上文学家族这一现象，在文坛上一直颇为引人注目，清人沈德潜对此有过精辟的概括："古人父子能诗者，如魏征西之有丕与植，庚肩吾之有信、苏，许公之有颢为最著。兄弟则如应场、应璩，丁仪、丁廙，陆机、陆云；至唐之五窦，宋之四韩，称尤盛焉。而杜审言之有甫，则祖孙并著；王融前后四世有籍，则祖及孙曾，俱以诗名于时。"③ 刘师培也明确指出："试合当时各史传观之：自江左以来，其文学之士，大抵出于世族，而世族之中，父

---

① 莫友芝等辑：《黔诗纪略·宋昂小传》，贵州人民出版社 1993 年版，第 33 页。
② 王晓卫：《贵州文学六百年》，贵州出版集团、贵州教育出版社 2014 年版，第页。
③ 沈德潜：《吴江沈氏诗集录》卷首，转引自杜培响《明清之际新安吕氏家族研究》，福建师范大学出版社，第 2 页。

子兄弟各以能文擅名。"① 可见在中国文学史上，文学家族的兴盛带来了文学创作的繁盛。

明清两代文学家族形成与播散的轨迹非常清晰，文学世家扎堆的地方是江南一带，其次是两朝首都北京地区，然后以江南和北京为中心，向边远区域播散与拓展。

地处边地的贵州，随着科举制度的兴盛，进士人数大幅度增加，科宦世家与文学世家亦开始出现并渐渐增加，且陆续出现了一些少数民族文学家族（在明末以后贵州还出现了一些引起主流文坛关注的杰出文人、诗人，如郑珍、莫友芝、周渔璜等，且涌现出数量不菲的文学家族）。比如，贵阳有水东宋氏、黄氏，遵义有黎氏、郑氏、莫氏，黎郑莫三个家族因姻亲、师友关系，互相切磋学术诗文，涌现出数十位学者诗人，形成引人注目的文化家族，因黎氏聚居村落名为沙滩，故学界以"沙滩文化"名之。黔南则有贵定丘氏、瓮安傅氏、独山莫氏等家族的出现，独山莫氏的"影山文化"与遵义"沙滩文化"南北呼应，堪称贵州文学发展史上的双璧。黔西南"刘王何"三大家族②，以及铜仁徐氏、玉屏田氏家族等，都是贵州各地文化文学发展的中坚力量，有力地推动了地域文化文学的发展。至于余氏一族所生活的黔西北，亦出现了一批文学家族，如金沙潘氏家族、毕节路氏家族等，他们与彝族余氏土司家族一起成就了黔西北文学的兴盛。

金沙潘氏家族，被莫友芝称为"贵州第一世家"，潘氏在明清两代共出了17位文人、诗人，现存诗文集23部，其中《潘氏八世诗集》是享有盛誉的家族诗集。黄万机先生的《贵州汉文学发展史》将潘氏列为贵州古代四大家族诗人群之一。潘氏家族中的潘润民、潘淳等在贵州文坛乃至全国文坛上都享有极高声誉。毕节路氏家族肇始于清康熙初年，传承至清末民初，在近两百年的时间里，路氏一门共出了5名进士，13名举人，7名秀才，有"一门五进士，三代三翰林"和"朝中多进士，天子是门生"的美誉。路氏是毕节

---

① 劳舒编校：《刘师培学术论著》，浙江人民出版社1998年版，第309页。
② 贵州兴义三大家族：刘是指以刘显世为代表的刘氏家族；王是指以王文华为代表的王氏家族；何是指以何应钦为代表的何氏家族。

著名的科宦家族，是典型的科举文化世家，在今毕节市七星关区德溪街道办事处下辖的路家湾村，曾经有一座富丽堂皇的翰林山庄，其主人就是辉煌一时的路氏家族。翰林山庄在历史风雨的侵蚀下，惜已不存。路氏现有《路金坡诗钞》《红鹅馆诗钞》《毕节路氏三代诗钞》等诗集传世。

与潘氏、路氏不同的是，生活于黔西北的毕节彝族余氏是土司后裔，在举子之业中他们并不显赫，也没有堪称大家的诗人，但是他们极具民族性、地域性的文学书写却别具一格，独树一帜，堪称贵州少数民族文学家族的杰出代表。他们的文学活动与至今依然屹立在黔西北高原上的大屯庄园，他们自觉的家学传承，他们对族谱、家谱、诗集的编撰留存，都成为了贵州文化与文学史上的一笔宝贵财富。可以说，偏居一隅的弱势文化区域，因各类文化家族的出现而呈现出文学创作的活跃，也构建起了贵州文学的多元化特质。

因此，我们以为，在贵州古近代文学发展进程中，各文化家族的积极参与，促进了贵州文学的繁荣，而文化家族事实上就是文学家族，各文学家族的发展过程，也就是贵州文学创造力生成的过程。那么，对贵州文学家族特征以及他们之间相互联系的认识，一方面有助于我们深入了解古近代贵州文学作者群的成长和创作环境，另一方面有助于我们理解其创作之源泉和特质。

余氏的文学创作不仅是彝族文学的一部分，也是贵州文学的一部分，余氏家族文化的形成和文学活动，是古近代贵州少数民族文学家族的一个典型样本，他们的文学活动极其家族文学的形成，与诸多因素相关联：明清中央王朝的改土归流政策，清末民初中国社会的内忧外患，多民族文化融合与贵州文学的崛起，甚至余氏一门的文学活动与新文化运动和主流文学思潮的发展都有关联。在这个层面来看，余氏作家群的文学活动与文学成就，使我们更为深刻地认识到了少数民族作家文学在贵州的发生与发展进程，亦使我们见微知著，从一个侧面看到了明清时期贵州文学的发达和民族文化的进步。此外，余氏在与各类文人的交往中亦产生了广泛影响，他们极具地域性、民族性的文学创作，一定程度上推动了黔西北文学与贵州文学在近现代历史上的发展，对贵州文坛做出了积极的贡献。

就个人而言，余氏作家群中名气最大的余达父，与潘淳、章永康一起被称为黔西北诗坛三杰,并有"法律名家,文学泰斗"之誉,他的成就与影响在贵州文学史上不可忽视。余达父清末民初留学日本,其著述有《邃雅堂诗集》《罂石精舍文集》《且兰考》《蠖庵拾尘录》等,不仅在国内受到时人和后人的好评,而且在日本也有一定影响。余达父与日本汉学界、汉诗人交往颇深,同时期在日本留学的贵州人平刚对此留下了文字记录,他的记录说明了余达父在海外的影响力:"博识能文,好吟咏,与日本诗人森槐南结诗社,辄主其盟,故颇负时望。"①

另外,余氏作家群中唯一的女性诗人安履贞亦值得特别关注,她与周婉如、陈枕云号称清代黔西北文坛的三位杰出女性②,《赫章县志》《黔诗纪略后编》都有对她的介绍和诗歌收集,可见其影响力也不可小觑。一般来说,女性文学、女性作家的出现是地方文学声誉与实力的展现,同理,安履贞的创作对于余氏家族、对于贵州文学来说,均有着声誉与实力展现的意义,她是余氏家族足以自傲的文化资本,也是贵州女性文学的骄傲。从某种意义上说,作为少数民族女诗人的安履贞的创作,从一个侧面体现了余氏家族文学、彝族文学和贵州文学在清代的兴盛。

安履贞的出现并非偶然,一个彝族女性擅诗能文与她成长的家庭、与她生活的环境、与她所接受的民族文化传统的熏染密切相关。从其成长和经历来看,作为土司后裔的安履贞从小就获得了良好的家庭教育,其父安中立、其兄安履泰对她的诗文创作有极大帮助,受良好家风的影响,她自幼读书作诗,堪称才女,出嫁到余家后与丈夫余昭诗歌唱和,诗艺不断成熟。从彝族文化的影响来看,彝族社会、彝族文化中自古就具有男女平等的观念,尤其是土司家族中的女性,她们在政治权利(承袭土职)和受教育权利方面几乎与男性相平等。回溯彝族女性的历史足迹,不难发现彝族女性在政治、军事上曾出现过不少杰出领袖人物,如奢节、奢香、陇应祥等,也出现过为数众多的女土司、女土官。彝族学家李平凡曾有过具体的考证,指出:"土司制时代的西南彝族女土司有187人,若将小女土目也统计在内,则多达300余人。

---

① 余宏模:《赤水河畔扯勒彝》,香港天马图书有限公司2003年版,第24页。
② 王晓卫:《贵州文学六百年》,贵州出版集团、贵州教育出版社2014年版,第110页。

这可能还不包括曾起过重要影响,但未成为土司土目的女性。"① 此外,彝族历史上还出现了著名的女性文学家和文艺理论家,如学识渊博的女毕摩、著名诗人和理论家阿买妮就是杰出代表。阿买妮的诗文和理论对彝族文化的发展影响巨大,她有许多著作留传至今,最有影响的是《彝语诗律论》,这是彝族文学史上继举奢哲《彝族诗文论》之后的又一经典性著作。在这部著述中,阿买妮结合自己的创作实践,深入探讨了彝族诗歌理论中的一系列重要问题,较为系统地创建了彝族诗歌声律理论,对彝族后世诗学产生了深远影响。由于她对彝族文化发展的极大贡献,历代毕摩和彝族民众非常敬重她,称她为"先师",誉她为传播知识、传播文化的月亮女神。可见,古代彝族社会中男女平等的文化土壤孕育出了彝族历史上杰出的女性人物。

彝族女性在文学上的造诣及影响不仅不逊色于她们在政治上的贡献,而且彝族女性文学的成就在彝族文学史上占有极高地位。这里,所谓彝族女性文学包括女性作者的创作及以女性命运、女性情感为主要表现内容的彝族文学作品。

历史上,彝族经历过漫长的母系社会,出现了一些反映女性生活的文学作品,《妈妈的女儿》《阿诗玛》等就是彝族女性文学中的杰出代表,此外一些传说故事对女性情感和女性生活进行了专门描写,如《翠竹长青》《百鸟衣》等,都是著名的反映女性生活的作品。彝族的情歌、出嫁歌更是对彝族女性生活、心理、爱情、婚姻等方面的深入叙写与表达,特别是彝族的出嫁歌,有学者称为"女性文学色彩最浓的彝族文学,因为,它几乎创自于女性之手,又几乎被妇女所加工,从而得到发展完善"②。

可见,彝族文学史上从来不乏女性身影,从来不缺女性的声音。用汉文进行创作的安履贞,其诗作内容更为丰富,对女性情感、女性心理以及个人命运、家庭命运有着更深入、更细腻的描写。她受汉诗文影响颇深,诗歌艺术手法更趋多样,她清新婉丽的文笔,丰富贴切的用典,浅近的语言艺术风

---

① 李平凡:《彝族古代女土官的社会性别角色》,《社会性别·民族·社区发展研究文集》,贵州人民出版社 2003 年版,第 461 页。
② 李平凡:《彝族女性文学试探》,《贵州民族研究》1995 年第 3 期。

格，独具魅力，体现出了彝族女诗人在彝汉文化的共同滋养下所取得的成就，是彝族女性文学在彝汉文化与文学深度融合下的典型呈现，由此，安履贞成为了家族中、地域中具有一定影响力的独立个体。

对于一个家族而言，知识女性是名门望族不可或缺的文化资本，同理，对于一个地域来说，女性作家的意义与价值便在于彰显出了地方文化实力的逐步强大。更进一步说，安履贞取得的成绩，激励和带动了余氏家族与周边更多女性投入文学创作中来，她与袁家三妹的神交，她为妯娌写的送别诗，她的曾孙女余祥元延续至当代的诗词创作，都说明了安履贞在家族文学、在贵州文学中的一定影响力。总之，在女性之间的情感交流与互相砥砺切磋中，在家学的一脉相传中，安履贞的成就一定程度上促进了女性自我意识的觉醒和自我价值的实现。这些正是安履贞给自身，给家族文学乃至给贵州带来的影响和意义。

综上所述，彝族余氏作家群绵延百年的文学活动，彰显出的是贵州多民族文化文学交汇共融的特质，他们极富民族性、地域性的创作，极大地丰富了贵州文学的内容与风格，对贵州文坛做出了积极贡献。同时，其家族文学的发生与发展揭示出了地处边远的贵州促使少数民族作家文学发生与发展的诸多复杂因素，亦折射出了明清时期贵州文学的发达和民族文化的进步。

第四章 余家驹、余珍父子

历史上,每个文学家族的兴起过程不尽相同,而对于彝族余氏土司家族来说,更是因为历史、文化、地域、民族、家族等复杂因素的共同作用而呈现出独特性。在此过程中,余氏逐渐形成了"自存面目""无格通灵""诗以言志""言必真情"的诗学观念,这种诗学观念影响着家族成员的诗学取向和好尚,而家族成员的文学创作又不断地加强并丰富着这种诗学观念。作为余氏家族文学开创者的余家驹、余珍父子,他们的诗风、诗论影响着余氏后人的创作。

第一节 百年家学开创者:余家驹

彝族余氏作家群的形成,以余家驹的出现为标志,他心胸开阔,性情洒脱,其诗作集中于对大屯庄园优美景色、恬淡生活、诗酒人生以及乌蒙山区雄奇风光、彝族民间浓郁文化风情的描摹,艺术个性鲜明。余家驹在诗学理论上受彝族古代经籍诗学和"性灵"派影响,主张"无格通灵""自存面目",对族中后人影响极深。本着知人论事、知人论诗的原则,此节我们先从余家驹的家世、生平说起。

一 生平简笔

详细勾画一个人的一生,主要依靠两种手段:年谱和传记。但是对于余家驹来说，我们只能依靠其家谱中简略的记载，散存于各类地方志文献中的描述，以及时人、后人对他的追忆和评价来展开，所幸《通雍余氏宗谱》对其主要事迹有大略介绍，而后人对他的描述中也提供了一些写意传神的细节，更可尝试的是，利用余家驹诗集作品中呈现出来的思想资源，我们可以最大限度地理解诗人的人生与思想。这些成为本节勾勒余家驹生平的主要依据。下文，我们将以事实为主干，以事观人；以细节增亲近，俗事探雅，力求抉隐发微，以洞见人心。

余家驹（1801—1850年）字白庵，小字石哥。其先祖是彝族赫赫有名的永宁宣抚使奢崇明。奢崇明在明朝末年与贵州同知安邦彦发动"奢安之乱"，震动了西南半壁河山。"奢安之乱"被"平叛"后，为避追杀，奢氏改名换姓，隐匿于今川黔交界的赤水河一带。奢崇明最小的儿子奢震化名余化龙，归隐于赤水河边的叙永水潦，余家驹是余化龙的第七世孙。

明清易代，为余氏一门带来了转机。余家驹曾祖父余继先，在康熙十二年（1673年）跟随川陕总督哈瞻出征，立下战功，被授予守备一职。①

奢崇明另一儿子奢辰（化名余保寿），于清顺治年间投诚，被安置于毕节龙场营卧泥河②，后来大屯土司庄园的历代主人，实际上由奢辰、奢震的后裔相互继任。奢氏家族所改汉姓除余姓外，还有杨、苏、李、禄等姓。余家驹父亲名为余人瑞，因为大屯庄园第六世庄主杨廷栋无嗣，遂过继于毕节大屯，承管庄园，成为第七世庄园主。

余人瑞，字五玉，号兰田，敕授儒林郎。余人瑞性情温和，待人接物非常厚道，虽不善言辞，但喜好读书，以诗书为乐趣，手不释卷是他留给后辈人的印象。除此而外，传统读书人所追求的闲适雅趣在余人瑞身上也有鲜明体现，他在庄园里种花养鱼，不时再品酌一点小酒，生活悠游而自在。余人瑞对儿子的启蒙教育亦非常重视，余家驹从小就跟着父亲，捧书而读，他天资聪颖记忆力极好，四书五经、唐诗宋词、文史典籍，"于书无所不读"，③

---

① 守备：清代官名。清初在少数民族地区设卫，长官为守备，管理军队总务。余氏一族归顺清王朝，以功获赐。

② 卧泥：彝语，兰水之意，即今之龙场营镇安顶乡，距大屯土司庄园十余里。

③ 余家驹、余珍著，余宏模编注：《时园诗草・四徐诗草》，贵州民族出版社1993年版，第7页。

所以甚得祖父君聘公之钟爱。

　　余家驹不仅书读得好，艺术修养也很高，书法、绘画是他幼年时就开始接受的艺术熏陶。在余氏宗谱的记载和时人对他的评论中，均有"善画""工画山水""尤工泼墨山水"①之类的赞誉。余家驹擅画，因此他的诗作中有一部分都与书画有关，尤其是题画诗，占到相当的比例。余家驹对山水有着近乎痴迷的喜好，川黔边地彝族聚居区的高山溶洞、飞湍流瀑是他一生的最爱。余家驹长年在大屯居住，登山泛舟也就成了他生活中不可或缺的一部分，壮丽的黔中山水既是欣赏美景、陶冶性情的最佳佐助，也是作为画家不可缺少的灵感来源，成年后余家驹的山水画特别出色，颇受好评，同时也催生了他大量的山水诗作。

　　《时园诗草》收有余家驹不少题画诗，反映出了余家驹较为深厚的艺术功底和良好的鉴赏品评能力，如《八骏图》《画马》《画虎》《画松》《画山水》等，都是他对别人画作的评价。他评价《八骏图》："世间图绘千万本，以我所见此图工。不知毛色可似否，骨格之奇定与同。……高槐长柳浓阴下，美髯嘶养衣袍红，仿佛闻嘶作奋迅，但鸣金鼓定腾空。"②余家驹高度称赞画家笔法的高超精湛，认为画作赋予马以神韵，将其画"活"了。他评价李如诚画的松："飞入才人胸中去，化为元气走真龙"，赞叹其笔力遒劲。都说外行看热闹，内行看门道，余家驹能诗擅画，所以他的题画诗，能抓住画作的精彩之处、神来之笔、气韵生动之态，正可谓"诗是无形画，画是有形诗"。正是因为有良好的艺术修养，擅长山水画的余家驹在诗作中对各种意象的搭配，对色彩和动静的交错，提升了作品的画面感，使得其山水诗独具审美意蕴。诗与画在这位彝族土司诗人身上，互为表里，融为一体，而这与其从小受到的良好的家庭教育密不可分。

　　事实上，余家驹快乐、单纯的童年生活非常短暂，在他尚不足12岁时，父亲余人瑞猝然病逝。那一年是清嘉庆十七年（1812年）。余家驹是家中长子，突至的家变，使少年人迅速成长。他在母亲安氏的抚养下更加潜心读书，

---

① 余家驹、余珍著，余宏模编注：《时园诗草·四徐诗草》，贵州民族出版社1993年版，第3页。
② 同上书，第43页。

欲立功名、显家声，而他确实也有立功名、显家声的机会和可能，因为余家驹有贡生的身份。在清代，贡生是地方层面的高级知识阶层，作为土司后裔的余家驹完全有机会进一步深造。而且在清代做了贡生后，理论上就可以步入仕途，做官显名，清代小说家蒲松龄就是以"岁贡"获得"儒学训导"一职的。但为了家族，为了尽孝，他放弃了这个机会。按照余昭为《时园诗草》所作的序跋所言："伯父白庵公，以贡生不出应试，奉我祖母，孝养终身"，①是为证也。余家驹死后，获诰赠武翼都尉。

余家驹"以贡生不出应试"的原因，通过对现存文献资料的考据，我们以为：其放弃进一步深造的原因除了客观条件的制约外，更取决于他主观上对"举子业"的态度和对"功名观"的判断与取向，而这与他的人生态度、个性心理有极大关系。

客观上说，余家驹成年后所面对的家庭情况是"上有老、下有小"，母亲安氏在其父去世后"矢志冰霜"，将余家驹兄弟二人抚养成人。作为家中的长子，余家驹自然要承担更多的家庭责任，所谓长兄如父。另外，余氏家族除了居住在大屯庄园，还居住于法戛、水潦两地。按照族中规矩，如果余氏兄弟间哪一支无嗣的话，要将儿子相互过继，以保证家族血脉的延续和繁盛。余家驹虽生长在大屯，但因其伯父无子，他曾过继于伯父奉事法戛（法戛在今毕节市七星关区林口乡），其伯父去世后，才又被召回大屯，继承家业，成为第八世庄园主。他的同胞兄弟余家骐也曾过继于堂伯父余人杰，奉事叙永水潦。所以，在父亲去世后，余家驹便经常来往于大屯、法戛、水潦之间，照应着整个余氏家族。大家族中长子肩上的担子很重，而他必须要担当。1843年，余家驹兄弟余家骐病殁，余家驹承受的压力更大，责任更重。家族中的这段变故与境况，余家驹写在了《葬弟》一诗中，他说：

吾族无多人，惟吾与弟耳。少孤家多艰，蜀黔异居止。
三岁不再逢，常隔百余里。自谓岁月长，相亲时未已。
讵意青春年，忽尔奄然死。从此天地间，孑然吾一已。

---

① 余家驹、余珍著，余宏模编注：《时园诗草·四徐诗草》，贵州民族出版社1993年版，第9页。

第四章 余家驹、余珍父子

四海人虽多，与我不毛裹。我欲诉伤心，从何处说起。

存者且虚生，死者长已矣。后事纷如麻，未能为料理。

无以慰幽魂，卜起牛眠美。庶几钟秀灵，以荫尔孙子。①

诗虽不长，但却勾勒了一个真实的余氏家族在清初的境况，让我们看到了一个自幼就接受孝悌传统文化熏陶，养成了忠孝淳朴人品的余家驹，对家族责任的自觉承担，也看到了曾经显赫一时的奢氏后裔——余氏一门此时的败落与萧条。因此，余家驹"以贡生不出应试"与余氏家族这一时期人丁不旺，且较为衰败、没落等因素有一定关系。

余家驹孝亲友弟，在办完兄弟的丧事后，他将年仅16岁的侄子余昭带到了大屯庄园，视为己出，授以家学，将其培养成人。而余昭也没有辜负伯父白庵公的一片苦心，他的人品与才华使余家驹倍感欣慰。他曾惊喜而欣慰地感慨地说："将来传吾衣钵者，其在阿昭乎？"对这个和自己一样，少年时期就丧失父爱的侄子，余家驹既疼惜爱怜，又欣赏有加，在余昭的身上，他仿佛看到了自己的影子。

尽管如此，从余家驹的经历和诗文来看，他对举子业的态度，对功名的淡漠，与他的性情、与他对现实社会的认知，根本上，与他的人生观、价值观更有直接联系。

有关余家驹的生世性情，现存相关文献资料并不多，因此深入研究余家驹有不小的难度。但我们通过余氏家谱和其友人、后人的记载，仍然可以对其性情、好恶作出一个大致的研判。

其一，在《通雍余氏宗谱》中，对余家驹有这样的记载："公幼而颖异，为祖父君聘公所钟爱，年十二失怙，母安太安人，矢志冰霜。公纳贡成，均奉养林下，不事进取，遂隐于诗酒，于学无所不窥。……无事饮酒看花，天机活泼。"宗谱同时还记载说："叙永孝廉李少青先生（怀莲），与公交最深，曾志行略云：'公为人风流潇洒，而皆秉乎天真。少喜读书，而非以求名，故能不汩于俗学而淹贯乎古今。……尤喜饮酒，凡杯与勺，无时不擎，虽乐在

---

① 余家驹、余珍著，余宏模编注：《时园诗草·四徐诗草》，贵州民族出版社1993年版，第5页。

醉乡，而神明皎然独醒。'"① 家谱中的余家驹虽"不事进取"，但却是一个聪明潇洒，不媚于世俗，不拘于功名，与诗酒书画相伴的洒脱之人。

其二，李怀莲先生在道光二十七年（1847年）立夏之时为其诗集所作的序文中，对余家驹有这样的描述和评价："先生自少天资卓荦，于书无所不读，独不溺没于举子业。其学已迥出流俗，至于兴之所至，悠然自得，尤能摆脱一切，独往独来，其抒发皆任乎天机，而不自知其所以然。"② 在李怀莲先生笔下，余家驹天赋极高，阅读广泛，天性自由，不为举子业所羁绊，追求悠然自得的快意人生。

其三，余昭在《时园诗草》序跋中也称伯父余家驹："至于功名富贵，听其自然，莫皆奔兢……公性情旷逸，与人和平。识与不识，皆称之曰白庵先生，不立崖岸而见者肃然自起。爱敬生平，不干外事。常手一编，长吟短咏。随挈一壶，自斟自饮。机趣横生，终身陶然。工画山水，奔放如诗。尤喜种花，时园中一草一木，皆手泽所植。"③ 余昭对白庵公行为、性情的描述更形象、更具体，这段文字使我们眼前屹立起了一个手不释卷、酒不离身、才华横溢、爱好广泛的大诗人形象，他的身上，似乎叠加上了陶渊明、李太白、苏东坡、王维等中国文学史上的大诗人的身影。

通过上述文献资料的记载和描述，我们可以大致勾勒出这样一个诗人形象：彝族诗人余家驹，生性朴实率真，孝亲友弟，待人平和，爱书喜酒，莳花种树，有洒脱冲淡之性情，自立不俗之骨气；他天资聪颖，多才多艺，淡泊名利，追求自由自在的人生。而这样的性情与骨气正是其"以贡生不出应试"的主观因素。不仅如此，其诗作中对世俗名利的看法与人生态度的表达，亦能与宗谱的记载、后人的追述形成互证，使我们对诗人个性的判断更为可靠。例如在《甘隐篇》一诗中，诗人写道：

世人趋名利，所学在于禄。及至登仕途，患得失荣辱。

---

① 余家驹原著，余昭原注，余若璥续修，余宏模整理：《通雍余氏宗谱》，日本学习院大学东洋文化研究所1999年版，第5页。
② 余家驹、余珍著，余宏模编注：《时园诗草·四馀诗草》，贵州民族出版社1993年版，第7页。
③ 同上书，第9页。

> 时刻撄其心，戚戚复碌碌。喜怒不自由，行止受人束。
> 赵孟贵贱之，祸福同转烛。所以托沉冥，于焉在空谷。
> 如鱼求深渊，如鸟择高木，抱道全天真，清心寡嗜欲，
> 尚友古之人，悠然靡不足。①

诗中傲睨世俗，远离世垢，淡泊名利，追求自由，甘隐于田园生活的人生态度，极为鲜明。或许余家驹所追求的是"天有清福，世有闲人"之境。

秉承这样的人生观，余家驹在大屯庄园中的诗酒人生，完全摆脱了所有的俗事俗情，寄托于其间的自由心性，回归于本质的生命状态，使其获得精神上极大的愉悦，在《戏答客问》中，他说："年少不耕专事读，后为半读半耕人。而今耕读皆抛却，日日唯酤曲米春。"② 这样的生活境界着实令人羡慕。《家园》一诗对此表达得淋漓尽致：

> 诗书既不拈，时事亦不谋。不用相拜揖，不用互献酬。
> 欲饮尽其兴，不饮亦自由。客坐亦不道，客去亦不留。
> 俗情尽捐去，人逸事事幽。欲问我何名，我名逍遥游。③

好一个逍遥游！在祖辈建造的庄园中余家驹随心所欲，惬意而快活，同时更珍视那一份林中高卧的读书人的尊严，不用"拜揖"，不用"献酬"，完全从俗世俗情中超脱了出来。他听鸟语、数鱼头、饮美酒，不违背内心的追求，真实而快乐的生活着。在《法戛宅》中，他继续表达这种不违背心性，来自精神上的愉悦所获得的幸福感：

> 我宅黔山中，绕屋万竿竹。开门见蜀山，青苍日在目。
> 山林足幽胜，胸次亦宽舒。酌我家中酒，读我厨中书。
> 好风送雨来，新凉应时至。万物皆自得，吾亦适吾意。

---

① 余家驹、余珍著，余宏模编注：《时园诗草·四馀诗草》，贵州民族出版社1993年版，第12页。
② 同上书，第79页。
③ 同上书，第2页。

读罢还复酌，杯尽壶更斟。颓然西窗下，一枕羲皇心。①

与竹相伴的居屋，格外高雅，幽胜静宜的环境，心胸宽舒，诗酒共融的人生，何其快意，这自由自在简直堪比羲皇。余家驹这种洒脱快意的生活方式与人生态度，深刻影响着余氏后人，而他的忠孝淳朴，勤于诗书，对余氏家风、学风的养成贡献巨大。

1850 年，一生耽于诗酒，性格洒脱，学养深厚的余家驹卒于大屯庄园，享年 50 岁。

二 《时园诗草》

《时园诗草》因大屯庄园西花园为"时园"而得名。这座园子乃余家驹祖辈所建，经后人不断维护、修葺，至余家驹时形成景致优美的园林，有所谓"八景"之美。园中亭台楼阁、绉云皱石、花草树木，既有江南园林之幽胜，亦有彝族文化之元素，在清初边地的黔西北简直称得上是奇观。余家驹半个世纪的人生岁月就主要在此度过。他在家学家风与美景美酒的共同熏陶下，著述颇丰，成为余氏作家群开创性人物。然其大量诗作因未作刊刻又遭兵燹，惜今只留下《时园诗草》传世。

《时园诗草》最初是余家驹儿子余珍抄集存录，始得以保留。平生洒脱的余家驹似不在乎诗集的存与不存，"第白庵不自收拾，此二卷乃子儒所手掇而存录"。② 道光年间经叙永孝廉、余家驹好友李少青校订后，对其分体类进行了编撰，余珍又再次抄录藏之。余家驹去世后，其侄余昭在光绪七年（1881年），新镌板刻少量诗集，印赠亲友。《时园诗草》共有两卷，上卷共收录诗作 238 首，包括五言古诗 26 首，七言古诗 36 首，七言绝句 76 首，六言诗 2 首，杂体诗 20 首；下卷共收录 153 首，包括五言古诗 29 首，七言古诗 34 首，七言律诗 20 首，七言绝句 21 首，杂体诗 15 首。当代的通行本是由余氏后裔余宏模先生编注、贵州民族出版社 1993 年印刷的合集本，共选录诗作 375

---

① 余家驹、余珍著，余宏模编注：《时园诗草·四馀诗草》，贵州民族出版社 1993 年版，第 10 页。

② 同上书，第 8 页。

首。《时园诗草》经历沧桑岁月而得以保存和留传,实为不易,诗集以其丰富深刻的思想内容,鲜明独特的艺术风格,在彝族文学史上熠熠生辉。

1. 思想内容

庄园之乐、山水之美,是余家驹一生最为自得之事。大屯土司庄园,云贵川交界的彝族聚居的乌蒙山区,是他一生主要的活动场所,也是其精神家园。他的文学活动基本围绕着大屯庄园、乌蒙山水展开。

(1) 时园诗酒之乐与自得洒脱之意

时园是余家驹教习子侄,与朋友饮酒品茗、吟诗唱和的地方,他在这里深植下了余氏土司作家群的文学之根。这里远离尘俗,清幽静谧,为此他专门赋诗赞美,以《时园》为题进行歌咏的七言律诗中,他说:

> 青山一角抱亭轩,不放春光出小园。
> 介石傲于高士骨,幽花瘦似美人魂。
> 孤云有意闲归岫,明月多情自入门。
> 坐享太平清静福,书成万卷拥金樽。①

清静朴雅的生活方式,让余家驹在闲适中修为,在闲适中养生,在闲适中体味生活绵长悠远的乐趣,在闲适中学会生活、把握生活,闲情雅意,实是余家驹人生大道之源。他还著有两首以《家园》为题的诗作,一为五言古体诗,一为五言律诗。表达他对庄园清雅环境的喜爱、自己闲适恬淡的舒畅心情以及诗书相伴的高雅人生。

> 小园祖所置,日涉以优游。芳草侵阶绿,枯藤附壁虬。
> 薇沁一池月,桂馥半窗秋。时尚轩中卧,旋复上小楼。
> 倚树聆禽语,凭栏数鱼头。有客闲中来,与之酌黄流。(《家园》)②
> 风景自家好,趣成日往还。白生三径月,青落一缕山。

---

① 余家驹、余珍著,余宏模编注:《时园诗草·四餘诗草》,贵州民族出版社 1993 年版,第 55 页。
② 同上书,第 2 页。

秋水同人淡,孤云伴我闲。著书霜树下,红叶落珊珊。(《家园》)①

诗人体味时园生活的悠闲自得,感悟人生恬淡自适的情味,这是闲居生活最可宝贵的价值所在,是时园之雅趣的核心所在。

时园中的四时花草、繁茂凋谢、雨雪风霜、花鸟虫鱼等都进入了余家驹的诗中,在《李少青作时园八景同赋》中,他对"林花绣春""岭树妍秋""新绿摇波""艳红媚雪""疏廊仟月""层楼揽山""虬藤走壁""绉云皴石"八处景观都进行吟咏,"春风得意归,园林被昼锦"(《林花绣春》)、"万绿娇新雨,收入一泓水"(《新绿摇波》)、"更阑人不知,香透一身露"(《疏廊仟月》),字里行间表达了他对时园深深的喜爱。

余家驹对时园优雅环境和自己闲适、自得、洒脱的诗酒人生有详细的描述,六言诗《闲吟》艺术地概括了清静雅致的生活:"扫地焚香静坐,烹茶洗砚题诗。案头周易一卷,瓶内寒梅两枝。"②在《赏花饮酒》中,诗人高歌:

花下时携酒一壶,忽然得意大欢呼。
醉倒乾坤吾忘吾,一恁世人骂狂奴。
狂奴故态是如此,有酒有花愿足矣。
花酒日日生欢喜,功名不值一杯水。

这是淡泊于功名,沉醉于人生自在状态、狂放无羁的高调表达。在《月下赏菊同蔡池宾作》中,他向李白一样"举杯邀月醉起舞,侧帽看花娇欲语。……请君更进一斗酒,不负青天醉这场"。浪漫而又洒脱。淳朴恬适自在的生活,是宇宙间最美丽的东西。

余家驹关注着时园中四季盛开的鲜花,桃花、杏花、梅花、月季花、荷花、兰花、牡丹、紫薇……一年四季,时园花开不败,在余家驹笔下鲜花成为他寄托情怀,抒发人生感悟与人生哲理的载体:

---

① 余家驹、余珍著,余宏模编注:《时园诗草·四馀诗草》,贵州民族出版社 1993 年版,第 23 页。
② 同上书,第 84 页。

满树寒香彻骨清,连宵相对到天明。
孤踪不是学和靖,我与梅花一命生。(《梅》)
庶物蠢然在梦中,开荒先觉破春风。
乾坤闭尽无颜色,首出群芳一朵红。(《红梅》)
得意春风出色姿,恰逢新点状元时。
长扬奏罢闲相对,第一才人第一枝。(《杏花》)
深红嫣紫历四时,新花开续旧花枝。
原渠满腹皆春意,人世炎凉总不知。(《月季花》)
平生臭味是兰花,淡墨描成几撇斜。
解识个中心契处,离骚佳句正而葩。
无多笔墨惹春风,落落疏疏露一丛。
恰似美人遗世立,深山幽谷自空空。(《自题画兰》)[①]

  他细细捕捉着时园四时花卉的更替,观花更像观人生,解读花语更似解读人心,梅之傲寒凌霜,兰之清雅高洁,月季之美艳长新、花香悠远,折射出诗人的情怀与品性。

  余家驹对时园中的生活反复吟咏,对书斋宁静、园中美景、花开花谢、饮酒品茗、教习子弟都有详细描写。《书斋》《赏花饮酒》《烧烛赏牡丹》《烧烛照海棠》《书斋戏题》《赏后园梅》《初冬闲居》等,都是余家驹时园之雅趣与闲适的主要体现,他在这里进行会友、饮酒、赏花、作诗、静悟等活动,是其精神生活的具体写照。从中我们大致能体味余家驹庄园栖居的闲雅与宁静,同时也能体味深受汉文化影响的彝族土司文人清雅生活之情趣与内心不时泛起的矛盾。这里,我们着重分析其饮酒诗中的诗酒人生,因为对余家驹来说,喜酒好酒尤其是他怡然自适的生命形态。

  诗酒风月,乃是中国古代文人最令人神往和陶醉的人生方式之一。陶渊明自称"性嗜酒,家贫不能常得",然其一生是"悠悠迷所留,酒中有深

[①] 余家驹、余珍著,余宏模编注:《时园诗草·四餘诗草》,贵州民族出版社1993年版,第68—70页。

味"；装点了半个盛唐的李白则是"对酒不觉眠，落花盈我衣。醉起步溪月，鸟还人亦稀"；酒量极小却酒瘾极大的苏东坡，爱酒程度堪称一个"痴"字，旷达之时"同进归去，作个闲人，对一张琴，一壶酒，一溪云"，豪情之时乃要"把酒问青天"，他们都把饮酒当作一种日常生活的必然形态。没有酒，他们也就不复成为"他们"，因为是美酒点燃了他们文学创作的火花，那些质朴的天真和天才的灵感都与酒力的新鲜刺激和麻醉抚慰息息相关，或狂放不拘，或恣情率性。酒里掺杂着他们的一生。

彝族文人余家驹一生嗜酒，他说"平生雅好酒与诗，每于耳热发狂辞"①，称自己是"非仙非佛亦非儒，万古无双一酒徒"②。他的诗酒人生，咏诗之作一方面受汉族文人的影响极深，另一方面亦与彝族酒文化传统的熏陶相连。彝谚有云"所木拉以以，诺木支几以"，翻译为汉语就是：汉区茶为敬，彝区酒为尊，酒是彝人待客必备之佳酿，彝族人无酒不敬，无酒不欢。在彝族人民的种种信仰仪式、节日习俗、婚丧嫁娶等活动中都离不开酒，酒是彝族人生命中不可缺少的必需品。

余家驹爱酒，其饮酒从每天清晨开始："饮食不必旨，但取饥渴时。我爱唯有酒，每晨中一卮。"③ 他读书时饮酒，吟诗作赋时饮酒，赏花时饮酒，客人来时要饮酒，路途之中也缺不得酒。"酒入肠生热，诗来笔吐芒。淋漓挥满纸，曲蘖有余香。"④ "登堂咏猛虎，把盏爱新鹅。既醉扶童去，斜阳缓缓过。"⑤ "行憩山店中，呼酒聊解渴。友人忽投醪，甘露从天落。急取一中之，胜似得官乐。"⑥

饮酒是其生命中的一种常态，缺之无味。因而，酒香伴着书香，成为余氏家族独特的文化气息："农归力田晚，脱蓑月明松。妇子欣相向，壶倾池酒钟。展卷课儿读，灯影烂摇红。"⑦ 在余家驹的熏染下，余珍、余昭、余一仪、

---

① 余家驹、余珍著，余宏模编注：《时园诗草·四徐诗草》，贵州民族出版社 1993 年版，第 52 页。
② 同上书，第 82 页。
③ 同上书，第 11 页。
④ 同上书，第 22 页。
⑤ 同上书，第 23 页。
⑥ 同上书，第 14 页。
⑦ 同上书，第 13 页。

第四章 余家驹、余珍父子

余达父均饮酒、爱酒,诗酒人生在余氏作家群中代相沿袭,酒与诗的相融为余氏土司家族的庄园生活增添了别样情趣和色彩。在诗、酒、山水之间,生命与自然对接相融,诗人的生命和性情得到了最自然原始的呈现与张扬。

当然,酒的功能并不单一,在余家驹这个土司文人这里,随阅历之丰富、境遇之变幻,酒的功能亦发生着的改变,于是,饮酒,便成了平凡而有些艰涩的生命中,消烦解闷的一剂精神良药,和追求物我两忘境界时的一种人生姿态:

  花酒日日生欢喜,功名不值一杯水。
  我笑世人谈名理,谁是忠臣谁义士。
  便使姓名载青史,只与人间增故纸。①

  一叶乘风破空明,击走金蛇散光彩。
  两岸青山倒飞来,水底流星雨雹洒。
  把酒凌风醉叩舷,狂呼我欲问真宰。
  世上何人能百年,世人何事足千载。
  且赊月色买白云,共上酒航泛酒海。
  君不见秦皇汉武辟江山,江山依旧人事改。
  更进舟中酒一杯,卧听渔人歌欸乃。②

  南望毕阳东大方,千山万山何苍苍。
  终古秀色常不改,阅历人事几兴亡。
  东西南北频搔首,独立苍茫旷无偶。
  烟云散尽天宇空,引取长瓢自进酒。③

余家驹的这类饮酒诗颇似李白那种放纵、感性、浑融式的狂欢性醉酒诗

---

① 余家驹、余珍著,余宏模编注:《时园诗草·四徐诗草》,贵州民族出版社1993年版,第39页。
② 同上书,第45页。
③ 同上书,第48页。

风,这里诗人不是为饮而饮,而是饮出了"生命的真味",这些诗作中,渗透着诗人对现实人生矛盾痛苦的思索。他也会借杯中之物浇心中块垒,也会在自斟自饮、亦醉亦醒间,感叹华年之短暂,于酒杯中得到精神之安适、心灵之快意。所谓味在酒中,而意在酒外。如此看来,酒有时只是一种媒介,一种助缘,帮助诗人达到理想状态和忘我境界,并借此省悟人生不可言说也无须言说的本质和真意。于是,酒成了沟通诗与哲学的精神通道,诗人借酒兴而发玄思,并由此臻于物我两忘的境界。所以余家驹诗有"古今淘尽无穷事,都付临风酒半瓯"之句,可见其饮酒是一种生命自在状态的同时,也有个中别样意味。

余家驹在书斋的静寂之境中读书求道:"轻尘扫尽启疏棂,四壁清虚户不扃。磨墨紫云堆石砚,插花香露溢铜瓶。生来新月三更白,分得遥山一半青。自拨金炉添艾纳,篆烟缭绕满床经。"(《书斋》)① 他在庄园美景中赏花饮酒:"侍女欣然报,园梅一夜开。后庭设斗酒,内子待予来。"(《赏后园梅》)② 也在萧散闲适中平淡而充实:"活水煎茶馥,新泉灌酒醅。鸿儒吾不慕,来往有乡民。"(《初冬闲居》)③ 他在时园中邀请好友赏花饮酒,谈诗题画,在时园中教习子弟,读书作文,这构成了大屯庄园余氏家族中的一道人文景观。余昭的诗作题记中描述过余家驹夜宴宾客,带领子侄赏花作诗的场景:"丙午三月二十九,夜同弟子康侍伯父白庵公、师李少青先生时园中,烧烛赏牡丹命作。"④ 牡丹盛开之时,秉烛而赏,题诗以记,可见大屯庄园诗意栖居之一斑。

烧烛赏花吟诗,余家驹首开先河,其后余珍、余昭、余达父都秉承传统,接续着家族的这一风雅之趣。

(2) 山水田园之乐与现实民生之忧

余家驹热爱山水田园,在他的生活中,除了时园中的闲适快意、雅趣人生之外,他尽情游历在乌蒙山区的崇山峻岭和乡土田园中。山水田园向来是诗人们逍遥自适的精神家园,也是其生生不息的灵感源泉。嘉道之际,生长

---

① 余家驹、余珍著,余宏模编注:《时园诗草·四餘诗草》,贵州民族出版社1993年版,第64页。
② 同上书,第24页。
③ 同上书,第23页。
④ 余昭、安履贞著,余宏模编注:《大山诗草》,四川民族出版社1994年版,第25页。

于乌蒙高原的彝族诗人余家驹,平生亦好吟咏山水田园,这既是一种文人的普遍共性,亦与其民族文化环境、个人天赋秉性有关。

贵州的高山大河、溶洞瀑布,田园风光、民族风情、现实人生,为余家驹增添了时园之外更为丰富和深厚的人生体验,因而他将云贵高原上的雄奇壮丽与荒凉贫寂相并置,把多彩多姿的民族风情与各族民众现实生存的艰辛困苦相杂错,既表达他乐游山水田园的精神向往,也表现了他对现实人生、国家社稷的真切关心,这颇有些范仲淹所言的士当"先天下之忧而忧,后天下之乐而乐"的自觉担当精神,即儒生式的道义感和使命感。所以,我们在体味余家驹山水田园之乐的同时,也能倾听到其心底里激荡着的现实民生的回音,这构成了余家驹诗作的又一主要内容。

云贵高原上的自然山水、田园风光在余家驹笔下究竟是什么样的呢?它又如何给诗人带来了山水田园之乐?细读《时园诗草》是探求理想答案的最佳路径。

云贵高原上的自然山水在余家驹的笔下有多侧面、多角度且丰富而形象的描摹与呈现。《高峰绝顶》中诗人这样写道:

飞步上青天,青天撞人头。我行太空中,足踏白云响。
空中罡风长,白云平如掌。太阳足下生,红光十万丈。①

这里山势高险,却风光无限,登顶高峰仿佛步入云天,诗人写出了高原上的壮丽之美,太阳从脚下升起,瞬间光芒万丈,读之顿觉胸襟开阔、逸兴遄飞。

《白云谷》则是另一番景象:

水绕复山重,重重白云起。山深白云深,白云化为水。
望之不可穷,道路安可通。白云自缥缈,亘古无人踪。②

---

① 余家驹、余珍著,余宏模编注:《时园诗草·四俆诗草》,贵州民族出版社1993年版,第6页。
② 同上书,第2—3页。

这里山重水绕，云雾缥缈，给人以神秘之感，自有一种高远、荒凉而不可穷尽的美。

《瀑布》《滩心石》《发戛大湾涨瀑》等，则是描写了贵州高原上惊心动魄的大河瀑布的壮观：

> 辟开绝壁青天见，长空飞下一匹练。
> 天光云影随水来，化作梅花满江面。
> 轰若迅雷疾若电，耳为震聋目为眩。
> 狂澜奔湃怒不平，蛟龙在此来酣战。（《瀑布》）①

> 山重复水重，重重足幽趣，
> 一束锁群山，万壑此奔注。
> 狂澜倾倒来，怒石突中拒。
> ……
> 蹶起万丈涛，喷沫作烟雾。
> 忽地风扬波，水怒石愈怒。（《滩心石》）②

这里描摹了云贵高原上群山幽壑，狂涛奔涌，水石激荡，波涛飞舞的壮观景象，使人感受到峥嵘、突兀、强悍、崎岖等奇丽惊险的磅礴之美。

此外，深山中幽泉的清冽甘甜、登高望云海的奇幻壮观、喀斯特地貌中的奇峰异洞，在余家驹的诗作中一一呈现。这是大自然赐予彝族诗人的精神生活资源，亦是他肉体与精神之故乡。在余家驹对自然风景进行的审美重构中，乌蒙山水令人震撼也使人迷醉，对于诗人来说，那些壮丽的自然景观既是客观外在的物象，又是他内心世界的投影，或明写山水，暗发议论，或以山水与战乱、贫瘠荒芜相联系，表达了现实民生之忧虑；或融情于景，以山水载胸臆，表达了超脱旷逸之志。因此，余家驹的乌蒙山水诗，其意蕴并不单一、平面。

---

① 余家驹、余珍著，余宏模编注：《时园诗草·四徐诗草》，贵州民族出版社1993年版，第6页。
② 同上书，第8页。

第四章　余家驹、余珍父子

当代学者对余家驹诗作的研究，多看到他描摹乌蒙彝区雄奇壮观的一面，黄万机先生曾评价余家驹描绘了乌蒙山区的奇险山水，认为其诗作地域特色极为鲜明。其实这只是注意到了他诗作的一个方面，就像清代贵州大诗人郑珍一样，余家驹"并非一味奇绝险怪，有的地方水秀山青，有的地方平远幽邈"。① 余家驹的诗中，高原山水不仅雄奇惊险，充满壮丽、磅礴与神奇、荒凉之美，同时亦有彝区乡村独有的朴素淳朴，充满明丽出尘，清新自然之美是其另一个方面。比如《水村》就仿若一幅水墨山水图，淡雅宁静，是乌蒙彝区特有的一种朴素之美，乡野之趣：

夹岸人家压绿波，轻舟荡桨晚来过。
风情不减沿堤柳，生意常存绕砌莎。
春水雪消浮翠活，好山云敛送青多，
牛羊下渡钓徒集，半唱渔歌半牧歌。②

又如《桃林》：

闲赏兴自高，步入深山处，山深无居人，十里桃花树。
花落舞缤纷，清风悠扬度。红堆三尺深，迷却来时路。③

以简净自然之语，写世外出尘之境，诗作形式与内容和谐统一，颇有些王孟意趣，亦可见汉文化对彝族土司文人影响之深。再如《乡村》：

离城七八里，茅屋两三家，曲径随山折，柴门抱树斜。
地腴饶糯粳，水煖足鱼虾。客至争留宿，儿童笑语哗。④

此诗纯用白描，文从字顺，描写了田园风光的美好与乡村生活的淳朴可

---

① 黄万机：《郑珍评传》，巴蜀书社1989年版，第302页。
② 余家驹、余珍著，余宏模编注：《时园诗草·四馀诗草》，贵州民族出版社1993年版，第61—62页。
③ 同上书，第5页。
④ 同上书，第21页。

爱，诗风质朴而清淡，淳朴之美，使人悠然神往。

以上所举诸作，皆有清新朴实之特点。同样特点的作品还有不少。特别值得强调的是，余家驹作品中还散发着浓郁的民族风情，民族风情与乌蒙彝区的田园山水交融一体，使余家驹的山水田园之乐别有意趣，独具魅力。比如彝族村寨的"请新酒"习俗，古朴纯厚，独具风情，走进彝家村寨，热情的彝族同胞争先相邀，怕是酒不醉人人自醉了：

> 七月家家请酒浆，闲人无事尽奔忙。
> 刚逢西舍来牵袂，又被东邻去举觞。
> 野老懵憧忘岁月，村氓妄言说洪荒。
> 不嫌昼夜连连卜，同享丰年化日长。①

再如《渔家三首·其三》：

> 渔翁惯打鱼，渔婆惯酿酒。
> 鱼肥酒味醇，上岸邀邻叟。②

喜酒好客，热情友善，民阜物丰，人心淳朴，彝家人的生活简单快乐，这也是余家驹山水田园之乐的一种典型表达。

在乌蒙彝区，不仅能感受到彝族人民的淳朴厚道，爽直奔放，品尝家家户户酿制的美酒，还能听到清彻悦耳，弥漫着多情与感伤的民间音乐，如《听吹木叶》和《闻口琴》：

> 柔肠女儿怨离别，私将木叶代喉舌。
> 遥闻山外一声吹，穿云破竹金石裂。
> 花谷春深莺语娇，枫林霜冷蝉声切。
> 忽然变节起低昂，乍断乍续鸣幽咽。
> 万壑松梢响秋涛，飙风骤雨易消歇。

---

① 余家驹、余珍著，余宏模编注：《时园诗草·四馀诗草》，贵州民族出版社1993年版，第66页。
② 同上书，第30页。

圆如明珠走玉盘，快如并刀剪蕉叶。(《听吹木叶》)①

落红满地春无主，坐听口琴隔窗鼓。
细如丝发音最清，冷如风雨意良苦。
故将襟前一叶金，弹向天公寄愁绝。
弹罢遥怜恨已深，春云春雾影沉沉。
凭卿奏尽断肠典，阿谁同病是知音。(《闻口琴》)②

  两首七言古诗将我们带到浓郁的彝族风情中，木叶、口琴是彝族儿女表情达意和诉说忧乐的音乐载体，被称为彝族音乐的"活化石"，它已深深地融入彝族人民的生活之中，在漫长的岁月里，默默地陪伴着彝族人民。

  余家驹生活在清嘉庆、道光年间，整个国家处在内外交困的忧患时期，但因其僻处内陆偏远的西南山区，对清王朝的沿海战事知之甚少，而面对清廷对外丧权辱国、割地赔款，对内加大剥削、向老百姓增加苛捐杂税的残酷事实，即便闭塞如许，余家驹也无法等闲坐视，不禁借古言今，发出"宋家青史上，误国是求和""敌志终无厌、民财有几多"的呼吁。这里有余氏家风中的爱国情结，更有悯时伤世，对百姓生存状态的深切关注。

  就《时园诗草》中诗歌主题的比重而言，以民生、吏治、现实、历史等内容为描写和议论对象的作品占到四分之一强，可见其关心民瘼民生之程度。余家驹诗作之所以对社会历史与现实人生有较多关注，这或与其家风家世有关，在他关注现实民生的背后，有一个彝族知识分子受儒家思想影响而形成的忧国忧民的品格。具体表现在：

  首先，余家驹以诗论史、借古言今，这是他诗作的主要内容，用力颇多。《读宋史》《观风波亭剧》《李后主》《武乡侯》《六龙安宣慰墓》《偶与人论书》等作品，都是其借古论今、以古鉴今的佳作，尤其是对维护国家统一、民族团结的历史人物的歌咏，表现了他强烈而自觉的民族意识与国家认同意

---

① 余家驹、余珍著，余宏模编注：《时园诗草·四馀诗草》，贵州民族出版社1993年版，41页。
② 同上书，44页。

识，此在第二章第一节已有详论，兹不赘述。

其次，余家驹关注乌蒙山区百姓的疾苦，诗作中有许多社会底层百姓的形象，如反映农民遭受勒索，处境悲惨的"道傍翁"：

> 道傍闻悲声，有翁持儿哭。问哭何近因？云将独子鬻。
> 问鬻子何为？云从馈官役。领人互讼争，株连挂案牍。
> 总散官尊来，人马十五六。逐狗捉鸡豚，喧阗索酒肉。
> 搞朴勒脚钱，威虐备惨酷。三字一点红，此例焉可没。
> 冤苦不可堪，典田卖破屋。所有已尽倾，未足厌所欲，
> 咆哮怒愈加，只得卖儿足。一儿价几何，讵能满豁谷？
> 家破复鬻儿，儿鬻宁望赎。残年更谁倚，拼死弃沟渎。①

又如写硝匠以生命为赌注，危险作业的吃力情景：

> 空际舞秋千，人如一纸鸢。
> 腾身超碧嶂，飞步走青天。
> 踪迹疑山鬼，行藏类洞仙。
> 忘形生死外，伎得是神全。②

再如写山地的贫瘠，百姓的饥寒交迫：

> 鸟道迢迢通贩商，贫民负戴赶鸡场。
> 河分地势成三角，山隔天形作八方。
> 滩口潮生疑雨响，峰头灯起讶星光。
> 怪来人迫饥寒甚，土瘠于今半弃荒。③

以上这类作品，有一个共同的特点，既有对民族历史、现实社会的深切关注，也有受儒家思想影响的彝族知识分子的现实政治情怀。余家驹由关怀

---

① 余家驹、余珍著，余宏模编注：《时园诗草·四馀诗草》，贵州民族出版社1993年版，第9页。
② 同上书，第17页。
③ 同上书，第62页。

民生的根本立场出发,对腐败吏治和体制不公进行抨击,《道旁翁》以通篇式的浓墨铺陈,反映底层小吏对百姓的严酷剥削甚至肆意戕害,《掠官岸》则"寄语宦途休仗势,民间自有掠官崖"。这些正是余家驹遁迹山林,醉心诗酒,却仍关注民生疾苦在其诗学表达中的一种体现。

2. 风格特征

文学的风格特征是作家创作个性与具体话语情境生成的相对稳定的整体话语特色,它是创作主体与客观对象、思想内容与艺术形式的特定融合,是一个作家创作趋于成熟,其作品达到较高艺术造诣的标志,被誉为作家的徽记或指纹。具体到某位诗人的诗风,则受诗人个性气质、生活际遇、民族地域等因素的综合影响,且与其所承续的诗学传统、诗学流派、时代风尚等息息相关。

余家驹挚友李怀莲在《时园诗草》序中对其诗风诗艺曾大加赞赏,颇多溢美之词,李氏认为:"(余家驹)为诗沉雄浩荡,不名一家,当其上下千古,绝所依傍。奇情快论,破空而出,山川景物,无不别开生面。其气魄固足雄压一切,而语带烟霞,不染尘氛。又如姑射仙人,遗世独立,尤飘飘乎有凌云之气。"① 这样的评价虽说稍嫌过誉,但也注意到了余家驹诗作风格中"沉雄浩荡""不染尘氛"的特质。作为彝族余氏土司作家群的开创性人物,余家驹的诗歌创作确实取得较大成就,并在对汉文诗技巧的吸纳与接受中,形成了自己的独特风格,影响着余氏后人的创作。综观余家驹的诗作,笔者认为可以从以下三方面来概括其风格特征。

第一,淳朴率性。

淳就是真实、自然,朴就是质朴、平和,率性就是遵从本性。所谓淳朴率性就是说余家驹作品都是真性情的流露,是遇事触情,情因景生,情真意切之作,因而其诗作表现出朴实无华、真实自然的美学趋向。

余家驹为人自然率性,彝民族文化环境与土司家族文化的熏陶,养成了他耿直、洒脱、豪放的性格。其诗作中对功名的淡泊之心,对生活的热爱之

---

① 余家驹、余珍著,余宏模编注:《时园诗草·四馀诗草》,贵州民族出版社1993年版,第7页。

情,对亲情友情的珍视等,都体现出余家驹发自内心的真实情感。他对物质生活没有奢求,谆谆告诫儿孙:"有田不为少,有屋不为小。虽无隔岁储,衣食尽温饱","衣服不必丽,但取寒暑宜。饮食不必旨,但取饥渴时"。在他看来以温饱为目标,少了欲望却多了幸福,知足便能长乐,所以他赞美"性朴风仍古,家贫礼常存"的彝族同胞。他热爱生活,享受生活:"早起挥肱牧野来,朝暾灿烂彩云堆","夜阑烧烛拥红桩,直搅花神睡不得"。诗作中洋溢着乐观自足与洒脱率性的真性情。他欣赏黔中大自然的壮丽美景:"苍然佳气满山中,伟哉壮观极天表","一山过眼一山奇,一步移形一步巧"。他发自内心地赞叹"天下之山半黔中,千峰万峰争奇雄"。对故乡的山水充满热爱之情。沉浸在大自然的美好中,人生充满了诗意与喜悦。余家驹以"蟠李"自比:"世上李花有九标,如此骨格世无比。深谷蟠根自作春,不向天下求知己。我来携酒月正中,清辉一片明如水。"这种达观洒脱的精神使他超越和战胜了忧患人生。

如果说"自然作为中国中古艺术的象征,体现的是一种非个体化非意志的东方自由精神"[①],那么对于自然的讴歌实际上已成为了中国文学史上一项重要生存状态的表达内容,中国的山水田园诗人们尤甚。彝族诗人余家驹亦是如此,他将自然作为自己抒情的载体,表达着他在精神深处所追寻的那种宁静、清新和超脱。

余家驹对友情也极为真挚,《寄怀李少青并乞正诗草》:"思君不见望明月,岭上徐徐起清风。岭上清风徐徐起,飘然吹云过江水。我情寄与白云深,落在君家蜀山里。"[②] 表达对朋友真诚的思念,《送友人之楚》:"千里岷峨雪,化作大江流。储为洞庭水,万古月长秋。中有屈原魂,清风鼓湘灵。君去游其乡,餐露读骚经。"他在殷殷嘱托远去楚地游历的好友,读骚赋辞,缅怀屈子,其中亦饱含着他对屈原高洁品性的仰慕;《送别》中更有对朋友远别的真诚思念,情意真切,意境悠远:"秋水与天空,连山舞飞龙。舟随孤鹜远,影

---

① 肖驰:《中国诗歌美学》,北京大学出版社1990年版,第134页。
② 余家驹、余珍著,余宏模编注:《时园诗草·四絛诗草》,贵州民族出版社1993年版,第50页。

入落霞浓。波浪涌千里，烟云起万重。一为今日别，不识几春冬。"① 此外，他对早逝兄弟的悼念、哀伤，在妻子墓地上的深情悼亡，无一不是真性情的流露。余家驹把率性自然、珍视亲情、友情表达得直接畅快，其文辞脱口而出，无矫揉造作之感。

余家驹淳朴率性风格的形成，有题材方面的原因。余家驹作诗，颇类似苏东坡"无事不可言，无意不可入"之精神，往往能将一些平淡无奇的生活场景捕捉入诗，且展开联想、比喻，使平易庸常之事，亦能入于神妙。如《以列天生桥遇雨》云："断崖低扑水，压断水长流。洞古鱼龙冷，山深草木苍。风声摇峡动，雨气逼人忙。助我情飞越，题诗破太荒。"将荒山大雨之景象写得气韵生动，引发诗人诗兴飞扬。又如《宝刀弃掷多年家人改造农器戏作》：

　　宝刀落入腐儒手，不鸣不跃已可丑。
　　忽然改作耕田键，庸奴奇想古罕有。
　　壮士闻之拍案叫，屈杀奇才堪伤吊。
　　腐儒腐儒腐鼠如，可恨可怜亦可笑。
　　我报壮士休惊怪，腐儒此举一大块。
　　君不见李广功成不封侯，马援不上凌烟画。
　　班超投笔老西羌，望断玉门伤年迈。
　　壮士壮士休惊怪，买椟还将宝刀卖。
　　方今舜日丽尧天，饮食安间凿井田。
　　宝刀得入豳风谱，也似龙泉化九渊。

这一段文字将宝刀改为家具的情形，曲曲传出心底的感喟，文从字顺，却妙能出之以诙诡之笔。又如《听吹木叶》诗云："遥闻山外一声吹，穿云破竹金石裂。花谷春深莺语娇，枫林霜冷蝉声切。……圆如明珠走玉盘，快如并刀剪蕉叶。"极尽比附之能事。再如《村女》："相邀女伴踏春阳，布服麻裙淡薄妆。行到陇头人意倦，散金满地菜花黄。沾来花露湿衣裳，故向东风

---

① 余家驹、余珍著，余宏模编注：《时园诗草·四馀诗草》，贵州民族出版社1993年版，第24页。

坐曝阳。一个游蜂挥不去，裙边衣角嗅余香。"白描的手法让人嗅到了高原春天里的花香，看到了乡村少女在大自然中的惬意与和谐。

其他如《田事诗》《种松》《催耕鸟》《芋》《瓜》《渔》《樵》《耕》《牧》《买得蟾蜍砚爱之纪以诗》《早行》《夜泊》《糙米菊》《豌豆花》《菇笋》《指路碑》《女》《歌》等，这些反映农事杂务、描写家庭日常生活、乌蒙高原乡村民风的诗作，都是其淳朴率性风格的典型代表，这些诗在题材上都取材于"俗事"，却能"化俗为雅"。

胡先骕先生曾评价清代贵州诗人郑珍："其诗虽故取材于庸俗，而绝非元、白颓唐率易之可比。盖以苏黄杜韩之风骨，而饰以元、白之面目者，故愈用俗语俗事，愈见其笔力之雄浑，气势之矫健。"① 观余家驹之作虽不能臻于此境，但其以俗事俗物反映世俗生活的题材内容，经过诗人的提炼处理，亦别具意趣，超越了俗而转化为雅。

淳朴率性之风的形成，除了题材上多取自日常俗事，"化俗为雅"之外，还与余家驹擅长以民间口语、俗语入诗这一语言因素有关。余家驹的诗不大用典故与辞采，多是白描，如"众山匍匐作儿孙，一山巍然独我尊""水奔西去山奔东，山起排云水拍风""苍莽夷寨乱山中，中有白发老夷翁""山人来自洱海涯，赠我雪山一掬茶""久旱必雨涝必晴""瓜是农人家常用"等，大量采用口语白话，而这些经过提炼的俗白语言，为诗作平添了自然生动之力。其所谓的淳朴，除了情感的深厚与真挚外，善用口语白话这一修辞因素亦是其成因。正如海德格尔在论及诗人与诗歌时说："诗人愈诗性，其言说愈自由，对本能预见之物愈能敞开而从容。"② 难得的是，余家驹还作有六言诗。六言诗在古代诗歌中并不常见，多用俚俗之语写出，通俗质朴，所以标榜风雅的文人很少涉足这种体裁，余家驹有六言律诗两首，如《闲吟》所表达的词虽通俗，格调却高雅，且富于生活情趣，读来清新活泼，满口生香。

林庚先生说李白的诗是最天真的，赞其风格达于惊人的淳朴，主要就是从李白诗歌语言朴素自然的角度所作出的评价，是所谓"清水出芙蓉，天然

---

① 胡先骕：《胡先骕文存》，江西高校出版社1995年版，第78页。
② ［德］马丁·海德格尔：《荷尔德林诗的阐释》，孙周兴译，商务印书馆2014年版，第78页。

去雕饰"。余家驹的诗作,或为描写所见之景物事物,或行思念之幽情,或发吊古之玄思,皆为其在自然界和日常生活中偶然碰触心灵,灵光乍现而获得的审美感悟及片刻情思,兴到神会遂一挥而就,自然天成,朴素自然。诚如鲁道夫·阿恩海姆所说:"艺术家与普通人相比,其真正的优越性在于:他不仅能够得到丰富的经验,而且有能力通过某种特定的媒介去捕捉和体现这些经验的本质和意义,从而把它们变成一种可触知的东西。"[①] 余家驹正是通过平凡普通之物象,借以抒发自己对社会历史、现实人生之感悟,一切出自真心真性真情,诗歌风格淳朴率性。

第二,儒道释的杂糅。

儒家治世、道家治身、佛家治心,此乃中国文人对儒道释精神的精辟总结,概括出了儒道释最基本的特征及其差异。作为一种应对现实人生的人文精神资源,这三种思想对中国古代文人的精神世界产生了极为深刻的影响。中国古代文人同时受这三种思想的交融荡涤,形成了所谓"奉儒家而出入佛老"的普遍现象,陶渊明、王维、苏轼就是其中的典型代表。

彝族文化史上,宗教信仰发生较大变化的时期,是在15世纪。随着明王朝推行的土司制度以及卫所屯田制的施行,汉文化对彝族社会的影响越来越大,其中一个重要的表现就是彝族土司对儒道释思想的接受。这从已发掘的大量的彝族文献典籍中可以找到佐证,如水西、武定的毕摩就把儒家的忠孝仁爱、道家的天人感应、佛教的因果轮回等内容吸收毕摩文化中,广为传播。所以余家驹虽为西南边地的彝族诗人,但受汉文化影响与本民族文化的双重影响,儒道释思想在他身上都有体现。

细读其诗集,我们发现儒道释思想的杂糅,成为其诗作的一大特色,儒家的济世之道,道家的自然之法,佛家的空灵之境,皆呈现在余家驹诗歌之中,颇有意味。

余家驹在《祭诗》中曾称自己是"非仙非佛亦非儒",而从根本上说,他却是"亦仙亦佛还亦儒",其诗作是三种思想的混杂。他爱国忠君,《天下

[①] [美]鲁道夫·阿恩海姆:《艺术与视知觉》,滕守尧、朱疆源译,中国社会科学出版社1984年版,第228页。

图》《宝刀弃掷多年家人改造农具戏作》《画牛》《西梁烟瘴二首》等诗作歌颂太平盛世，赞美圣主明君，恪守"遭际太平时，守道与行道"；他关注现实民生，虽身处江湖之远，仍不忘国家民族安危与下层百姓的艰辛困苦，其内心充满着忧生悯乱的仁者情怀，"朔风大是无良物，专向贫家破壁吹"，这一点，《时园诗草》数量不菲的描摹世情民生的诗作，就是明证。

然而，一个人的思想就像河流，会随着境遇的起伏而发生变化。人生中有激流险滩，也有高峡平湖，有大江滚滚，也有小桥流水，所以余家驹的思想也不是一成不变的，他也有心理上的矛盾、思想上的徘徊，他感慨地说："我生自少皆险阻，跋险辄如鹘轻举。如何此次行蹒跚，人到中年知路难。吁嗟乎！人到中年知路难。"① 人生之路似乎是越走越艰难，这需要化解。余家驹在时园内供奉屈原、刘伶的画像，名之曰"醉醒龛"，人生如同这"醒醉龛"一般，充满矛盾，然而诗人却能在醉与醒之间找到一种平衡："刘伶终日醉，屈子一生醒，独醒与长醉，同一洁其身。我居醉醒间，烂漫率天真。醒者是益友，醉者是德邻。"②

让诗人找到这种平衡的，或许是道家思想，它牵引着他走向超脱、放逸："不观人间世，一尘贮万象。造化与我游，气概生豪爽"；"我欲结茅屋，常与天为邻"③；"我自居深谷，如鱼故在渊"。这些诗句都体现出了余家驹在道家精神中获得的超越。当然，老庄思想赋予余家驹的，不仅仅是"不观""走开"式的退避哲学，更多时候，它向这位彝族土司诗人输送的是一种对世事辩证、通透的深刻理解，以及旷达、乐观、高蹈世外的生命情怀：

少负烟霞癖，林泉自祖传。春深草木盛，麋鹿性悠然。
山邑立四壁，天垂覆顶园。此中一涧水，千古响潺湲。
倚山园半亩，临流屋几椽。水作风雷雨，山无日月年。
有时行沙岸，老牛舐犊眠。还来矶石上，坐看渔忘筌。
山顶多烟户，炊云种天田。夜半灯火起，光杂万里悬。

---

① 余家驹、余珍著，余宏模编注：《时园诗草·四徐诗草》，贵州民族出版社1993年版，第47页。
② 同上书，第3页。
③ 同上书，第3页。

第四章　余家驹、余珍父子

我自居深谷，如鱼故在渊。不出亦不隐，非佛亦非仙。①

更向花前进一瓯，花亦向人暗点头。
仰天大笑白云浮，长空万里青悠悠。②

　　余家驹的诗作中，除了清晰地烙印着儒道思想，我们还能品读出浓厚的佛学禅味，或直接描写佛、僧、寺庙，或明写山水隐逸而暗含禅意，透露出浓浓的禅的韵味，据笔者初步统计，《时园诗草》直接描写佛、僧、寺庙的诗就有12首，如《峨眉山图》《画墨葡萄于佛寺》《月窟禅光》《毕城旅店甚隘，邀盖景皋、杨旭初、绪文僧游双井寺》《石佛洞》《夜游山寺》《采药僧》《野庙》《为王道士画面然鬼王戏作》《番僧》《荒庙》《水潦堡观音龛》等。而明写山水隐逸而暗含禅意之作则不下20首，如《白云谷》《青浓山》《登鹰座山》《江天霖雨》《桃林》《驯雉》《古镜》《对月》《落花》《雨后看山》《江楼醉月》《樵》《烟柳水心楼二首》等。他把禅学理念融入自然美的形式之中，形成了简淡含蓄、空寂幽静的意境。

　　不用禅语，暗含禅意，是余家驹诗作的艺术特征之一，禅宗有"任性""无住"之意，"任性"即不矫情、真实自然，"无住"即面对一切境遇不生悲喜忧乐之情，余家驹的一些山水诗中就有此种随缘自适、悠然自得而又蕴含着耐人寻味的禅意理趣。比如"入山不见山，但见白云起。恍忽不见云，身在白云里"，"顶上出圆光，佛影光中见。空中色相空，莹彻净如练"，"清风五柳自高孤，人是冰心在玉壶。一色澄鲜空彻底，天光如水水如无"。③ 这些诗句有佛教澄明空幻的意境，诗人安然地欣赏自然的变化，表明他超然出尘的人生态度和宁静的心绪，传达出自然和谐之境，深得物我两忘的禅趣。

　　另一些诗作则蕴含着禅理：

风风雨雨满江秋，过客重来忆旧游。

---

① 余家驹、余珍著，余宏模编注：《时园诗草·四余诗草》，贵州民族出版社1993年版，第15页。
② 同上书，第40页。
③ 同上书，第72页。

> 问讯故人多不在，寒潮呜咽自东流。①
>
> 几杵疏钟烟外寺，一灯渔火水涯舟。
> 古今淘尽无穷事，都付临风酒半瓯。②

略带沧桑的荒疏之景，与人生无常的深长慨叹，融为一体，在情、景、理交叉互融的艺术氛围中，诗人感念往事，抚今追昔，言说着沧桑之变，胜景难常，万事俱空。这正是佛家的"诸行无常"。

余家驹善画，画理往往可用于诗理，如虚与实、形与神的有机结合，使他的山水诗具有了写意画的韵味。既突出了景色的最动人之处，又力求写出高原山水之精神及独特的个性色彩，从而表现了诗人的审美观与生活情趣，而且，还体现出一定禅意。来看《夜步》：

> 后有清风前有月，筇竹一枝步还歌。
> 行行步入山村中，野蔷薇落堆香雪。③

清风、明月、山村、野蔷薇，一个看似平淡的笔调中，诗人描绘出一个远离尘嚣的幽静世界，在寂静而偏远的山村，野蔷薇默默开放，又默默凋落。这里一方面可以将野蔷薇看作诗人超脱尘俗的象征，也借花开花落，寄寓了"无我"之禅意。野蔷薇生长在人迹罕至的偏远乡村，其存在只遵循着自然的律动，花开花落，生生死死，都是自然之本性，无绽放之欢乐亦无凋零之悲伤，一切绚烂，终归平淡。可见这位彝族诗人身上确实有着"亦空亦有，色空一如"的境界，禅宗思想陶冶了余家驹的精神生活，对其文学活动产生了深刻影响，诗作因之而具有寄情于物、情景合一的艺术特色。

有论者曾指出，余家驹山水田园诗中的情境、意境和思维，与王维的山水田园诗有某些相似之处，这个判断不无道理，然更要看到的是，西南土司地区在尊崇汉文化、推行汉语汉文的司治方略后，彝族土司文人受汉文化、

---

① 余家驹、余珍著，余宏模编注：《时园诗草·四馀诗草》，贵州民族出版社1993年版，第76页。
② 同上书，第64页。
③ 同上书，第83页。

汉文诗影响深刻,汉文诗创作水平因之而不断提高,余家驹及其后人所取得的成就即是明证。

第三,雄奇苍凉与恬淡清新并存。

考诸《时园诗草》的 391 首诗,我们发现余家驹诗作有 65 首作品是描摹峻崖绝壑、危峰险水的乌蒙高原景象,借以表现诗人内心丰富复杂的思想情感,与这类题材相对应,他以刚健之笔摹写高原上的险山异水,凸显山川景物的险怪之美,表达内心的沧桑之情,此为"雄奇苍凉"。余家驹另一部分描写时园生活与乡村田园风光的作品,也有 60 多首诗,表现出闲适宁静之境,此为"恬淡清新"。

其中,雄奇者往往脱手数言,气势磅礴,感情充沛,蕴含着对民族历史乃至家族历史的沧桑之叹。有时如万丈巨渊,不知底蕴,有时又如奇峰拔地,险绝人寰。《发戛岔河》《火马峡》《水潦高桥》《发戛大湾涨瀑》《夜临皮匠沱》《高峰绝顶》《水潦滇黔一览楼》《毕城东岗》《行深山中》《挞龙洞》《仙人岩》《登毕节龙蟠山阁》《安鼎》等,皆属此类。兹举《登毕节龙蟠山阁》《安鼎》两例为代表:

> 西走乌撒北芒部,南阿晟东永宁路。
> 一丸城在万山中,峙然空扼咽喉处。
> 闻说明朝苦战争,十户人无一壮丁。
> 圣朝皇仁同一视,万家烟火齿繁生。
> 抱郭一山横逶迤,嵯峨楼阁连云起。
> 凭栏旭日吐光芒,满城黄紫秋风里。
> 人在百尺高楼中,飘然洒洒独临风。
> 人事古今频更改,惟有关山依旧雄。(《登毕节龙蟠山阁》)[①]

> 大谷箕涨纳众溪,青天釜覆可攀跻。
> 水当落涧怒横起,山到临崖倔不低。

[①] 余家驹、余珍著,余宏模编注:《时园诗草·四馀诗草》,贵州民族出版社 1993 年版,第 48 页。

> 争界群猴拼命斗，护巢寡鹄尽情啼。
> 赋诗安得韩文笔，硬语盘空一品题。（《安鼎》）①

前一首《登毕节龙蟠山阁》描述了毕节城在彝族社会历史上的重要核心地位，这里西走乌撒，北进芒部，南连水西，东达永宁，加之地势高峻，是所谓"峙然空扼咽喉处"。然而明朝的战乱，致使当地人口锐减，万户萧疏。星移斗转，历史的伤痕渐渐抚平，诗人登上龙蟠山冈，面对着眼前巍峨逶迤的高山、楼阁，洒洒临风，古今人事涌上心头，感慨"惟有关山依旧雄"。此诗将现实景观、历史过往交织一起，既体现了高原山城的壮丽雄奇之美，也传达出了世事沧桑之叹。

后一首《安鼎》，诗名是彝语"阿尼"的译音，汉意为雀鸟之地。阿尼，在今贵州省毕节市七星关区龙场镇安顶村，亦即余氏大屯土司庄园的所在地，这首诗描摹了此地的山险水异之状，群猴争斗鸟雀啼叫之态，对家乡壮美河山极尽赞美，抒情色彩十分浓烈，在夸张、比喻、拟人、想象等手法的综合运用中，造成了雄奇壮丽的意境，给人以豪迈奔放之感。

而恬淡者往往舒缓自如，抒情方式平淡自然，简净清新，有一种风行水上的轻柔之美。《发夏宅》《闲适吟》《秋山》《三坝》《乡村》《水村》《村女》《家园》《初冬闲居》《赏后园梅》《渔者二首》《梅林》《溪上》《书斋》《春溪杂咏四首》《春日》《春郊二首》《豌豆花》等都是此种风格的代表。

以余家驹眼中的四季景象如春溪、夏荷、秋山、冬雪为例。

> 雨后斜阳天气和，溪流新涨半篙波。
> 鱼罾打向桃花下，收得落红一斛多。（《春溪杂咏四首》之一）②

> 南塘露堕浪浮香，花气空蒙夜气凉。
> 明月晓风娇欲语，伊人宛在水中央。（《荷花》）③

---

① 余家驹、余珍著，余宏模编注：《时园诗草·四馀诗草》，贵州民族出版社1993年版，第62页。
② 同上书，第81页。
③ 同上书，第70页。

屐响秋山下，人行落叶中。峰高群雁转，径不一樵通。

石骨寒来瘦，天容老去空。桥头沽酒店，青旆夕阳红。(《秋山》)①

积雪朝来灿不销，小楼煮酒醉琼瑶。

红梅惯会泄春信，冲破寒心一朵娇。

堆来满地是天花，园壁方珪半月牙。

分付儿童休踏碎，完他一片玉无瑕。(《赏雪》)②

一年四季中的平常景物，溪水、荷花、秋叶、冬雪，诗人随手入诗，写得亲切自然，简净清新，无不承载着诗人闲适恬淡之心境。

总之，《时园诗草》既有乌蒙高原的雄奇壮观之貌，也有田园风光中的闲适宁静之境，从雄奇壮丽的抒情咏怀，到恬淡清新的自然歌咏，余家驹逐渐形成了独特的个人风格。不仅在题材上对乌蒙高原的苍茫与秀丽着力渲染，有着"山川景物，无不别开生面"之美誉，在风格上，亦有"我生自有面目存"之追求，因此，余家驹的诗歌风格并不单一，是雄奇苍凉与恬淡清新的并存。

最后，余家驹雄奇与恬淡诗风的形成，与其艺术手法的丰富多样与娴熟运用息息相关。大致而言，余家驹的艺术手法可以概括成以下四点：

一是善于突出地域特色，如写乌蒙山水主要突出它的"奇"与"险"，前文中所举的《发戛大湾涨瀑》《高峰绝顶》两首，一写彝区瀑布，一写高原大山，都善于突出乌蒙山水的幽奇荒古，在"奇""险""野""秀"的地域特征上做文章，可视为典型诗例。

二是综合运用想象、比喻、拟人、夸张等艺术手法，使读者有身临其境之感，如《雨后看山》《落太赫山》，将比拟与彝族神话故事融入诗作，造就奇幻之境；而《探乳洞》一诗，采用似真疑幻的手法，将喀斯特地貌中的钟乳石进行各种比拟"或为披麻或解索，或为米点或云头""如豆如尊如鼎俎，

---

① 余家驹、余珍著，余宏模编注：《时园诗草·四馀诗草》，贵州民族出版社1993年版，第16页。
② 同上书，第79页。

如圭如璧如戈矛""细者藻行巨松桧，怒者虎豹黠狖猴"，用文字再造了一个光怪陆离的神幻仙境，飨人以幽邃奇诡的怪诞审美感受。

三是语言风格随物赋形，因物象之变而变，体现了彝族文人深厚的汉文字功力。有的诗语言通俗浅易，如《三坝》："一望惟衰草，寒烟漠漠遮。饥鹰盘大野，饱马滚平沙。老屋村三户，荒山路几叉。秋容间点缀，篱豆数枝花。"① 有的诗冲淡自然，运笔简净，如《乡村》："红桃绿柳醉春烟，寂寞乡村别有天。最爱山家风味好，耕云锄雨看年年。"② 有的诗语言典雅清丽，充溢着诗情画意，如《早行》："远山残夜月，高树晓天星。露气横秋白，烟痕拂岫青。"③

四是多采用俯仰周览、远观近赏的取景方式，通过视觉的移动笼罩全篇，有凌跨自然、兼包并举的姿态和气势，如《行深山中》一诗，诗人先是仰视高山"鸟道穿云去，崎岖势绝伦"，然后静距离细看，"奇峰仙掌擘，怪石鬼皮皴"，接着我们便跟随诗人行走在深山中，感受古朴苍凉与荒野之趣，"猴黠揶揄客，獐惊叱咤人。松毛枯秃落，梅骨老嶙峋"，最后诗人跳出画面，俯视山谷，"谷底如无昼，山中自有春。行行前路尽，芳草夕阳新"。这种在移步换景的移动视点中组织多重景物，具有极强的动态画面感，引领读者领略种种不同景致，往往也能使自然景象和谐的内在生命力得到充分的彰显。

作为彝族余氏土司作家群中的开创性人物，余家驹的《时园诗草》以思想内容的丰富，个性情感的率真，艺术风格的独特，为余氏家族开拓出了一片文学天地，同时，他对乌蒙山区雄奇风光的歌咏，对多姿多彩的民族风情的描绘，赢得了后世对他的交口称赞。

三　诗学主张与实践

诗学这一概念直接来源于希腊语 poietike，原指作诗的技巧，其后，诗学一词引申为欧洲文学史上文学理论的指称，在现代，诗学已改称为文学理论

---

① 余家驹、余珍著，余宏模编注：《时园诗草·四馀诗草》，贵州民族出版社 1993 年版，第 19 页。
② 同上书，第 72 页。
③ 同上书，第 17 页。

（literary theory）或文学批评（criticism）。这里所讨论的诗学主张，是指余家驹所提倡的诗歌观念和诗歌美学追求。

余家驹非常重视诗学理论的建造，他的诗学观念在《时园诗草》中有较为鲜明的表述，他"以诗论诗"，在诗歌的独特性、创新性、艺术构思、表现手法等方面都提出了自己的主张与见解，并在创作中加以践行。

所谓"以诗论诗"，按刘魁立先生所言就是："以诗歌的形式阐发关于诗歌的理论见解。在我国汉族和各少数民族当中，所见甚多，如杜甫的《戏为六绝句》、白居易的《读张籍古乐府》等，不胜枚举。维吾尔族的古籍名著《福乐智慧》也是如此。在其他兄弟民族当中这种情况也很常见。在彝族的文化传统中，这一特点表现得尤其突出。"① 这就是说，"以诗论诗"虽不是彝族独具的诗歌理论形式，但却是其诗歌理论的重要标志和主要特征。

彝族古代经籍诗学格外发达，彝族先哲"以诗论诗"，创立了相当完备精湛的文学理论体系②，种类多样的彝文古籍中不乏诗学方面的精彩论著，其中，尤具代表性的有《彝族诗文论》《彝语诗律论》。与本民族的诗歌理论形式一样，余家驹亦用"以诗论诗"的形式，创建他的诗学理论，他的诗学理论观点散见于其诗集《时园诗草》中。

余家驹的诗学主张概括起来主要包含四个方面的内容。

1. 提倡诗人"自存面目"

余家驹在《祭诗》中指出："诗是心血费呕吐，不祭无乃负辛苦"，"我身自有面目存，效颦何苦傍人门。"他诙谐地说："案头横陈诗一卷，卷中似有鬼神现。他人祭神祭古人，我之祭神祭我身。安之后人不古我，我先祭我胡不可。"诗人很满意自己的创作实践，所以他要"祭诗"。

所谓"自存面目"，在余家驹看来就是，诗应抒发自己的心灵，表现真情实感，并创立出自己的特色和风格。同时他反对蹈袭拟古，拾人牙慧，强调诗歌的个性与创新。余家驹的这一主张与清代袁枚力倡的"性灵说"

---

① 刘魁立：《〈论彝族诗歌〉序》，贵州民族出版社1990年版，第1页。
② 王佐夫、艾光辉：《中国古代文论的瑰宝》，《彝族古代文论研究》，贵州民族出版社1992年版，第21页。

颇为相似，余家驹"自存面目"的主张，体现在其创作实践中，呈现出如下特点：

其一，写真心真情，自由表现诗人的个性。读《时园诗草》，我们读出了一个真性情的彝族土司文人，他的恬淡自处、时园自得、山水之乐，以及因家变带来的苦涩，甚至知识分子从不轻易表现的丧妻之痛……余家驹都表现得极为真切，此所谓"性情之外本无诗"。

其二，反对模拟蹈袭，主张独创。余家驹的理想是以古人为友，而不以古人为偶。这种思想散见于他的诗作之中。例如余家驹梦中"斗酒诗百首"的神人，正是唐代"头酣落笔摇五岳，诗成笑傲凌沧洲"（《江上吟》）的大诗人李白，余家驹在梦中与他吟诗饮酒："五云焕彩天门开，中有神人下降来。向我咏诗复饮酒，一斗酒成诗百首"，这充分显示出了余家驹以古人为友的理想追求。

其三，从真实出发，在诗歌艺术上提倡自然清新、平易简单之美。余家驹诗作不事雕琢，不常用典，他将通俗浅易之语词甚至以口语入诗，有简净清新之美。

2. 强调艺术构思要"胸有奇特节"

这一主张见于他的《千竿图》：

> 欲画千竿竹，先读万卷书。胸无奇特节，纵画不如无。先生奇特盖世英，气吐虹霓吞长鲸。满腹经纶画作竹，一天风雨指上生。潇潇风雨起绢素，矫若腾空势飞骞。高悬中夜若闻声，疑欲破壁化龙去。先生善画定善文，指毫落纸凌烟云。檄成不特愈头痛，直拟横扫千万军。吁嗟画竹诚不易，枝枝叶叶浩然气。譬如相马方九皋，牝牡骊黄不须记。①

宋代大诗人苏东坡曾提出过"胸有成竹"的文学批评观，余家驹在此基础上提出了"胸有奇特节"的诗学主张。所谓"奇特"意味着不同凡响，能使诗作产生意在言外，诗外有旨之味，且能以有限之言达无穷之境，留给读

---

① 余家驹、余珍著，余宏模编注：《时园诗草·四馀诗草》，贵州民族出版社1993年版，第31页。

者余味不尽的审美感受。

那么"奇特"之节如何才能获得呢？诗人指出，一方面要加强审美主体的内在修养，要"先读万卷书"，要善养正大至刚的"浩然之气"；另一方面，审美主体要善于体察事物，捕捉事物的本质，进而神从物游，身与物化，与审美客体自然契合，如此，方能胸有"奇特节"。余家驹的诗歌中努力践行着这一诗学主张。如《初冬负暄玩菊》《行深山中》等诗作，都是这方面的代表。

3. 强调表现手法上"一字不着文更奇"

这一诗学观点，从他的《雪茶》中可以看出：

> 山人来自洱海涯，赠我雪山一掬茶。雪山六月雪始化，僵干回春初苗芽。一点阳心冻不死，更从雪窟吐寒葩，采之只可供上用，不比常税输官家。煎来不用人间水，露珠一滴寒梅蕊。味如玉液色松花，未饮两腋风先起。两腋习习生清风，枯肠冷透仙灵通。胸中文字五千卷，化为冰雪尽消融。卢仝之饮数至七，我今之饮方得一。生明洞见垣一方，膏肓顿起烟雾疾。平生雅好酒与诗，每于耳热发狂辞。从今洗髓伐毛后，一字不着文更奇。①

"一字不着文更奇"源于皎然的"但见情性，不睹文字"和司空图的"不著一字，尽得风流"。"一字不着"并非不用文字，不要形象，而是要求诗歌创作中要做到含而不露，超越文字表面之意义，在文字层面的深处去求得言有尽而意无穷的意蕴，如此方能尽现意蕴的丰厚与华采，从而达到超越直接形象以显示内在神韵，即以形写神之艺术效果。如《雪茶》一诗，余家驹并不直言雪茶的名贵，而是通过山人赠茶的数量，雪茶生长的环境，雪茶煎制的独特，茶汤的色、香、味，以及雪茶入口后快意通透的身心之感，来渲染、烘托、突出雪茶的名贵、珍贵，彰显其醇美含于中而蓄其内之本质。

---

① 余家驹、余珍著，余宏模编注：《时园诗草·四馀诗草》，贵州民族出版社1993年版，第52页。

"一字不着文更奇"是余家驹的审美追求,他的《时园诗草》也在践行着这样的主张。例如《荒山投宿》一诗,我们通篇读不到一个"穷"字,从辞藻上看,并没有明确道出诗人心中对百姓生存之艰的同情忧伤,但读完全诗,我们却能感受那饱含着不堪其忧的悲伤意蕴,其含而不露的手法增加了诗作的感染力,收到"语不涉难,已不堪忧"的艺术效果。再如《道傍翁》一诗,诗人并未描写互相争讼的邻人命运,而是通过这位因被株连挂案牍而卖儿鬻女的老翁的悲惨遭遇,给读者字外留意,让人们去思去想,对他们的命运产生一种反复求之则不厌的空白美。

其他,余家驹对诗画互渗原理有深入理解,因而主张"画中有诗诗有画,"其诗作大都充满诗情画意。

综上,余家驹诗学理论上的建树,反映出了彝族诗人一以贯之的对自身文艺理论打造的重视,他的诗学主张,继承了汉文学的诗学观念,也在这种继承之上表达了特有的美学倾向,他对诗人"自存面目"的个性主张,对艺术构思上"胸有奇特节"的倡导,在诗歌表现手法上"一字不着文更奇"的践行,对余珍的创作实践和余昭的诗歌理论建造,都有极大影响,此亦为余氏家学渊源有自,且代相承袭之又一突出体现。

第二节 子承父学:余珍与《四馀诗草》

一 文武兼备一才子

余珍(1825—1865年),字子儒,号宝斋,又号海山,坡生,彝名龙灼,他是余家驹唯一的儿子,大屯土司庄园第九世庄主。

余珍出生之时,正是其父余家驹诗歌创作和书画艺术渐入佳境之时,因而他从小就接受父亲的庭训,诗、书、画的启蒙与训练一样都没有落下。而余珍悟性也极高,除了读书作诗,他在书法、绘画上的成就令人刮目相看。据《通雍余氏宗谱》记载:"其书法楷同颜柳,草类怀素,尤工擘窠,字具龙跳之势；画拟云林（元四大家之一倪瓒），萧疏淡远，旁及花卉、虫鸟、人物，皆极超妙，秦蜀滇黔求画者，日踵其门。"① 可见，余珍在书画上都有不俗的造诣，在彼时彼地还颇有些声誉。

与书法、绘画上的日益精进相伴随，余珍喜好上了收藏，名人字画、金石碑版，他一生"搜罗甚富"。除此而外，余珍还大量收购各种古砚，据说他收藏的各式砚台上百个，大屯庄园内因此还有一个所谓的藏砚楼。余珍很得意自己的收藏，自号百砚斋主，有时虽不勉劳累，却乐此不疲。余珍性格开朗，结交甚广，朋友众多，庄园内常常是高朋满座，求画者络绎不绝。品画论字题诗，喝酒赏花赋词，那是大屯庄园的常态。

余珍少年时代读书很用功，他与堂弟余昭一起，刻苦攻读于时园中，意欲以科举显声名，由科举之业走上仕宦之途。然而，和大多数读书人一样，余珍第一次科考就名落孙山，但是，和大多数读书人不一样，余珍再没有走进考场。其实他有自己的理想和抱负，他曾对余昭说："大丈夫当跨海出塞，以立功名，如汉之张博望、班定远，方不虚此生。"② 按理说，跨海出塞，以立功名需具备至少两个条件：一是自身的主观努力与远大抱负；一是个人所处的时代与环境。比如余珍崇拜的班超，自小就胸有大志，为人不拘泥于琐碎之事，他爱好读书，阅读了非常多的典籍。据范晔《后汉书》记载，班超博学多才，口才极佳。但因家境贫寒，曾依靠替官府抄文书来维持生计，但他对这个工作非常不甘心，于是投笔从戎，前往边疆，以此来实现建功立业的抱负。东汉时期，北方的匈奴人一直是边关的大患，战火几乎没有停止过，班超从军后跟随窦固征讨匈奴，在军队中，他的军事才能和外交才能有了充分发挥的舞台，立下不少功绩，深得窦固的赏识，被任命出使西域。班超在西域总共待了31年。31年中，他用自己的智慧成功瓦解了匈奴的势力，平定西域50多个国家，为西域融入中华版图，促进各民族融合做出重大贡献。班超之所以"立功名"，至少满足了这两个条件。

---

① 余家驹原著，余昭原注，余若璩续修，余宏模整理：《通雍余氏宗谱》，日本学习院大学东洋文化研究所1999年版，第34页。

② 余家驹、余珍著，余宏模编注：《时园诗草·四馀诗草》，贵州民族出版社1993年版，第96页。

余珍似乎也具备这两个条件。其一，他志向高远，像班超一样不愿"埋头故纸以求生活"，所以一试不中后遂投笔从戎。在《自用笔》中，他激动地表达了自己弃文从武的热切之情，以及满腔赤诚的爱国之心：

> 守君廿余年，如友得良朋。心手日相习，怜爱一何诚。盖谓君功夺造化，光赞天人，以故弥用而弥珍。胡为乎！讨流寇，诛庸臣，不能脱颖将我成。胡为乎！游五岳，泛五湖，朝帝京，不能润毫助我行。若独题诗述事，涂景写生，君何苦困我于黔山之中，与蜀水之滨。从来丈夫不虚生，世间岂可死守毛锥以终身。呜呼！管城子，中书君，今而后吾深憾汝，吾将焚汝，而不信汝力可以横扫千人军。①

自幼承受家学庭训，诗书画俱佳的余珍，痛感"中书君"未能让自己的抱负和理想得以实现，它"不能脱颖将我成"，"不能润毫助我行"，所以年轻的余珍焚笔明志，内心有着对"文章，经国之大业，不朽之盛事"的怀疑和不认可，表达不甘心于困守黔山蜀水之中，欲建功立业的强烈愿望。这一点与班超特别相似。

其二，余珍所生活的时代，并不太平，作为土司家族中的一员，客观上说他获得了"建功立业"的机会。

1851—1864 年，中国历史上爆发了最大规模的反清运动——太平天国运动，华夏大地烽烟不息。在太平天国革命运动的影响下，黔地高原上也涌现出了各族民众反帝反封建的革命斗争。黔南有布依族、水族人民起义，黔东南有张秀眉领导的苗族人民起义，黔西北则有猪拱箐各族农民起义，黔中大地上反抗烈火炽盛。各族农民的起义，加上太平军部队进入贵州作战，强大的农民武装，沉重地打击了清王朝在贵州的统治力量。其中，猪拱箐农民起义军是贵州咸同年间唯一长时期建立根据地、且与太平军关系最为密切的农民起义军。据相关史料记载，"1860 年威宁、赫章陶新春、陶三春弟兄发动起义，邻近各族人民踊跃参加，共同构筑猪拱箐作为起义根据地。这次起义从

---

① 余家驹、余珍著，余宏模编注：《时园诗草·四餘诗草》，贵州民族出版社 1993 年版，第 102 页。

一开始就沉重打击了黔、川、滇三省边区各州县的封建统治阶级,扩大了全国人民革命势力的发展。陶新春领导的起义军,于1861年石达开部队经过贵州时,直接得到太平军的支援和辅导,对猪拱箐加强了一系列有关攻守的部署。"① 从相关史书典籍的记载中,黔西北猪拱箐各族人民的起义声势浩大,余昭《平定猪拱箐匪始末记》中有这样的记载:"于是大定、咸宁、水城、平远、镇雄诸苗夷来者各半,男妇三十余万,由平山铺扎至鸦关,绵亘九十里。"这样的情形,甚至让清帝都食不甘味。同治五年(1866年)八月十五日,云南巡抚刘岳昭接到同治皇帝的一道谕旨:"……黔中群盗如毛。"同治帝在此谕中认为这样的情况是因为地方官僚无能,他旨谕"著张亮基随时体察所属贤否……慎选贤能牧令"。可见朝廷一方面训斥官员的无能,另一方面也希望选贤用能。

所以,在清王朝急需军事力量、军事人才参与围剿太平军以及贵州各地农民起义军的时候,贵州当地的土目、团练便都加入了平定起义的战争中,余昭《平定猪拱箐匪始末记》说:"清军连营172座,大军数万,益以各土目家丁,并各地团练,为数将近十万。"

"在此历史背景下,余珍的阶级立场和社会地位,使其将个人和家庭的命运与清王朝的统治密切相依。"② 余珍很快投笔从戎,并"改授都司,以坚壁清野,著有成效",余珍的军事能力得到了施展。《四馀诗草》中有一首描写战事紧张激烈,而余珍内心对胜利充满渴望的诗作——《雪山关见羽递有感》,诗云:

> 万峰如削破,一骑忽飞来。
> 羽檄东西递,关门日夜开。
> 泥淋深鸟道,烟雨走龙媒。
> 何时烽火息,红旗报捷回。③

---

① 贺国鉴:《猪拱箐苗族起义史料辑录》,《贵州文史丛刊》1991年1期。
② 余家驹、余珍著,余宏模编注:《时园诗草·四馀诗草》,贵州民族出版社1993年版,第94页。
③ 同上书,第107页。

激烈的战事成就了余珍，他因"堵剿筹饷，屡有劳绩，为当事所依重"。其后，受云贵总督张亮机，贵州巡抚韩超保奏，诰授武翼都尉，赏戴兰翎，袭大屯土千总职。①

正当其"文经武纬，蒸蒸日上"时值壮年之时，余珍却身染重疾，溘然辞世，享年四十岁。所遗《四馀诗草》一卷，在其生前，已"自题其稿曰四馀"，咸丰年间李怀莲撰文作序，至于编辑镌刻付梓，刊印传世，则是由其族弟余昭所主持。

余珍一生虽短暂，却文武兼备，能诗善画喜收藏，栽花养鱼爱骑马，其性其情其诗，在余氏作家群中独树一帜，颇具特色，他以精湛的书画，不俗的诗歌创作，与余昭一起，承继了父辈的风雅诗性。

余昭在《悼海山兄即题即稿》中赞叹其"米家书画玉溪诗，意气阿瑛性牧之""才艺无双夺化工，长埋岂肯郁幽宫"。余昭对这位仅年长自己两岁的族兄极为欣赏，对他的英年早逝倍感痛惜。余珍育有六子，唯三子象仪、四子振仪存，余皆早殁。② 三子余象仪承管大屯，是为第十世庄园主。

二 《四馀诗草》

1. "四馀"之意味

李怀莲在《四馀诗草序》中说："余子子儒，自题其稿曰四馀。予询其义，曰：读书用三馀，古有是语，今子独曰四馀何说？答曰：居家处事之馀，读书作画之馀，栽花养鱼之馀，纵谈游览之馀。予闻而击节曰：居家处事，人所同也。读书作画，轶乎俗矣。然文人犹有同此嗜者。栽花养鱼，非有清福而兼逸性兴者不能。然日为三者碌碌，终不免身为物役。纵谈游览，其情又何畅也。是则焉问其馀，又何暇刻意于诗。然居家处事，可以悉作诗之理。读书作画，可能博作诗之趣，栽花养鱼，可以活作诗之兴。纵谈游览，可以畅作诗之致。情以景生，景随时寓，活泼泼地，独见性灵。"③

---

① 余家驹、余珍著，余宏模编注：《时园诗草·四馀诗草》，贵州民族出版社1993年版，第94页。
② 余宏模：《余宏模彝学研究文集》，贵州大学出版社2010年版，第376页。
③ 余家驹、余珍著，余宏模编注：《时园诗草·四馀诗草》，贵州民族出版社1993年版，第95页。

第四章 余家驹、余珍父子

　　馀事，即正事之外的他事，次要的馀闲末事。唐代文学家韩愈自谓"多情怀酒伴，馀事作诗人"，唐代诗人张籍也说"身外无馀事，唯应笔砚劳"，宋代词人史浩则说"风勾月引，馀事作诗人"。馀事作诗之说，大概也是中国文人的一种传统。以韩愈来说，他将作诗置于倡导古文之外的"馀事"，宋人对他"馀事作诗人"的解读因之出现了三种观点：一是创作动机不同，此种观点认为韩愈是以文为本，以诗为余绪。欧阳修是此种观点的代表，他说："退之笔力，无施不可，而尝以诗为文章末事。"二是以"馀事"为学问之余，认为韩愈是以治学修业之馀作诗，费衮就认为："退之一出余事作诗人之语，后人至谓其诗为押韵之文，后山谓曾子固不能诗，秦少游诗如词者，亦皆以其才为之也，故虽有华言巧语，要非本色。"三是以诗为功业外的馀事。晁补之就认为宋人写诗多出于嗜好，是词之"馀事"，"不足于取世资而经生"，往往是"少达而多穷"，所以在宋代有"穷而后工"的说法。

　　清代以来，宗宋诗人身上"馀事为诗"之说连绵不绝，对"馀事"之说亦未超出宋之范围。钱谦益说："……乘化游纵浪，乐尽付冥默。能潜乃龙性，可谏匪凤德。余事作诗人，遗名隶酒国。……"朱彝尊在《白香山诗集序》中说："余好为诗，尤喜读古人书，尝以为诗者载道之文，言若止嘲风雪，弄花草，则于六义尽云矣。其后观唐书至白公乐天传，公所言往往与余合，因爱读其诗不辍，乃知公立身本无不合乎道，特余事作诗耳。"黔中大儒郑珍也云："作诗诚余事，强外要中欵。膏沃无暗檠，根肥有新艳。"表达他的"学人之诗"的诗学观念。

　　及至清末民初，"馀事治诗"几乎成为论诗的褒语。汪辟疆论李慈铭："余事为诗竟不群，别才非学总难论。"胡先骕《海日楼诗跋》称赞沈曾植："先生之学，海涵地负，近世罕匹，诗词籍以抒情，固其余事耳。"钱仲联称陈衍："丈故学者，诗特余事。然所著石遗室诗话三十二卷，衡量古今，不失锱铢，风行海内，后生视为圭臬。"

　　以上诸家所论，都包含着诗是不足道之小事，是清代诗坛在诗歌伦理体认上对传统的继承，尽管清代诗人也曾努力为诗歌赋予本身以外的意义，但对诗歌道德力量的怀念和诗歌软弱无力的悲哀，成为他们身上的一对矛盾共同体，此为另一话题，兹不赘述。

余珍受中国历代文人"诗为馀事"观念的启发,将自己的诗集题名为《四馀诗草》,仔细阅读其诗作,我们发现余珍的"四馀"之说颇有意味,所谓"居家处事之馀,读书作画之馀,栽花养鱼之馀,纵谈游览之馀",隐含着余珍的生活态度和对诗歌创作的看法。

首先,"四馀"蕴含着他对现实人生、社会历史的丰富体味。

表面看来,余珍将写诗视为生活中的"闲事""末事",但在他的诗集中,我们分明看到诗在余珍生活中占有十分重要的位置,是其情感的载体。想念兄弟他写诗,送别友人他写诗,紧张的战争中他写诗;寄托思恋、登高怀古他写诗,面对一年四季奇丽多变的黔山蜀水他更是以诗咏之;庄园中的闲适生活、田园上的秀野风景无一不引发他的诗情,更不用说他所擅长的题画诗了。现存余珍《四馀诗草》留存的诗作不足百首,但其形式多样,内容较为丰富,多数诗作情感真挚,朴素动人。总之,他将现实人生中的种种感受,通过诗歌进行了充分地表达。

余珍自谓诗为"馀事",从不以"诗人"自居,认为其诗不足道,然而,在今人的眼中,余珍的诗作却是彝族文人汉文诗写作的上乘之作,诚如黄万机先生所言:"(余珍诗)语言流畅,善于白描……其诗如民间风情画,富有地域特色。"[1] 其实不仅如此,余珍之"馀事"均是他诗意人生的一种记录,是其真情实感的表达,这从其诗歌内容中就能得到印证。比如,春日踏青、清明遇雨、朋友生日、为朋友题画、园中赏花、楼上饮酒,他都一一进行描摹。再如,他在黔山蜀水间,因景因物的触动而创作了不少的咏物诗、咏史诗,这些诗作皆怀有昂扬的民族自豪之情与对历史兴亡更替的深沉思索。《水西道中》《德脿屯》《乱后再游灵峰寺》《登玉皇阁吹笛》《大方城怀古》《同子懋登奎文楼》等,就是这方面的代表,诗中饱含着对民族历史与英雄人物的缅怀与颂扬:"丞相曾闻招济火,生民犹是说奢香","朝天双节妇,助汉一将军"[2]。余珍对诸葛亮、济火、奢香、刘赎珠这些维护民族团结,为西南少数民族地区的发展做出杰出贡献的历史人物,充满敬佩。

---

[1] 黄万机:《贵州汉文学发展史》,贵州人民出版社1999年版,第176页。
[2] 余家驹、余珍著,余宏模编注:《时园诗草·四馀诗草》,贵州民族出版社1993年版,第98页。

其次,"四馀"之意还道出了作诗之真谛,那就是"工夫在诗外"。

所谓"工夫在诗外"是南宋大诗人陆游留给他儿子的一份文学遗嘱,陆游认为,一个作家所写作品的好坏高下,是其经历、阅历、见解、才智、学养等诗外的修为所决定的,作诗的功夫,在于诗外的历练。余珍以"四馀"自名诗集,暗含着他的诗学观念,即真实而丰富的人生经历,正是创作之源泉,所以李怀莲说:"居家处事,可以悉作诗之理。读书作画,可能博作诗之趣,栽花养鱼,可以活作诗之兴。纵谈游览,可以畅作诗之致。情以景生,景随时寓,活泼泼地,独见性灵。"下面让我们来看看余珍"四馀"之外的"活泼"与"性灵"。

以《寄攫云君》为例:

白云时在天,好风吹之去。
我心逐云飞,飘落君居处。①

这是一首寄怀好友的诗作,充满想象,极富韵味,眼前飘飞的白云,触动了诗人对远方友人的思恋,于是心随云飞,感觉已飘落到朋友所居之处。作品画面优美,充满情趣,诗人因景生情,将这思恋之情写得浪漫而美好,正所谓"读书作画,可能博作诗之趣",而其"性灵"亦自现。

再读一首《花朝游小河》:

桃花滩上泊轻舟,细雨如烟淡不收。
间道前村春酒熟,安排再典鹔鹴裘。②

这首诗景致美好人欢乐,诗人豪放之性情跃然纸上,"安排再典鹔鹴裘"的余珍让我们想起了那个"五花马,千金裘,呼儿将出换美酒"的谪仙人李白,只是彝族诗人余珍却没有那"万古愁",他纯粹是为了享用村人酿好的春酒,其生命的自在状态"活泼泼"地呈现在读者面前。"纵谈游览,可以畅作

---

① 余家驹、余珍著,余宏模编注:《时园诗草·四馀诗草》,贵州民族出版社1993年版,第110页。

② 同上书,第114页。

诗之致"，诚哉！

钱钟书先生曾说"寻诗争似诗寻我""偶然欲作最能工"①，诗意、灵感来自生活，来自内心，余珍的"四馀"之意恰暗合了"诗为心声""穷而后工"之诗理。

2. 题画诗与山水诗

余珍的绘画、书法是余氏作家群中成就最高的一位。他爱好画画，对画作有极高的鉴赏能力，并写下了不少的题画诗。颇能反映他平日的书斋生活和学者尚好，余珍在青年时就已颇有画名，不断有人索求，求画者远至秦蜀。题画诗作为一种单独的诗歌门类，与宋代士人精神生活的日益丰富与精细相关联。胡应麟的《诗薮》中曾论及其起源："题画自杜诸篇外，唐无继者。"但把宋朝作为该门类诗歌的发凡与奠基期题画诗的发展，大体经历了两个阶段。初始阶段是"就画论画"，诗人或者直接针对画面展开读解咏赞，或者通过画作意境发一些托物言情之意，例如杜甫《画鹰》即属此类。所以，此一阶段，诗与画之间的关系呈现出直接而对应的闭锁式结构态势。经过一段时间的发展，诗人们显然希望打破这种日趋固化的模式，不愿被画面写真的诗学所限制，从而开始追求一种更为写意的表达方式，即减少对画作形象的单一关注，以画为依托，畅意抒发自己的某种观念、感悟或对某些事物的看法。因此，这一阶段，诗与画的对应关系便由闭锁转向开放。显然，这是题画诗这一小门类对宋诗中"以学为诗""以理为诗""以议论为诗"等旨趣的一种余波嗣响。

余珍的题画诗是余氏受汉文化、汉文学影响的产物，或蕴含着对画作的艺术鉴赏与鉴定的点滴过程，或是以"情"代"象"有对艺术作品的独到体悟。他以《题画》为名的三首诗，都体现出擅画的诗人对画作的认真阅读和细心揣摩：

> 三两渔舟泛晚潮，白门疏柳日萧萧。
> 蓼花低护洄滩转，千里鲈乡入望遥。

---

① 钱钟书：《槐聚诗存》，生活·读书·新知三联书店1993年版，第47页。

情怀烟月憾难消,楚尾吴头客路遥。
一片孤帆天外竖,万山倒影抱春潮。

此翁中酒如枯木,亘古春风吹不醒。
酣然睡足三千年,梦中唤酒一延颈。①

  三首诗都以寥寥数语即点破画作之境,不论画面,却通过侧面烘托的手法评论画作的高超,对画作之情的凝练浓缩:思乡的浓烈情感、游子的孤独感伤,酒徒的传神之态,仿佛在读者面前展开了一幅幅画作。应该说,诗人对作品的观摩,每每是从画面之后的素养和气韵出发,对画外之境进行深刻的体会,渐至养成一种艺术家的眼光和敏锐洞察力。由此看来,余珍在绘画上有所成就,良有以也。

  余珍对画面题材的选择有自己的偏好,这也是文人画家的传统。他喜爱兰菊梅等植物,借以表达自己的品性,他欣赏菊花的"珊珊骨貌经秋减,也似群英瘦到心"。他欣赏兰花的"为爱生成无俗韵""一点灵犀见性情",表现出了他内心的高洁幽情,其中无疑也蕴含着自托之意。《画兰赠康炳堂并题》《题画兰赠邸春圃》《赏菊》《月下赏梅》都表现了他的一种闲雅之气和内心修养,这与余氏作家群注重自我心境的锤炼也有很大的关系。兹以两首题画兰的诗作为例:

春风石背泊轻寒,小吐红芽玉一竿。
为爱生成无俗韵,素心写得寄君看。

此心何处著纤尘,一点灵犀见性情。
藉取幽兰为写照,三生石畔证前生。②

  这两首题画诗都透露出一股空灵悠远的气息,将兰之高洁清雅付诸画面,

---

① 余家驹、余珍著,余宏模编注:《时园诗草·四馀诗草》,贵州民族出版社1993年版,第109页。
② 同上书,第102页、第109页。

使人不仅在欣赏高雅的画境时得到情操的陶冶,更在阅读画面上的诗歌时得到心灵的洗涤。诗歌很好地配合了绘画的境界,以"意"代"情",表达了对心有灵犀的朋友之珍视,既阐发了画面的深意,又以简略的文字触动了人们的内心情感。

文人墨客的不少画作,都有馈赠社交之功用,故于画面之内,常常寓含惜别流连、恭维颂扬等社交意味,余珍的一些题画诗也可见出此种端倪。如《为张亮辅画扇并题》《为秦伯川画扇并题》《为龚邑侯幕府葛晋三画扇并题》,甚至如《止园赏菊瑶亭主人索题菊影》等,都可见出这位大屯土千总每每也难免馈赠社交。但余珍的这一类绘画,与汉文化传统中江岸送别的赠行画完全不同,他有自己的方式与风格。余珍常以画扇题诗来赠与友人,不失风雅而有真情,且少了几分社交场上的虚与委蛇,多了几分彝族文人不拘于古的真性情。

他为好友张亮辅画扇题诗:"残阳蒸影上天红,极目江平面面空。除却人家三两户,一行沙鸟半帆风。"①诗作将夕阳西下的美景作了勾勒,红日映衬着江水,分外艳丽,江边人家与空中沙鸟相得益彰,极具安宁和谐之美。为秦伯川的画扇题诗更有一派空蒙迷离之景与任性自由之情,诗曰:"白鸥江上水烟低,白石亭边日向西。一叶扁舟无定所,青山红树影离迷。"②绘此山水,意在神游翰墨,陶涤性灵,以供其好。在为龚邑侯幕府葛晋三的画扇题诗中,余珍则说:"春风吹动百花妍,绿醉红酣二月天,知否踏青曾约伴,游人都在翠微巅。"试图通过山水和人物的描绘引发受画者与绘画者的某种共同经验的回忆,来表达赠行惜别之意。总之,余珍的这类送行题画诗不拘于古,有自己的风格与特色,亦能表达自己的真挚情谊。

《谭荷生画梅见惠并系以诗》,直接由观画的缘起讲起,接着追溯画作主人与自己的浓厚之情,最后借画发挥,抒发情感。诗云:

> 我有故人攫云子,素未觌面神交耳。

---

① 余家驹、余珍著,余宏模编注:《时园诗草·四馀诗草》,贵州民族出版社1993年版,第102、107页。

② 同上书,第100页。

第四章 余家驹、余珍父子

> 遗我一幅占梅花,瘦硬通神神乎技。
> 画梅分明画相思,一往深情出十指。
> 想见先生下笔时,冰雪漫山春正始。
> 饮一斗酒画一枝,枝枝迸现相思旨。
> 画成题云写君照,而我几生修到此。
> 我素爱梅如爱友,迢递搜寻日无已。
> 得来一枝春赠君,岂知春在君握里。
> 人生快意是知音,梅花作合更添喜。
> 告诉梅花所以然,缘根结就非偶尔。
> 庾岭春深日迟迟,缟袂应来同卧起。①

这里,诗人读懂了画的神韵与情味,瘦硬的梅花承载的是两位神交已久的知音的深厚情谊,这哪是画梅,分明是"画相思",这幅画和画面上题写的诗文,事实上提示着与友人之间的精神共鸣与共同情趣,从而使观者明了这不是一幅普通的话旧图,而是希望在日后的岁月里,画中的好友能通过这幅图生发某种关于两人交往的共同回忆。仔细想来,这幅画类似于如今合影照片的独特意义,因为画面只是静态的瞬间留影,题画诗则声音、动作并茂,扩展了画面的时间与空间,化静为动,将瞬间变成永恒。

余珍与其父亲余家驹一样,热爱乌蒙山区的自然秀美与壮丽山水,他一生足迹所及虽不广,但山水田园之游是他日常生活中的一大乐趣。乌蒙高原上的山山水水、田园风事实上成为其山水诗画的主要灵感来源。比如《小河安澜阁》:"是谁当日颂安澜,五月江深阁亦寒。画取此间图一幅,教侬常把钓鱼竿。"② 诗人目之所及皆为画。再如《层台驿》:"白云溪上野人家,流水桥通石径斜。客路正嫌秋冷落,小园瞥见一枝花。"③ 空旷山野中的冷寂与农家小园中绽放的鲜花,互相衬托,将自然荒疏之景与人间烟火之味熔于一炉,

---

① 余家驹、余珍著,余宏模编注:《时园诗草·四馀诗草》,贵州民族出版社 1993 年版,第 102—103 页。
② 同上书,第 114 页。
③ 同上书,第 115 页。

整首诗就是一幅水墨山水画,"溪上""流水""小桥""鲜花",色彩参差明丽,动静相宜,渲染出了高原上的寂静之美,实为诗画同构。

又如《同子懋登奎文楼》:"欲挽年光何处留,茫茫万感到心头。穿窗积翠山千叠,入画分明月一钩。丛菊尽成霜里艳,斜阳犹是古时秋。携将樽酒同归去,珍重人生几上楼。"[①]诗作记录了登楼的感受,既有现实景物的描摹,也蕴含着诗人深邃的思想。在对历史沧桑作了一番空灵的思索之后,他以焕然一新的眼光观察当下的景物,从而将一次普通的登楼观景升华为对自然和人生的历史性观照。

余珍的山水诗,最大的特点在于清新质朴、旷达隽永。比如《初夏》《春日偶步》《雨后》《月下》《宿三官寨》等诗作,笔触幽淡,语言明快而又不失意韵绵延。他的一些郊游之作,体现出爽直活泼的意味,写出了高原山村的古朴宁静,令人心生神往。

总之,余珍的题画诗与山水诗反映出的是诗中有画,画中有诗,诗画同构共融的艺术特色,这与其父余家驹所提倡的"诗中有画画有诗"的诗学主张一脉相承。

[①] 余家驹、余珍著,余宏模编注:《时园诗草·四馀诗草》,贵州民族出版社1993年版,第113页。

第五章 余昭、安履贞夫妇

第一节 余氏家学"传衣钵者":余昭

一 身世与性情

余昭(1827—1890 年),字子懋,号德斋,又号大山,彝名龙补,出生在今天的四川省东南部的叙永县水潦乡。他的身世和命运与当时的家族变故、动荡社会、政治制度紧密联系在一起。根据历史文献和其本人诗作,大致可把余昭的生平经历分为几个阶段。

1. 催生创作激情的庄园生活

余昭的童年是十分快乐的,受叔父余家驹的影响,他从小对汉文诗作非常感兴趣。他的诗作中就有不少是回忆那段快乐时光的诗作。然而,在他 16 岁时,父亲去世,幼年失怙的他跟随伯父余家驹来到毕节大屯庄园家塾读书,得伯父亲授家学,并被视为家学"传衣钵者"。大屯庄园一花一景皆成风格,催生了余昭的创作热情,更成了他笔下的主要题材和内容。他曾多次在自己的诗中描绘庄园绝美的景色,如在《时园八景·层楼揽山》中对庄园的山和景发出"安得四海名山尽收罗,日日对饮高楼神抖擞"① 的感叹,更有《品

---

① 余昭、安履贞著,余宏模编注:《大山诗草》,四川民族出版社 1994 年版,第 37 页。

园闲咏》中"径列乾爻品字池,咸亨物我寓遐思。穿花墙短看山好,绕竹庭深听雪宜。懒去芟修留古致,闲来散淡得新诗。颇无尘梦来相扰,入室人真俗可医"①的赞美。当然,值得一提的是,余昭的时园生活离不开其妻安履贞,他于1843年迎娶被称为"乌撒奇女"的安履贞,夫妻二人在这园中时常吟诗作对,探讨古往今来。在余昭的诗中,不仅可其对时园山山水水的歌咏之情,更可以窥见他时常在这里与挚友的高谈阔论,与爱妻、兄弟们的秉烛夜游。

2. 坎坷的科举仕途

在余昭跟其伯父余家驹读书期间,曾三次参加科举均未中第,直至道光庚戌年(1850年),他选择废学持家。他学富五车、具有积极的入世精神,但却总是名落孙山,其中缘由想必也是同动荡的时代,已经快要土崩瓦解、极度腐败的清王朝,有着不可言说的关系。但他的心境并不是"两度长安陌,空将泪见花"(孟郊《再下第》),更不是"功名已是因循。最懊恨、张巡李巡。几个明年,几番好运,只是瞒人"(董德元《柳梢青》)。他内心却是"笔巅横扫走风涛,一入文坛气更高。世上岂无千里马,途中谁是九方皋。思传后代情原壮,想到初心梦亦豪。富贵在天非战罪,莫将成败论吾曹"(《自慰落第》)②。诗中的他尽显豪迈、大气之感,大有一种得之我幸、失之我命之感,也许这就是彝族男儿血液里面的情怀和气度。

3. 搅动风云的军旅生活

随着三次落第归来,其兄余珍去世,余昭已然承担了家族中更多的责任,成了余氏一族的实际当家人。然而,时局的动荡,又给他的人生添上了浓墨重彩的一笔,同时也丰富了他的文学创作。咸丰、同治年间,在太平天国革命运动的影响下,黔地高原上也涌现出了各族民众反帝反封建的革命斗争。黔南有布依族、水族人民起义,黔东南有张秀眉领导的苗族人民起义,黔西北则有猪拱箐各族农民起义,作为地方士绅的余昭投军参与征剿农民起义,立功受保走上仕宦之路,历任知县、钦赐花翎直隶州知州、后补知府等官职。

---

① 余昭、安履贞著,余宏模编注:《大山诗草》,四川民族出版社1994年版,第82页。
② 同上书,第36页。

仕历中的余昭多次参与平叛，并在其许多诗作中洋溢了浓烈的平叛立功之渴望，产生了许多颇具个人特色的边塞诗。他的边塞诗不同于以往，不是凄凄艾艾，更不是远离家乡的离愁别绪。他的诗是"我辈岂难非食肉，等闲莫负百年身"，"典尽奇书心里有，枕戈草莽早称臣"。①（《赠刘雨生茂才嘉藻从军并慰其贫》）诗中的他尽显一个热血男儿为国杀敌、奋勇无前的决心和勇气。

在为官、从武、漫游乌蒙的生涯中，这位出身彝族上层文化世家的学者型官吏始终笔耕不辍，著述甚丰，著有《叙永厅志稿》《土司源流考》《德斋杂著》《有我轩诗稿》《大山诗草》等。其诗文大可窥见其思想上受到汉家文化的高度影响和熏陶，产生了积极入世的理想，把"达则接济天下"作为自己的信仰。同时，也有彝族血液里的豁达、乐观精神，更有对爱情执着、对其妻爱护有加的细腻情感。从这一层面上说，余昭超越了我国古代的许多诗人，他们或是情感细腻，擅长于描绘伤春悲秋的景物以抒情志；或是豪情粗犷，擅长于描写气势江涛以表胸襟。而余昭却是二者兼得之，更添加了少数民族的风情美感。其族谱《通雍余氏宗谱》就载其翰墨情怀云："公自少及壮，治而乱，乱而治，阅世数十年，惕虑忧勤，听夕无闻。而笔砚书史，习与性成，一日不对，则忽忽不怡，其天性也，……于是考据，于是歌咏"②，从中便可窥知其人的诗书情怀。清光绪十六年（1890年），这位亦文亦武、亦官亦学的彝族土司裔诗人卒于贵州毕节大屯，享年64岁。

二 《大山诗草》

说起余昭，就不得不提起《大山诗草》这部诗集，这部诗集是余昭毕生诗歌创作的总集。虽然，历史的时空早已让他远离我们，但我们或许可以通过这本集子去了解到他的生活、精神和才华，亦可窥探到他对于人生经历的态度。

---

① 余昭、安履贞著，余宏模编注：《大山诗草》，四川民族出版社1994年版，第99页
② 余家驹原著，余昭原注，余若璟续修，余宏模整理：《通雍余氏宗谱》，日本学习院大学东洋文化研究所1999年版，第45页。

1. 各体兼备的诗歌之路

诗歌自《诗经》以来,经过不断地发展和嬗变,出现了各种体式。有《诗经》为代表的四言,有汉代乐府诗的五言,也有唐代杜甫为代表的七言,更有中间交替使用的杂言诗。既有"关关雎鸠,在河之洲"的简短明快,也有"迟日江山丽,春风花草香"的完整叙事;既有"莫笑农家腊酒浑,丰年留客足鸡豚"的律动之感,更有"噫吁戏,危乎高哉,蜀道之难难于上青天"的自由放肆。而余昭自然是欣然接受了文学史上诗歌的各种体式,在不断的磨炼中走出了各体兼备的诗歌道路。笔者按体式将余昭的诗作整理如表5-1所示。

表 5-1

体式类型	数量	代表作
四言诗	3首	《艳红媚雪》《水烟袋铭》《品园四言》
五言古体、五绝、五律	67首	《塞下曲》《登雪山关》《大清一统图》
七言古体、七绝、七律	267首	《逍遥游》《观书偶作》《秋江独步》《寄内》
杂体诗	11首	《渔翁行》《观安会亭舞桨》《节女吟》
排律诗	8首	《赠内》《见镰刀隘舟人在河圈坝借舟事纪以诗》
六言诗	1首	《林花绣春》

表 5-1 是笔者对余昭诗歌体式的大致梳理,从中我们不难看出,余昭的诗歌体式多变、简洁灵动,寥寥几笔便勾勒出"清香梅蕊,斗雪争妍。猩唇呈艳,鹤氅凌仙。生成红粉,不假丹铅。胚胎春意,笑靥嫣然"(《艳红媚雪》)①。它是简朴直接、叙事清楚的"月落秋风冷,霜寒鬼暗号。黄沙连远塞,何处响弓刀"(《塞下曲》)②。它更是抒情和叙事结合的天衣无缝、思想肆意遨游的"昨夜我梦逍遥游,游遍宇内凌沧洲。撑肠冰雪起光怪,来补人

---

① 余昭、安履贞著,余宏模编注:《大山诗草》,四川民族出版社1994年版,第40页。
② 同上书,第11页。

间文字缘"(《逍遥游》)①。不过,余昭诗歌纵然体式多变,总的来说还是以五言和七言为主,兼有其他。

2. 豪放不羁的俗语与温柔细腻的呢喃共生

古有苏轼、辛弃疾的豪情壮语,也有李商隐、李清照的和风细语。而余昭则是二者兼有之,将粗犷与细腻溶解进骨子里,读来动人心弦。在诗中,他能引吭高歌,唱出"峭崖长亘天,斗绝面如削"②(《镇西隘口》)的艰险之感,以豪迈不羁的语言点出过镇西隘口之险。当然,也能低语呢喃出"有花无月春不娇,有月无花夜寂寥"(《春夜月下赏花》)③。

3. 丰富的题材和内蕴

《大山诗草》收录了余昭的所有诗歌,我们能从中看到,他一生的经历非常之丰富。国家、家族以及自身的命运都十分动荡,对此他具有太多的情绪需要表达和抒发。因此,他复杂的人生境遇也造就他诗歌的内容如同他的生活一样具有丰富的内蕴。余昭的诗作,题材多样,内容丰富,咏物、咏史、赠答、悼亡、边塞、讽刺等皆有,现总结整理如表5-2所示。

表 5-2

题材类型	代表作品
写景咏物诗	《秋江独步》《泸州即景》《踏青即事》
咏史诗	《西楚霸王》《曹操疑冢》《汉高帝》
赠答诗	《赠内》《赠刘雨生茂才嘉藻从军并慰其贫》
悼亡诗	《子康弟妇没后吊之》《伤戚里》
边塞诗	《从军曲》《塞下曲》
讽刺诗	《虱》《蚤》《蚊》

---

① 余昭、安履贞著,余宏模编注:《大山诗草》,四川民族出版社1994年版,第6页。
② 同上书,第15页。
③ 同上书,第45页。

总的来说，余昭的生活和思想几乎可以从以上的诗歌当中窥见，通过其诗作我们能更深入地考察余昭独特的精神风貌。

首先，余昭曾"弃笔从戎"，放弃了走科举之路，转而征战沙场。他有着强烈从军建功立业的愿景，具有彝族男儿的热血冲动，渴望能够借助一己之力力挽狂澜，实现自我的人生价值和理想。他认为，大丈夫要怀家国天下的情怀，因此，他的边塞诗是独树一帜的。

从《诗经》开始，提及描写战争的诗歌，总会表达戍边的寒苦、生民的流离失所，如《小雅·采薇》："忧心烈烈，载饥载渴。我心伤悲，莫知我哀。"浓情脉脉地展现了戍边战士生活的艰苦，强烈的思乡情绪，流露出期望和平的心绪。汉代随着乐府诗和东汉文人诗的发展，边塞之苦越发流露出来，如《战城南》中"战城南，死郭北，野死不葬乌可食"，作品从一开始就充满了悲壮的气氛，表现出作者对于战争中死难者的悲惨遭遇的同情，也谴责了战争的残酷。再如，《十五从军征》中"家中有阿谁?"一句便道出了一位"十五从军征，八十始得归"的戍边老兵回到家乡，无人迎接、无家可回的悲惨境地。直至后来的边塞诗的高峰——唐代边塞诗，亦如前朝诗人的厌战情绪，总会在诗中表现出对于战争的厌恶，对于百姓苦难的同情，这其中也包括杜甫等诗人在内。而身体里淌着彝族血液的余昭则不同于这些诗人，他的诗歌也不同于以往的边塞诗，以《从军行》其一至其六进行探究。

其一
不听招降便请缨，自家忘却是书生。
闲来偶谱从军曲，都带车粼铁驷声。①

一句"不听招降"展现出诗人自觉主动承担拯救家国危难的责任，"忘却"自己曾是想要通过科举入仕，施展宏图的一介"书生"。就连空余时间所谱的"从军曲"也能听得战马豪情嘶嚎，战车碾得嘎吱作响。余昭恐怕就如同这战车与战马一般，在征战前期也躁动不安、热血流动，渴望能早日取得胜利。

---

① 余昭、安履贞著，余宏模编注：《大山诗草》，四川民族出版社1994年版，第273页。

其二
立马黔南第一关，武侯曾此说征蛮。
指挥斗壮风云气，遥拜旌旗十万山。①

来到战场，感叹"武侯"也曾豪言要征战此蛮荒之地，想起如今亲临于此，与"武侯"一样，迟早也能将胜利的"旌旗"插上"十万山"。此诗充分展现余昭不畏战，相信自己一定能取得胜利的雄心壮志。

其三
如雪刀光夹道迎，单骑驰谕一身轻。
霜风马上寒吹角，探穴归来月在营。②

其四
虎穴重探四五回，挑灯都认救星来。
惊他十万苗男女，听我鼙声动如雷。③

其三与其四是战争交战过程中的细致描写，自己身轻如燕，只身深入敌方阵营刺探军情。他"单骑"重探四五回虎穴，任它外面是如何的"霜风""寒吹"，任它是如何的"刀光夹道"，依然不惧不畏，可以看出余昭身上的大无畏精神。

其五
电闪红旗令字挥，军声潮涌阵云飞。
短衣跃马横刀去，要助将军杀一围。④

交战的"令字"红旗已挥，士兵的杀声如同"潮涌"一般不绝于耳，"跃马横刀"丝毫不顾自己的安危，只为能够"助将军杀一围"。这里"跃马"而上的"短衣"，也许就是余昭本人，也许是他的士兵，但无论怎样，都

---

① 余昭、安履贞著，余宏模编注：《大山诗草》，四川民族出版社1994年版，第273页。
② 同上书，第273页。
③ 同上书，第273页。
④ 同上书，第273页。

能体会到他奋勇杀敌、不惜生命的英勇。探究到此,余昭与宋代辛弃疾等一样,望能建功立业,渴望自身得到认可,英雄有用武之地。

  其六
 一箭聊城耻论功,飘然归去万山风。
 空斋明月梅花夜,鼙鼓声犹在梦中。①

  待到论功奖赏时"飘然归去",只留下这空空的万山。仿佛这鼙鼓声响不过是一场梦罢了。余昭的超然情怀在其六中展露无遗,他征战实则只因怀有家国天下,从这一角度看来,他奋勇杀敌的勇气是纯粹的,自动请缨的家国情怀是真挚的。

  所以,我们可以说他的边塞诗是最能反映余昭诗文写作特点和性情的诗歌题材之一。他将自己大义凛然的思想与自己豪迈的语词融合在一起,形成了他诗歌创作的重要组成部分。

  余昭的生活经历和境遇复杂,造就其诗作不仅表现为粗犷豪迈的特色,同时具有闲云野鹤的精神品质,也具有温柔细腻的情感流露,这主要从他写景咏物的诗歌中可以窥见。接下来,我们以余昭的这类诗歌作为桥梁,直抵他的内心世界去探索不同于边塞征战情感的另一面。

  写景咏物的诗歌在余昭的所有诗文创作中占据了半壁江山。他具有创作这类诗歌的充分条件,一是他游历乌蒙山区,看遍边塞风光;二是他家族世代居住的庄园也处在大好风光之中景色。因此,家乡的山水,田园风光,在他细腻的感知下,从心中喷薄而出,形成了大量的写景咏物诗。笔者就以《登最高峰望云海》和《品园闲咏》为例,探知他的另一心灵世界。

 一峰突出群山表,群峰罗列儿孙小。
 我来登此最高峰,白云冉冉人渺渺。
 挥袂直上千寻巅,白云转在峰际裏。
 天风鼓荡云涌涛,霎时陵谷混颠倒。

---

 ① 余昭、安履贞著,余宏模编注:《大山诗草》,四川民族出版社1994年版,第273页。

红尘烟没落何处，一气乾坤合钮铸。

只留半段郁葱葱，不知可是飞仙路。(《登最高峰望云海》)①

这"最高峰"便是诗人游历乌蒙山区所见的自然风光。在其笔下，群山连绵起伏盘踞在此，最高峰突起，直达天际，其余的山峰便像是他的"儿孙"一般"罗列"在它身旁。白云环绕在其左右，浑然一体。此情此景，仿若仙境一般，顿时激发了诗人"挥袤直上千寻巅"的兴趣。来到高峰之巅，才发现自己在山下看到的只是冰山一角。峰顶"天风"搅动云浪波浪汹涌，仿佛乾坤颠倒，隐隐约约注意到还有一段郁郁葱葱的景色，诗人大胆想象那莫非不是"飞仙路"吧！诗中将诗人闲云野鹤、寄情山水的情致展现出来，游历山水人间，探寻飞仙之路，这与边塞诗中奋勇杀敌的勇士截然不同。再看《品园闲咏》：

径列乾爻品字池，咸亨物我寓退思。
穿花墙短看山好，绕竹庭深听雪宜。
懒去芟修留古致，闻来散淡得心诗。
颇无尘梦来相扰，入室人真俗可医。②

诗人在时园中，春日"品乾爻池"、夏日"穿墙看山"、冬日"绕竹听雪"，尽享园中美好景致，就连该芟修的地方也懒得触碰，留它在那儿自成一景。在这里，没有"尘梦相扰""可医俗人"，在"散淡"中更"可得心诗"，抒发了余昭对时园的喜爱，表现出他闲适自得的心境。

总之，从以上分析中，可以看出余昭涉猎的题材广泛，就其边塞诗和写景咏物诗进行具体分析，其思想内涵丰富。若是泛读其他题材的诗歌，更可感知他诗歌的丰富内蕴。如悼亡诗《子康弟妇没后吊之》《仿曹子建赠白马王彪体吊弟子长昶》表达了余昭对逝去的亲人的惋惜、同情或是怀念。再如赠答诗《赠内》《赠刘雨生茂才嘉藻从军并慰其贫》则表现出诗人与妻子和朋友之间的深厚情感。

---

① 余昭、安履贞著，余宏模编注：《大山诗草》，四川民族出版社1994年版，第17页。
② 同上书，第82页

三　诗风成因

余昭诗歌有其独特的风格，表现在：语言上豪放俗语与呢喃细语结合；体式上以五言和七言为主，兼备四言和杂体；丰富的题材与深刻的内蕴。这里我们有必要探求影响其诗风的因素，以便能更加深入地了解余昭。

1. 时代的变动

余昭生活的时代，中央政府施行了"改土归流"的土司政策，削弱了地方土司的权力，家族的境遇已经无法与过去相提并论。而大的社会环境亦是风起云涌，清王朝晚期的腐败、各地起义军此起彼伏，使得整个社会处于一个混沌不堪的状态。

在这样的背景下，必然会对余昭的诗歌产生不可小觑的影响。首先，丰富了他的题材。若不是时代的混乱，战争的烽火，那怎会有诗人笔下的"惊他十万苗男女，听我鼾声动似雷"（《从军曲》其四）[1]。若不（《品园四言》）是家国命运的跌宕起伏，诗人笔下就不会有精致的"有屋数椽，左右修竹。有径三弓，苍苔绿缛"[2] 的时园风光，也不会有乌蒙山区艰险的"壑断云为补，岩高月可揣"（《豸觿崖观音洞》）[3] 的奇特景观。其次，促成他诗歌中思想内蕴的超脱。他具有大义的家国情怀，想要挽救家国命运，但又愿意"飘然归去万山凤"，实为他早已看透这样的时局，不可能安然立身于朝堂之上，于是干脆回到时园这片小天地中去，"放得身闲事事幽，妙情多向静中收"（《闲适咏》）[4]。最后，还对其超然生命意识造成了影响。对命运的不公，对坎坷仕途的淡然处之，高吟"富贵在天非战罪，莫将成败论吾曹"（《自慰落第》）[5]。所以，从这方面来说，朝廷政策和时代风云确是对余昭诗歌产生了多方面的影响。

---

[1] 余昭、安履贞著，余宏模编注：《大山诗草》，四川民族出版社1994年版，第273页。
[2] 同上书，第81页。
[3] 同上书，第9页。
[4] 同上书，第87页。
[5] 同上书，第36页。

2. 汉文化与汉文学的影响

余昭作为土司家族的后裔,是彝族的上层统治者,有更多的机会接触和学习汉族文化和汉族文学。随着中央王朝不断加强对边疆少数民族地区的开拓,彝族和汉族的交往、交流越加频繁,联系越加紧密。民族之间的通商合作也使得汉族文化与文学在彝族社区中得到广泛传播。总之,社会环境和余昭自身好学的性格特点,使他深受汉文学的熏陶和感染。这种影响不仅表现在他的精神世界,更加体现在他的诗文创作中。

第一,大量引用汉文学典故。典故由来已久,最早可以追溯到汉朝,《后汉书·东平宪王苍传》:"亲屈至尊,降礼下臣,每赐宴见,辄兴席改容,中宫亲拜,事过典故。"从这个意义上讲,余昭有意识的使用典故本就是对汉族文化的一种融合。回到他的诗歌当中,他使用了大量的汉文化的典故来表达自己的思想和情感,寻找自己的精神寄托。如诗歌《逍遥游》中的"逍遥游"便取自《庄子》内篇,是庄子虚无主义和绝对自由哲学思想的集中表现,余昭以"逍遥游"为题,就是要表达自己犹如鲲鹏跃飞千里、一展雄才的愿望。在诗中,"烛龙"这一典故便是取自《山海经·大荒北经》:"西北海之外,赤水之北,有章尾山,有神人面蛇身而赤,直目正乘,其瞑乃晦,其视乃明……是烛九阴,是谓烛龙。"① 屈原也有"日安不到,烛龙何照?"诗句。又如"御风而行善泠然,鸡声朱朱临人烟"中的"御风"则是取自《庄子·逍遥游》的"夫列子御风而行,泠然善也"②,表达轻妙之貌。再如《蚂蚁洞》并序中的"蛮触争"取自《庄子·则阳》。《读史》中"三良"取自于《诗·秦风·黄鸟》。总之,在余昭的诗歌中,将汉文学中的典故与自己的诗融为一体,自由的表达对美景的赞叹,对命运的深思,对精神境界的追求,足以看出其对汉文学的熟知与掌握。

第二,巧妙运用意象。意象是融合诗人主观情感和客观事物的产物,它对于诗人情感的表达具有不可替代的关键作用。古往今来,汉族诗人凡在诗歌艺术上具有极高成就的,在意象的使用上都具有独特的风格特征,他们对

---

① 余昭、安履贞著,余宏模编注:《大山诗草》,四川民族出版社1994年版,第6页。
② 同上书,第7页。

意象上的使用，便形成了汉诗歌的意象群，余昭诗歌对意象的使用则与汉诗歌的意象群一脉相承。如汉诗歌中常用到"月"这一意象：李白的"举杯邀明月，对影成三人"，苏轼的"人有悲欢离合，月有阴晴圆缺"，张若虚的"江天一色无纤尘，皎皎空中孤月轮"，都是流传千古的佳句。而余昭诗中也多次运用到"月"这一意象表达自己的情感：在《中秋同内人赏月》中"满地花阴人半醉，一天云影月三更"[1] 描绘自己在半醉半醒之间闲适自得的境地；在《虚廊贮月》中"砌冷浸花瘦，庭虚贮月寒"[2] 描绘出一幅"月寒""花瘦"的深夜图；在《春夜月下赏花》的"有花无月春不娇，有月无花春寂寥"[3] 描绘春夜有花有月的"千金一刻"。另外，在余昭诗中，也常常运用到"松""梅"等意象表达自己高洁的品格和精神品质。

第三，思想上的感染，精神上的熏陶。当然，如若余昭只在诗作上有意吸收汉文学的精华，那便不能称作是受汉文化影响。更重要的是在他诗中领会到了他在精神上的追求和人生道路上的选择上，实乃受到了汉文化的熏陶和影响。在仕人文化中，受到儒释道的影响较深，仕人讲究"达则接济天下，穷则独善其身"。而余昭也在他的诗作中表现出这一思想境界，如若不是，那怎会有"从戎莫笑书生弱，要勒磨崖纪事诗"的远大志向，也有"飘然万里空"的功成身退的境界。再如，道家思想中讲究一个"物我同一"的境界，这样的思想境界在其《逍遥游》中展露无遗。

第四，体裁上的各体兼备，题材上的继承。《诗经》以来的爱情诗、边塞诗、咏史诗等各种体裁，余昭皆能掌握。在写作手法上也能捕捉到汉诗歌的影子，如唐代大诗人李白在诗歌创作中善用夸张的想象，写出"西当太白有鸟道，可以横绝峨眉巅"的蜀道难，同样，余昭也写出"峭崖长亘天，斗绝面如削"[4] 的镇西狭口。

3. 地域性和民族性的影响

上文提到，余昭诗歌中具有汉文学和文化的身影。但不难看出，其诗歌

---

[1] 余昭、安履贞著，余宏模编注：《大山诗草》，四川民族出版社1994年版，第19页。
[2] 同上书，第38页。
[3] 同上书，第44页。
[4] 同上书，第15页。

具有汉诗歌无法包容的因子,那就是独属于余昭的彝族身份特质和生活贵州毕节的土司家族特质。彝族是一个具有悠久历史的民族,在长期的繁衍发展中,逐渐形成了彝族人民坚韧、敢于抗争的性格特质,而这一点,在余昭的身上也具有突出的体现。特别是边塞诗中他常常表现自己"短衣跃马横刀去,要助将军杀一围"①的英勇之气,也常常表现自己即便在"月落秋风冷,霜寒鬼暗号"②的边寒之地也丝毫不畏惧。

余昭常年生活在云贵高原乌蒙山区,游历于川黔之交的水潦和大屯。特有的生活环境致使常常将乌蒙山区的景色纳入其诗作当中,感叹"但闻风泉响,不辨深几层。星光山隙漏,误作山家灯"(《途次夜景》)③,惊奇"塔势棱层插碧霄,人来飞阁雨萧萧"(《登大定玉皇阁》)④。常年生活在西南地区更是形成了余昭耿直、率真的性格特点,这使他常常借诗抒发自己的情绪,如对于朝廷腐败,他不同流合污,笑他们"生来无傲骨,原是太痴肥"(《虱》)⑤,讥笑他们"处处凭搔扰,跳梁能几时"(《蚤》)⑥;对于身边的美好景色,不吝自己的赞美之词,尽情地歌颂"饱看江山好风景,烟波深处荡轻桡"(《泸州即景》)⑦。

总而言之,余昭作为余氏作家群的重要成员,他和他的《大山诗草》确有不可撼动的地位。同时,作为彝族文学史上的一位诗人,也为彝族文学做出自己的重大贡献,更成为我国的多民族文化与文学的一个重要组成部分。

第二节 "乌撒奇女"安履贞

一 "乌撒奇女"

安履贞,字月仙,又字廉娘,诰封恭人,生于 1824 年 8 月 10 日,卒于

---

① 余昭、安履贞著,余宏模编注:《大山诗草》,四川民族出版社 1994 年版,第 273 页。
② 同上书,第 11 页。
③ 同上书,第 17 页。
④ 同上书,第 58 页。
⑤ 同上书,第 64 页。
⑥ 同上书,第 66 页。
⑦ 同上书,第 34 页。

1880 年 3 月 6 日，贵州威宁州遵化里红稗坝人，即今赫章县六曲河镇拉乐村，是勺钟（奢渣）土目安天爵之孙。安履贞一生可谓十分传奇，经历了家道中落的磨难、痛失亲人的悲剧，但同时也收获了旁人艳羡的爱情，正是这些催生了"乌撒奇女"的一生。

1. 家道中落的富贵女子

安履贞于道光甲申年（1824 年）七月十六日辰时出身于一个威名显赫的土司家族，乃为乌撒盐仓土府后裔，德布氏毕百哪洛支系，其祖父便是雍正年间的武举安天爵。安天爵是乌撒二十四土木之一，早年间随清朝军队征讨乌蒙山区，立下累累战功，因功获赏，得良田千顷，家产殷实。从小生活在这样的环境中，月仙自然是具有一种大家闺秀的品行和操守。安天爵非常重视汉文化，也很重视对后代的教育。于是在其家宅中开设家庭私塾，教授族人攻读诗书。且不说其子中豫、中咸、中立皆有文才、喜读诗书，与村中十诗迷结为诗友，号称"十穷村"，常闲暇相邀，品茶赋诗，传为佳话。

在如此良好的家学家风感染下，孙辈的安履贞、安履泰也是从小接触汉文化，修身养性，能诗能赋。据《通雍余氏宗谱》记载，月仙最是喜读《离骚》，常常被诗中的情感打动，同时她也深为屈原刚直不阿的高尚品质所打动，否则又怎会有一个女子为夫上京请命呢？因而被成为"乌撒奇女"。安天爵一家祖孙三代，重视研习汉语文且成果斐然，成为乌蒙山区彝族中的书香门第，且开地方办学之先河，为贵州彝村汉学的倡导者之一。

2. 痛失亲人的孤苦女子

"乌撒奇女"安履贞在这样的土司门第中逐渐成人，可大时代的瞬息变动，政治朝局风云搅动，使得生活在其中的安履贞也深受其害，变成了丧父、丧兄的悲苦女子。其兄安履泰桀骜不驯，在新婚之夜上演《北地王刘湛》，被吴姓仇家诬陷其有谋逆之心，官府以"不羁之才"的罪名将其下放狱中，不久便枉死狱中。安履泰之于月仙来说亦兄亦师，他不仅在生活中保护她，给她关爱，在作诗作赋上也有很大的帮助。

安履泰之死，给安履贞造成了沉重的打击，心中的伤痛久久不能淡去。这失亲之痛在月仙的胸中郁结，无法排解，使她写出了许多"字字从血性中出"的悼亡诗，如《吊阶平兄履泰》《梦先兄阶平》。正所谓福无双至，祸不单行，在安履泰去世不久，安家的男丁又接连离世。随着父兄们的离开，孤苦的安履贞与年老的母亲相依为命，也因为这一连串的变故，使她从小便有寻常女子没有的"韧性"。更是催生了她的创作之情，一连创作了《墓上悼五弟履晋》《闻家难思亲》等如泪如泣的伤感之作。

3. 收获挚爱的幸福女子

安履贞于19岁时与叙永水潦彝族余昭结为伉俪。同为土司后裔，二人从小都接触了汉文化与汉文学，具有共同的兴趣爱好，俩人常常在自家的庄园中吟诗作对看花写花，见水咏水，琴瑟和鸣，"只羡鸳鸯不羡仙"大抵说的就是他们二人了。无独有偶，二人同是土司后裔，都经历了自己家族的风云变动，看到自己的家族从昔日的辉煌变成如今的这般，所以更能理解对方的一言一语、一举一动。而余昭男性的勇敢和豪迈也深深地感染着安履贞，使得她也具有乐观豁达的一面。当余昭科举失败之后，也能写出"夫婿清高鹤样癯，偶然失意亦嬉娱。承欢好作天伦乐，为政还先笃友于"（《慰子懋落第》）[①] 这样开朗豁达的诗来。但也常常思恋孤苦在家的母亲，常常是情感不能自已，借诗抒发自己思亲恋家的浓浓思绪，如有"离娘儿女思故乡，远嫁难归只自伤。年年春去人空老，北堂萱草可平康"（《闻蝉念母》）[②]，也有"未登尘处眉先愁，一路思亲泪暗流。说是儿家儿未惯，梦魂犹恋旧桩楼"（《于归后思亲》）[③]。

据《通雍余氏宗谱》记载："光绪庚辰年正月二十六日戌时，在水脑（潦）寿终，享年57岁。与公合葬于陇冈，公母旌表节孝安太恭人墓侧，丙山壬向兼己亥，遵公与姒遗训也。"[④] 一生悲喜交加的安履贞就这样离开了，生命虽然有限，但却为后人留下了她的思想智慧和才学。她一生所作之诗由其丈夫余昭整理刊《圆灵阁诗稿》传世。

[①] 余昭、安履贞著，余宏模编注：《大山诗草》，四川民族出版社1994年版，第342页。
[②] 同上书，第325页。
[③] 同上书，第318页。
[④] 余家驹原著，余昭原注，余若璟续修，余宏模整理：《通雍余氏宗谱》，日本学习院大学东洋文化研究所1999年版，第67页。

二 《圆灵阁集》

安履贞一生"所作不多,也不愿示人"①。直到她去世之后,其丈夫余昭在她的奁箧中整理她一生的诗作,编纂了《圆灵阁遗草》(原名《圆灵阁诗稿》),这应该是她生前为自己的诗稿定下的名字。其诗由饶雁鸣老先生于咸丰元年作序,序中将这"粉红相如"不平凡的一生进行了中肯的评价,将其一生做了详述。序中谈道:"天地间才与德并重,原不限乎男女,乃俗以女子无才便是德,盖有鉴于文姬、卓女之流,而为是过激之谈。不然,盈天下皆无才之妇,可谓德乎?才如班姑、道韫,而可谓之非德乎……如吾居停主人安氏之廉姑,真德而兼才矣。"② 其德才实乃文姬、卓女之流。而她写诗则是"读书十行,下笔文思若凤构,每梦阅以篆册,则诗兴大发。其诗教多得于阶平,而成于令偶大山先生。仆所获见而录存者,多思亲吊弟之作。阶平以家难,流离倾覆,迄于沦亡。姑于母家,有沧桑之感,发乎情之所不得已也"③。

1. 题材多变的诗风

《圆灵阁集》收录安履贞一生诗作62首,虽是数量不多,但却是贯穿她的一生。诗中,我们甚至都可以窥见她待字闺中的少女情怀,也可以看到初婚时的夫妻同心,也可以看到她思恋家母的愁绪,更可以直接地了解到对于家族命运的悲叹、对于家族兄弟离去的悲伤,等等。换个角度来说,"文如其人",一生的多变命运造就了安履贞诗歌题材的多变性和丰富性。依照笔者整理归纳为表5-3,大致可分为闲适诗、思亲诗、悼亡诗、唱和诗这四大类。

表5-3

类别	数量	代表篇目
闲适诗	19首	《闲适咏》《览镜》《赏月》《菊径》《春宵独坐》《春闺》《月夜》

---

① 余昭、安履贞著,余宏模编注:《大山诗草》,四川民族出版社1994年版,第309—310页。
② 同上书,第309页。
③ 同上书,第309—310页。

续　表

类别	数量	代表篇目
思亲诗	5 首	《于归后思亲》《闻蝉念母》《闻家难思亲》
悼亡诗	22 首	《吊阶平兄履泰》《梦先兄阶平》《纪别姒氏》《伤心词》
唱和诗	12 首	《书怀呈子懋》《慰子懋落第》《子懋夫子寄诗次韵和之》

值得指出的是，其一，这里的诗歌题材实属个人之拙见，因为诗歌题材的分类本就是主观性极强的事件；其二，分类中有重复被选进两类的诗歌，因诗歌有时总会借景抒情，顾左右而言。如安履贞的有一部分的闲适诗并非完全是表达自我的闲适之情，更多也表现出自己的思亲、思家之感，那这诗既可算作闲适诗，也可算作思亲诗，这并无不妥。

言归正传，从上表中，我们大致可以看到这"粉红相如"的诗作题材风格，都是具有强烈的情感无法自控才和盘托出。下面将对闲适诗、思亲诗和悼亡诗做具体的论述，而唱和赠答诗则在第三节中作详叙。

（1）"个中情趣谁能识，我自清闲我自知"①

安履贞的闲适诗别具一格，她将一位知书达理，见多识广的大家闺秀清闲自在的生活表现得淋漓尽致。饶雁鸣老先生曾在序中提道："姑性淡静，明窗净几，萧然无尘。"② 笔者想这大抵就是月仙闲适诗中所传达出来的诗性了。她或许会"静坐阑闱"，心绪别无所思，感受这"春来小院日迟迟"，一时兴起，便"呼婢频添金鸭篆，背娘潜下木鸡棋"。③（《闲适咏》）她或许会清晨"临玉镜"，感叹妆发完成之后无人观赏，唯有"对于影随欢乐，相亲复相敬"。④（《览镜》）这样的活泼无邪，天真烂漫的安履贞跃然纸上，让人觉得非常可爱。

然而，读《圆灵阁集》会发现一个特别的现象，那就是她的闲适诗风格

---

① 余昭、安履贞著，余宏模编注：《大山诗草》，四川民族出版社1994年版，第309页。
② 同上书，第310页。
③ 同上书，第309页。
④ 同上书，第317页。

有一个很明显的转变,早期的闲适诗多有轻快烂漫之感,而后期的闲适诗再也不是单纯的闲适之情,而带有一丝苦涩和微凉。如《白菊》中诗人用到了一系列"晚风""冰姿"这样清冷的意象;再如,《春宵独坐》中用到了"杜鹃""明月寒光""鸟啼花落"这样凄美的意象,实实在在地让人感知到诗人那"倚窗无语添香柱,徘徊更向花前步"①的忧愁与无奈,这闲适再也不是轻快的,而是凝重的。

(2)"思亲念比江河水,何日昏昼不欷歔"②

思亲这一话题,早在春秋战国时代就有"登上山顶,远望父亲。登上山顶,远望母亲"(《诗经·国风·陟岵》)的思亲诗句。随着诗歌的发展,思亲诗也成为了我国古代诗歌一个主要的题材样式。而安履贞自然也是积极吸纳了汉"思亲诗"的写作手法,将自己的思亲之情如泣如诉地翻倒出来,可谓是字字如血。如在《闻蝉念母》中写道:"年年春去人空老,北堂萱草可平康?夏日迟迟长太苦,深院鸣蝉若解语。"③感叹春来秋去,时光荏苒,自己无法时时关照自己的母亲,无奈"远嫁难归只自伤"。这心事也是也只能"寂寞黄昏独踟蹰",一个思绪满怀、想念远方亲人却不得见的妇人身影,随着这一声"思亲念比长江水,何日昏昼不欷歔"便明晰起来。不仅如此,她用毫无华丽辞藻的语句写道:"久未侍庭闱,秋鸿几度飞。诸兄闻远散,老母竟何依?多难亲朋少,无家仆婢稀。欲将音信寄,心乱不能挥。"④(《闻家难思亲》)

因此,我们可以发现,安履贞的思亲诗是与别的诗人不一样的。首先,她最大的特点在于善用朴实无华的词句表现自己浓烈而炙热的情感,她的思亲诗更多的是像一种低叙,且情感深沉。而他人的诗句,常常会借有鲜明独特的意象来婉转表诉。其次,她是从女性角度来书写思亲诗。从古至今,常常是男性诗人在表现离家之后思家思亲的情绪,如高适的"旅馆寒灯独不眠,客心何事转凄然。故乡今夜思千里,霜鬓明朝又一年"(《除夜作》)。而女诗

---

① 余昭、安履贞著,余宏模编注:《大山诗草》,四川民族出版社1994年版,第331页。
② 同上书,第325页。
③ 同上书,第325页。
④ 同上书,第324页。

人却表现的是对自己外出丈夫的思念之情，即便是才气很高的李清照也是如此，如"红藕香残玉簟秋，轻解罗裳，独上兰舟。云中谁寄锦书来，雁字回时，月满西楼。花自飘零水自流，一种相思，两处闲愁。此情无计可消除，才下眉头，却上心头"（李清照《一剪梅》）。究其缘由，无非就是古代女子讲究一种"三从四德"，嫁做人妇之后便有对夫家的依赖和归属感，将自己的一切心绪紧紧地系在丈夫身上。而安履贞则是有着与传统的女诗人不一样的境界，她即便是嫁与他人，除了关心自己的夫家以外，依然关心着自己的母亲和父兄，时时刻刻感念他们的生活，甚至于对整个家族也是十分关切。所以从这一点上来说，她是具有一种更为宽广的视角的。

（3）"远望长相思，芳心几回曲"①

饶雁鸣在谈安履贞时说"事姑嫜善察颜色，能曲体欢心；善矜恤下人，能周知委曲。内外家娣姒姑嫂，皆无间言"，又说"仆所获见而存录者，多思亲吊弟之作。阶平以家难，流离倾覆，迄于沦亡。姑于母家，有沧桑之感，发乎情之所不得已也"。②可以看出，"粉红相如"是一个性格宽善、体恤他人的女子，与周遭的人关系都非常好，就连极易产生嫌隙的妯娌关系都处理得十分周到，更别说是对于她而言亦兄亦师的安履泰。因此，当人生的变故突如其来，身边的人离她而去，她不免心中的郁结难以抒发，更是惋惜人的命运变数，于是写出一首首情感充沛的悼亡诗。

当自己的兄长安履泰遭遇不幸，消息传入安家已是几个月之后。人死已是极大悲伤之事，更别说亲人的尸骨都难以相见，这么痛彻心扉的遭遇，在安履贞心中的悲痛难以消除，于是写出《吊阶平兄履泰》一诗。诗中讲述着自己遭受到的是"正月悲侄亡，五月兄忽死。八月始闻讣，哀哉兄无子"的三重打击，忽而想到"兄兮母尚存，谁可慰晨昏，兄兮仇未复，何以慰精魂"，继而开始忧愁自己"空幻怀秦女休"，最后将自己的悲痛情绪推向极致"今将诗当哭，一字一泪丝"。③从诗中字里行间中深切地体会到诗人字字如

---

① 余昭、安履贞著，余宏模编注：《大山诗草》，四川民族出版社1994年版，第321页。
② 同上书，第310页。
③ 同上书，第333页。

泪的悲怆之情。

随着时间的推移,安履贞对安履泰的思念哀痛情感并没有减退丝毫,仍然常常想起,甚至在梦中也会与他相见,正所谓"寻兄梦里话衷肠,梦订来生结雁行。手足无缘今已折,空云来世令人伤"(《梦先阶平兄》)①。

当自己的两个女儿也因病离自己而去的时候,安履贞实在是无法忍受这切肤之痛,于是作下《伤心词》七首:

一

年才三岁嫩如脂,终似花开一霎时。
乳畔唐诗流水诵,至今人怕读唐诗。

二

面目焦黄病已深,犹宽祖母莫耽心。
冰样聪明花样貌,夜台凄凉可能禁。

三

生前玩物尽销魂,泪湿重衫昼掩门。
偶检药箱肠更碎,回生无术苦儿吞。

四

并命鸳禽舅与甥,韵芬于我有同情。
每逢节序情尤苦,儿来一声弟一声。

五

连枝姊妹并长眠,麦饭秋风倍惨然。
两地川黔埋玉骨,痛他难共会重泉。

六

遥忆归宁到故乡,欣携二女拜高堂。
掌珠今已空双手,听我悲愁母定伤。

七

心性柔湿体态妍,痴如婢媪亦称怜。

---

① 余昭、安履贞著,余宏模编注:《大山诗草》,四川民族出版社 1994 年版,第 334 页。

伊家父女缘何薄，生死终无一面缘。①

二女端仪、庄仪年幼便因病夭折，给安履贞造成了沉重的打击。她或是感叹二女"冰样聪明花样貌""乳畔唐诗流水诵"；或是忆起"面目焦黄病已深"的可怜模样；或是遥想当初"欣携二女拜高堂"的场景；如此种种，平易的语言，直接的描述，将自己对两个聪明可爱的女儿的思念之情如洪水一般倾泻出来，那情绪不是隐匿的，而是直白的。

当然，除了悼亡自己的兄长与女儿，安履贞还写下了"久住忽分亦自愁，一声去也泪和流"（《别姒氏》）②，表达了妯娌情深，自己的不舍与难过。

2. 清丽朴实，"天然去雕饰"的语言

粉红相如具有多变的诗风，从她的诗歌题材中我们大致可以窥见其容貌，她是一个虽饱受命运考验的坚强女子，并不完全是那种从骨子里投射出来的"凄凄惨惨戚戚"的弱女子，具有一种坚韧大气的品质，这种坚韧大气造就了其诗作语言的朴实清丽。在此方面安履贞与南宋女词人李清照形成鲜明对比：二人在身世上有很多共同之处，都出生于贵族家庭，从小就能接受到良好的文学熏陶，具有很好的文学素养；二人同样深处一个时局动荡的时代，个人命运和时代紧紧联系在一起；二人同样与自己的丈夫琴瑟和鸣，都有丈夫骑上马背在疆场厮杀、忍受夫妻分离的相思之苦，而丈夫都先离开自己。从以上几点看来，二人的身世具有许多相似之处。正所谓"文如其人"，诗作反映性格特点，而个人的性格特点很大一部分是由自己的生长环境和际遇决定的。李清照和安履贞纵使身世如此相似，但二人的诗作却有很大的不同，最直观地反映便是语言上，前者凄婉悲戚，后者朴实清丽。

下面以李清照的《声声慢》与安履贞的《春宵独坐》进行对比分析，探析二人在语言上的不同。先看李清照《声声慢》：

寻寻觅觅，冷冷清清，凄凄惨惨戚戚。乍暖还寒时候，最难将息。三杯两淡酒，怎敌他、晚来风急！雁过也，正伤心，却是旧时相识。

---

① 余昭、安履贞著，余宏模编注：《大山诗草》，四川民族出版社1994年版，第340—341页。
② 同上书，第336页。

满地黄花堆积，憔悴损，如今有谁堪摘？守着窗儿，独自怎生得黑！

梧桐更兼细雨，到黄昏、点点滴滴。这次第，怎一个愁字了得！

再看安履贞《春宵独坐》：

花上杜鹃啼不住，一轮明月寒光素。

鸟啼花落春将暮，仰望云天月移树。

倚窗无语添香炷，徘徊更向花前步。①

两首诗同样是描写独处的情景，同样是表达一种愁绪，但二者的写法却有所不同，特别是在语言上有所差异。李清照的语言是典型的"李氏风格"，她的语词组合呈现出的就是"凄冷"，将其分开，单独的词也让人感到伤悲。看那"寻""觅""凄""惨""戚"，可谓具有一字一句的力量，这一字一句的力量背后体现出一种凄婉悲戚，在语词之间有一种女性柔美之感。

安履贞的《春宵独坐》的语词虽不具备李清照那种"一字一句"的力量，但却更加朴实清丽、动人心绪。她写"杜鹃"在花上"啼不住"，写"明月""寒光"，写自己"倚窗""徘徊"，单品这些语词，不过都是生活中常见之物，口中常说之词，确是朴实无华。通过她特有的情思把他们串联起来，让人感知到一种愁绪在诗中蔓延开来，具有无穷的力量，似乎她在徘徊中不是自顾自怜，而是要坚定自己的内心。因而，月仙的诗在语词上的清丽朴实，背后是一种坚韧的力量，即便是愁绪也不是惹人落泪的字字见血，而是一朵在"砥砺中前行，在尘埃中开出花来"的野蔷薇。我们不能说，二者的诗谁更胜一筹，只是倘若在愁绪满满的时刻，也许笔者更爱安履贞的诗句，既符合心境，却又能感受到坚韧，使人倍感力量。二人虽是在生活中有许多相似之处，但在写作中却有这么大的差异，其中缘由将会在下文详述。

3. 女性意识和女性价值的表达

女性意识是一个现代性的话语，那么何谓女性意识？英国女性主义文学

---

① 余昭、安履贞著，余宏模编注：《大山诗草》，四川民族出版社1994年版，第331页。

评论家珍尼特·卡普兰在《现代英国小说中的女性意识》一文中认为:"女性意识指的是……作家应注重表现女性人物在自我发展过程中内心的生活方法。"① 简单地说,女性意识即是女性发现自我、追求自我、实现自我价值的过程。

在漫长的封建时代,众多的书籍记载了古代女性的典范形态,这种典范是一种缺乏女性主体意识的表现,如毛传郑笺的《关雎》可视为诠释传统女性价值观的典型案例,其所谓"乐得淑女以配君子",主要是从德行的角度赋予女性安身立命的精神依据,女子的存在不过是男子的附属品,她们的生存要依附于男子。但随着社会的进步,人们越来越崇尚自由,直至魏晋时期女性意识萌芽,并在一些文学作品当中表现了出来,《世说新语》中就具有了明显的女性意识。如"幽闲贞专"再也不是衡量女子德行的唯一标准,同样注重"才智"标准。比如曹魏时期的甄皇后"用书为学",她的兄长曾戏言:"当习女工,用书为学,汝欲为女博士耶?"甄氏则答曰:"闻古者贤女,未有不学前世成败,以为己诫,不知书,何由见之?"② 甄氏对"贤女"的理解则是超过了当时一般对于女子的德行要求,这明显的代表着一种女性意识的自我觉醒。再到后来的女性诗人辈出,如蔡文姬、上官婉儿、李清照等人,她们的诗作中均有一定程度的女性意识的体现。

清朝,贵州则出现了同样能够代表女性意识觉醒的彝族女诗人——安履贞,她作为一位少数民族诗人,虽是学习汉文化、汉文学,但骨子里却与封建社会的汉族女子不同。在彝族文化里,从没有男尊女卑的观念,女子不是男子的附属品,也无须依赖于男子而存在,不遵循"女子无才便是德"的观念。因此,安履贞的女性意识与其说是一种觉醒,倒不如说是一种本性,这种本性在她诗作中主要表现为两点:平等、忠贞的情爱意识和独立的个性意识。

(1) 平等的情爱意识

在讨论安履贞的情爱意识之前,我们先对封建社会里的女子爱情观进行

---

① 陈晓兰:《女性主义批评面面观》,《文艺理论研究》1991年第1期。
② 《世说新语》,中华书局2007年版,第97页。

一个简单概括。封建社会里"凡为女子，大理须明，温柔典雅，三从四德。孝顺父母，唯令是行。问安侍膳，垂手敛容。戒谈私语，禁出恶声。心怀深厚，面露和平。闺房严肃，方谓贤能"（《闺训千字文》）①。封建社会的女子"从属""依附"是其行为准则的关键词，因此，夫妻之间是命令和顺从的关系。这种不对等的关系最突出的表现就是男人可以三妻四妾、寻花问柳，但女子即便是丈夫死后也要立上贞节牌坊。

安履贞的情爱观在尚处于封建意识统治下的晚清则是与众不同的，她与其丈夫之间的爱情是平等的、自由的，而且是在这个基础上的忠贞不渝，他们是一种互相欣赏、互相支持、互相进步的关系。在余昭《悼亡室安恭人即题其遗稿》中是这样评价安履贞的：

> 才德难逢系我思，良妻良友两兼之。
> 情饶妩媚能强谏，事到糊涂待决疑。
> 仅有人夸诸葛配，从今和谁窦滔诗。
> 掌珠未了生前债，哭到灵帏动女儿。②

因此，不难看出余昭对安履贞妻子的身份是十分认可，而这种认可不在于她如传统女子那样"贤良淑德"，这种肯定和认可在于安履贞是一位"良妻"的同时更是一位"良友"，能与丈夫谈诗作赋，能和丈夫在一起赏花赏月，主持家庭事宜实在是一位治家处事的良才，但这一切其实都是建立在一种平等且自由的爱情观上才可能会实现。从这个侧面来说，安履贞确是在情爱观上有强烈的女性意识，而且这种意识在其诗作中具有明显的反映。

首先，在题子懋夫子《大山诗草》中写道："愧我同为比目鱼，未成柳絮嘉初时。"③ 这里安履贞在夸赞自己丈夫的诗作才学，但我们可以发现她用了"比目鱼"来形容自己和丈夫。由此可见，在月仙心中，她和丈夫都是对等关系，并无高下之分，这样的比喻，正好可以揭示安履贞的平等意识。其次，

---

① 顾久、顾劳：《中国文化教程》，贵州教育出版社1995年版，第125页。
② 余昭、安履贞著，余宏模编注：《大山诗草》，四川民族出版社1994年版，第311页。
③ 同上书，第328页。

更值得我们注意的是，安履贞的爱情观是在平等自由基础上建立起的一种忠贞不渝的爱情关系。诗人曾读袁家三妹合稿，遂作诗二首，曾有学者针对此诗做了作读，但几乎所有的学者都认为这是安履贞思想性格保守的表现。如曾美海认为："……古代女子从一而终的思想，这种思想在安履贞的诗中也有所体现。如《读袁家三妹合稿偶题二律并序》其一，在安履贞看来，不光要努力从一而终，即便是被谴黜，遭遇可悲，也只能有念而无恨。尽管才华横溢，但女子无才便是德的思想在安履贞身上也十分明显。"① 为什么会出现这种偏差呢？那是因为在他们看来这首诗是在颂扬袁机，但真的是如此吗？安履贞在诗中的确是称赞了袁机"袁家三妹尽超群"，对其才学十分欣赏，但在说"夫既凶狂女又痴"时，表现出来的是"怜君天道竟不知"，因此安履贞真正的态度是"红颜有例何其酷，情史能传亦可悲"。②《读袁家三妹合稿偶题二律并序》安履贞在赞颂袁机忠贞于自己的丈夫时，也对于其夫君狂暴无礼，而袁机仍然痴心于他感到不理解，并认为这是很可悲的事情。这鲜明地传达出安履贞不赞成这种传统的女性贞洁意识，她认为夫妻之间的忠贞至诚，应该建立在平等相爱的基础之上，否则便是"青史能传亦可悲"。这超前的情爱意识的确是封建社会的牢笼下女性意识的觉醒和表现。

（2）独立的个性意识

法国著名女学者西蒙娜·德·波伏娃说："对于女性的要求却是，为了实现自己的女性气质，就必须成为客体和猎物，也就是说，她必须放弃成为主权主体的权利要求。"③ 而在封建制度、礼乐制度的约束下，强调"存天理，灭人欲"。男子尚还有遵循这三纲五常，女子就更无主体性、独立性可言。

安履贞诗作中表现出一种独立的个性意识。首先，安履贞早已冲破封建社会对女子贤良淑德的"标准"（其实在彝族中并无这所谓"冲破"），她将读书识字作为自己实现价值和寻找乐趣的途径，将"女子无才便是德"抛之脑后。"她尤嗜《离骚》，每阅一篆册，则诗性自发。"④ 不论是自己的闲适之

---

① 曾美海：《论彝族女诗人及其圆灵阁遗草》，《毕节学院学报》2014年第6期。
② 余昭、安履贞著，余宏模编注：《大山诗草》，四川民族出版社1994年版，第345页。
③ ［法］西蒙娜·德·波伏娃：《第二性》，陶铁柱译，中国书籍出版社2004年版，第774页。
④ 余昭、安履贞著，余宏模编注：《大山诗草》，四川民族出版社1994年版，第310页。

意,还是对镜自怜之感,抑或是与丈夫之间的情感交流都统统写成诗歌来抒发,这绝不是汉人寻常女子能够办到的,凸显了她具有主体性的个性。其次,最能突出她坚韧个性意识的是与丈夫的赠答诗,如《慰子懋落第》中,她面对丈夫科举的失利,不是一荣俱荣的心态,而是能够站在一个冷静客观的、独立的立场劝慰余昭"承欢好作天伦乐,为政还先笃友于"。① 劝慰其要保持乐观的心态的同时也反映出安履贞追求独立的个性特点。

三 诗风成因

安履贞作为晚清时期的彝族女诗人,有"粉红相如"之称,一生作诗不多,但却很有自己的风格。其诗风的主要特征已在上文中作了具体的分析。那么,是什么因素促使了安履贞形成了题材上丰富多变,语言上清丽朴实,内蕴上女性意识突出的诗歌特点呢?其主要影响因素有以下几个方面:

第一,多舛的命运决定论。一个诗人一生的际遇和经历真可谓是决定了这个诗人能否写出好诗的标准,从古至今,哪位名留青史的诗人不是经历了多变的人生?杜甫经历了政治混乱、民不聊生的安史之乱,才能发出"感时花溅泪,恨别鸟惊心"的感叹;苏轼经历大起大落、数次贬谪的仕途坎坷,才有"人生如梦,一尊还酹江月"的顿悟;李清照经历了与爱人生离死别的悲惨人生,才有"人比黄花瘦"深院孤唱,等等。可以说,人生、命运的多舛造就了一个诗人诗歌内容的深度和广度,而安履贞的人生际遇同样多舛,因此造就了她的在诗歌题材上的广度,以及在表现自我上的深度。

安履贞见证了家族的从鼎盛走向衰败,她的诗也从"对影随欢乐,相亲复相敬"(《览镜》)②,走向了"对此无语伤侬心,一般心事两难阅"(《闻鸟》)③。她的一生从有亲人陪伴到形单影只,她的诗歌也从此走向"诸兄闻远散,老母竟何依"(《闻家难思亲》)④,走向"今将诗当哭,一字一丝哭"(《吊

---

① 余昭、安履贞著,余宏模编注:《大山诗草》,四川民族出版社1994年版,第342页。
② 同上书,第317页。
③ 同上书,第322页。
④ 同上书,第324页。

阶平兄安泰》）①。她一生中饱读诗书，与丈夫相得益彰、共同扶持，突出了其女性价值的一面，作为坚强的后盾，支持着同样遭受际遇多变的丈夫，常常安慰其"前身应是北溟鱼"（《题子懋大山诗草》），也因此使得她的诗歌不免充满了一种虽然饱受命运的折磨，但却具有从不放弃的坚韧感情态度和思想深度。

第二，家族门风和民族性格决定论。首先，安履贞的祖父安天爵乃是武举人，其家族的名望和家产的殷实便是祖父在马背上厮杀出来的成果，习武之人的心智本就能够经受磨炼，这样的武人家族出生的孩子，自然而然造就了坚韧、吃苦、隐忍的性格。其次，安履贞生长的土司家族向来重视文化的教导、文学的传承，家学家风渊源深厚。再次，彝族是高山民族，拥有大气与果敢。尽管汉文化和汉文学对其影响颇深，但其体内仍然流淌着本民族传统文化的血液，因此安履贞即便是在遭受人生一而再再而三的打击时，也没有将自己愁苦的情绪毫无边际地泼散出去，从诗歌中看到的是她坚韧的个性，内敛且自持，体现的是她强烈的女性独立个性与意识。

当然，不得不说余昭对于安履贞的影响是巨大的，无论是从创作题材上，还是从诗歌语言上，都具有很深的影响。这一影响将在下文中具体讨论。

总之，安履贞作为贵州彝族女诗人，其诗作的成就是不可忽视的。她不仅是彝族文学的重要组成部分，更是成为了汉彝文学交融的典范代表，她的创作必然是后人探究土司文化与文学的宝贵财富。

第三节　伉俪情深间的互动和影响

一　伉俪情深

用《诗经·小雅·常棣》中的"妻子好合，如鼓琴瑟"来形容余昭和安履贞这对彝族夫妻是再合适不过了。子懋与月仙于1838年结为伉俪，一起度

---

① 余昭、安履贞著，余宏模编注：《大山诗草》，四川民族出版社1994年版，第333页。

过了39年的光阴，在这段时光里，二人共同面对了家族、亲人和自身命运的无常变化，但却更加坚定了二人携手同行的决心，他们的爱情故事也成为少数民族文学史上的一段佳话。

1. 吐露真情的"赠答诗"

赠答诗，"作为一种诗歌题材，在我国的文学史上由来已久，大抵可以追溯到汉代，男女相悦、以歌相赠。汉代有桓麟《答客诗》，秦嘉《赠妇》《答妇》，徐淑《答秦嘉》，蔡邕《答元式》《答卜元嗣》，至魏晋发展到了顶峰，据逯钦立辑校《先秦汉魏晋南北朝诗》略作统计，现存魏晋赠答诗共计240首。魏晋文人常用赠答的方式与友人交流情感、表达情绪，并赋赠答诗以'新诗''嘉诗'等专门名称"①。余昭、安履贞这对彝族夫妇吸收汉文学的精华，同样运用赠答诗来交流情感、表达情绪。

在《大山诗草》中收录有余昭写给其妻安履贞的赠答诗，表达其对于妻子的深厚情感。如《赠内》中写道：

淡泊同吾好，闲门昼亦扃。有诗皆脱俗，无梦不通灵。
夜雨调花谱，春灯课女经。芳名常爱惜，休与世人听。②

在这首诗中，一个淡泊名利、以诗歌为伴的贤妻，在淅淅沥沥下着小雨的夜晚，坐在窗边"调花谱"，常在夜灯下"课女经"。余昭在这里运用直白、不加藻饰的语言向世人传达自己对爱妻的欣赏和爱意。又如《寄内》中写道：

一阵乡愁压锦茵，窗虚月白粲成银。
去来无迹浑疑梦，眷念多情却恼春。
蕉叶讵能舒别恨，杨枝谁道绾离身。
闲看客邸莺花老，无那金闺咏絮人。③

---

① 王晓卫：《魏晋赠答诗的兴盛及当时诗人的交流心态》，《贵州大学学报》2002年第2期。
② 余昭、安履贞著，余宏模编注：《大山诗草》，四川民族出版社1994年版，第24页。
③ 同上书，第45页。

这首诗正是余昭背井离乡,无比思念自己的妻子之时而作。开篇的"一阵乡愁"便点出两人在空间上的距离之远,诗人孤零零地坐在窗边,看着那"月白"像白银一样闪闪发亮,这更是勾起了诗人望月思乡的惆怅心绪。转念一想到这异乡的过往,仿佛如同梦境一般,这时的诗人不禁哑然失笑,将这"眷念多情"归结于春之烦恼。可是,这思念之情却是难以挥之而去,感叹在异乡"无那金闺咏絮人"。

可以看出,诗人与妻子的情感之深,无论自己身在何方,思念家乡的最大缘由也是因为故乡有他的月仙,如此深厚的感情实属难得。接下来笔者重点分析另外一组诗《寄内》,这组诗情感真挚,将余昭的思妻之情如同奔腾的江河一样倾泻而出:

其一
对镜怆然暗自惊,功名文字两无成。
始知自负英雄气,误却多年儿女情。①

诗人直抵内心,用最真诚的语言剖析自身,多年离家为求功名,想要重振余氏当年的赫赫威名,但恍然"对镜"却惊觉这么多年来,自己一直为之拼搏的"功名文字"竟是一场空。"英雄气"与"儿女情"形成鲜明对比,表现出诗人突然明白自己一直以来博功名的英雄之气却误了自己的爱妻,恍然悟到这么多年对自己的妻子的忽视,诗人深感愧疚。

其二
万种相思又值秋,黄昏风雨独登楼。
蕉声虫语灯明灭,共助离人一夜愁。②

一个"又"字点明诗人不知在外面独自过了多少个春秋,秋风萧肃、万种相思又顷刻间涌上心头,在这黄昏时刻,黑云压顶,风雨欲来,而自

---

① 余昭、安履贞著,余宏模编注:《大山诗草》,四川民族出版社 1994 年版,第 57 页。
② 同上书,第 57 页。

己只能是独登高楼,这样的场景简直将诗人独身一人、愁绪满怀、无人倾诉的形象渲染到位。这样的愁绪还不够,远处的"蕉声虫语",灯火的忽明忽灭,更是让人愁绪万千,无法自控。只能与远方的"离人"(妻子),共度"一夜愁"。

诗人通过赠答诗刻画了爱妻的贤德形象,更是表达自己对于她的思念之情。从这类赠答诗中,读者大可以体会到夫妻二人的深厚感情绝非他人能比,他们无论是在志趣上,还是情感上,都特别融洽,可谓"比翼双飞",让人羡慕不已。

当然,安履贞作为"粉红相如",一位饱读诗书的女子,身处这份炙热的感情中,自然是要将这份难得的感情写进自己的诗里。在她的《书怀呈子懋》中就将自己的情感大胆地告知子懋,她这样写道:

忝为才子妇,自顾拙如鸠。书岂前身读,缘疑隔世修。
无心诗易好,不慧语偏投。淡泊安吾素,相将到白头。①

可以看出,平日里恬静、淡然的月仙在表达自己与丈夫之间的感情时可谓大胆真诚、直抵心灵,先是褒奖自己的丈夫是才子一名,又谦虚地将自己比作笨拙的"鸠"以凸显余昭"北溟鱼"的聪慧,紧接着直抒"相将到白头"坚贞不移之情。但是,夫妻二人虽是想要厮守到白头,可现实却总是将二人分隔两地。不过,余昭虽是离家在外,却写了不少赠答诗给自己的妻子以表思念之情,而作为妻子的安履贞当然也是作诗回应,如《子懋夫子寄诗次韵和之》写道:

东风归去草如茵,后院花飞白似银。
杜宇惊回千里梦,芏闱送却一年春。
残灯留伴敲诗影,短榻能移忆远身,
窗外溶溶今夜月,不知何处照离人。②

---

① 余昭、安履贞著,余宏模编注:《大山诗草》,四川民族出版社 1994 年版,第 351 页。
② 同上书,第 331 页。

诗中勾勒出一个孤灯相伴的女子，眼看这一年又一年的四季变换，自己仍然是孤身一人。这窗外的月光不知是否也照着身处他乡的自己日思夜想的丈夫呢？

余昭一生中坎坷多变，面对科举失败的困难处境，生性乐观的他作诗一首名为《自慰落第》，一句"富贵在天非战罪，莫将成败论英雄"① 展现了自己豁达的天性。作为妻子的安履贞自然也是写出：

> 夫婿清高鹤样癯，偶然失意亦嬉娱。
> 胸中气节难消尽，世外功名有若无。
> 虚誉看来饥画饼，溷群羞去烂吹竽，
> 承欢好作天伦乐，为政还先笃友于。②

以诗《慰子懋落第》来表达对子懋的鼎力支持和欣赏。对子懋的欣赏在另一首诗《题子懋夫子大山诗草》中也是毫不掩饰地显露出来，诗中先是夸赞了余昭"文澜壮阔"，学识渊博，紧接着更进一步直接将其与"北冥鱼"相比，感叹子懋诗歌有"跋浪自惊沧海裂"的气势。我们不仅看到安履贞对于余昭才学的欣赏，更看到了夫妻二人在思想上的共鸣和火花。这共鸣又体现于《秋九月和子懋寄诗原韵》，子懋曾写"蕉声虫语灯明灭，共助离人一夜愁"作为回应，安履贞以"帘内虫声帘外雨，此时此际有同情"③ 应答。夫妻二人虽天各一方，但却心心相印，面对不同的"景"，却有相似的"情"。

2. 字字如血的"悼亡诗"

悼亡诗，在我国文学史上专指丈夫悼念亡妻的诗歌，这是约定俗成的，在中国古代诗歌中有许多催人泪下的悼亡诗，最早应是《诗经·邶风·绿衣》，最动人的应属潘安的《悼亡诗三首》，最脍炙人口的应属苏轼的《江城子·乙卯正月二十日夜记梦》。安履贞在1880年因病逝世，余昭写下了如泣如诉、字字如血的《悼亡室安恭人即题其遗稿》组诗七首，将自己无法自愈

---

① 余昭、安履贞著，余宏模编注：《大山诗草》，四川民族出版社1994年版，第36页。
② 同上书，第342页。
③ 同上书，第337页。

的悲痛情感寄于诗中，去思念、去缅怀这个与他风雨同度的爱妻。接下来笔者逐一对七首诗进行赏析，去感知二人的伉俪情深：

其一

才德难逢系我思，良妻良友两兼之。

情饶妩媚能强谏，事到糊涂待决疑。

仅有人夸诸葛配，从今谁和窦滔诗。

掌珠未了生前债，哭到灵帏怆女儿。①

余昭开篇点出"良妻良友"便是妻子在自己心中的形象，世人都夸赞他们是"诸葛配"。"爱妻"已经离开了我，如今还有谁能与我"窦滔诗"？想起这些伤感之情，心情便无法平复。诗人运用直白的语言抒发直击人心的悲痛之情，不禁让世人为这对鸳鸯的分开而感到难过。

其二

记得新婚子夜谈，蒙山愿学苦同甘。

归耕已遂园林愿，入俗偏将世味谙。

也算令妻兼寿母，居然弱质胜奇男。

生平追想传遗事，枯管临拈兴不酣。②

转笔想起当年成亲的那一晚，'我'与爱妻的促膝交谈，二人此生定要同甘共苦，躬耕蒙山，养老终年。紧接着谈起两人共同新辟园林，实现了当初的愿望。这一幕一幕的逝去过往，都如同昨日才发生一样，不断地浮现在诗人面前，让其无法忘怀。

其三

凭阑夜半两心知，七夕当年有誓词。

欲拟再生终有散，不如同穴永无离。

---

① 余昭、安履贞著，余宏模编注：《大山诗草》，四川民族出版社1994年版，第311页。

② 同上书，第312页。

第五章　余昭、安履贞夫妇

菟裘未就何先逝，马鬣当封竟独枝。
地下承欢先我去，羡他含笑侍严慈。①

诗人接着陷入深深的回忆，想起当年的七夕节立下的"誓言"，即便有来生，也终会有聚散，唯有死后葬在一起，才可以永生永世不分离。可是，这七夕的誓词尚还停留在心间，"菟裘"也还没有修葺完工，你怎么能抛弃下"我"独自离开？你可以在地下与逝去的家人团聚，"含笑侍严慈"，"我"便可以欣慰不少。余昭悲痛自己的妻子离他而去，自己陷入无法自拔的悲痛，一字一句都如同杜鹃啼血一般，这也从侧面表现出余昭在这世上的孤独与凄清，将这"地上"与"地下"两相对比，全诗被笼罩在更加沉重的氛围中，仿佛这一草一木皆与这悲情融为一体。

其四
园灵自寓写冰襟，欲证前身可认名。
有别竟教疏领略，好述原不讳钟情。
照来月色偏愁我，开到梅花欲换卿。
纸阁芦帘谁与共，几回梦里讶回生。②

这时的余昭想要从悲恸的心情中走出来，但这又是何等不易呢？这"月色""梅花""纸阁""芦帘"都让自己无法不想起安履贞，于是开始悔恨"有别竟教疏领略"，自己没有珍惜和月仙相处在一起的每一个时刻，想要用让人赏心悦目盛开的梅花去换回"爱妻"，但这终究是不可能的，于是日有所思的子懋，只能寄希望于夜有所梦，期许自己能够在那梦中与爱人相见，可是惊醒回来，终归是一场空。

其五
数定缘悭岂独余，痴情一点恨难除。

---

① 余昭、安履贞著，余宏模编注：《大山诗草》，四川民族出版社 1994 年版，第 312 页。
② 同上书，第 313 页。

梦中稚女留酸语，病里危躯强听书。

萧鼓相迎何处去，镜奁犹在渺空虚。

将诗和泪焚新稿，寄向泉台问起居。①

这首诗开篇点出自己的遗憾之情，一句"数定缘悭"表达了自己对夫妻不能白头谐的惋惜之情，随后追忆了当年妻子病危前的模样，即使是在病中也要坚持同"我"一起"听书"，可见其好学之心。然后再写妻子去世时的情景，"萧鼓声响""镜奁虚空"，一切仿佛一场空，昔日如同知己一样的爱妻不知何处去了，只留下"我"独自一人。将她写的诗和"我"的眼泪一起焚烧，但愿这些能够寄到她手中，让她看到我的关怀和问候。

这首诗采用正面叙事的角度，并且匠心独运的追忆了"生前"和"死后"的两幅画面。生前在病榻之中也依然相亲相爱相知与死后的天各一方、唯有借助诗与泪带去问候，形成鲜明的对比，感人心脾。

其六

亦云福命历红尘，斑鬓骖鸯近六旬。

仪范可垂传后裔，影衾无愧得完身。

惟余世上称佳偶，已在生前当古人。

三十九年如梦过，不堪回首暗伤神。②

诗人称赞了妻子是一个贤惠、忠贞的女子，想到过去三十九年相知相伴的日子已经不复存在，不禁黯然神伤！显然，余昭作此诗时，妻子过世有一段时日了，诗人强烈的失妻之痛有所消减，但随之而来的是无尽的想念和怅然，"三十九年如梦过，不堪回首暗伤神"。集中表现了诗人对其妻用情之深，天地可鉴。

其七

名列瑶台第几仙，拟修内史未成编。

---

① 余昭、安履贞著，余宏模编注：《大山诗草》，四川民族出版社1994年版，第314页。
② 同上书，第314页。

从今尘世难寻迹，盼后荣封待补天。
课读晨欢孙膝绕，看花如见女倚肩。
书中检得新奇事，欲共评论又悯然。①

这时的诗人，早已是一位白发老人，儿孙承欢膝下，自己也有爱好之事，那便是"拟修内史"，甚至于"梦去瑶台"，一切平静祥和。但"书中检得新奇事，欲共评论又悯然"。看似幸福的晚年实则并不圆满，就算有儿孙陪伴，也还是常常感到寂寞，可见诗人对亡妻用情至深。

这七首悼亡诗将余昭和安履贞是如何从新婚初见就定下相守白头的誓言、七夕二人凭栏相知相许、病榻前不离不弃到逝世后的痛不欲生、迟暮之年的怅然所失一一记录下来。诗中虽粗线条地记录了这 39 年的爱情生活，但却为读者呈现了一段风雨同度的生动画面，闻者伤情、见者伤心。

二 诗作风格的相互影响

通过对余昭与安履贞之间情诗的分析，我们以为二人在伉俪情深间的互动中还相互地影响着，这样的互动对夫妇二人的文学成长都有着极大的影响。

1. 相互影响的表现

诗人之间诗作风格会相互影响是古来有之的，诗人会主动汲取优秀的诗作来完善自身，如陆游之于戴复古，江湖诗派的戴复古曾亲自登门求教，并潜心研读陆游诗篇，二人在诗歌主题倾向上一脉相承；或者来自同一个派别的诗人也会相互借鉴，如苏派词人、辛派词人等。而余昭和安履贞之间这种影响就更加明显了，主要表现在以下三个方面：

其一，主题。余昭与安履贞的诗歌题材和主题都十分丰富，有叙事、写景、闲适等，其中最重要的一类便是赠答诗与悼亡诗。余昭的赠答诗所涉及的赠答对象有很多，如《送沈四葆臣》《再酬雨生》《遥和海山兄赠秦百川画扇秋江落叶三首》等；但笔者认为最重要的赠答对象则是其妻安履贞，并且给其妻的赠答诗与朋友的风格是大不相同的，如《送沈四葆臣》中写道："君

---

① 余昭、安履贞著，余宏模编注：《大山诗草》，四川民族出版社 1994 年版，第 315 页。

向黔中去，我向巴中路。明月照相思，梦里来相遇。"① 此诗语言质朴、情感直接爽朗，大有"海内存知己，天涯若比邻"之感，而《寄内》组诗中的情感基调则是细腻的、惋惜的，有浓烈的思恋之情，常常有"黄昏""离人""秋"这样的字眼。从这个角度来说，正是安履贞使得余昭赠答诗的主题倾向更加多元化。再看安履贞，余昭写了多首赠答诗寄于她，作为感情的回应，她写出了《秋九月和子懋寄诗原韵》《子懋夫子寄诗次韵和之》等赠答诗以慰思念之情，从这个角度上说，正是其丈夫的因素使其诗歌主题扩大化。

其二，语言风格。余昭诗歌语言是豪放不羁的俗语与温柔细腻的呢喃共生，既有"昨夜我梦逍遥游，游遍宇内凌沧洲"的豪迈之词，也有"闲立秋风有所思，酒痕弹向菊花枝"的凄清之语；既有"同是西南坤柱在，谁云巾帼少雄图"的忠义之词，也有"凭阑夜半两心知，七夕当年有誓词"温柔之语；既有"非关敌破烹功狗，善战原当服上刑"的兴亡之词，也有"记得新婚子夜谈，蒙山愿学苦同甘"的深情之语；如果说豪迈之词、忠义之词、兴亡之词是余昭作为男性诗人性格特征的外显，那么凄清之语、温柔之语、深情之语大概便是受到其妻的影响吧。再看安履贞诗歌中的质朴、直白的语言便是受到余昭的直接影响，在《闻鸟》中"对此无语伤侬心，一般心事难两全"②。安履贞将自己思亲的心绪用"伤心""心事"两个词质朴、简单、直接地表达出来。

其三，诗性上的坚韧之感。诗性即为诗的性格，每个诗人的诗性又不尽相同，这主要源于"诗如其人"，性格豪放的诗人常常就会有豪放不羁的诗词，如辛弃疾就会有"了却君王天下事，赢得生前身后名"（《破阵子·为陈同甫赋壮词以寄之》）；性格乐观浪漫的诗人就会如同李白一样道出"天生我才必有用，千金散尽还复来"（《将进酒》）；性格中具有坚韧之感的便会如余昭和安履贞一般，他们夫妻二人的诗歌常常让人感受到一种生命虽不易、命运虽坎坷，但只要尚存希望，就要一直保持着不放弃的恒心，勇敢地前行。因此，当余昭落第之时，余昭有《自慰落第》、安履贞有《慰子懋落第》，二

---

① 余昭、安履贞著，余宏模编注：《大山诗草》，四川民族出版社1994年版，第53页。
② 同上书，第322页。

人都在诗中用自己的语言和方式乐观积极的看待此事,笑对人生;当余昭独在异乡时,二人在赠答的情诗当中,都互诉了思念之情,表现了对爱情的一种执念,如余昭的《寄内》中写道:"始知自负英雄气,误却多年儿女情。"①表面上看是显露自己为追求功名而鲜少陪伴妻子的一种遗憾,但更多的却是暗暗下定决心要与妻子的相守白头的坚定。所以说,二人的诗中,纵然是各有各的风格,但诗性却具有异曲同工之妙。

2. 伉俪相互影响的基础

余昭与安履贞在诗歌上相互交流、相互影响,共同促进了二人在文学上的成就。那么,诗人间的相互影响,一定要建立在互相认同的基础上。我们认为,影响余昭与安履贞相互认同的基础有以下三点:

第一,相似的家族命运。余昭与安履贞都是出生于彝族的土司家族,属于上层阶级。前文已经提到他们的家族都经历了重大的变迁,余昭的家族经历了大起大落,从统治者变成了被驱逐追剿的对象,直至清朝才逐渐恢复家族的兴旺。因此,在余昭的心中,虽有大丈夫的豪情壮志,但更多的是一种被打压的心有不甘。而安履贞的家族也一样发生重大变化,随着哥哥安履泰的锒铛入狱,家族的兄弟一个接着一个死去,留下的则是一位年迈多病、孤苦伶仃的老母亲。因此,在安履贞的心中也有着对世事变迁的不屈。两人的家族命运如此相似,在文学创作上才能引起更大的共鸣,才能认同彼此对人生和命运的态度,才能吸收彼此诗作中的精华,作出有灵魂、有深度和有韧性的诗词来。

第二,共同的生活基础。饶雁鸣老先生在《园灵阁集》的序中提道:"其诗多得于阶平,而成于令偶大山先生。"② 如此看来,余昭确是对安履贞的诗作产生了深远的影响。安履贞尚在闺阁之中时所作的无非是一些清浅之词,如"个中情趣谁能识,我自清闲我自知"(《闲适咏》)③,或者是"朝来临玉镜,妆罢唯吟咏"(《览镜》)④。这类的闺房闲适之语。但自嫁作人妇之后,

---

① 余昭、安履贞著,余宏模编注:《大山诗草》,四川民族出版社 1994 年版,第 57 页。
② 同上书,第 310 页。
③ 同上书,第 316 页。
④ 同上书,第 317 页。

诗风具有很大的变化，一方面是因为家族的变故，另一方面则与其丈夫余昭的影响分不开，丈夫眼界的开阔、诗风的大气深深地感染安履贞，使得她的诗歌的主题更加深化，情思更加浓厚。主要表现为除作闲适之语外，还以与其丈夫作赠答诗的方式以表心事，扩大了诗歌题材。安履贞闲适之词的语言也更有力度，如《清明》中写道："白浪江头柳絮飞，连天春树碍斜辉。"①这里的"白浪江头""连天春树"描绘出一幅天、地、水相连的景色，具有大气之感，视野也更加广阔，再也不是"闲敲棋子落灯花"的闺房之乐。

第三，共同的民族文化认同。夫妻二人皆出生于彝族，具有纯正的彝族血统，骨子里对彝族的民族文化具有深深的认同感。彝族是高山民族，具有悠久的发展历史和优秀的民族传统文化，特别在对待男女性别问题上，秉持男女平等，对汉文化持汲取精华的态度，民族性格坚韧豪放。因此，余昭与安履贞这种共同的民族文化认同势必会使他们认同对方的创作思想，继而互相影响对方的诗歌创作。首先，坚持男女平等的彝族人民，抛弃"女子无才便是德"的观念，才有安履贞的诗歌"成于令偶大山先生"；其次，余昭和安履贞对汉文化都秉持接纳的立场，在他们的诗中出现大量的汉文学典故，特别是在余昭的诗中表现得尤为明显。因此，余昭诗中运用过的典故，安履贞也会适当选用，如余昭在其《逍遥游》运用了《庄子》内篇《逍遥游》一篇的典故，而安履贞也在其《题子懋夫子〈大山诗草〉》中运用了《庄子》中"北冥鱼"这一典故。再次，二人都同样具有彝族坚韧的性格，对待命运的坎坷，虽然会表现落寞，但更多的是风雨无阻、坚持到底的精神。因此，他们的诗中都会表现这种民族性格，这也是相互影响的结果。

余昭与安履贞是余氏作家群中具有鲜明特点的一对伉俪诗人，二人风雨同舟，共同度过了三十九年的难忘岁月。在这个过程中，留下了优秀的诗歌作品，为彝族文学史增添了光辉灿烂的一笔。

---

① 余昭、安履贞著，余宏模编注：《大山诗草》，四川民族出版社1994年版，第332页。

第六章　高才硕学余达父

余氏作家群中成就最高、影响最大、最受瞩目的是余达父，他的《邃雅堂诗集》留存诗作600多首。余达父诗歌不仅在数量上甚多，而且以其丰富深刻的思想内容，沉实的现实主义精神，"沉郁劲健"的艺术风格享誉黔西北诗坛、贵州诗坛，并在彝族文学史留下了厚重的一笔。

第一节　生平与思想

余达父（1870—1934年），名若璩，字达父（达甫），是大屯土司庄园第十一世庄园主，其祖父余昭、祖母安履贞文学造诣都颇高，其父余一仪在川黔之间也有较高诗名。从晚清末年到民国初年，在近现代社会的沧桑巨变中，余达父从黔地的僻远之乡步入繁华的北京、上海，从赤水河畔的扯勒家园走向异国他乡的富士山下，他成为余氏作家群中经历最丰富、视野最开阔的人物。64年的人生历程中，他是大屯土司庄园的少主人，也是晚清法政科举人，在辛亥革命中当选为贵州省立法院议员，民国初年出任贵州省法院刑庭庭长、省政府名誉顾问。多重的文化身份，注定了他此生经历的跌宕与不平凡。

一　功名追求与科举之变

1870年的一个秋天，叙永水潦土司家又一个小生命诞生了，他就是余一仪的第二个儿子余达父。余达父天赋高，喜读书，博闻强识，是几兄弟中最受家人器重的一个。余达父的早期教育来自祖父的"祖训"和父亲的"庭训":"璟自束发受书,饫闻祖训庭训。"① 除祖父、父亲而外,祖母安履贞也加入启蒙孙辈的阵营中,且课读最严。余达父天赋高,记忆力强,从小写诗作文就常常得到祖父母夸赞。1880 年,余达父年仅 30 岁的堂叔父、大屯第十世庄园主余象仪病逝。余象仪是余珍的儿子,余珍去世后,由余昭抚养成人,承管大屯,不想又年纪轻轻而殁,没能留下一男半女。大屯、水潦本为一族,且有互相过继的传统,为使家族血脉得以延续,10 岁的余达父过继到了毕节大屯,成为大屯土司庄园的少主人。1886 年,余达父娶威宁州处士安如椿之女安氏为妻。这是余达父的第一位夫人。

余达父娶妻生子后,并没有中断学业。1892 年他与其兄余若煌一起就读于毕节松山书院,师从杨绂章、葛子惠,研习经史子集,并习诗词"修举业"。在松山书院,他学习刻苦,成绩优异。据《毕节县教育志·教育人物》记载,1897 年杨绂章辑成《松山课士录》四卷,共录学生优秀作文 202 篇,其中余达父的两篇文章《前题》《是也》被收录其中。

余达父自小接受祖父母严格的教育,这不仅为其进一步学习奠定了良好的基础,也为他推开了中国文学史上瑰丽奇幻的一道大门,大门内是浩漫无涯的经史子集的世界。他在 15 岁时所作的《漫成四首》,极尽用典之能事,短短的四首诗作,用了 20 多个典故,涉及班超、孙坚、宗悫、荆轲、苏轼等若干历史人物,且对仗工整,法度谨严,体现了他良好的文史功底和诗艺上的早熟。

余达父青少年时期秉承祖父余昭和父亲余一仪对他的教诲,"读书明道,学古通今,卓然上企于古儒者之林"②。他的目标很明确,所谓儒家之"道"就是要致力于科举之业,经世致用,以显功名。从 1893 年开始他奔波在科举考场上,然屡试不售,一个生气勃勃的青年人,遭受着一次次的挫折,锐气渐消。1893 年省城贵阳应考,落第而归;1897 年秋,贵阳乡试再次落第;1900 年"又逐征尘到省垣",然此年乡试意外停考;1901 年乡试再落第;

---

① 余宏模编:《余达父诗文集》,远方出版社 2001 年版,第 87 页。
② 同上书,第 88 页。

1904年再次落第。屡试屡败，余达父的心情十分压抑。他的《癸巳下第出省垣》《拟鲍明远东门行》《读阮嗣宗咏怀诗》等诗作，都表达了因屡屡落第而带来的沮丧、烦闷与怀才不遇的情绪；

  瑟瑟金风吹不兢，长空惊雁却风回。
  高峰落木云收去，回野秋声客送来。
  白璧有灵征卜璞，黄金无价筑燕台。
  山花不解炎凉意，犹向行人带笑开。

  征国又去旧旗亭，惆怅情怀借酒倾。
  问世几人长落落，怜才到我惜惺惺。
  芦花几夜头俱白，柳叶何时眼更青。
  不向东风怨开晚，芙蓉秋露自芳馨。①

  余达父读书科举的动机很明确，一是土司后裔光耀门楣、以不负祖辈之厚望的家族责任；二是为了自己济世安民、兼济天下的士子梦。

  关于前者，我们在他的《致李岑秋先生书》和《亡兄伯㷀先生行状》的记叙中就能感受到。他在给举荐自己、有知遇之恩的李岑秋先生的信中说："璟自束发受书，饫闻祖训庭训，颇厚望以读书明道，学古通今，卓然上企于古儒者之林。"② 在追忆长兄余若煌的文章中也有类似的表达："光绪庚辰年，若璟为从伯父两生公后，析居黔之大屯。大父子懋公携亡兄与若璟居之，为经理其所后之业，课之诵读艺文……庚寅冬，若璟与亡兄同入学补弟子员……先考邃初府君谕兄与若璟曰：宜修举业，以慰先大父之望。"③

  关于后者，余达父最初应科举时充满激情，曾怀有济世安民的理想抱负，追求自我价值实现的士子情怀，这，通过他年青时的诗作可清晰见到。初登科举考场的余达父表现了"少年驰逐争名场""书生挟策想安刘""长风万里

---

① 余达父著，余宏模收集整理：《邃雅堂诗集》，贵州人民出版社1989年版，第6页。
② 余宏模编：《余达父诗文集》，远方出版社2001年版，第87页。
③ 同上书，第107页。

接帆樯"①的远大志向,尽管随着落榜的打击,他深感"飞腾苦不展,困顿良难哉",慨叹"嗟我廿余载,履步多坎坷。名心缚茧缚,世事磨墨磨"②,但他明白"文章传道谈何易,事业如今语亦羞"③。余达父受儒家思想影响至深,注重修身、正己,渴望经世致用,"男儿自欲致公卿,拙计依人无赖情。才地不堪苏轼比,功名当与马周争"④。他有着"居庙堂之高则忧其君,处江湖之远则忧其民"的儒生情怀。

但是,余达父所成长的时代,正是内忧外患之时,也是剧烈变化之世。"19世纪,中国清朝的皇帝经历了比奥斯曼帝国和俄罗斯帝国更多的困难。欧洲势力对清朝军队实施了军事打击,强迫中国统治者接受了一系列屈辱条约……政府在疲于应付国外挑战的同时,还要面对危险的内部动乱……到20世纪初,中国已经处于极其虚弱的状态。"⑤ 在这样的社会背景下,余达父既感到时运多艰,社会黑暗,内心又充满强烈的忧患意识:"乾坤荆棘三千界,世路干戈十八滩","安得二三豪杰出,早弯弧矢殪封狼","几人却向西园笑,剥蚀泉刀正好输"⑥。

1989年戊戌变法失败,慈禧太后运用北洋新军袁世凯之力夺回政权,处死维新志士谭嗣同等"戊戌六君子",短促的"维新"以悲剧结束。此事给远在西南边地年青的余达父以震动,他写下了《拟行路难》一诗,诗云:

> 黄雀黄雀何蹁跹,不巢桂树巢云边。
> 云边近傍瑶池仙,瑶池阿母今华颠。
> 苦爱黄雀羽毛鲜,琱笼玉馔调翩翾。
> 不道黄雀嗜好偏,专心尘世争腥膻。
> 鹰鹯乍击力未全,硅然惊动阿母眠。

---

① 余达父著,余宏模收集整理:《邃雅堂诗集》,贵州人民出版社1989年版,第2页。
② 同上书,第21页。
③ 同上书,第50页。
④ 同上书,第45页。
⑤ 19世纪全球史:处在十字路口的帝国门,http://www.vccoo.com。
⑥ 余达父著,余宏模收集整理:《邃雅堂诗集》,贵州人民出版社1989年版,第81页。

密张罦网欲罗天,鹰鹯殚尽恨方捐。①

诗人以"黄雀"比喻佞臣,以"瑶池阿母"喻慈禧太后,以"鹰鹯殚尽"比喻变法的失败,作品以借代比拟的手法,表达了对维新志士的同情,表现出了一个"处江湖之远"的彝族青年对朝政的关心和忧戚。

然而,光阴荏苒,岁月流逝,十年科场蹭蹬,余达父的济世之志无法实现,他的内心充满了痛苦、矛盾与焦虑,他开始怀疑自己"姿质绵鲁,心志游移,嗜博而不精,贪多而不化"。在"虚掷二十余年岁月"中被"毁誉夺其识"。

事实上,真正使余达父对科举业产生痛苦、焦虑甚至萌生放弃念头的则是震动士子阶层的科举改制。1901年8月,清廷颁上谕宣布科举改制,且废除八股文程式。乡试、会试的头场均试"中国政治史论",二场试"各国政治艺学策",三场试"四书五经义"。这一重大的变化不但使考官进退失据,更使考生彷徨失措。对此余英时有深刻的认识,他指出:"科举以圣典(四书五经)为基础文本,建立了一个共同的客观标准,作为造士和取士的依据。但对圣典的解释又是多元的,不可能统一于任何一家之言,因此科举制度在实际运作中有一种自我调适的机能,使钦定正学不致与科场以外学术与思想的动态处于互相隔绝的状态。"② 这就是说,原来科举制度"弹性"的变量大致是单一的,主要来自考官,改制后,一转而为多个因素的同时变化,且多是在无奈地应变而变。在多个变化里最棘手的是,本应为不变之客观标准的基础文本突然膨胀到了边界在何处都不知道的地步。所以考官困惑于出题,考生迷茫于答题。礼部曾对考试命题带给考生的茫然作过解释,称"以各国政治艺学中之切于实用者命题",但究竟什么是"切于实用",谁都讲不清楚。

对此变革,余达父在参加了1901年的科考后,就有深深的不安,"变科在即,兼涉猎西学各书,致治经之力无多分于此科第一道"。他无奈地表示,"琼本意早无鸡肋之恋矣"。③ 科举的多次失败,变革时期的无定感、迷茫感,

---

① 余达父著,余宏模收集整理:《邃雅堂诗集》,贵州人民出版社1989年版,第55—56页。
② 余英时:《士与中国文化》,上海人民出版社1987年版,第18页。
③ 余宏模编:《余达父诗文集》,远方出版社2001年版,第88页。

使年逾 30 岁的余达父内心充满了苦涩、彷徨，深感世事艰辛。虽然改革的本质是利益再分配，有人顺应改革获益，有人在改革冲击下落魄，但如就此推论说顺应改革获益之人都过得非常愉悦，则可能相当离谱。科举制度的最后几年，中国的读书人都承受着茫茫然不知未来向何处去的哀与痛。

孔子言三十而立，这对中国知识分子来说是一个不小的心理压力，它意味着一个知识分子 30 岁后在社会上要有安身立命的资本，要为家庭家族带来安定感、安全感。从余达父的诗文中，我们发现的却是一种不安全、不安定。事实上从 27 岁开始，大屯庄园少庄主余达父已经为迫近而立却一无所成而焦虑，他为岁月流逝、功名难成而烦忧，为个人前途、家族命运而彷徨："风尘萧瑟感乡关，那更愁催鬓发斑。一事无成输小草，千秋知己问名山。"30 岁的余达父，被族人寄予厚望，光耀门楣的初衷将他驱赶在功名的独木桥上，他没有退路，年复一年的赶考成了一种惯性，而今，1901 年的科举改制，令从小接受经史子集教育，欲以功名显扬的理想几近泡影，大屯少庄主余达父心生退意。

完成于 1844 年的《曾国藩家书》中有"示诸弟勿为时文所误"一文，描绘了清代士子在求仕与治学之间的矛盾心情：

> 吾谓六弟今年入泮固妙，万一不入，则当尽弃前功，一志从事于先辈大家之文。年过二十，不为少矣。若再扶墙摩壁，役役于考卷搭截小题之中，将来时过而业仍不精，必有悔恨于失计者，不可不早图也，余当日实见不到此，幸而早得科名，未受其害，向使至今未尝入泮，则数十年从事于吊渡映带之间，仍然一无所得，岂不腼颜也哉？此中误人终身多矣。温甫以世家之子弟，负过人之姿质，即使终不入泮，尚不至于饥寒，奈可亦以考卷误终身也。（道光二十四年五月十二日）

这段文字可谓字字辛酸，切中科举弊害。曾国藩对诸弟的忠告，对于时隔 60 年后的余达父来说更像是一种警示，只是这警示已晚。变革对于每一个学子都会带来阵痛。

余达父的诗中有一个非常明显的现象，即对时光短暂、人生易逝的重复性咏叹。其实，时间与生命算得上文学作品中一个永恒的话题，现代著名作家梁实秋先生就以《时间与生命》为题，抒发他对生命的感悟，至于"人生代代无穷已，江月年年只相似"的触景伤怀和"对酒当歌，人生几何？譬如朝露，去日苦多"式的直抒胸臆，在中国传统文学中更是此起彼伏了上千年。但余达父的咏叹和传统文人的表达有所不同，原因在于他的咏叹里裹挟着变革时代一个彝族知识分子真实生命的沉重，而不是"为赋新词强说愁"。举子之业的失意，反复的落第失败，而今对未来的不确定感，有时候确实让人生出虚无和伤感，缩短我们对于时间和生命的心理感受，令人滋生出"生命易逝，光阴不再"的怅惘之情。

当然，晚清科举改制乃至后来的废除科举，改掉、废掉的只是"士"的仕进道路，并没有能够消除他赖以安身立命的文化心理，更没有废掉其社会基础，他们亟须调整心态，重新定义自我的文化身份，转而寻找新的路向，只是这种转向，实在是一个艰难的过程。

余达父经历了数次的科考落第和改制带来的困境后，转而潜心于辞章考据，并在1905年编成了自己的诗集《邃雅堂诗集》，按照万慎子的说法，"（达父）束发至今兹已千余首，其可存者十之七八"[①]，今天的《邃雅堂诗集》，一至六卷，仅存诗236首，不及万慎子所见四分之一。[②] 如此高产的创作，实为余达父在困厄中的一份重要的精神寄托。

二 东渡扶桑，选肄法政

就在余达父感慨着"潦倒仍昔，胸中为世界风潮所薄激"之时，来自家族的重大变故，让大屯庄园的少庄主感到了一种与从未有过的压力，亦带来压力之下的"新变"。

1904年达父长兄余若煌被永宁道赵尔丰寻隙陷害，身陷囹圄，家人俱惊。为家族后人计，余达父率二侄一子东渡扶桑。此事之始末已在前文第一章第二节中有过详细交代，此不多述。祸兮福所倚，福兮祸所伏，意外的家变却

---

① 余达父著，余宏模收集整理：《邃雅堂诗集》，贵州人民出版社1989年版，第14页。
② 母进炎：《百年家学，数世风骚》，贵州人民出版社2012年，第110页。

促成余达父在晚清的留学潮中走出国门，开始了他对"新知"的追求。

众所共知，晚清末年古老的"家天下"制度已是风雨飘摇，西方文明的咄咄逼人促使了全民族的共同觉醒，而晚清末年兴起的留学潮，实为中国社会内部在西方冲击下出现"学习西方"的呼声。在西方列强的盛气凌人面前，中国的知识分子一面痛彻肺腑，一面收拾心情，远涉重洋去"师夷之长"，其中尤以"留东"为剧。据日本学者实藤惠秀统计，1896—1937年的42年间，"中国留日学生络绎不绝，人数最多的时候，竟达八千之谱"。[①] 涉及政治、经济、文化、科技、军事等各领域。某种意义讲，晚清中国的留学运动，对中华民族是一种洗涤心灵的思想启蒙与文化启蒙，有力地推动了晚清文人向现代知识分子的转型。

在晚清中国，贵州还是一方贫瘠的土地，不光道路险阻，地方闭塞，经济落后，而且文化也不够开放，开科取士晚，文风昌炽非比江南或中原，遑论余氏所生活的乌蒙高原了。但尽管如此，地处荒僻的贵州并没有在席卷全国的留学运动前落伍。恰恰相反，那正好是贵州一段辉煌的历史，正所谓"人从虎豹丛中健，山在峰峦缺处明"。20世纪贵州最负盛名的人物，如黄齐生、王若飞、周逸群、何应钦、刘显治、张道藩、谷正伦、昆仲、姚华、谢六逸等，几乎都有过留学经历，中共一大的少数民族代表邓恩铭（水族）还到过苏联，王若飞则是先到日本，后又到法国。这些人不光对贵州，对整个民国时期的政治、经济、文化、军事，包括文学，都曾产生过重要影响。

众所周知，贵州在1413年（明永乐十一年）建省之前，因地处荒僻，经济落后，长期未被中央王朝所看重。史书虽有"汉三贤"的记载[②]，但史料

[①] ［日］实藤惠秀：《中国人留学日本史》，谭汝谦、林启彦译，生活·读书·新知三联书店1983年版，第11页。另外，《出使日本大臣杨枢密陈游学生在东情形并筹拟办法折》（1906年7月16日《东方杂志》3卷6号）亦云：1903年在日本的中国留学生为一千多人，1905—1906增至八千多人。而《中国近代教育史资料汇编·留学教育》（上海教育出版社1991年版，686—689页）云：1906年留学日本的中国学生准确数为7283人，同年留美仅60人，1906年以后留学日本学生逐年减少，1912年仅1473人。而1906年中国国内学生总数已达468220人。

[②] 贵州的文史资料一般都只是提及汉代的这三人：舍人、盛览、尹珍，没有更多介绍，如黄万机的《贵州汉文学发展史》，贵州人民出版社1999年版，第9页。

匮乏，面影模糊。直到明清两代，才开始文化渐盛，确凿地出了不少诗人、文人。仅见于《明史》《清史稿》列传、文苑传、儒林传的，就有杨文骢、莫与俦、郑珍、黎庶昌等。莫友芝《黔诗纪略》所搜列，更是多达四百余人。晚清废除科举前后，随着新的时代社会潮流的推动，贵州文人的脱颖而出也跟其他地方一样有了新的背景和选择，这便是入新学堂、留学海外（当时也叫游学）。此一风气从严修出任贵州学政肇始，不久即渐成气候。仅林绍年调任贵州巡抚的那一年多，就筹办了多所新学堂，在他上任后的1905年，贵州就选送官费、公费（相当于社会团体资助）、自费等各类赴日留学生151人。其时清王朝内忧外患，国库空虚，贵州经济尤其支绌，而林绍年采取分配名额、就地筹款、多方派遣等办法，有效地解决了经费困扰，创造了贵州留学历史的一时之最。① 民国初期贵州学子之得以融入主流政治、主流文化，包括成为民国政坛、军界、文坛的著名人物，差不多都与由此而来的留学潮有关。留学前，贵州学子一般都进过新学堂，不少人还有着大大小小的科举功名，留学履历表的"身份"一栏，不少人填的是童生、附生、廪生、监生，甚至有贡生、举人、进士。

　　受此留学风潮的启迪和影响，余达父走出国门寻求"新变"以实现自我价值："求师过海参新理，涽国回帆想大同"，"家国多艰虞，岂任终驽劣。意欲与世绝，废食遂咽噎。手携儿子辈，远游万里越。泛海求大药，或有生民术"。② 这是余达父对自我的一次挑战与超越，也体现出了一个彝族土司诗人感应时代变革的敏锐和踊跃。他带着三个孩子走出大山，走向大海，这对余氏家族来说无疑是一次壮举，一次"远征"。但同时，也意味着他从传统文人向现代知识分子的艰难转型。若与旧日心灵相沟通，一把年纪离开家乡，甚至一句日语未习，就登上海轮，负笈东瀛，学习法政，对余达父来说，压力之大可想而知。

　　1906年春余达父带着孩子们离别故土，踏上了去往日本的路程。此一去，山迢路远，既有放心不下的家园，又有需全力应对异国他乡的学业与生活。

---

① 沈殿成主编：《中国人留学日本百年史 1896—1996》，辽宁教育出版社1997年版，第112页。
② 余达父著，余宏模收集整理：《邃雅堂诗集》，贵州人民出版社1989年版，第110页。

一路上的心绪，在他留下的《晓发泸州》《夜泊合江城下》《晚发渝城》《泊夔府》《夜泊巴东峡枏木原》《夜泊黄陵庙》《泊宜昌》等诗作中，有所表现。兹举二例以观之。先看《晚发渝城》：

> 东门张饮酒初醒，急管繁弦响不停。
> 击楫中流大江白，夕阳西下故山青。
> 英雄成败无形胜，身世飘零感絮萍。
> 径别渝州向三峡，遥看云海接沧溟。

这首七言律诗的重点是"身世飘零"，诗人表达的是感伤之情，夕阳西下之时，更添几分惆怅。

后看《夜泊合江城下》：

> 我家鳛水原，至此七百里。别来六十日，见鳛入江水。
> 江水浊似泥，含纳无藏否。鳛水清於矾，湍激净不滓。
> 有如孤僻士，高絜爱清泚。急狭不容易，锡若皆诋訾。
> 今夕出大江，洪阔无涘涯。汇此万里流，利济生民恃。
> 上接昆仑高，下入海门迤。合之大瀛寰，蒸气为蒙氾。
> 霖雨浃苍生，不过竭原委。涓流念乡关，鞭影亦策已。

这首五言古诗表现了诗人离别故土的复杂情绪。清澈的鳛水源自诗人扯勒部的故乡，然既已涌向大江，便将汇入浩荡的洪流中，奔向大海。这是写水，亦是写人。站在鳛水与长江的汇流处，余达父这个鳛水恒部扯勒家支的后裔，心有深深乡愁，情有浓浓牵挂，诗中有感伤之意，也有对未来的憧憬之情。

余达父到日本后进入江户和佛法律大学，求学的辛苦他在诗作中有过描述："浮海志士五千辈，橐笔僵作秋窗蝇。名法理数文肤浅，诸生苦比太学经。"[①] 不过艰难的攻读使他对法政有了自己的认知，在为《舒毓熙平时国际

---

① 余达父著，余宏模收集整理：《邃雅堂诗集》，贵州人民出版社1989年版，第87页。

公法》所作的序中，余达父对国家法制、国际公法与民族国家的强盛发出了呐喊：

> 嗟呼！吾中国自秦汉统一以来，至今二千余年，不知有国际法久矣。强则禽兽夷狄视外国，或卵翼而雏之。弱则割地迁都，甚者据而代之。而今日之外交著著失败者又何足云。此皆由国人误视一国家为一世界，不复知有国际，则不特不知法，亦并忘其国矣。近百年内，列强四侵，眈眈睒睒，息壤瓯脱，攘改剖分，即国家根据扼要之区域，亦羁钳于他国势力圈中，国人始晓然於国界之有际，而国际法之思想，仍扣槃扣烛索之也。虽然日本之有国际公法，亦近三十年事，先固袭用中国万国公法之名词，惟日本知其不详而更正之。观念一变，国势勃兴。而吾国之执魁柄翰外交者，尚呓语沈沈不知何日醒，而学子人民又何责焉。

这是以边鄙之地学子的身份，发出了一种震聋发聩的声音，虽写于上世纪初，但就是今天读来，也仍然铿锵有力。应该说这篇法制与国家的文字出自余达父之手，实在是彝族学子最早之法制意识的彰显，更有其对现代国家的殷切期盼。

余达父在日本学习的是法政，与文学似乎并无太多关系，但他是带着自己的《邃雅堂诗集》到日本去的，他以诗歌为桥梁，与日本汉诗界不少优秀诗人建立了真挚的友谊。日本最重要的汉诗社团"随鸥吟社"与余达父的交往最多，他与日本诗人唱酬应和，颇为风雅，永阪石埭咏："红花碧草自年年，又届枕桥修禊天。诗梦摇溶潮上下，不离七十二鸥前。"余达父和："浪迹蓬山不记年，众仙同吟大罗天。墨江压岸樱云涨，无限春光到眼前。"这样的即席赋诗、诗酒唱酬使余达父在日本汉诗界有较高名望，如同平刚所言"博识能文，好吟咏，与日本诗人森槐南结诗社，辄主其盟，故颇负时望"。此外，1909年前后，在东京，余达父与留日的郁华等人有诗交，与贵州同乡张绎琴、吴慕姚等人也是以诗交流，结下深厚友情。余达父在日本期间的许多唱和之作，虽有应酬之嫌，但对仗严谨，格律工稳，不乏一些描写岛国景色，表现中日人民之间真挚美好感情的诗作。

三　社会变革中的起落沉浮

1910 年夏天，余达父毕业归国，参加清政府对归国留学生的廷试，中政法科举人。困扰了他整个青年时期的"功名"，由"海归"而终于有了一个结果，这年余达父 40 岁，已是不惑之年。

清政府的廷试是专门针对留学生而设置的考试，录取者可直接获得官职，加以委用，意在吸引青年学子学成归国，报效桑梓。客观来说，这一举措还是很有吸引力的，1905 年至 1910 年，逾千人回国参加廷试，大多数留学生通过廷试获得官职，且在各领域都卓有建树。严复、詹天佑就是清末留学归来的佼佼者，一为文科进士，一为工科进士。

余达父中政法科举人后，照理说就可成为清廷的在编官员，谁料是年母亲却溘然长逝，离家五年的余达父"奉讳归里"，从北京回到贵州为母亲守孝半年。在《南征·百韵次杜甫北征韵，增三十韵》中，余达父详细描述了他"奉讳归里"的情形，并抒发了回到故乡后物是人非的伤怀：

就学法家言，中西欲贯彻。
一住逾五稘，沧桑几更迭。
偶作海淀游，归来赴书悉。
岂知一绝裾，终天成永诀。
百悔已无及，万死何足恤。
赋此南征篇，哀恨犹可述。①

余达父的这番伤怀感慨，在他游毕节蟠龙岗，为惠泉寺撰写的楼联中也有表达："地从别后，十年绿树清泉，忽见昙云飞鹫岭；我自归来，万里瀛洲蓬岛，每因风景忆龙岗。"世事变迁，人海飘浮，总有乡愁萦绕在心。

就在余达父丁母忧之时，中国社会发生了全国性的革命。1911 年武昌起义成功，清王朝丧钟敲响的同时，民国诞生的号角也吹响了。人到中年的余

---

① 余达父著，余宏模收集整理：《邃雅堂诗集》，贵州人民出版社 1989 年版，第 111 页。

达父，又一次迎来近现代中国社会的巨变，他那所谓"法政科举人"的文凭，随着清王朝的覆灭而毫无意义。土司庄园的少主人、海外归来的"洋举人"，在近现代社会的变革中将再次面临起落沉浮。

1911年11月4日，在辛亥革命的影响下，张百麟领导的贵州自治学社亦举起义旗，推翻了清王朝在贵州的统治，宣布"大汉贵州军政府"成立，旋即贵州成为全国第七个宣布独立的省份，当时的报刊社论对此曾有高度评价："去岁各省反正，黔省响应最早，与川滇诸民军呼吸相通，伟哉！"① 在此革命高潮中，法政出身的余达父被选为贵州省立法院议员，接到消息，余达父即从毕节启程赶往省城贵阳，与同里同窗的挚友周素园等人会晤。

然而，贵州辛亥革命起义太过顺利，在取得政权后，各派势力云集，鱼龙混杂。1912年春，余达父从毕节抵达贵阳，此时贵阳形势并不乐观，首举义旗的贵州自治学社与宪政派、地方官绅、团练势力的矛盾不断加剧，这一段历史在周素园的《贵州民党痛史》中有详细记载。滇军入黔后，"迳占立法院，驱散议员，兼旬后，议员复自由集会"，但云南军阀唐继尧意欲将贵州省立法院改为贵州省参议会，遭到周素园、余达父等人的坚决反对，周、余坚持行使立法院体制权限，而且提出就职的"伪都督"唐继尧为非法履职，唐继尧"不意议员有此胆干，殊惊愕。……削去立法院之号，改称省议会。……周恭寿、余若瑔暨议员之列自治党籍者，皆被人指控，伪府悉予除名"②，余达父在正式选举之日，虽然当选，然辞不就任。在唐继尧对革命党人的大肆镇压中，贵州辛亥革命宣告失败，贵州从此陷入又一次军阀混战的局面。风声鹤唳中，余达父离开贵阳，到四川叙永水潦与家人相聚数月，之后乘船去往上海。

1912年夏，余达父到达上海，与同乡安健汇合。安健为贵州彝族土司，1905年留学日本，在东京加入中国同盟会，为孙中山先生所器重。回国后安健宣传民主革命，反对军阀割据，其所著《贵州土司现状》及《贵州民族概略》，都是研究贵州少数民族历史的珍贵资料。安健与余达父私交甚深。1913

---

① 1912年4月29日上海《神州日报》社论。
② 《周素园文集》，贵州人民出版社1994年版，第300页。

年余达父离开上海前往北京,寻谋生计。

在北京的情状,余达父在《与梁某书》中有所叙述:"……支绌来京,行同冒险。亦知京师人海骈填,云谲波诡,何易觅一啖饭处,惟老骥伏枥,未曾一展千里之足,终难寂寂耳!"社会变迁,人世险恶,人到中年还未有施展才华的舞台,不甘心啊!但又能怎样呢?他感叹说:"纵有文章惊海内,岂知书剑老风尘。近来海内为长句,昨日厨中乏短供。虽同邹阳宋玉之大言,亦见冯衍韩俞之穷相矣。"① 其间的窘迫与压抑,抱才不遇之感至切,读来令人感到沉重。但余达父生性耿介,不屑于干谒之媚态,他坚守传统知识分子的人格气节,却又不忘国家社稷,希望能"集朝野之贤能,尽才专任"。在留学归来的余达父身上,还有着传统"士子"的文化心态、精神气质、人格向往,这一点正是近现代知识分子的一大特征。在他的身上,传统文化的语境与机制凭着自身的某种惯性力量(如文化心理之类),仍在发挥作用。

在北京期间,余达父寓居在宣武门一带,任过法政学校教员,做过律师,其间与同样寓居在北京的贵州人平刚、周素园、安健交往密切,同时也与一些文化名人结下了深厚友情,如黄侃、袁嘉谷、郁曼陀、柳诒徵等。这些交往为余达父的寓居生活增添了不少的愉悦,其作品中,有不少描写与朋友相交甚欢的情景,《漫兴九首》即是其中之一。寓居北京时期,余达父与苏州女子徐立芳结合,收获了一份美好的爱情。后徐立芳跟随余达父回到毕节大屯。

1917年春,余达父离开北京从天津大沽口出发,再次踏上去往日本的旅程,只是这一次他是一个人的旅程,而且是去接早亡儿子余祥桐的寓榇。此行他在日本的时间不足一月,但内心的伤痛却是巨大的。他在此期间的诗作如《四月廿三日晨出大沽,此行往横滨取桐儿寓榇》《四月廿八日横滨风雨中检桐儿寓榇》《横滨万珍楼度端午》《十六日辰时神户登海橙余,经此六度十二年矣》等,都充满悲伤之情,故地重游中的沧桑之感颇为浓重:"海气阴晴瞬变迁,蓬瀛清浅不如前。回头十二年来事,家国沧桑更惘然。"②

从日本回国后不久,余达父便接到噩耗,长兄余若煌病逝于毕节大屯。

---

① 余宏模编:《余达父诗文集》,远方出版社2001年版,第100页。
② 余达父著,余宏模收集整理:《邃雅堂诗集》,贵州人民出版社1989年版,第146页。

他痛心疾首，无比悲怆："若璟来京师五年，娄更忧患，戚戚不自愫，又不能决然归去，与兄弟翕居一堂。稍慰其中年暌离之恨。民国六年五月廿二日，忽接季弟若琪电，言伯烋先生病故大屯。……若璟忧患余生，衰落日甚……"① 亲人的离世对余达父的打击很大，1917 年，他从北京回到了故里。1919 年余达父又闻噩耗，跟随孙中山先生转战南北的侄儿余祥辉，因积劳成疾，病逝于上海。接二连三的打击下，余达父病倒了，后又"复中风疾，右手足拘挛不仁，卧蓐三载始倚杖而行"。

此后三年，余达父在大屯闭户隐居，潜心文史，从事著述。但传统士子的情怀仍然使他身在边邑却心系社会民生，《五十初度，庚申五月廿日用先祖四十度韵》一诗，可视为这一时期他对现实社会与个人命运表达的典型之作：

> 入梅天气晻如秋，卧病还乡笑邺侯。
> 久苦阋阎兵未解，岂堪割据势常留。
> 阅墙斗鼠穴中困，跋浪横鲸海内愁。
> 半百生涯忧患里，独乘风雨上南楼。②

军阀割据，社会动荡，盗贼猖獗，抱病还乡，现实境况糟糕透了。

1921 年、1922 年大屯庄园数次遭匪攻掠，"家藏书三万余卷，多被盗兵所残"。余达父苦不堪言，携家人入居贵阳。在周素园的力荐下，出任贵州大理分院刑庭庭长。余达父"法理深邃，守正持平"，"法曹数载，冤屈雪申"。但因不喜阿谀奉承，更恶趋炎附势，于 1927 年 10 月辞官归隐。

此后他在云南游历了三年，其间经历战乱，颠沛流离，其处境遭遇，诚如周素园为其所撰墓表所云："士负材积学，方自任以天下之重，乃仕见沮，处又弗守，荒山野屋之中，求为老农老圃而不得。"③ 辛亥革命元老周素园，与余达父同邑世交，一生情谊。

余达父人生的最后时光是在大屯庄园和贵阳寓所度过的。1934 年 6 月 25

---

① 余宏模编：《余达父诗文集》，远方出版社 2001 年版，第 107 页。
② 余达父著，余宏模收集整理：《蟫雅堂诗集》，贵州人民出版社 1989 年版，第 131 页。
③ 《周素园文集》，贵州人民出版社 1994 年版，第 34 页。

日，余达父在贵阳南通街寓所逝世，终年64岁，归葬故里毕节大屯。周素园撰写的《贵州大理分院推事余君墓表》中称其"高才硕学"，"使得志遇时，已焜耀显赫于天下"。一生坎坷，半世漂泊的余达父，从土司少庄主早年的功名追求到负笈东瀛、学习法政的留学生涯，从一个传统士子到一个现代律师，他的人生命运，他的思想观念，他的文学创作，均与近现代社会文化思潮的剧烈变化发生着深刻联系，其诗作内容丰富，时代特征鲜明。

第二节　艺术与成就

余达父一生的诗歌创作收录在《邃雅堂诗集》中。诗集收录了从清光绪乙酉年（1885年）到民国辛未年（1905年）14卷共609首诗作，其中，七律275首，七绝157首，七古47首，五律55首，五古76。诗集最早在日本出版，现在的通行本由其后人余宏模1989年整理出版。

《邃雅堂诗集》出版后，其诗歌艺术就获得时人和后人的好评。著名学者罗振玉为《邃雅堂诗集》作序，称其"挹其气盎然儒者""学养兼到"，其诗作"原本风雅、词旨温厚"，认为余达父的诗"得古人温柔敦厚之旨"。万慎子更是高度评价说："其沉郁劲健，取法少陵，而声调之高朗，景光之绚烂，笔力之兀傲，有出入义山、东坡、山谷者。以君之诗与黔之先辈宫詹、两徵君比，吾不知其何如，而于子和子寿、鄂老，有足尾随而颉颃之者，洵卓然大家矣。"[①] 柳诒徵称赞说："声韵之作，篇什尤富……大句硨兀，怒霆轧霄。曼歌徘徊，香草醉骨。瘩瘵所系，笃若饭颗。恢诡之趣同，式诸漆园。芷蹶万里，锦字一囊，彭河腾精，蜻洲濯魄。综厥诗境，跨越乡贤。"[②] 清末民初古诗文家刘贞安、云南大学袁嘉谷教授均为《邃雅堂诗集》作题记，充分肯定其成就和价值。

《邃雅堂诗集》从诗歌题材来说，内容丰富，咏物行怀、写景记游、题赠

[①] 余达父著，余宏模收集整理：《邃雅堂诗集》，贵州人民出版社1989年版，第14页。
[②] 同上书，第16页。

酬唱、叙别悼亡等，无不包容。从艺术特色上说，现实主义精神、"沉郁劲健"、新旧交融的美学风格，是其特征，这一特征的形成与其诗法渊源相关联，亦与新文化、新文学思潮相关联。故本节从诗法渊源和"新变"这两个角度，阐析余达父的诗歌艺术成就，并尝试解读新文化思潮嬗变下余达父旧体诗作"新变"之内涵。

一　诗法渊源与传统守正

余达父的诗法渊源正如黄万机先生所言"近师郑珍""远法杜少陵"，在余达父的诗文中确也可见出他对郑珍的推崇、对杜甫的追随。

1. "近师郑珍"

郑珍，字子尹，晚号柴翁，贵州遵义人，晚清贵州诗坛代表性人物。他才学深厚，一生有各类著作37种，出版130多卷，位列《清史稿·儒林传》，梁启超、钱仲联、胡先骕等近现代学者对其诗作有很高评价，被后世誉为"西南巨儒"。其诗集《巢经巢诗钞》自刊刻传世以来，备受赞誉，钱仲联甚至断言"有清三百年，王气在夜郎"，胡先骕《读郑子尹巢经巢诗》中更将其推为"有清一代冠冕"。对于这位晚清诗坛上的大诗人，余达父格外推崇，他说："上怀黔文献，惟有柴翁兀。下悯斯民伤，饥溺元由障。欲传郑学薪，盱衡经巢访"[1]，表达了他对郑珍诗学的仰慕与自觉学习。在《丙寅三月十日郑子尹先生生日和聱园韵》中，余达父书写下对这位黔中大儒的深深敬佩和怀念：

> 吾黔经术启毋敛，汉二千石仍发轓。
> 后来经师寂千载，巢经巢起穿樊笼。
> 黔学绍尹更追许，先郑后郑源宗风。
> 文章坚卓涵唐宋，黄陈韩孟我厥躬。
> ……
> 遂使西南衍郑学，发聋振聩开颛蒙。

---

[1] 余达父著，余宏模收集整理：《蠡雅堂诗集》，贵州人民出版社1989年版，第162页。

> 手述五穜编播志，补漏天缺无无功。
> 晚年遗稿尤精粹，杜之秦蜀忧虞中。
> ……
> 静读公诗数甲子，沧桑往复心神通。①

显然，郑珍的坎坷命运、民胞物与的淑世情怀、精深的学术造诣以及卓越的诗歌艺术，都在余达父这里引起了强烈共鸣，甚至是心神相通。

的确，余达父和郑珍的人生经历有一些相似：少年求学，青年蹭蹬失意，中年奔忙困窘，晚年颠沛流离，而在这些苦难悲酸中，两位诗人始终有着对社会民生的深切关注，始终能以乐观的心态和旷达的精神来排遣忧愁，在逆境中依然保持旺盛的创作活力。而这正是余达父师法郑珍的精神基础。所以，对于郑珍，余达父心中会生出惺惺相惜的情感，进而产生精神上的认同、诗艺追求上的一致。换一个角度来看，这乃是郑珍这个"西南硕儒"对一个彝族诗人的深刻影响。

余达父对郑珍的诗才与文采十分倾心，在行文技术上也看得出刻意揣摩郑珍的痕迹。因此，余达父的创作必然呈现出与郑珍十分相似的一些特点，这些特点通过以下几个方面呈现出来。

其一，关注民生疾苦。和郑珍一样，余达父一生也写下了大量反映民生疾苦的现实主义作品，这些作品都具有鲜明的时代性和深刻的思想意义。如《己巳人日春感，时寓迤东确佐》：

> 去年日人我归田，独酌时园述往篇。
> 方悯民生涂炭极，谁知天意屈申先。
> 狰狞困兽凶犹斗，漂浮并峰毒更骞。
> 七百万人皆水火，旻苍懵懵到何年？②

诗作讲述了20世纪20年代，诗人在滇东眼见军阀混战给百姓带来的苦

---

① 余达父著，余宏模收集整理：《邃雅堂诗集》，贵州人民出版社1989年版，第167页。
② 同上书，第172页。

难：到处生灵涂炭，饿殍遍野，七百万民众倍受磨难，诗人悲痛呼告，何年才能见太平。此诗在内容和精神上与郑珍的《公安》《松滋》如出一辙：

> 可哭公安县，陈灾竟四年，万家何处去，诸赋暂时蠲。
> 鱼鳖蟠庐墓，舟筒当土田，更堪闻邑长，岁剩百千缗。(《公安》)①

> 松滋前决口，闻尚驻工官。四载已云久，一堤如此难。
> 春江宁禁涨，遗户得吾殚？寄语修防吏，盘飧尔固安。(《松滋》)②

道光十四年（1834年），郑珍进京赶考，途经湖北省所见长江灾情与修防内幕，官吏的贪婪，长江的无年不灾，导致当地十室九空，田地荒芜。诗人为百姓的悲惨生活而哭、而呼。

其二，擅写亲人之间的真挚情感，尤其是亲情诗中催人泪下的悼亡诗，是余达父诗作的一大特点。余达父写过不少的悼亡诗，他为母亲、妻子、儿女、兄弟等至亲骨肉的离世伤悲，为朋友、朋友妻子在近代革命中的牺牲而深表沉痛，其悼亡诗以真挚的情感，打动人心。郑珍一生同样写过不少亲友悼亡诗，其诗作诚如王柏心所言，"悲愉喜慼，如见子尹焉"。写真事、吐真情、不流于空泛说理的诗学表现手法，正是郑珍给予余达父的影响。如郑珍哭悼三女赞于的诗：

> 自小偏怜慧亦殊，女红辍手事充奴。
> 指挥才念身先到，缓急常资债易逋。
> 细数劳生宁早脱，时忘已死尚频呼。
> 雏孙不解酸怀剧，啼绕床前索阿姑。③

此诗多方着笔，从女儿生前情状，写到死后家人反应，字不虚发，句无

---

① 《巢经巢诗钞·前集》卷三《公安》。
② 《巢经巢诗钞·前集》卷三《松滋》。
③ 《巢经巢诗钞·后集》卷一《三女赞于以翼日夭，越六日，葬先姐兆下，哭之五首》其三。

空语，以细节传真情，表达了为人父者之悲痛。余达夫也有哭悼长子祥桐的诗，其表现手法与郑珍一样"写真事，吐真情"，读来令人感叹唏嘘。

其三，在描写旅途艰辛、山水险怪这一类古风题材时，其诗风往往趋近于郑珍"生涩奥衍""古色斑斓"的风格。如余达父在《小河岸阻水向暮迷路投宿》中这样描写：

  苍皇问投宿，地僻绝烟村。
  逶迤荦确蹶，攀援葛萝门。
  鳞甲龙蛇动，嵡谺熊罴蹲。
  步履益艰难，羲驭若飞奔。
  云厚绝无光，沙白时有痕。
  苍岩裂啸虎，黑岭唬惊猿。
  山鸣谷四应，怵心复动魂。①

郑珍的诗中也有这样的描写：

  黄螾翻劫波，误落荒服外。睢眦恚五岳，中原各尊大。
  胸蓄不分涎，要唾尽始快。日月不照灼，深闷神鬼怪。
  吐泄夺造化，挠炼鼓橐鞴。天动九地裂，顿辟一世界。
  雷电下捶撼，没楔却奔溃。面帝弹不法，情天转嫪受。②

显然，这两首诗都僻字迭出，状写黔中山水的险、奇、怪、异，给人带来了陌生、震撼之感。而余达父以奇字写奇景的写法，有如郑珍"奇文异字，一入于诗，古色斑斓，如观三代彝鼎"之感。人们初读《巢经巢诗钞》时，往往会对它的奇字僻典和佶屈聱牙印象深刻，余达父的《邃雅堂诗集》也有不少的僻典与古奥之语，对此，罗振玉印象深刻，他说读《邃雅堂诗集》"非学养兼到，不能道只字也"。

---

① 余达父著，余宏模收集整理：《邃雅堂诗集》，贵州人民出版社1989年版，第11页。
② 《巢经巢诗钞·前集》卷六《正月陪黎雪楼舅游碧霄洞》。

当然，余达父的诗作若在整体上与郑珍相较的话，略逊一筹，黄万机先生的评价："就实际而论，其艺术才华与艺术功力略逊于郑、莫，与章、黄、唐诸人略相伯仲，其诗较平实，灵动性稍欠。"① 此论较为中肯。

2. 远法少陵

余达父的诗歌生涯中，杜甫一直是一个重要的，甚至是"偶像"一般的存在。

在写给同窗好友葛正父的长诗中，余达父详尽地表述过他的诗学态度和诗学观念，那就是像杜甫一样多闻善择，既"不薄今人爱古人""转益多师是汝师"，又追求"为人性僻耽佳句，语不惊人死不休"的创造。在这位彝族诗人心中，杜甫是"文章百世后，光焰烛天辉"②的诗圣，所以在难以入眠的月明之夜，他会"四更吟老杜，千里梦希夷。傥可斯人作，师乎是我师"③；来到杜甫居住过的夔州——这个使其爆发出惊人创作力的地方，诗人似乎更是要隔着时间的长河，欲与杜甫进行一场心灵的对话："二十年前研杜集，几回清梦到夔州。今宵倦客篷窗底，落日孤城恍旧游。"④ 总之，唐代伟大的现实主义诗人杜甫是清末民初的彝族诗人余达父"远法"之重要对象。

在《邃雅堂诗集》中，余达父追随着杜甫的创作，从形式到内容进行学习、借鉴。比如，杜甫诗歌有"以序为题"的特点，余达父《邃雅堂诗集》也有"以序为题"的特点，以序为题的诗作大概有 40 首之多，诸如《随鸥吟社招宴向岛八百松楼，席间和社长永阪石埭原韵》《中秋后五日，偕少黄、铸城由西直门游农事试验场，万勉之设饮园中，归途放歌》等。杜甫写有"拗律"，余达父也进行尝试，《庚午日禄介卿招游黑龙潭，同行者李子邕、王铁珊、徐从先。次壁间挈经老人二律韵，余作拗律》就是一例。另外，余达父还像杜甫一样写了不少的组诗，如《意园八咏》《春兴十五首》《漫兴九首》等。

就诗风而论，杜甫现实主义诗风、沉郁顿挫的风格对余达父无疑有较大

---

① 黄万机：《贵州汉文学史》，贵州人民出版社 1999 年版，第 290 页。
② 余达父著，余宏模收集整理：《邃雅堂诗集》，贵州人民出版社 1989 年版，第 38 页。
③ 同上书，第 46 页。
④ 同上书，第 75 页。

影响。杜甫是唐代开元诗人，生活在大唐由盛转衰的时期。在经历了"安史之乱"后，其诗作中兴象圆融的盛唐气象尽失，转而充满了对时代剧变、民生疾苦的书写，并使他逐渐成长为一个自觉的现实主义诗人。

余达父像杜甫一样，在近现代社会的巨变中，用自己饱经沧桑的如椽大笔抒写着动乱时代的社稷民生、家国情怀。他以《春兴十五首》，描述着贵州辛亥革命前后的社会情状及其失败，在《漫兴九首》中叙说着军阀混战盗贼四起、民不聊生的苦难现实，回顾着自己留学归来一事无成流寓京沪的坎坷人生，在1929年的《己巳人日春感》四首中，诗人悲愤控诉"三年苛政猛于虎""豺狼当道攫人食"的黔中惨状……他的这些组诗既是自传，又是"家史""地域史"，诗风沉郁劲健。

二 新文化影响下的"新变"和内涵

余达父的诗作在对古人的师法和继承中，亦随着新时代文化思潮之变而出现新的审美风貌，即以新语新词、现代意识入诗的美学追求。

晚清末年梁启超提倡"诗界革命"，20世纪初，中国新文学革命领袖式人物胡适提出了"诗体大解放"的主张，他以旧形式的摧毁为突破点，大力倡导自由体新诗，中国诗歌发展进入一个崭新时期。其实所谓新诗，"本来就是'西化'的结果。没有西方诗歌的影响，就没有中国自由体诗歌的形成"。① 虽然，新诗的西化问题学者们有过深刻的反思——"新诗已完全背叛自己的汉诗大家族的诗歌语言与精神的约束，它奔向西方，接受西方的诗歌标准……只顾在喧嚣中搬弄西方诗歌的表象，则中国新诗前途可忧。"② 但是，一个不争的事实是，西化已成为一股强大的诗歌写作浪潮，推动着中国诗歌的发展。在此浪潮中，留学日本，接受过现代教育，受现代新文化、新思想洗礼的余达父，却一直没有写过一首新诗，他始终进行旧体诗的写作。仔细想来，余达父有深厚的家学渊源，且长期接受传统文化、传统诗艺、传统诗学的深刻熏陶，其在新旧文化激烈碰撞、新诗未来并不明朗的时候，倒向传

---

① 龙泉明、邹建军：《中国新诗"发展论"概评》，《文艺研究》2003年第2期。
② 郑敏：《新诗百年探索与后新诗潮》，《文学评论》1998年第4期。

统文化,倒向旧体诗,便是情理之中不难理解的事。对余达父来说,传统文化是其重要根基,因为"传统常常是本体安全赖以存在的坚实根据;反过来,本体安全的形成也加强或确证了传统的合法性"。①

不过,留学生涯,现代教育,新思想、新文化的洗礼,唤醒并催生了余达父的现代国家意识与民族意识,因此,传统文人济世安民的情怀与现代知识分子的批判意识成为了《邃雅堂诗集》中的主旋律。在传统文化的濡养下,余达父对旧体诗文本格式的选择乃是一种传统文化下的惯习,但他对国家命运、现实民生的深沉关注则是其诗作的内质。

于是我们发现,经过新文化、新思想的洗礼,余达父展现出了积极适应新文化的主动姿态,最表层的体现就是其诗作中涌现出了大量的新词新语,诸如"强权""民权""卢梭""进化""共和""民主","同志""事业""电影"等,这些在20世纪初的中国最"前卫"的新词,在余达父的诗作中频繁出现,可见余达父在新思想、新文化面前的主动吸纳,充分体现了诗人不避新语俗词的求新意识,古典外壳之下潜藏着现代因子。

阅读《邃雅堂诗集》,会有一个明显的感受,那就是余达父在早期与晚期的诗风变化。如果说他早期诗作中格律严谨,讲究用字用典,甚至多用奇字僻典,有"生涩奥衍""古色斑斓"之感的话,那么在他晚期诗作中,特别是1919年之后的作品中,新词俗语便频繁出现,其诗作少了"生涩"之感,多了"畅达"之味。如《翠石精舍小坐》:

> 水满双池静,山深六月凉。
> 鸟声晴外乐,蝉咽露中藏。
> 高树浓阴合。繁花匝地香,
> 劳生五十八,孤负此园荒。②

独坐在大屯庄园的书房中,一生的岁月蹉跎浮上心间,读之既有古典意

---

① 周宪:《"合法化"论争与认同焦虑——以文论"失语症"和新诗"西化"学为个案》,《南京大学学报》2006年第5期。
② 余达父著,余宏模收集整理:《邃雅堂诗集》,贵州人民出版社1989年版,第170页。

味,又觉非常"畅达",而极俗白的"劳生五十八",增添了平实之感。

余达父晚期的诗作中有时还有口语化的倾向,如"今年八十四,健步殊形状","我家故园近乌蒙,藏帖尚有淳化枣","睡起邻家午饭香,长安落拓马宾王。新诗龙虎怀入集,往事蜩螗急就章"。值得肯定的是,余达父将新词新语入诗,并未让人觉得粗糙,在一些表现其现代知识分子忧患意识的作品中,诗人将古典诗词的雅致与现代知识分子的忧国情怀共同呈现,新旧融合的诗学追求相得益彰。如《挽陈英士》:

  天道剥必复,人事变则通。
  帝制五千年,一荡方成功。
  神奸心不死,睥睨汉皇宫。
  ……
  君独抗其陵,百折气益雄。
  同志若牛毛,山斗推孙公。
  再结久要盟,多士来熊熊。
  探丸斫武吏,二士歼元戎。
  杀气陵河溯,欲清瑕萝丛。[①]

这首诗是1916年余达父代安健而作的悼词,诗人由衷赞赏孙中山、陈英士这样的革命家,同时对内讧不断的中国社会极度失望和不满,诗作充满着一个知识分子对现实的忧虑。

再如《送周素元南归》:

  庭草绿侵阶,檐藤红压帐。
  枣林花动霞,江亭苇固浪。
  ……
  才济略当时,事业后人仰。
  宁知困顿日,余生不自养。

[①] 余达父著,余宏模收集整理:《邃雅堂诗集》,贵州人民出版社1989年版,第138页。

>　　贤愚互圣狂，真伪谁能谅。
>　　成败皆偶然，富贵来尤傥。
>　　逝者既如斯，聚散今何怅。
>　　惟有别离情，临岐转难忘。①

　　余达父与周素园相交甚深，对其抱负与才华非常钦佩，此诗写于周素园离京返黔之时，诗作既有与朋友离别的怅惘，也有对时局的忧思。

　　在现代化浪潮的鼓荡下余达父诗歌中的现代气息日渐浓烈，但与此同时，其诗作中的民族文化特质与族裔身份意识却在减弱。

　　按照斯图亚特·霍尔（Stuart Hall）的解释："文化身份是有源头，有历史的。但是，与一切有历史的事物一样，它们也经历了不断的变化。它们决不是永恒地固定在某一本质化的过去，而是屈从于历史、文化和权力的不断'嬉戏'。身份绝非植根于对过去的纯粹'恢复'，过去仍等待着发现，而当发现时，就将永久地固定了我们的自我感；过去的叙事以不同方式规定了我们的位置，我们也以不同的方式在过去的叙事中给自身规定了位置，身份就是我们给这些不同方式起的名字。"② 这就是说，文化身份虽然有着天然遗传因子在里面，但并非固定不变，如此说来，余达父被周遭强大的主流文化的生命力所吸引，面对主流文坛的影响，他主动接受"新知"，接受新文化，于是固有的文化基因在外部环境的浸染下发生了"新变"。

　　余达父所生活的时代，正是社会巨变，革命运动兴起，新文化、新思潮不断涌现的时代，传统文化中的士大夫情怀与革命话语的激流共同汇成了当时中国的时代之音，而余达父在新世纪的留学大潮中负笈东瀛，学习法政，回国后又亲身经历过辛亥革命，可以说，在现代中国文化语境与宏大的革命叙事话语中，余达父不仅无法凸显本民族文化特质，而且因其对旧体诗词的文化认同与追随，以及旧体诗写作中新词新语的大量运用，增加了他对本民族文化情感抒写的难度。在此复杂的文化语境下，余达父的汉语诗歌写作难

---

① 余达父著，余宏模收集整理：《蠖雅堂诗集》，贵州人民出版社1989年版，第131页。
② 同上书，第131页。

以激荡出彝民族自身的文化意识。由此看来，主流文化的强大影响与现代国家意识的合力作用，抑制了他固有文化身份的表达与彰显，亦是其诗歌中民族文化特质与族裔身份意识淡化的主要因素。

余达父古诗文功底极为深厚，《邃雅堂诗集》中新词新语大胆应用之时，古典风雅也叠涌频现，他极为注意新旧文化的调和，在现代意识的流动下，古典的格调亦非常明显。我们知道，现代性一个最明显的特质就是求新，以新为美，其核心价值观就是"越是新的，就越是现代的"。事实上，早在新文学发生期，新文学领军人物胡适、陈独秀等人就以"新就是价值的标准"这面大旗，为新文学的合法地位寻找到了理直气壮的现实逻辑。一旦新时代形成了以新为美的时代共识，那么即便是旧体诗写作，也难免会受此新观念的裹挟，进而加入新词新语入诗词的文化时尚之中，所以，余达父的旧体诗中出现大量新词新语，与新文化思潮影响下的文化心理有极大关系。在"新的就是好的"价值标准左右下，如果新时代的文人不能从容顺应新时代的要求，那么他的写作就有可能被时代嘲弄。彝族诗人余达父有留日经历，后流寓在京、沪一带，在新文化运动高涨的时期从北京回到远离新文化运动中心的贵州，这种经历使他更有一种于外界不易感受的文化压力，而这种心理特质加剧了他在写作中对新文化的某种"迎合"。

显然，现代化浪潮下的文化身份认同对于少数民族作家的创作而言是一个不断调试的过程，而余达父在这种特殊文化空间下展现的诗歌写作历程与特质，为中国文化思潮与文学嬗变对少数民族作家在现代性诉求过程中所产生的作用，提供了新的启示。

结　　语

贵州彝族余氏土司作家群出现在清初，绵延至20世纪30年代，历百年、经五代，创作了大量诗文，可谓秀甲西南，其丰富的创作，深厚的家学源流在彝族文学史和贵州文学史上都留下了浓墨重彩的一笔。

余氏是彝族永宁宣抚使奢氏后裔，余氏作家群的形成、发展与当时的政治制度、文化交融以及彝族文化、家风家学等一系列背景密切关联。余氏家族在"奢安之乱"后，隐避于毕节大屯土司庄园，从一个以武力开疆拓土的彝族豪门演变为以诗书传家的文人世家，其形成与发展过程与土司制度、改土归流等历史变革息息相关。余氏的心路历程，可以说是明清时期西南少数民族文人命运史、精神史、性格史的一个缩影，而余氏作家群文学乃是中原文化、文学与彝族文化、文学交流、碰撞与融合的产物。

余氏作家群的文学创作体现出三个方面的共性，即地域性与民族情怀、家族性与文学好尚、现实忧患与国家认同；表现在作品中，有对乌蒙彝区自然山水的歌咏，有对彝族历史文化与民俗风情的描摹，更有深沉浓烈的家国情怀与民胞物与的淑世情感。

此外，余氏作家群文化身份的混杂性所彰显出的文学特质，使其成为彝族文学史上的一个特殊个案和典型样本，为我们深入研究彝族文人、诗人在复杂的文化空间下的写作历程、文化心理以及作品特质提供了一个典型范本，为彝族文学的深入研究带来了新的启发和思考。同时，彝族余氏作家群绵延百年的文学活动，彰显出了贵州多民族文化文学交汇共融的特质，他们极富民族性、地域性的创作，极大地丰富了贵州文学的内容与风格，对贵州文坛做出了积极贡献。

主要参考文献

一 彝族文学文献

余达父著,余宏模收集整理:《邃雅堂诗集》,贵州人民出版社 1989 年版。

余家驹、余珍著,余宏模编注:《时园诗草·四馀诗草》,贵州民族出版社 1993 年版。

余昭、安履贞著,余宏模编注:《大山诗草》,四川民族出版社 1994 年版。

余家驹原著,余昭原注,余若琼续修,余宏模整理:《通雍余氏宗谱》(影印本),日本学习院大学东洋文化研究所 1999 年版。

余宏模编:《余达父诗文集》,远方出版社 2001 年版。

余宏模:《赤水河畔扯勒彝》,香港天马图书有限公司 2003 年版。

余宏模:《余宏模彝学研究文集》,贵州大学出版社 2010 年版。

李力:《彝族文学史》,四川民族出版社 1994 年版。

沙马拉毅:《彝族文学概论》,山西教育出版社 2004 年版。

左余棠:《彝族文学史》(上、下册),云南民族出版社 2006 年版。

母进炎:《百年家学,数世风骚:大屯余氏彝族诗人家族研究》,贵州人民出版社 2012 年版。

举奢哲:《彝族诗文论》,贵州人民出版社 1988 年版。

巴莫曲布嫫:《鹰灵与诗魂——彝族古代经籍诗学研究》,社会科学文献出版社 2000 年版。

方国瑜：《彝族史稿》，四川民族出版社 1984 年版。

李平凡、王明贵：《彝族传统诗歌研究》，贵州民族出版社 2008 年版。

《彝族扯勒部大屯土司庄园历史调查》，贵州民族调查 1990 年版。

邹芝桦：《中国古彝最后的土司庄园》，贵州人民出版社 2016 年。

云南少数民族古籍整理出版规划办公室：《裴妥梅妮——苏颇》，云南民族出版社 1988 年版。

吉狄马加著：《吉狄马加的诗》，梅丹理译，四川文艺出版社 2010 年版。

陶学良辑注：《云南彝族古代诗选注》，云南民族出版社 1989 年版。

何积全：《彝族古代文论研究》，民族出版社 2012 年版。

二　贵州古籍、历史文化研究

田玉隆：《贵州土司史》（上、下），贵州人民出版社 2009 年版。

贵州通史编委会：《贵州通史》（第二卷），当代中国出版社 2002 年版。

何仁仲：《贵州通史》（第三卷），当代中国出版社 2003 年版。

翟玉前、孙俊：《明史·贵州土司列传考证》，贵州人民出版社 2008 年版。

黎铎：《遵义沙滩文化论集》，吉林教育出版社 2007 年版。

冯楠：《贵州通志·人物志》，贵州人民出版社 2001 年版。

黄永堂点校：《贵州通志·艺文志》，贵州人民出版社 1989 年版。

郑珍撰，黄万机等点校：《郑珍全集》，上海古籍出版社 2012 年版。

郑珍辑：《播雅》，遵义市红花岗地方志办公室内部印行 2002 年版。

莫友芝等辑：《黔诗纪略》，贵州人民出版社 1993 年版。

黄万机：《郑珍评传》，巴蜀书社 1989 年版。

黄万机：《贵州汉文学发展史》，贵州人民出版社 1999 年版。

黄万机：《客籍文人与贵州文化》，贵州人民出版社 1992 年版。

王晓卫：《贵州文学六百年》，贵州教育出版社 2014 年版。

贵州历代诗文选编辑委员会：《贵州历代诗选·明清之部》，贵州人民出版社 1988 年版。

王燕玉：《贵州明清文学家》，贵州民族出版社 1981 年版。

侯绍庄、史继忠、翁家烈：《贵州古代民族关系史》，贵州人民出版社 1991 年版。

周素园：《周素园文集》，贵州人民出版社 1994 年版。

贵州省民族宗教事务委员会、贵州省科技教育领导小组办公室编：《贵州省世居少数民族哲学思想史》，贵州民族出版社 2017 年版。

三　土司文化研究

《清史稿·土司四》，中华书局 1977 年版。

龚荫：《中国土司制度》，云南民族出版社 1992 年版。

龚荫：《中国土司制度史》，四川人民出版社 2012 年版。

余贻泽：《中国土司制度》，台湾正中书局出版社 1994 年版。

李世愉：《清代土司制度论考》，中国社会科学出版社 1998 年版。

成臻铭：《清代土司研究——一种政治文化的历史人类学观察》，中国社会科学出版社 2008 年版。

陈贤波：《土司政治与族群历史》，生活·读书·新知三联书店 2011 年版。

吴永章：《中国土司制度渊源与发展史》，四川民族出版社 1988 年版。

蓝武：《从设土到改流——元明时期广西土司制度研究》，广西师范大学出版社 2011 年版。

《毕节县志》，贵州人民出版社 1996 年版。

《赫章县志》，贵州人民出版社 2001 年版。

《大定县志》，中华书局 2000 年版。

余若瑔、安健：《且兰考·贵州民族概略》，贵州大学出版社 2011 年版。

四　相关文献

《明史》，中华书局 1999 年版。

《明实录》,中华书局 1962 年版。

《清史稿》,中华书局 1977 年版。

《清实录》,中华书局 2008 年版。

《王阳明全集》,上海古籍出版社 2011 年版。

《梁启超全集》,北京出版社 1999 年版。

《曾国藩家书》,湖南大学出版社 1989 年版。

《曾国藩诗文集》,上海古籍出版社 2015 年版。

胡适:《白话文学史》,百花文艺出版社 2002 版。

钱钟书:《谈艺录》,中华书局 1984 年版。

钱钟书:《槐聚诗存》,生活·读书·新知三联书店 1995 年版。

钱穆:《现代中国学术论衡》,生活·读书·新知三联书店 1999 年版。

钱穆:《晚学盲言》,广西师范大学出版社 2004 年版。

钱穆:《中国文化史导论》(修订版),商务印书馆 1994 年版。

钱穆:《国史大纲》,中华书局 1994 年版。

朱光潜:《诗论》,北京出版社 2005 年版。

刘亚虎、邓敏文、罗汉田:《中国南方民族文学关系史》(全三卷),民族出版社 2001 年版。

张炯、邓绍基、樊骏:《中华文学通史》,华艺出版社 1997 年版。

李子贤:《多元文化与文学——中国西南少数民族文学的比较研究》,云南教育出版社 2001 年版。

关纪新、朝戈金:《多重选择的世界——当代少数民族作家文学的理论描述》,中央民族大学出版社 1995 年版。

关纪新:《20 世纪中华各民族文学关系研究》,民族出版社 2006 年版。

杨匡汉、孟繁华:《共和国文学 50 年》,中国社会科学出版社 1999 年版。

费孝通:《中华民族多元一体格局》(修订版),中央民族大学出版社 1999 年版。

郎樱、扎拉嘎:《中国各民族文学关系史》,贵州人民出版社 2005 年版。

杨义:《重绘中国文学地图——杨义学术讲演集》,中国社会科学出版社 2003 年版。

徐雁平：《清代世家与文学传承》，生活·读书·新知三联书店 2012 年版。

翁独健：《中国民族关系史纲要》，中国社会科学出版社 1990 年版。

陈伯海：《中国文学史之宏观》，中国社会科学出版社 1995 年版。

邓敏文：《中国多民族文学史论》，社会科学文献出版社 1995 年版。

罗时进：《地域·家族·文学：清代江南诗文研究》，上海古籍出版社 2010 年版。

刘大先：《本土的张力——比较视野下的民族文学研究》，中国社会科学出版社 2013 年版。

罗汉田：《中国南方民族文学关系史》，民族出版社 2001 年版。

林白、朱梅苏：《中国科举史话》，江西人民出版社 2002 年版。

方铁：《西南通史》，中州古籍出版社 2000 年版。

萧一山：《清代通史》，华东师范大学出版社 2006 年版。

陈子展：《中国近代文学之变迁·最近三十年中国文学史》，上海古籍出版社 2000 年版。

费正清：《剑桥中国晚清史》，中国社会科学出版社 1985 年版。

汪辟疆：《汪辟疆说近代诗》，上海古籍出版社 2001 年版。

陈庆元：《文学：地域的观照》，上海远东出版社 2003 年版。

王毅：《园林与中国文化》，上海人民出版社 1990 年版。

柳诒徵：《中国文化史》，上海科学技术文献出版社 2008 年版。

《潘光旦文集》，北京大学出版社 2000 年版。

梅新林：《文学批评：文化视界与时空拓展》，中国文史出版社 2007 年版。

杨经建：《家族文化与 20 世纪中国家族文学的母题形态》，岳麓书社 2005 年版。

蒋寅：《清代文学与地域文化》，凤凰出版社 2009 年版。

朱金甫等：《清代典章制度辞典》，中国人民大学出版社 2011 年版。

张云鹏：《文化权：自我认同与他者认同的向度》，社会科学文献出版社 2007 年版。

冼玉清：《更生记广东女子艺文考广东文献丛谈》，广西师范大学出版社2014年版。

祁进玉：《群体身份与多元认同——基于三个土族社区的人类学对比研究》，社会科学文献出版社2008年版。

余英时：《士与中国文化》，上海人民出版社1987年版。

沈殿成：《中国人留学日本百年史1896—1996》，辽宁教育出版社1997年版。

［日］实藤惠秀：《中国人留学日本史》，生活·读书·新知三联书店1983年版。

［德］黑格尔：《美学》，商务印书馆1997年版。

［美］克里弗德·格尔兹：《文化的解释》，纳日碧力戈译，上海人民出版社1999年版。

［美］本尼迪克特·安德森：《想象的共同体——民族主义的起源与散布的新描述》，上海人民出版社2003年版。

［美］康纳顿：《社会如何记忆》，上海人民出版社2000年版。

［美］鲁道夫·阿恩海姆：《艺术与视知觉》，滕守尧、朱疆源译，中国社会科学出版社1984年版。

［英］斯图亚特·霍尔：《文化研究读本：文化身份与族裔散居》，罗钢、刘象愚译，中国社会科学出版社2000年版。

［美］韦勒克、沃伦：《文学理论》，江苏教育出版社2005年版。

［美］杰里·本特利：《新全球史》，北京大学出版社2007年版。

［英］冯客：《近代中国之种族观念》，杨立华译，江苏人民出版社1999年版。

［美］博阿斯：《原始艺术》，上海文艺出版社1989年版。

［德］海德格尔·荷尔德林：《诗的阐释》，商务印书馆2014年版。

［法］西蒙娜·德·波伏娃：《第二性》，陶铁柱译，中国书籍出版社2004年版。